R. A. SALVATORE

Schattenelf 4

R. A. Salvatore wurde 1959 in Massachusetts geboren, wo er mit seiner Frau und seinen drei Kindern lebt. Bereits sein erster Roman »Der gesprungene Kristall« machte ihn bekannt und legte den Grundstein zu seiner weltweit beliebten Reihe von Romanen um den Dunkelelf »Drizzt Do'Urden«.

Von R. A. Salvatore bereits erschienen:

Aus den Vergessenen Welten:

DIE VERGESSENEN WELTEN 1–6: 1. **Der gesprungene Kristall** (24549), 2. **Die verschlungenen Pfade** (24550), 3. **Die silbernen Ströme** (24551), 4. **Das Tal der Dunkelheit** (24552), 5. **Der magische Stein** (24553), 6. **Der ewige Traum** (24554) • DIE SAGA VOM DUNKELELF: 1. **Der dritte Sohn** (24562), 2. **Im Reich der Spinne** (24564), 3. **Der Wächter im Dunkel** (24565), 4. **Im Zeichen des Panthers** (24566), 5. **In Acht und Bann** (24567), 6. **Der Hüter des Waldes** (24568) • DAS LIED VON DENEIR: 1. **Das Elixier der Wünsche** (24703), 2. **Die Schatten von Shilmista** (24704), 3. **Die Masken der Nacht** (24705), 4. **Die Festung des Zwielichts** (24735), 5. **Der Fluch des Alchimisten** (24736) • DIE VERGESSENEN WELTEN, weitere Bände: 1. **Das Vermächtnis** (24663) [= 7. Band], 2. **Nacht ohne Sterne** (24664) [= 8. Band], 3. **Brüder des Dunkels** (24706) [= 9. Band], 4. **Die Küste der Schwerter** (24741) [= 10. Band], 5. **Kristall der Finsternis** (24931) [= 11. Band], 6. **Schattenzeit** (24973) [= 12. Band], 7. **Der schwarze Zauber** (24168) [= 13. Band], 8. **Die Rückkehr der Hoffnung** (24227) [= 14. Band]

Aus der Drachenwelt:

DRACHENWELT: 1. **Der Speer des Kriegers** (24652), 2. **Der Dolch des Drachen** (24653), 3. **Die Rückkehr des Drachenjägers** (24654)

Von den Dämonenkriegen:

DÄMONENDÄMMERUNG: 1. **Nachtvogel** (24892), 2. **Juwelen des Himmels** (24893), 3. **Das verwunschene Tal** (24905), 4. **Straße der Schatten** (24906), 5. **Der steinerne Arm** (24936), 6. **Abtei im Zwielicht** (24937), 7. **Der ewige Fluch** (24988), 8. **Das brennende Herz** (24989) · SCHATTENELF: 1. **Der dunkle Sohn** (24990), 2. **Das Turnier** (24994), 3. **Der Herr der Flammen** (24995), 4. **Feuerzauber** (24996)

Außerdem von R. A. Salvatore erschienen:

STAR WARS: **Episode II. Angriff der Klonkrieger** (35761), **Das Erbe der Jedi-Ritter** 1. **Die Abtrünnigen** (35414)

Demnächst erscheint:

SCHATTENELF: 5. **Die Unterwerfung** (24136)

Weitere Bände sind in Vorbereitung.

R. A. Salvatore

Feuerzauber

Schattenelf 4

Ins Deutsche übertragen
von Caspar Holz

BLANVALET

Die amerikanische Originalausgabe erschien unter dem Titel
»Transcendence. Book II of the Second Demonwars Saga«
(Parts 3 + 4)
bei Del Rey/Ballantine Books, New York.

Umwelthinweis:
Alle bedruckten Materialien dieses Taschenbuches
sind chlorfrei und umweltschonend.

Blanvalet Taschenbücher erscheinen im Goldmann Verlag,
einem Unternehmen der Verlagsgruppe Random House GmbH.

Deutsche Erstveröffentlichung 8/2003

This translation was published by arrangement with
The Ballantine Publishing Group,
a division of Random House, Inc.
Umschlaggestaltung: Design Team München
Umschlagillustration: Agt. Schlück/Berni
Satz: deutsch-türkischer fotosatz, Berlin
Druck: Elsnerdruck, Berlin
Titelnummer: 24996
Redaktion: Alexander Groß
V. B. · Herstellung: Peter Papenbrok
Printed in Germany
ISBN 3-442-24996-1
www.blanvalet-verlag.de

1 3 5 7 9 10 8 6 4 2

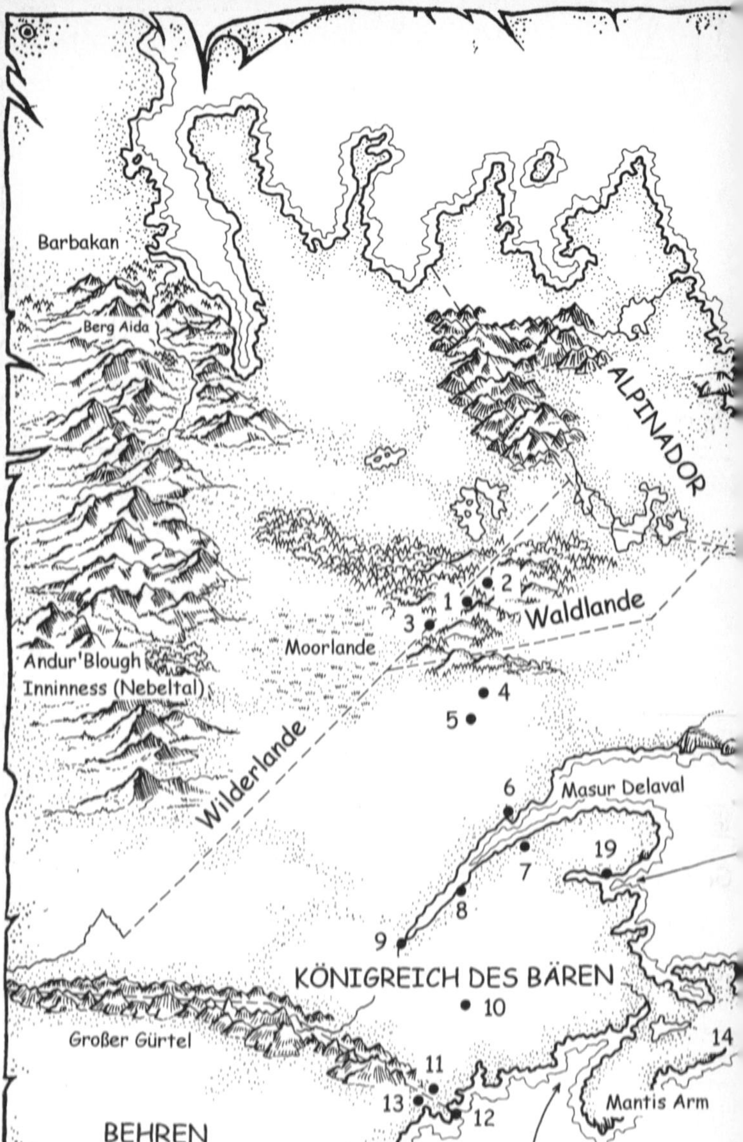

Barbakan
Berg Aida
ALPINADOR
Waldlande
Moorlande
Andur'Blough
Inninness (Nebeltal)
Wilderlande
Masur Delaval
KÖNIGREICH DES BÄREN
Großer Gürtel
BEHREN
Mantis Arm
Katzenbucht
1
2
3
4
5
6
7
8
9
10
11
12
13
14
19

1 Weedy Meadow
2 Dundalis
3 Weltenend
4 Landsdown
5 Caer Tinella
6 Palmaris
7 Amvoy
8 Dusberry
9 Ursal
10 Youmaneff
11 Entel
12 Freeport
13 Jacintha
14 St. Gwendolyn
15 Macomber
16 Tinson
17 Pireth Tulme
18 Pireth Vanguard
19 St. Mere-Abelle
JULIANTHEN
(Wetterinseln)
18
Pireth Dancard
Allerheiligen-Bucht
Golf von Korona
MIRIANISCHER OZEAN
17
16
15
Zerschmetterte
Küste
N

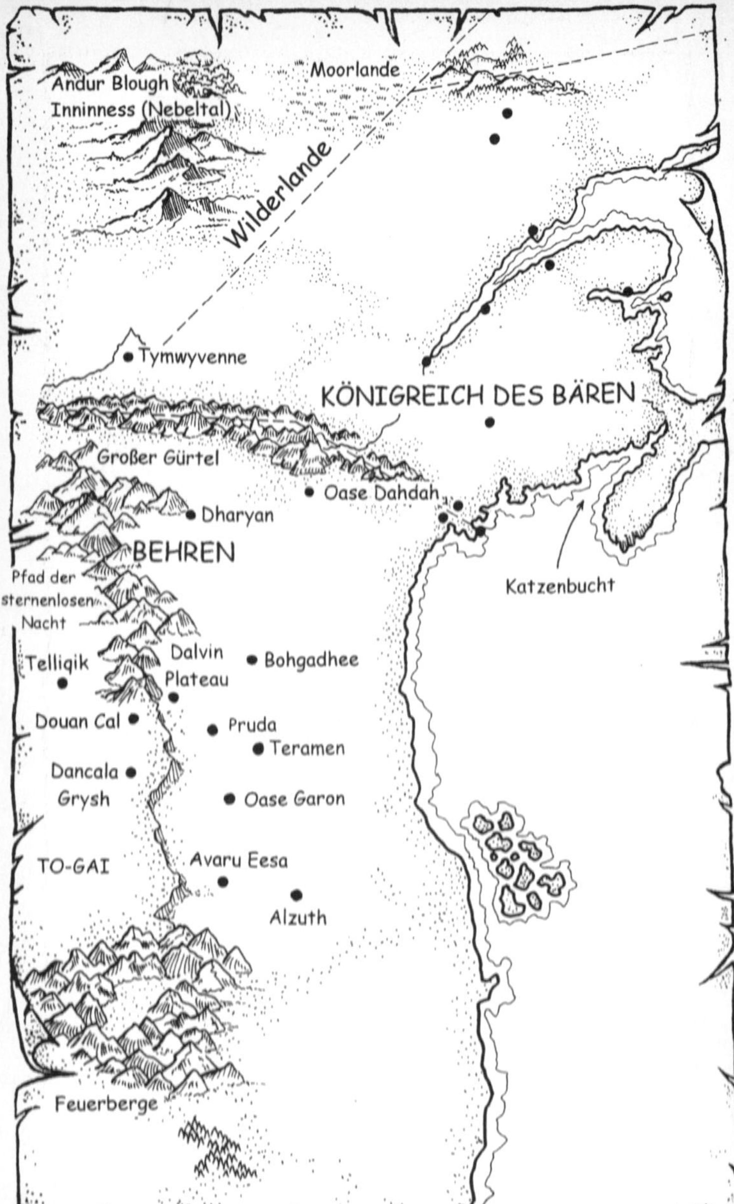
Moorlande
Andur Blough
Ininness (Nebeltal)
Wilderlande
Tymwyvenne
KÖNIGREICH DES BÄREN
Großer Gürtel
Oase Dahdah
Dharyan
BEHREN
Katzenbucht
Pfad der sternenlosen Nacht
Telliqik
Dalvin Plateau
Bohgadhee
Douan Cal
Pruda
Teramen
Dancala Grysh
Oase Garon
TO-GAI
Avaru Eesa
Alzuth
Feuerberge

Teil Eins

Erleuchtung

Und damit endete, ebenso plötzlich wie brutal, dieser Teil der Geschichte. Wenn ich darüber nachdenke, wie wenig ich über diesen Rebellenführer, diesen Ashwarawu, wusste, erstaunt es mich immer wieder, wie nachhaltig er mich und viele andere aus unserem Volk in seinen Bann ziehen konnte. Woher kam er? In welchem Stamm wurde er geboren? Musste er, wie ich, miterleben, wie seine Eltern zu Tode kamen? Lebten seine Eltern vielleicht sogar noch?

Mittlerweile fallen mir zu diesem Mann, zu seiner Herkunft und Vorgeschichte, die ihn zu einem so tapferen Rebellenführer machte, unendlich viele Fragen ein. Das Merkwürdige ist, als ich noch bei ihm war und vielleicht eine Antwort auf sie hätte bekommen können, ist es mir nie in den Sinn gekommen, sie zu stellen. Ich ließ mich von der ungeheuren Bedeutung des Augenblicks mitreißen, von der Hoffnung auf Freiheit und der Größe und Gerechtigkeit unserer Sache.

Im Licht dieser Erkenntnis muss ich mich fragen, ob es Ashwarawus Größe war, die uns alle bewog, sich ihm anzuschließen, oder eher der aus Verzweiflung geborene Glaube, wir könnten unsere Freiheit zurückgewinnen. War Ashwarawu wirklich eine große Persönlichkeit, oder war er schlicht der typische starke Mann, den die Verzweiflung seines Volkes an die Spitze gespült hatte?

Jetzt, so viele Monate später, bin ich gezwungen, mich diesen Fragen in aller Aufrichtigkeit zu stellen. Und sei es nur um meines Seelenfriedens willen, ich muss eine Möglichkeit finden, die Niederlage zu begreifen und zu akzeptieren.

Zu meiner großen Freude erfuhr ich, dass viele aus meinem Volk sich nicht der Lebensweise der Yatols unterworfen hatten. Nicht etwa bloß die Alten, die sich nach den guten alten, aber längst vergangenen Zeiten sehnen, sondern gerade auch die Jungen und Starken. Die meisten Rebellen in Ashwarawus Truppe waren ungefähr in meinem Alter, manche erheblich jünger. Was uns antrieb, waren unsere Leidenschaft und unser Gerechtigkeitsgefühl.

Trotzdem wurden wir besiegt.

Unmittelbar nach meiner Ankunft in der Wolkenfeste war das für mich ein Ding der Unmöglichkeit, ein Alptraum, der einfach nicht sein durfte. Gab es denn keinen gerechten und ehrenhaften Gott? Und wenn es ihn gab, wie konnte er sich mit den Yatols gegen uns verbünden? War ihre Eroberung etwa gerecht? Ihre Grausamkeit? Ihr Versuch, ein ganzes Volk zu einer Kaste von Sklaven herabzuwürdigen? Ein gerechter Gott hätte nie für sie Partei ergreifen können.

Und doch wurden wir besiegt.

Und das nicht etwa durch das Eingreifen irgendeines Gottes, wie ich dank meiner Betrachtungen hier eingesehen habe. Der Grund für unsere Niederlage war menschliche Schwäche, allen voran unser Stolz. Wir hatten uns draußen in der offenen Steppe, im Kampf gegen die Karawanen und Vorposten-Siedlungen, für unschlagbar gehalten. Selbst bei der Auseinandersetzung mit einer Armee von annähernd unserer Stärke, wie der Garnison, die in die Siedlung Dancala Grysh einrückte, zweifelte ich nie daran, dass wir einen Sieg, einen entscheidenden Sieg, erringen würden. Auf einem Schlachtfeld unserer Wahl, wo alle unsere Stärken zur Geltung kommen und wir die behrenesischen Schwächen ausnutzen konn-

ten, würden die To-gai-ru die Behreneser besiegen. Das stand für mich unzweifelhaft fest; mit wachsendem Erfolg ließen wir jedoch zunehmend außer Acht, was der eigentliche Schlüssel zu diesem Erfolg war: das Schlachtfeld unserer Wahl.

Die Armee, die nach Dancala Grysh marschierte, war nicht dorthin gekommen, um gegen uns zu kämpfen, sondern um uns zu einem Angriff auf das weiter östlich liegende Dharyan zu verleiten. Wie töricht ich mir vorkomme, wenn ich mit diesem Gedanken im Hinterkopf auf diesen entsetzlichen Tag zurückschaue! Mit welcher Leichtigkeit konnte der Yatol von Dharyan sich Ashwarawus Stolz, unser aller Stolz, zunutze machen! Wir wurden aufgestachelt und geködert; man ließ uns im Glauben an unsere eigene Unbesiegbarkeit. Wie grotesk erschien diese Selbsttäuschung plötzlich, als die Flügel der Armee von Jacintha sich einer Zange gleich um uns schlossen!

Ich fürchte, der Widerhall der verzweifelten Todesschreie jener Niederlage ist über den Steppen To-gais noch immer nicht verklungen. Nach Ashwarawus katastrophalem Scheitern wird ein zweiter Aufstand weitaus schwieriger zu organisieren sein als beim ersten Mal.

Was also tun? Liegt der Traum von einem befreiten Togai dort auf dem Schlachtfeld vor den Toren Dharyans begraben? War mein Plan, die Behreneser zu bekämpfen, Lady Dassleronds Plan, dass ich mein Volk in die Freiheit führen sollte, nichts weiter als die törichte Ausgeburt unerfüllbarer Hoffnungen und Wünsche?

Ich weiß es nicht.

Dieses Eingeständnis ist für mich sehr schmerzlich, denn es bewirkt, dass die quälende Erinnerung an den Tod meiner Eltern mich unter einer Woge der Verzweiflung zu erdrücken droht. Und doch weiß ich, dass ich die Frage ehrlich beantworten muss. Ich muss die Möglichkeiten eines Aufstands, die Chancen jeder möglichen Schlacht, ehrlich abschätzen. Wenn ich To-gai gegen die Yatols führen soll, muss ich dies unvoreingenommen und ohne Selbstüberschätzung tun. Im Grunde meines Herzens wusste ich, noch bevor die Schlacht um Dharyan begann, dass irgendetwas nicht stimmte, dass alles viel zu leicht aussah, dass der Fehler des Yatols von Dharyan, der bereits mehrfach unter Beweis gestellt hatte, dass er kein Dummkopf war, viel zu schwerwiegend gewesen wäre. Vermutlich spürte ich die Gefahr, wie Ashwarawu auch. Aber wie wir alle war er zu geblendet von der Aussicht auf den entscheidenden Sieg, um auf solche Empfindungen zu achten.

Ashwarawu glaubte an die Möglichkeit, die zum Greifen nahe vor uns lag, weil er daran glauben wollte – unbedingt!

In dieser, der entscheidenden Prüfung, hat Ashwarawu auf ganzer Linie versagt.

Nun muss ich mich genau mit dem auseinander setzen, was ich über diesen Mann weiß.

Die erste Lektion, die Pagonel mir nach meiner Genesung erteilte, bestand darin, mir selbst das Eingeständnis abzuringen, dass ich wütend über die verpasste Chance war, wütend auf den Mann, der diese Chance vertan hatte. Ashwarawu war mir auf dem Kriegspfad zuvorgekommen und im Begriff, das aufzubauen, was ich mir am sehnlichsten wünschte, aber er hatte versagt und damit meinem – unserem – Anliegen großen, womöglich nicht wieder gutzumachenden Schaden zugefügt.

Meine erste Aufgabe wird also sein, die Bitterkeit abzulegen, die ich Ashwarawu gegenüber empfinde. Ich muss genau prüfen, was ich über diesen Mann weiß. Ich muss seine Triumphe und sein Scheitern vorurteilsfrei und ohne Schuldzuweisung analysieren. Meine Aufgabe besteht darin, herauszufinden, was er richtig gemacht hat und was falsch, damit ich daraus lernen und mich in Zukunft besser vorbereiten kann.

Heißt das, dass ich im Freiheitskampf erneut die Zügel in

die Hand nehmen werde? Dass ich noch immer die Hoffnung hege, einen Aufstand To-gais gegen die verhassten Yatols anzuführen?

Ja, durchaus, auch wenn ich im Augenblick nicht weiß, ob sich mir diese Möglichkeit jemals wieder bieten wird.

Die Hoffnung ist noch lebendig, aber sie ist unendlich weit entfernt von meiner derzeitigen Wirklichkeit. Sie ist schlicht nicht mehr das Ziel meines Weges.

Brynn Dharielle

1. Mit spielerischer Leichtigkeit

Sein Blick wanderte an der senkrechten, fünfzig Fuß hohen Wand hinauf, dann blickte er über seine Schulter auf die winzigen Flügel und musste zu seinem großen Bedauern einsehen, dass sie bei weitem nicht kräftig genug waren, um ihn aus dem Loch zu tragen.

Belli'mar Juraviel blieb nichts anderes übrig, als sich seufzend einzugestehen, dass er selbst dann noch längst nicht frei wäre, wenn es ihm irgendwie gelänge, aus dem Loch herauszuklettern. Er würde sich quer durch die Höhle des Drachen Pherol bis in die angrenzenden unterirdischen Gänge vorarbeiten und anschließend irgendwie einen Ausweg aus dem Pfad der sternenlosen Nacht suchen müssen. Nur, wohin sollte er sich dann wenden, nach Norden oder nach Süden? Jetzt, nachdem er die Doc'alfar und die Behausung eines dieser Riesendrachen gefunden hatte, lag es nahe, dass sein Weg ihn nach Norden, zurück nach Andur'Blough Inninness führen sollte, um mit Lady Dasslerond zu sprechen.

Nun sah es nach Pherols Bekunden aber ganz so aus, als hätte Brynn diesem Alptraum eines Drachen entkommen können, und zwar in Richtung der Steppe To-gais. Gut möglich, dass sie längst ihrer Bestimmung nachging, einer Bestimmung, die zu überwachen eigentlich Belli'mar Juraviels Aufgabe war.

Zudem gab es selbstverständlich auch noch seine feste Zusage an König Eltiraaz, nicht sofort mit den Neuigkeiten über die Doc'alfar in seine Heimat zurückzukehren.

Und ebenso selbstverständlich waren dies alles rein hypothetische Überlegungen, denn Pherol war so ziemlich der unüberwindbarste Gefängniswärter, den man sich vorstellen konnte, und der Grauen erregende Drache hatte gewiss nicht die Absicht, seine Gefangenen laufen zu lassen.

Ein Geräusch im hinteren Bereich der Grube riss Juraviel

aus seinen Überlegungen und bewog ihn, sich zu dem einen Ausgangsstollen des Hauptgefängnisses umzudrehen, einem langen, niedrigen Gang, der zu einem dunstverhangenen Felsvorsprung führte, über den sich ein Wasserfall ergoss, der in die Tiefe stürzte, um dort in einem weiten Becken flüssiger Lava zischend zu verdampfen. Cazzira, das schwarze Haar nass vom Waschen, ihre milchig-weiße Haut vom Dampf noch ganz gerötet, trat mit nicht mehr als ihrem kurzen Hemd bekleidet in die Höhle.

»Ist er schon wieder zurück?«, fragte sie und warf ihr nasses Haar aus dem Gesicht.

Einen Moment lang stand Belli'mar Juraviel einfach nur da und ließ ihre Frage unbeantwortet verklingen.

Cazzira blieb bewegungslos stehen, als sie seinen Blick bemerkte. »Was ist denn?«, fragte sie lächelnd und musste sogar ein wenig kichern.

»Ich dachte nur gerade darüber nach, wie viel länger mir diese Gefangenschaft vorkommen würde, wenn du hier nicht bei mir wärst«, gestand Juraviel.

Cazziras Lächeln wurde noch strahlender; sie trat unmittelbar neben den blonden, goldäugigen Touel'alfar und legte ihm die Hand auf seine schmale, kräftige Schulter. Juraviel schloss die Augen und atmete tief ein, um Cazziras Duft in sich aufzunehmen. Einen Moment lang spielte er mit dem Gedanken, einen Schritt auf sie zuzugehen, sie in die Arme zu schließen und zu küssen, doch der Moment war vorbei, als sie ihn fragte: »Wieso musst du es dir unbedingt als Gefangenschaft vorstellen?«

Juraviel wich zurück und riss erstaunt die Augen auf. »Weil es das ist.«

Cazzira zuckte mit den Schultern. »Die Zeit, die du bei meinem Volk verbracht hast, war auch nichts anderes.« Mit dieser Bemerkung drehte sich die Doc'alfar abrupt um und ging hinüber zu ihren Kleidern, die sie zum Trocknen über einen Felsen auf der anderen Seite der Grube gebreitet hatte.

»Stimmt«, rief Juraviel ihr nach. »Sie war sogar noch unangenehmer als das hier! Deine Leute haben Brynn und mich in einem feuchten Erdloch gefangen gehalten!«

»In einer Torfhöhle«, berichtigte Cazzira. »Wo hätten wir euch denn sonst einsperren sollen? Wir hatten uns entschieden, euch nicht dem Torfmoor zu übergeben – dafür solltest du mir eigentlich dankbar sein.«

Juraviel entfuhr ein hilfloses Lachen. Kopfschüttelnd ließ er den Blick noch einmal zum oberen Grubenrand hinaufwandern.

»Im Übrigen hat Pherol sich offenbar entschieden, uns weder aufzufressen noch das Fleisch von unseren Knochen zu brennen«, fuhr Cazzira fort.

»Der Grund dafür ist mir noch immer schleierhaft.«

»Er ist dahinter gekommen, wer wir sind.«

»Und warum sollte er uns deswegen verschonen?«, fragte Juraviel. »Wann wären Touel'alfar oder Doc'alfar je Verbündete der Riesendrachen gewesen? Ich hätte gedacht, wenn Pherol von unserer Herkunft erfährt, würde er uns noch viel schneller mit seinem Feueratem verbrennen.«

Cazzira ließ sich mit einem Seufzer auf die Seite fallen und legte den Kopf in den Nacken. Ihre Körpersprache sollte Juraviel wohl daran erinnern, dass sie dieses Thema schon unzählige Male diskutiert hatten. »Es gibt vier Arten«, sagte sie. »Und zwar ausschließlich vier; die Doc'alfar und die Touel'alfar, die Kinder des Lebens sowie die geflügelten Dämonen und die Drachen, die Bestien des Todes.«

»So war es damals, aber doch jetzt nicht mehr.«

»Aber Pherol sieht die Welt noch immer so«, erklärte Cazzira. »Alle anderen Arten, Menschen, Pauris, Goblins und Riesen, sind in seinen Augen nichts als Tiere, Ungeziefer, das es auszurotten gilt. Wir beide dagegen, du und ich, stehen für zwei der wahren Arten und sind für den Drachen etwas Außergewöhnliches, eine Chance, Freundschaft zu schließen.«

»Auch wenn unsere Arten erklärte Feinde sind?«

»Wenn die betreffenden Arten auf ein paar wenige Einzelwesen dezimiert worden sind, hat das nicht viel zu bedeuten.

Befänden sich die Tylwyn Doc und die Tylwyn Tou miteinander im Krieg und wir beide wären als Letzte noch übrig, würden wir uns dann weiter bekriegen?«

Um Juraviels Mundwinkel spielte der Anflug eines Lächelns. Gegen Cazzira Krieg zu führen, wäre für ihn völlig undenkbar, unter welchen Umständen auch immer, nicht, nachdem er all die Wochen in ihrer Gesellschaft verbracht und so viel über ihre Träume, Hoffnungen und ihre Denkweise erfahren hatte. Nicht nachdem er erkannt hatte, dass sie sich in so vieler Hinsicht ähnlich waren, weil sie in ihren jeweiligen Völkern beide eine ziemlich rätselhafte Rolle spielten.

»Aber Drachen und geflügelte Dämonen sind Wesen der Finsternis«, wandte er ein. »Als Bestesbulzibar, verflucht sei sein Name, vor einem Jahrzehnt Korona unsicher machte, gab es keine Verhandlungen, sondern es kam umgehend zum Krieg.

»Dann sind Drachen und geflügelte Dämonen sich offenbar doch nicht so ähnlich«, erwiderte Cazzira listig.

An diesem Punkt ließ Juraviel seine Argumentationskette enden, denn zwischen den beiden Arten aus der Finsternis existierten in der Tat beträchtliche Unterschiede. Die schon immer seltenen Drachen waren sterbliche, in Korona ansässige Geschöpfe, wohingegen die geflügelten Dämonen Wesen aus einer anderen Seinssphäre waren, Wesen, die jeden Riss in den Welten als Einladung auffassten, hervorzukommen und Korona zu terrorisieren. In den Legenden der Elfen hieß es, diese Risse würden durch die Bosheit in den Herzen der Menschen hervorgerufen, weswegen die Menschen bei den Elfen oft als Abkömmlinge der geflügelten Dämonen galten.

»Ob er unser wohl irgendwann überdrüssig wird?«, fragte Juraviel. »Oder mutieren wir in seinen Schlangenaugen irgendwann zu Ungeziefer?«

Cazzira verharrte lange in ihrer Körperhaltung, bevor sie den Kopf schüttelte. »Ich glaube, der Drache hat einen Narren an uns gefressen – oder zumindest an unserer Gesellschaft.«

»Also wird Pherol uns niemals gehen lassen.«

Cazzira zuckte nur mit den Schultern.

Juraviel machte sich wieder daran, die hohen Wände seines Gefängnisses zu untersuchen. Er hielt Ausschau nach winzigen Vorsprüngen und Spalten, irgendetwas, das ihm einen Halt gab, wo er landen und wieder abheben konnte, um sich von seinen winzigen Flügeln nach oben tragen zu lassen. Doch das Gefängnis war wohl durchdacht, die Wände zu Schlacke gebrannt, die sich als vollkommen glatte Fläche an den Seiten entlang zog.

Juraviel ging zu einem auf dem Boden liegenden Felsbrocken, setzte sich und ließ den Kopf in die Hände sinken.

Cazzira trat hinter ihn, legte ihm die Arme um die Schultern, schob ihren Kopf ganz dicht heran und gab ihm einen Kuss auf den Hinterkopf. »Deine Freundin hat schließlich auch entkommen können«, sagte sie. »Das hat Pherol selbst zugegeben.«

»Aus diesem Teil der Höhle«, erwiderte Juraviel.

»Und vermutlich auch aus den Bergen, wenn sie wirklich so gut ausgebildet ist, wie du ständig behauptest. Du musst großes Vertrauen in sie setzen, mein Freund. Vielleicht führt Brynn Dharielle die To-gai-ru längst gegen ihre verhassten Feinde.«

Juraviel griff nach oben und drückte sacht Cazziras Ellbogen. Er legte den Kopf in den Nacken, so dass er den Duft von Cazziras frisch gewaschenem Haar besser riechen konnte.

Dann ließ eine unvermittelte Erschütterung den Boden unter ihren Füßen erbeben – die Schritte eines nahenden Drachen.

Cazzira ließ von ihm ab und schlang die Arme um den Körper; trotzdem schien sie sich immer noch wohler zu fühlen als Juraviel, der einfach dasaß, den Oberrand der Höhle fest im Blick.

Einen Augenblick später schob sich der Reptilienkopf über den Rand, nicht ganz so riesig wie bei der ersten Begegnung der Elfen mit dem mächtigen Pherol, sondern ungefähr so groß wie der eines Pferdes. Aber selbst in dieser verkleinerten Form war Pherols mit rotgoldenen Schuppen besetzter Schädel Furcht einflößend mit seinen spitzen, glänzenden Zähnen, die zu lang waren, um ganz von seinem geschlossenen Maul umfangen zu werden, und den über seiner Stirn emporragenden und bei seiner normalen Größe hellebardenlangen Hörnern. Am beängstigendsten aber waren seine grünlich-gelb leuchtenden Augen mit den schwarzen Schlitzen genau in der Mitte, Augen, die sowohl an ein Reptil als auch an eine Raubkatze denken ließen. Mit jedem Atemstoß quollen kleine Rauchwölkchen aus seinen Nüstern und hüllten das Gesicht des Drachen ein, sobald er sich vorwärts bewegte. Er trat vor bis an den Rand der Grube und sah sich suchend nach den Elfen um, dann ließ er sich, ebenso heftig wie wirkungslos mit seinen nun winzigen Flügeln schlagend, die kaum größer waren als Juraviels, hinunterfallen.

Er landete unmittelbar neben den beiden Elfen, die von der Wucht des Aufpralls ein kleines Stück in die Höhe geschleudert wurden.

Obwohl sie ahnten, dass Pherol ihnen nichts tun würde, wichen Juraviel und Cazzira instinktiv zurück, denn selbst in seiner zweibeinigen Gestalt, einem hoch gewachsenen Mann mit rötlicher Schuppenhaut und kurzem, dickem Schwanz, kleinen Flügeln und eben diesem Pferdekopf nicht unähnlich, war Pherol eine Angst einflößende Erscheinung, die um sich eine Aura von Gewalt verströmte, die alles in den Schatten stellte, was Cazzira bislang gesehen hatte, und die selbst in Juraviels Erinnerung nur von Bestesbulzibar selbst übertroffen wurde. Während Bestesbulzibars Stärke jedoch hinterhältiger war und sich in der Beherrschung anderer äußerte, in ihrem Missbrauch als Marionetten, bestand Pherols Stärke in schierer, brutaler physischer Kraft, der Urgewalt eines Vulkans oder Erdbebens, oder eines tosenden Unwetters, dessen Zorn sich gegen ein ganz bestimmtes Ziel richtete.

Seine Bewegungen waren nicht fließend, sondern ruckartig, genau wie die seiner gespaltenen Zunge, die unablässig zwischen seinen langen Reißern hervorschnellte. Er streckte seine Hand vor, in der er ein Päckchen hielt. Juraviel nahm es entgegen, denn er wusste, es war die nächste Ration jener nahrhaften Pilze, mit denen die beiden Elfen während der letzten Monate bei Kräften gehalten worden waren.

»Ich will heute mehr Geschichten hören«, verlangte der Drache. War Pherols Stimme in seiner eigentlichen riesenhaften Drachengestalt ohrenbetäubend, so hatte sie jetzt etwas Schnarrendes, ohne aber tatsächlich leiser zu sein. Jede Silbe ließ den Fußboden leicht erzittern und erschütterte Juraviels zierliche Gestalt. »Erzählt mir von … diesem Hüter. Von dem Mann, den ich getötet habe, den ihr Emhem Dal nennt.«

»Über Emhem Dal weiß ich nur wenig«, antwortete der Elf, worauf der Drache die Stirn runzelte. »Aber da wäre noch eine andere Geschichte, die ich dir erzählen könnte; eine noch großartigere, von einem Hüter namens Nachtvogel, der mit Bestesbulzibar kämpfte, dem geflügelten Dämon.«

Plötzlich verengten Pherols reptilienhafte Katzenaugen sich zu schmalen Schlitzen, und der Drache schnaubte, wallenden Rauch durch seine Nüstern blasend. Der Legende nach gehörten Drachen und geflügelte Dämonen zwar beide zu den Arten der Finsternis, trotzdem galten sie kaum als Verbündete. Juraviel hatte den Eindruck, als freue sich Pherol aufrichtig, von Bestesbulzibars Niederlage zu erfahren.

Der Drache ließ ein langgezogenes, tiefes Knurren ertönen, das Juraviel als Pherols Art deutete, ein nachdenkliches »Mmmmh« von sich zu geben.

»Ist es eine gute Geschichte?«, folgte die mit schnarrender Stimme gesprochene Frage.

»Die großartigste unserer Zeit«, antwortete Juraviel. »Außerdem ist sie möglicherweise noch nicht ganz zu Ende geschrieben.«

»Dann erzähl sie mir, Belli'mar Juraviel, damit ich selbst beurteilen kann, ob sie es wert ist«, entschied der große Lindwurm. Dann erhob Pherol seine Stimme plötzlich zu einer Lautstärke, die den Felsen erzittern ließ. »Aber sollte ich zu dem Urteil gelangen, dass dem nicht so ist, wirst du meinen Zorn zu spüren bekommen!«

Juraviel bemerkte Cazziras besorgten Blick, lächelte aber tapfer. Seines Wissens vermochte keine einzige Erzählung die Geschichte von Nachtvogel und seinen Gefährten zu übertreffen. Selbst wenn Pherol einen Weg fände, die Erzählung für seiner nicht würdig zu befinden, nahm Juraviel an, dass sein Gebrüll nichts weiter war als eine leere Drohung. Wegen einer Geschichte würde Pherol sie wohl kaum töten, erst recht nicht, wenn er noch viele andere hören wollte.

Also begann Juraviel, die Geschichte von Elbryan zu erzählen. Er fing an mit der viele Jahre zurückliegenden Plünderung von Dundalis und der Rettung des jungen Mannes, der damals eigentlich noch ein Knabe war. Beim Erzählen fiel ihm auf, dass auch die Geschichte einer anderen Überlebenden jenes schicksalsträchtigen Tages, die in seiner Erzählung noch des Öfteren erwähnt werden würde, noch nicht zu Ende erzählt war. Aber natürlich konnte Juraviel nicht wissen, dass das kleine Mädchen, dem damals, rußverschmiert und zerschunden, mit knapper Not die Flucht aus Dundalis gelungen war, schon bald Königin des Bärenreiches werden sollte.

Juraviel schilderte ausführlich die Jahre, die Elbryan bei den Touel'alfar verbrachte, seine Ausbildung, seine ungeheure Körperkraft und mentale Stärke.

»Das alles soll auf ein Menschenwesen zutreffen?«, fragte Pherol mehr als einmal ungläubig nach, worauf Juraviel jedes Mal nickte und der Drache ein weiteres nachdenkliches Knurren von sich gab, so als ob ihn die Geschichte veranlassen könnte, seine früheren Ansichten über die eher minderwertige menschliche Rasse, zumindest teilweise, zu überdenken.

Auch Cazzira hörte aufmerksam zu. Sie saß vornübergebeugt auf der äußersten Kante ihres Felsensitzes und verschlang begierig jedes Wort – sehr zur Freude Juraviels, der nicht damit gerechnet hatte. Er befürchtete nicht, die Doc'alfar könnte sich Informationen verschaffen – zumindest keine, die sich gegen ihn und sein Volk verwenden ließen –, eher hatte er das Gefühl, dass sie ganz einfach Freude an der Geschichte, mehr noch, am *Geschichtenerzähler,* hatte.

Juraviel erzählte lange, sehr lange, und war längst noch nicht bei der abschließenden Zeremonie angelangt, die Elbryan zu Nachtvogel machte, als er sich auf einmal zurücklehnte, tief Luft holte und anschließend eine ganze Weile schweigend dasaß.

»Erzähl weiter!«, verlangten Pherol und Cazzira wie aus einem Mund. Die beiden sahen sich überrascht an und mussten lachen, weil sie genau denselben Gedanken gehabt hatten.

»Ich bin müde. Außerdem möchte ich etwas essen und mich ausruhen«, erwiderte Juraviel.

»Aber ich will mehr darüber hören, die ganze Geschichte!«, grollte der Drache.

»Ich habe aber Angst weiterzuerzählen, denn was immer später folgt, würde gegen die Geschichte Nachtvogels bestimmt verblassen.«

»Erzähl es trotzdem!«, herrschte Pherol ihn an und stampfte mit seinem krallenbewehrten Fuß auf, so dass die Grube erzitterte. »Und wenn die Geschichte tatsächlich so gut ist, wie du behauptest, wirst du sie in den kommenden Jahren und Zeiten immer wieder erzählen.«

Juraviel nickte. Er versuchte das alles zu begreifen und sich ein genaueres Bild von der Denkweise und den Absichten des Drachen zu machen, soweit es ihn und Cazzira betraf. Er wünschte, er könnte die Situation ebenso sehen, wie Cazzira dies offenbar tat, nämlich mit einer gewissen Zufriedenheit. Für sie war es eine wertvolle Erfahrung, ein bereicherndes Zusammentreffen, das ihr Verständnis für diese Art, die seltenste und in vielerlei Hinsicht großartigste ganz Koronas, erweitern würde. Und tatsächlich, hätte Juraviel in diesem Moment nichts Dringlicheres zu tun gehabt, hätte er den endlos langen Aufenthalt bei Pherol gewiss auch mit anderen Augen gesehen. Aber obwohl mittlerweile etliche Monate vergangen waren, musste Juraviel noch immer mit der vagen Möglichkeit rechnen, dass seine Schutzbefohlene und Freundin irgendwo dort draußen war und vor schweren Schicksalsprüfungen stand, bei deren Bewältigung er ihr eigentlich helfen sollte –

Schicksalsprüfungen, die ebenso tiefgreifende wie unmittelbare Auswirkungen auf das Überleben seines Volkes haben konnten, falls der vom geflügelten Dämon hinterlassene Schandfleck weiter um sich griff.

Juraviel brauchte Gewissheit über Brynns Schicksal. Er musste unbedingt in Erfahrung bringen, ob sie tatsächlich aus den unterirdischen Gängen hatte fliehen können und einen Weg nach To-gai gefunden hatte, und wenn ja, wie es ihr derzeit erging, bevor er dieses Kapitel seines Lebens an der Seite Pherols wenigstens ansatzweise akzeptieren konnte.

Also fuhr Juraviel mit seiner Geschichte fort und erzählte von der Umbenennung Elbryans in Nachtvogel sowie von der Rückkehr des Hüters in die Heimat seines Volkes.

»Du hast ihn nicht begleitet?«, wollte Cazzira wissen. »Von den Tylwyn Tou hat ihn überhaupt niemand begleitet? Ich dachte, das sei bei euch so Sitte.«

»Nur in Brynns Fall«, erklärte Juraviel. »Weil ihre Reise sie in Länder führen würde, über die wir nicht ohne weiteres Informationen einholen konnten.«

»Und weil diese Informationen für dein Volk von großer Wichtigkeit sind?«, hakte Pherol listig nach. »Und warum ist das so, Belli'mar Juraviel? Was plant dein Volk, wenn nicht einen Treck nach Süden durch die Berge und damit durch mein Zuhause? Und vielleicht möchte sich eure Armee bei dieser Gelegenheit auch gleich meinen Schatz unter den Nagel reißen, ja?«

»Nein, nein und nochmals nein!«, protestierte Juraviel lautstark, hob beschwichtigend die Arme und gab sich größte Mühe, den aufkommenden Zorn des Drachen zu besänftigen. »Wie hätten wir so etwas planen können, wo wir doch nicht einmal von deiner Existenz wussten, großer Pherol? Die einzigen uns bekannten Drachen leben im Packeis eines Nordlandes namens Alpinador, und das ist eine Gegend, in die kein Touel'alfar freiwillig einen Fuß setzen würde.«

»Aber angenommen, du könntest deinem Volk berichten ...«, deutete der Drache an.

»… würde es trotzdem einen möglichst großen Bogen um den Pfad der sternenlosen Nacht machen«, konterte der Elf ohne zu zögern. »Warum sollten es die Touel'alfar auf einen Streit mit dir anlegen wollen? Wegen deines Schatzes? Der Schatz enthält nichts, was wir besonders schätzen, wenn du verstehst, was ich meine. Wir haben das aus Schwarzfarn gewonnene Silverel und obendrein ein verwunschenes Tal voller Magie. Im Gegensatz zu den Menschen übt Gold keine große Anziehung auf uns aus.«

Der Drache dachte einen Augenblick darüber nach, dann nickte er und gab sich mit einem, wie Juraviel fand, aufrichtigen Knurren geschlagen. Juraviel fuhr daraufhin auf sehr anschauliche Weise in seiner Erzählung fort, indem er die zahlreichen Kämpfe, die er beschrieb, nachstellte und sich sogar ein paar zusätzliche ausdachte, die zu den spärlichen Requisiten passten, die ihm in der Grube zur Verfügung standen, einem einzelnen Zweig und einem halbwegs flachen Stein, den er sich wie einen Schild vor dem Körper halten konnte.

Erschöpft legte er an der Stelle eine Pause ein, wo er Elbryan, Pony und Avelyn zum fernen Barbakan begleitete, ehe er mit den Flüchtlingen in den Süden zurückkehrte, wo es dann zu der Begegnung mit dem geflügelten Dämon kam. Er schloss mit den Worten: »Wir hatten praktisch keine Ahnung, dass diese Bestie jede unserer Bewegungen beobachtete, bereit, jeden Augenblick über uns herzufallen«, was vermutlich nicht ganz der Wahrheit entsprach, das Interesse des Drachen aber bestimmt bis zur Fortsetzung am nächsten Tag wach halten würde.

»Du kannst doch nicht einfach an dieser Stelle aufhören!«, protestierte Pherol und stampfte mit seinem Fuß auf, eine Erschütterung, die Juraviel glatt vom Boden abheben ließ.

»Aber ich muss«, erwiderte der Elf. »Ich kann eine so aufregende Schlacht nicht schildern, wenn ich zu erschöpft bin, um meine Rolle nachzuspielen. Gönne mir ein wenig Schlaf, bester Pherol.«

»Schlaf?«, äffte der Drache ihn voller Argwohn nach.

»Schlafen kannst du jahrhundertelang, aber wenn du wach bist, hast du deine Rolle zu spielen, kleiner Mann!« Und dann lachte er Feuer speiend, so dass Juraviel und Cazzira verschreckt den Kopf einzogen und sich hektisch in Sicherheit zu bringen versuchten.

»Also schön«, räumte Pherol ein, als sich seine Heiterkeit wieder gelegt hatte. »Aber länger als ein Jahr werde ich euch nicht schlafen lassen! Ich will die Geschichte unbedingt hören.«

Juraviel schüttelte nachdrücklich den Kopf und hatte große Mühe, ein Schmunzeln zu unterdrücken. Ein Jahr? Er hatte eher an ein paar Stunden gedacht.

»Nein, so lange nicht«, versuchte er zu erklären, nachdem er wieder einmal an den grundlegenden Unterschied zwischen Drachen und allen anderen Arten erinnert worden war. Diese Geschöpfe existierten seit dem Anbeginn der Zeit und waren Zeugen der ersten Sonnenaufgänge über Korona gewesen. Wenn sie nicht getötet wurden, lebten sie ewig, weshalb sie auch einen völlig anderen Zeitbegriff als selbst die langlebigen Elfen hatten. »Ich brauche nur ein paar Stunden, um mich auszuruhen und eine Kleinigkeit zu essen, dann werde ich dich rufen, mächtiger Pherol.« Er hatte kaum geendet, als ihm ein Gedanke kam. Er kratzte sich am Kopf und begann, sich auf dem Boden der Grube umzusehen.

»Was ist?«

»Ich suche nach einer Möglichkeit, wie sich die Geschichte besser ausschmücken ließe«, erklärte Juraviel. »Egal – mir fällt bestimmt etwas ein.«

Pherol musterte ihn blinzelnd aus seinen gelblich grünen Augen, dann zuckte die Bestie mit den Achseln, ging in die Hocke und entfernte sich mit einem mächtigen Satz, der ihn mühelos bis zum Oberrand der Grube beförderte.

»Was für eine ungeheure Körperkraft«, sagte Cazzira und blickte wie Juraviel zu der Stelle hinauf, wo der Drache soeben verschwunden war. Sie legte ihm den Arm in einer aufmunternden Geste auf die Schulter und schob ihren Kopf ganz nah an seinen, so dass Juraviel seine noch nicht ganz ausgereiften Pläne für ein paar Augenblicke in den Hintergrund gleiten ließ, um den Duft dieses wundervollen Wesens in vollen Zügen zu genießen. Dann drehte er leicht den Kopf und betrachtete ihre porzellanweiße Haut und die verblüffend blauen Augen.

Wäre die verschollene Brynn nicht gewesen, Belli'mar Juraviel hätte nicht das Geringste gegen diese Gefangenschaft einzuwenden gehabt.

»Ständig legst du Pausen ein!«, beschwerte sich Pherol, als Juraviel seine Geschichte wieder einmal unterbrach, um suchend in der Grube umherzulaufen.

Mit einem missfälligen Murren schnappte sich der Elf einen Stein und betrachtete ihn kurz, ehe er ihn wieder wegwarf.

»Was soll das?«, fuhr der Drache ihn an.

»Wie soll ich auf einer so kahlen Bühne eine vernünftige Aufführung auf die Beine stellen?«, erwiderte Juraviel verärgert.

»Aufführung auf die Beine stellen? Ich habe dich gebeten, eine Geschichte zu erzählen!«

»Aber es ist eine Geschichte von Kampf und Mut, von lebenden und toten Helden!«, entgegnete der Elf schlagfertig. »Entweder ich erzähle die Geschichte so, dass ich dem Gedenken Nachtvogels gerecht werde, oder ich lasse es bleiben!«

»Du wirst sie erzählen, wie …« Der Drache wollte zu einer scharfen Erwiderung ansetzen, aber dann unterbrach er sich plötzlich, sah sich gründlich um, betrachtete erst Juraviel, dann Cazzira und schließlich die nahezu vollkommen leere Grube. Sein Blick wanderte zurück zu Juraviel, und schließlich nickte er. »Kommt mit«, forderte er die beiden auf. Er ging zu Cazzira, hob sie mit seinem kräftigen Arm vom Boden hoch und schnappte sich auf ganz ähnliche Weise Juraviel.

Mit einem gewaltigen Satz verließ der Drache die Grube und setzte die beiden Elfen auf dem steinernen Fußboden einer riesigen, mit Rüstungsteilen und Waffen sowie Bergen von

Silber- und Goldmünzen gefüllten Schatzkammer ab, in der es vor Edelsteinen und Geschmeide nur so funkelte.

»Hier hast du deine prächtigere Kulisse«, erklärte der Drache.

Juraviel nickte und schlenderte umher, um sich den Schatz genauer anzusehen. Er überlegte, ob es hier möglicherweise Gegenstände gab, für die sich eine bessere Verwendung finden ließe denn als Requisiten eines Stückes, ein solides Schwert vielleicht oder einen Edelstein, der ihm zur Freiheit verhelfen würde.

Aber der Gedanke an den Gegner, den er dabei zu besiegen hätte, ließ ihn den Einfall augenblicklich als unsinnig verwerfen; diese Kreatur wäre ihm selbst dann noch überlegen, wenn er das vortrefflichste Schwert der Welt in Händen hielte, die allerbeste Rüstung trüge und im Besitz des größten Edelsteins wäre, den es gab.

Außerdem hatte er eigentlich gar nicht die Absicht, mit Pherol zu kämpfen, selbst wenn er überzeugt gewesen wäre zu gewinnen.

Der Gedanke ließ ihn einen Moment innehalten und brachte ihn zu einer überraschenden Erkenntnis. Hatte er etwa angefangen, den Drachen Pherol zu mögen?

Juraviel schüttelte den Gedanken ab und räusperte sich, ehe er seine Geschichte wieder aufnahm, indem er zwischen den Schatzhaufen und den verschiedenen Felsvorsprüngen der Felsenhöhle auf und ab lief, um die handlungsreichen Szenen zu veranschaulichen. An einer Stelle griff er sogar zum Schwert, um die Schlachten nachzustellen, die Nachtvogel und Pony im und um den Barbakan hatten schlagen müssen. Wieder bediente er sich dabei sehr großzügig des Stilmittels der Ausschmückung und nahm sich jede Menge künstlerischer Freiheiten heraus, denn er hatte es nicht übermäßig eilig, zum Ende zu kommen.

An einer Stelle, er schilderte gerade die Flucht vor den Riesen am Ring um den Barbakan, lief Juraviel einen Berg aus Münzen hinauf, warf sich über dessen höchsten Punkt und ließ sich auf der Rückseite wieder hinuntergleiten, wo er für eine Weile aus dem Blickfeld seiner beiden Zuhörer verschwand. Dort, verborgen vor ihren Blicken, harrte er eine Weile aus, bis Pherol sich schließlich mit dröhnender Stimme erkundigte: »Wo steckst du, kleiner Mann?« Argwohn und wachsender Unmut in seiner Stimme waren nicht zu überhören.

Augenblicklich kam Juraviel, ein blinkendes Schwert hoch über den Kopf erhoben, inmitten eines Berges von Münzen wieder zum Vorschein. »Das riefen die Riesen!«, proklamierte er theatralisch und machte, mit dem Schwert die Luft rings um sich her zerteilend, einen Satz nach vorn. »Wo seid ihr? Und Nachtvogel sprang, umgeben vom wilden Blinken seines Schwertes Sturmwind, hervor, streckte die mächtigen Bestien nieder und schlug sie in die Flucht.«

Zum großen Entzücken sowohl Cazziras als auch Pherols verfiel der Elf bei der Ausschmückung seiner Geschichte in eine wilde, ungestüme Abfolge tänzelnder Bewegungen.

Er schloss, indem er sich zu den beiden umdrehte, das Schwert mit der Spitze nach unten auf den Boden stellte und sich mit seinem ganzen Gewicht darauf stützte. »Und damit endet meine Geschichte für heute«, verkündete er.

Zu Juraviels Überraschung war es Cazzira, die ihrem Unmut Luft machte, bevor Pherol Gelegenheit dazu fand. Aber er blieb hartnäckig. »Immer nur ein kleines Stück«, erklärte er und warf das Schwert auf den nächstbesten Schatzhaufen. »Verweilt in Gedanken noch ein wenig bei dem, was ich euch heute erzählt habe, damit die Geschichte morgen noch eindrucksvoller klingt.«

Pherol fing schallend an zu lachen und hüpfte auf und ab, womit er den gesamten Höhlenraum in Schwingungen versetzte und die Münzen klirrend durcheinander warf.

»Geht jetzt und schlaft euch aus«, befahl ihnen der Drache, ehe er sich erst Cazzira und dann Juraviel schnappte und die beiden in die Grube zurücktrug.

Der nächste Tag verlief im Großen und Ganzen genauso, der übernächste ebenfalls. Während beider Darbietungen fand Juraviel zumindest einmal Gelegenheit, sich für einen längeren Zeitraum den Blicken der beiden anderen zu entziehen.

Beim dritten Mal kam Cazzira ihm schließlich auf die Schliche.

»Du willst dich aus dem Staub machen«, sagte sie eine Weile später zu ihm, als sie Pherol bereits in der Höhle über ihnen schnarchen hörten. »Deswegen verschwindest du immer wieder aus dem Blickfeld.«

Juraviel legte ihr einen Finger auf die Lippen, um sie zum Schweigen zu bringen. »Ich bin durch mein Wort und meine Pflicht gebunden«, erklärte er.

»Und durch deine Zeit mit mir nicht?«

»Mehr als du ahnst«, erwiderte Belli'mar Juraviel, ehe er ihr plötzlich und völlig unerwartet einen zarten Kuss auf die Lippen gab. Cazzira wollte noch etwas erwidern, doch Juraviel schnitt ihr erst mit einem, dann mit einem zweiten Kuss das Wort ab, indem er sie immer fester an sich zog und dabei zu seinem Entzücken feststellte, dass sie ihn nicht zurückwies.

Als sie sich in dieser Nacht in einer öden, kahlen Gefängnisgrube in der Höhle eines Drachen liebten, war es für Juraviel schöner als unter dem sternenklaren Nachthimmel in Andur'Blough Inninness.

Eine Weile später wachte Cazzira auf und sah Juraviel neben sich liegen, auf einen Ellbogen gestützt, damit er sie anschauen konnte.

»Ich bin dir verbundener, als du ahnst«, sagte er leise, während er ihr mit der Hand über die Wange und anschließend über ihr seidenweiches Haar strich. »Und meine Liebe zu dir zwingt mich, dich aus meinem verzweifelten Plan herauszuhalten. Ich will dich nicht in den Tod schicken, Cazzira, und ich fürchte, dass er *mich* spätestens in den Gängen draußen vor Pherols Höhle einholen wird.«

»Sie ist doch bloß ein Mensch«, erinnerte ihn Cazzira.

»Sie ist eine Hüterin, und ich habe mich verpflichtet, ihr zu helfen. Ich habe also gar keine andere Wahl, als es zu versuchen.«

»Und wenn du damit fertig bist?«

Juraviel wandte den Blick ab und dachte über die Frage nach, ehe er sie wieder anschaute und ihr dabei fest in die Augen sah, um ihr zu zeigen, wie ernst es ihm war. »Wenn ich fertig bin, komme ich zurück, um Pherol meine Geschichte zu Ende zu erzählen. Bist du dann noch hier, bleibe ich auch. Wenn nicht, wenn es dir bis dahin gelungen sein sollte zu fliehen, werde ich nach Tymwyvenne zurückkehren, um bei dir zu sein.«

Die Doc'alfar hob lächelnd die Hand und strich Juraviel übers Gesicht. »Wenn nicht, werde ich mein Volk in einen Krieg gegen die Touel'alfar führen«, drohte sie schmunzelnd. »Kriege sind schon aus viel geringfügigeren Gründen vom Zaun gebrochen worden.«

Juraviel beugte sich vor und wollte sie noch einmal behutsam küssen, aber Cazzira packte ihn und zog ihn zu sich herüber, bis sie auf ihm lag und ihn mit eindringlichen Küssen überhäufte.

Erst sehr viel später rief Belli'mar Juraviel nach Pherol, um mit seiner, wie er es sah, letzten Vorstellung zu beginnen.

Cazzira beobachtete, wie der Drache sich, jeder Zoll seines sehnigen, muskulösen, schuppigen Körpers angespannt, vorbeugte und darauf wartete, dass Belli'mar Juraviel hinter dem Berg aus Münzen im Hintergrund der riesigen Höhle wieder zum Vorschein kam. Der Elf hatte Nachtvogels und Ponys Flucht vom Berg Aida auf dem Rücken ihres kräftigen Hengstes Symphonie in Szene gesetzt, sich dabei in dem Münzberg eingegraben und seinen Arm mit dem Schwert gen Himmel gereckt, um den mumifizierten Arm Bruder Avelyns darzustellen.

Unmittelbar darauf hatte er sich hastig in den rückwärtigen Teil des riesigen Hohlraums zurückgezogen und war auf allen vieren über den hintersten Münzhaufen geklettert.

Seitdem waren endlose Sekunden verstrichen.

Cazzira lehnte sich entspannt zurück und dachte darüber nach, was dieser Verlust für sie bedeutete. Sie war überrascht, welch große Lücke er in ihrem Herzen hinterließ, wie hart sie das Gefühl des Alleingelassenwerdens traf. Sie wusste, dass Juraviel glaubte, in ihrem Interesse zu handeln. Schließlich mussten sie nicht annehmen, dass Pherol ihr etwas antun würde, Juraviel dagegen hatte sich zweifellos in schreckliche Gefahr gebracht.

Trotzdem, hätte sie sich vorher klargemacht, wie schmerzlich diese Trennung sein würde, sie hätte einen Weg gefunden, mit ihm zusammen zu fliehen und die tollkühne Reise in den Süden anzutreten.

Sie beobachtete, wie Pherols Gesichtsausdruck von gespannter Aufmerksamkeit erst in Verwirrung, dann in Argwohn und schließlich in jenen wachsenden Unmut überging, den nur ein Drache an den Tag zu legen vermochte. »Wo steckst du, kleiner Mann?«, knurrte er.

Pherol sah zu Cazzira, doch die zuckte lediglich mit den Schultern und versuchte ebenso überrascht auszusehen wie er. »Gleich«, versuchte sie die Bestie zu beruhigen.

Pherol erhob sich und seine Augen verengten sich zu schmalen Schlitzen, während er, begleitet von leisem, unablässigem Geknurre, seinen Blick durch die gesamte Höhle wandern ließ. Er machte einen Schritt nach vorn, drehte sich langsam um die eigene Achse und begann hörbar Witterung aufzunehmen. »Kleiner Mann?«, fragte er erneut, mit deutlich lauter werdendem Grollen in der Stimme.

Cazzira wollte schon auf ihn zugehen, schreckte dann aber zurück, als sie merkte, dass der aufgestaute Zorn die eisenharten Muskeln seiner schuppigen Arme zittern ließ und sich jeden Moment entladen konnte.

»Kleiner Mann?«

Wieder vergingen mehrere Sekunden.

Auf einmal wirbelte er zu Cazzira herum, packte sie und klemmte sie mit einer Schnelligkeit unter seinen Arm, den die katzenhaften Reflexe der Doc'alfar bei weitem übertraf, nahm ein paar Schritte Anlauf und setzte an zu einem gewaltigen Sprung hinunter in die Grube. Dort warf er Cazzira auf den

Boden und entfernte sich mit großen Sprüngen, während sein Knurren zu einem erdbebenähnlichen Gebrüll anschwoll.

»Kleiner Mann!«, rief er, während er sich durch Berge von Münzen wühlte und die Kostbarkeiten in der gesamten Schatzkammer verstreute. Unter einem der Schatzhaufen stieß er auf einen Fels, den er, obwohl größer als seine derzeitige zweibeinige Gestalt, mit einem Fußtritt zur Seite beförderte. Damit nicht zufrieden, bückte sich Pherol, hievte den Felsbrocken über seinen Kopf und schleuderte ihn quer durch die Schatzkammer, wo er beim Aufprall an der Wand in zwei Teile zerbarst.

Hinter dem letzten Schatzhaufen, wo Juraviel verschwunden war, wurde ein schmaler unterirdischer Gang sichtbar. Pherol machte Anstalten, sich hineinzustürzen, blieb dann aber witternd stehen.

Der Drache trat einen Schritt zurück und sah hoch zu einer zweiten dunklen Öffnung ein Dutzend Fuß über dem Boden, eine Öffnung, die Juraviel mit Hilfe seiner Flügel hätte erreichen können.

Pherols Blick verengte sich erneut; mit einem Satz war er oben im Loch und verschwand, die kleinen Flügel auf seinem Rücken eingefaltet, den kurzen, dicken Schwanz gestreckt hinter sich, auf allen vieren laufend im dahinter liegenden Gang.

Juraviel rannte so schnell ihn seine Füße trugen, doch da die unterirdischen Gänge in der Umgebung der Schatzkammer nicht annähernd so gut von der orangefarbenen Glut der Lava ausgeleuchtet waren, geriet der Elf trotz seines ausgezeichneten Sehvermögens immer wieder ins Straucheln. Auch ohne diese fortgesetzte Stolperei, das wurde ihm immer klarer, würde er Pherol nicht ohne weiteres abhängen können. Er setzte seine ganze Hoffnung darauf, dass der Gang sich oft verzweigte.

Kurz darauf vernahm er stampfende, rasch näher kommende Schritte. Er stolperte weiter durch das dämmrige Licht und wusste, bald würde er gefasst werden, es sei denn …

Als er zur ersten Weggabelung gelangte, atmete der Elf tief durch. Eine Abzweigung wand sich rechts nach unten, während der Hauptgang geradeaus weiterführte. Juraviel wollte sich instinktiv für den Nebenweg entscheiden, hielt dann aber inne und besann sich eines Besseren; genau das würde Pherol von ihm erwarten.

Also lief er so schnell er konnte weiter, in der Hoffnung, durch die Gabelung ein wenig Zeit gewonnen zu haben. Doch dann hörte das Stampfen auf, und kurz darauf vernahm Juraviel schnuppernde Geräusche. Er zuckte vor Schreck zusammen, rannte aber weiter – was hätte er auch sonst tun können?

Plötzlich kamen die stampfenden Schritte des Drachen wieder näher. Mehrere Einmündungen verschafften dem Elf einen kleinen Vorsprung, da Pherol jedes Mal stehen bleiben und erneut Witterung aufnehmen musste. An einer dieser Dreifachgabelungen rannte Juraviel etliche Schritte weit in einen steil abfallenden Gang hinein, bis er zu einem Felsvorsprung gelangte, der jählings vor ihm in die Tiefe stürzte. Er kehrte um, ließ sich, als er in einen anderen Gang einbog, von seinen Flügeln bis fast unter die Decke des breiten Tunnels tragen und krabbelte dort auf allen vieren ein ganzes Stück an der Wand entlang.

Er hörte Pherol abermals stehen bleiben und Witterung aufnehmen und schöpfte Hoffnung, als die Schritte des Drachen sich entfernten und schließlich ganz verklangen.

Aber kaum eine Stunde später, mittlerweile tastete er sich durch völlige Finsternis, vernahm Juraviel die Schritte des Lindwurms erneut, und wieder kamen sie rasch näher.

Der Kerl hat Augen wie eine Lampe, dachte er. Nicht mehr lange, und Pherol würde ihn eingeholt haben und höchstwahrscheinlich verschlingen.

Hinter einer Biegung wurde es wieder heller im Gang, und kurz darauf gelangte Juraviel in eine breite Höhle mit einer weit geschwungenen Brücke, die in großer Höhe einen Lavastrom überspannte. Auf der gegenüberliegenden Seite führte der unterirdische Gang wieder aus der riesigen Höhle hinaus.

Hektisch untersuchte er die Brücke, in der Hoffnung, ein paar Schwachstellen zu finden, die das Gewicht der Bestie nicht tragen würden, musste aber kurz darauf einsehen, dass der künstliche Übergang von Pauris angelegt worden war und einen ziemlich stabilen Eindruck machte.

Juraviel spähte auf der Suche nach einer anderen Möglichkeit mit zusammengekniffenen Augen in die orangefarbene Glut. Die Luft war dermaßen von schwefelartigem Gestank erfüllt, dass Pherol ihn hier, in diesem Teil der Höhle, gewiss nicht würde wittern können.

Dann hatte der Elf eine Idee. Er sah zur Seite, zur fernen Höhlenwand, dann nach unten und versuchte, die Entfernung im Verhältnis zur Höhe der Brücke abzuschätzen.

Das gar nicht mehr so ferne Trampeln des Drachen ließ den Boden erzittern.

Juraviel nahm quer zur Brücke Anlauf, sprang hoch und weit ab und ließ sich unter heftigem Schlagen seiner winzigen Flügel von den heißen Aufwinden der Lava über den breiten Abgrund tragen. Er prallte hart gegen die Seitenwand der Höhle, konnte sich aber festhalten und zu einer Stelle hinüberhangeln, die im Schatten eines Felsvorsprungs lag. Dort angekommen, zog er den Kopf ein und versuchte sich so unsichtbar wie möglich zu machen.

Er hörte, wie Pherol die Höhle betrat und sofort über die Brücke stürmte. Er wartete noch eine Weile, bis die schweren Schritte des Drachen sich entfernt hatten, dann löste er sich langsam aus seiner kauernden Körperhaltung und streckte den Hals vor, um einen Blick auf die mittlerweile wieder verlassen daliegende Steinbrücke zu riskieren. Wenn er nur dorthin gelangen und durch den unterirdischen Gang denselben Weg zurückgehen könnte …

Aber die Brücke war ein gutes Stück entfernt und oberhalb von ihm, und jeder Versuch, von der Seitenwand abzuspringen und zurückzufliegen, würde ihn unweigerlich in die glühende Lava stürzen lassen.

Also hangelte er sich an der Felswand entlang, indem er

sein Körpergewicht mit Hilfe seiner Flügel reduzierte und sich die Kletterei auf diese Weise etwas erleichterte. Zoll für Zoll tastete sich Juraviel vor bis zu der Wand, in der sich der Gang befand, durch den er in die Höhle gelangt war, und kam dem weiten Schwung der Brücke dabei immer näher. Wenn es ihm gelänge, sich bis unmittelbar seitlich unter den Brückenbogen vorzuarbeiten, dann könnte er mit Hilfe eines kräftigen Sprungs und seiner Flügel vielleicht weit genug nach oben gelangen, um sich hinaufzuziehen.

Zoll für Zoll.

Als er auf ein besonders glattes und schwieriges Teilstück in der Felswand stieß, hielt er kurz inne, um seine Kräfte zu sammeln. Bereit, sich halb fliegend, halb kletternd daran vorbeizuhangeln, wappnete sich der Elf und holte einmal tief Luft.

»Hier steckst du also!«, ertönte, nicht weit entfernt, Pherols dröhnendes Organ. Dann sah der Elf seinen eigenen Schatten vor sich auf der Felswand, als der Lichtstrahl der entsetzlichen Lampenaugen über ihn hinwegstrich.

Er drehte langsam den Kopf, hielt dann aber inne und schloss die Augen, als er den Rand eines großen, ledrigen Flügels gewahrte. Offenbar hatte der Drache wieder seine eigentliche, riesenhafte Gestalt angenommen.

»Verrat!«, brüllte Pherol mit einer Stimme, deren schiere Lautstärke Juraviel seinen behelfsmäßigen Halt an der Felswand verlieren ließ. Mit fahrigen Bewegungen versuchte er, wild mit den Flügeln flatternd, sich festzuklammern, fand aber keinen rechten Halt. Seine blutverschmierten Finger krallten sich ins Gestein, während er hektisch mit den Beinen strampelte, um seinen Fuß aufzusetzen.

Dann hatte er nicht mehr die Kraft, seinen Absturz zu verhindern oder auch nur zu verlangsamen, und stürzte in die Tiefe.

Sein letzter Gedanke galt Tuntun, einer jungen Elfenfrau, in früheren Zeiten seine beste Freundin, ehe er sich staunend der bitteren Ironie ergab, dass sein Ende auf geradezu gespenstische Weise dem ihren gleichen würde.

2. Getrennt marschieren, vereint schlagen

»Ihr müsst Euren Zorn ablegen«, sagte Pagonel zu Brynn.

Die dunkelhaarige Frau sah den Mystiker des Ordens der Jhesta Tu durchdringend an. »Ich habe Ashwarawu sterben sehen.«

»Ich habe auch viele sterben sehen«, erwiderte Pagonel. »Beinahe sogar Euch.«

»Und ich habe gesehen, wie meine Eltern starben«, hielt Brynn dagegen, wobei sich ihr Mund angewidert verzog angesichts dieses unverständlichen Spiels, den anderen stets übertrumpfen zu wollen.

»Trotzdem müsst Ihr Euren Zorn ablegen.«

»Wie könnte ich jemals vergessen ...«

»Ich habe Euch nicht gebeten, irgendetwas zu vergessen«, fiel ihr der Mystiker ins Wort. »Das nicht – niemals. Jeder Einzelne von uns setzt sich aus der Gesamtheit seiner Erfahrungen zusammen, den guten wie den schlechten, und eine dieser Erfahrungen aufzugeben und aus der Erinnerung zu verbannen, käme einer Entwertung der eigenen Persönlichkeit gleich. Vergesst nichts. Versucht nie, den Bildern Eurer Erinnerung die Schärfe zu nehmen. Aber vor allem lasst Euch von diesen Bildern niemals zur Selbstaufgabe verleiten.«

Brynn sah ihn an, als verstünde sie nicht recht.

»Zorn mindert die Schärfe des Bewusstseins«, erklärte Pagonel. »Der Zorn lenkt einen in Bahnen, aus denen man sich nicht mehr ohne weiteres befreien kann, selbst wenn der gesunde Menschenverstand einem gebietet, einen ganz anderen Kurs einzuschlagen. Ihr habt Ashwarawu sterben sehen, aber er ist teils deshalb gestorben, weil er die Wirklichkeit der behrenesischen Falle nicht erkennen wollte, teils wegen seines Stolzes, zu einem gewissen Teil aber auch wegen seines Zorns.«

Brynn ließ sich die Worte einen kurzen Augenblick durch den Kopf gehen und vermochte nicht zu widersprechen. »Es wird nicht ganz einfach sein, eine neue Rebellentruppe für den Kampf gegen die Turbane aufzustellen.«

»Aus Eurem Mund hat dieses Wort einen unschönen Klang, Brynn Dharielle.«

Sie sah den Ordensbruder fragend an.

»Turbane«, erklärte er. »Das Wort hat etwas Herabwürdigendes, es dient dazu, den Feind zu entmenschlichen.«

»Etwas Herabwürdigendes?«, wiederholte Brynn fassungslos. »Hätte ich die Gelegenheit, ich würde jeden Turban … jeden Behreneser töten«, verbesserte sie sich, als sie seinen strafenden Blick bemerkte.

»Tatsächlich? Ihr würdet sogar ein behrenesisches Kind töten? Eine arme, unschuldige Mutter oder einen Mann, der nie eine Waffe gegen To-gai erhoben hat? Hat Euch die bittere Niederlage so verhärtet, dass nichts mehr übrig ist von der Frau, die davor zurückscheute, einem sterbend im Sand liegenden behrenesischen Krieger den Todesstoß zu versetzen?« Pagonel hielt inne und lächelte, ehe er Brynn amüsiert anlachte.

Brynn sah weg, konnte sich ihm aber nicht wirklich entziehen. Der Ordensbruder hatte – wieder einmal – Recht, und plötzlich kam sie sich wegen ihres hitzigen Ausbruchs ziemlich töricht vor.

»Ihr solltet genau überlegen, was Ihr tatsächlich für die Behreneser empfindet«, sagte Pagonel. »Sie denken nicht alle gleich, nicht alle haben Eure Rache verdient. Bedenkt, dass sie alle, auch die, die Ihr am meisten hasst, Menschen sind, Geschöpfe voller Hoffnungen für sich und ihre Kinder, die sich gar nicht so sehr von unseren unterscheiden.«

»Wollt Ihr mich etwa überreden aufzugeben?«

»Nein. Ich möchte nur, dass Ihr Euch selbst treu bleibt. Weiter nichts. Wenn Ihr erneut den Pfad des Krieges beschreitet, wird das nicht ohne Blutvergießen abgehen. Alle werden einen hohen Preis bezahlen müssen, sowohl Behreneser als auch To-gai-ru. Die Frage lautet, ist das Ziel, die Freiheit, diesen Preis auch wert?«

»Allemal!«, antwortete Brynn ohne das geringste Zögern.

»Dann wäre das geklärt.«

Damit machte Pagonel kehrt und ließ sie allein auf der kleinen Steinbrücke stehen, die die beiden Flügel der Wolkenfeste, ihres Klosters, hoch über dem Grund einer tiefen, nebelverhangenen Schlucht miteinander verband.

Mit wenigen Worten hatte der Mystiker ihr Denken auf den Kopf gestellt und ihre Sicht der Dinge verändert, nur ein kleines Stück zwar, aber in eine Richtung, die sich, wie Brynn bereits jetzt glaubte, als überaus fruchtbar erweisen könnte.

Sie wusste, es war nur eine der zahllosen Lektionen, die Pagonel und seine Ordensbrüder und -schwestern ihr während ihres Aufenthalts in der Wolkenfeste erteilen würden.

»Ich bin immer wieder erstaunt, wie sehr wir uns doch alle gleichen, obwohl wir unsere Überzeugungen mit verschiedenen Etiketten versehen, unseren Göttern unterschiedliche Namen geben und andere Rituale festlegen, um denselben höheren Bewusstseinszustand zu erreichen«, sagte Pagonel, als er aus dem abgedunkelten Zimmer kam und vor die gespannt wartende Brynn trat.

Brynn sah ihn verwundert an; sein selbstgefälliger Auftritt überraschte sie und war mehr als nur ein wenig enttäuschend. Sie war soeben eines der größten Wagnisse ihres Lebens eingegangen und hatte diesem Mystiker, der ihr während der letzten Wochen ihres Aufenthalts in der Wolkenfeste so sehr ans Herz gewachsen war, eines der größten Geheimnisse der Touel'alfar anvertraut. Dass sie Pagonel in die Geheimnisse des Orakels eingeführt hatte, war für sie ein gewaltiger Vertrauensbeweis, denn die Talente, die ihr das Volk von Lady Dasslerond vermittelt hatte, waren nicht zur weiteren Verbreitung bestimmt. Sie hatte erwartet, der Mystiker würde überwältigt sein, würde den Raum mit demselben ungläubigen Staunen im Gesicht verlassen wie Brynn nach ihrem ersten erfolgreichen Orakel, als sie glaubte, Kontakt zu den Geistern ihrer toten Eltern aufgenommen zu haben.

Er war lange in dem Zimmer geblieben, und Brynn war sicher, dass es ihm gelungen war, eine hohe innere Intensität zu erlangen, eine Ebene des Bewusstseins, die die Grenzen der Sterblichkeit überwand. Und jetzt stand er hier vor ihr und war offenbar nicht einmal beeindruckt.

»Denn im Grunde gibt es nur eine einzige Vorschrift«, begann Pagonel, doch dann sah er Brynns Enttäuschung, die ihr deutlich ins Gesicht geschrieben stand, und hielt inne.

»Habt Ihr schon von den Abellikaner-Mönchen aus dem Bärenreich gehört?«, fragte der Jhesta Tu sie einen Augenblick später.

Brynn nickte. »Sie beziehen ihre Kraft aus der Verwendung von Edelsteinen, die bei ihnen als heilig gelten.«

»Die Yatols dagegen betrachten diese Edelsteine als Sakrileg.«

Wieder nickte Brynn. »Und die Jhesta Tu?«

»Wir haben uns ihrer auch schon bedient.«

»Und, wart Ihr so beeindruckt, dass Ihr sie in Euer religiöses System aufgenommen habt?«, erkundigte sich Brynn mit leisem, aber unüberhörbarem Sarkasmus, nachdem sich der Mystiker nach Kennenlernen des Orakels so wenig begeistert gezeigt hatte.

»Die Jhesta Tu versuchen, dieselben Kräfte, die diese Edelsteine oder auch Euer Orakel bieten, in uns selbst zu finden«, erläuterte der Mystiker. Er trat näher und tippte ihr gegen die Stirn. »Hier drin befindet sich ein hohes Maß an Magie und Kraft«, sagte er, bevor er Brynn zu ihrer großen Überraschung mit der Hand übers Gesicht fuhr, über ihren Hals, zwischen den Brüsten hindurch und schließlich über den Bauch bis in die Leistengegend. »Eine Kraftlinie von hier bis dort«, erklärte er und trat einen Schritt zurück. »Dort liegt das Zentrum Eurer Lebensenergie, Eures Chi. Es ist nur wenigen Menschen vergönnt, die Kraft dieser Energie wirklich kennen zu lernen.«

»Nur den Jhesta Tu?«, wollte die leicht verdutzte Brynn wissen.

»Auch unter den Jhesta Tu nur sehr wenigen«, erklärte Pagonel. »Und das auch erst nach jahrelangen Studien. Geistigen Studien.« Er langte nach unten, löste die schwarze Schärpe von seiner Taille und zeigte sie Brynn. »Die Schärpe aller Farben«, erklärte er. »Sie ist das Symbol tiefgreifenden Verstehens. Derzeit tragen sie in der Wolkenfeste drei Personen, und von den anderen weit über einhundert wird im günstigsten Fall wohl nur eine Hand voll eines Tages den Grad der Erleuchtung erlangen, der sie zum Tragen dieser Schärpe berechtigt.«

Ehrfurchtsvoll hob Brynn die Hand, um die Schärpe zu berühren, und erst da bemerkte sie, dass sie keineswegs vollkommen schwarz war, sondern aus feinen Fäden in allen Schattierungen der Farbenskala bestand.

Sie lehnte sich zurück, als der Mystiker zurücktrat, um sich die Schärpe wieder um die Taille zu wickeln. Obwohl sie vorher gewusst hatte, was es mit diesem Mann namens Pagonel auf sich hatte, erschien ihr seine Bemerkung von eben ziemlich überheblich, so als wollte er ihre jahrelange Ausbildung durch die Touel'alfar herabwürdigen.

»Was bedeutet angesichts dieser ungeheuren Leistung schon das Wunder des Orakels?«, fragte sie mit vor Sarkasmus triefender Stimme.

Pagonel lachte. »Es ist eine großartige Sache, eine kostbare Gabe und ein großer Schritt auf dem Weg zur Erleuchtung.«

Verwirrung zeichnete sich auf Brynns Gesicht ab. »Ihr schient nicht sonderlich beeindruckt zu sein«, erwiderte sie.

»Heute Morgen trifft sich eine Gruppe, die sich dem Wind hingeben wird«, sagte Pagonel. »Kommt mit, ich werde Euch unser Orakel zeigen.«

»Sie geben sich dem Wind hin?«

»Kommt«, widerholte Pagonel und reichte ihr die Hand. »Ihr habt mich am Orakel teilhaben lassen, also werde ich Euch hieran teilhaben lassen.«

Neugierig geworden, ergriff Brynn die Hand des Mystikers. Er geleitete sie aus dem Kloster durch eine Tür, die sie zuvor noch nicht bemerkt hatte und die auf der Rückseite des Gebäudes ins Freie führte. Vor ihnen lag ein schmaler Pfad, der sich den Berg hinaufwand. Sie schlugen ein derart forsches Tempo an, dass Brynn gelegentlich sogar in leichten Trab verfiel, um mit dem sie ziehenden Pagonel Schritt zu halten. Kurz darauf, es ging über einen kargen Felshang immer noch bergauf, erblickten die beiden weit über sich ein halbes Dutzend junger Ordensmitglieder in ihren orangefarbenen und roten Gewändern.

»Es wird kalt«, bemerkte Brynn.

»Genau darum geht es.«

Brynn blieb so abrupt stehen, dass Pagonel sich aus ihrem Griff löste; dann blieb auch er stehen, drehte sich um und sah sie an.

»Was soll das eigentlich?«

»Immer voller Ungeduld«, bemerkte der Ordensbruder, stieß einen tiefen Seufzer aus und setzte ein noch strahlenderes Lächeln auf. »Dies ist eines der Rituale, die man bei seinem Aufenthalt im Orden der Jhesta Tu durchlaufen muss. Die meisten meiner Ordensbrüder und -schwestern, die im Stande sind, sich dem Wind hinzugeben, sind zwar älter und erfahrener als Ihr, trotzdem denke ich, Ihr solltet es versuchen. Wenn Ihr die spirituelle Übung, die bei Euch Orakel heißt, gemeistert habt, dann habt Ihr, möchte ich vermuten, eine ausgezeichnete Ausbildung genossen.«

»Und dies wäre nach dem Orakel dann der nächste Schritt?«, fragte Brynn, noch immer mit leicht sarkastischem Unterton, der Pagonel, wenn man seinem amüsierten Lachen glauben durfte, nicht entging.

»Es ist wohl eher ein Schritt zur Seite als nach vorn«, erläuterte der Mystiker. »Dies ist unser Orakel – oder zumindest eine seiner Manifestationen.«

Brynn enthielt sich der beißenden Erwiderung, die ihr bereits auf der Zunge lag. »Dann geht voran«, entschied sie einen Augenblick später und ergriff die ihr von Pagonel gereichte Hand.

Fast eine volle Stunde stiegen sie weiter steil bergan und wurden dabei, je schwieriger das Gelände wurde, immer langsamer. Bald hatten sie die anderen Mystiker der Jhesta Tu erreicht. Pagonel schloss sich ihnen an, dicht gefolgt von Brynn. Sie hatte befürchtet, von den anderen vielleicht nicht akzeptiert zu werden, aber die anderen Mystiker schienen von ihr nicht einmal Notiz zu nehmen. Außerdem, machte sie sich klar, war Pagonel neben Meister Cheyes und Meisterin Dasa der Ranghöchste ihres Ordens, weshalb er die Regeln vermutlich mehr oder weniger nach Gutdünken auslegen konnte, insbesondere jene, die seinen Gast im Kloster betrafen.

Am Nachmittag befand sich die Truppe, umtost von einem eisig kalten Wind, hoch oben auf einem Berghang, an dessen schattigen Stellen sich bereits die ersten dauerhaften Schneeflächen bildeten. Brynn wollte schon anmerken, sie sei für diese Witterungsbedingungen nicht angemessen gekleidet, behielt den Gedanken dann aber doch für sich, da die sieben Mystiker der Jhesta Tu vor ihr mit nichts weiter als ihren leichten Gewändern bekleidet waren und nur zwei von ihnen Sandalen trugen, während die anderen barfuß gingen.

Unmittelbar nach einem steinigen Anstieg teilte sich der Pfad; eine Abzweigung schwenkte scharf nach links zur steilen Stirnwand des Berges ab, während der eigentliche Pfad nach rechts immer weiter anstieg. Brynn war überrascht, als die Mystiker nach links abbogen, und ihre Überraschung steigerte sich noch, als sie nach Verlassen der schützenden Felsblöcke und -wände zur steilen Stirnwand gelangten. Dort senkte sich der Pfad wieder und endete schließlich im Norden auf einem schmalen Felsvorsprung.

Hier wehte ein kalter, geradezu eisiger Wind. Die Mystiker betraten den Grat schweigend und folgten dem vorausgehenden Ordensbruder bis an sein Ende, wo dieser sich mit übereinander geschlagenen Beinen niederließ.

Pagonel blieb stehen und ließ Brynn vorbei. Sie trat auf den Felsvorsprung, nahm ihren Platz hinter den anderen Mystikern ein und bedachte erst ihren Mentor und dann die anderen mit einem fragenden Blick, als diese es sich alle in der gleichen Körperhaltung bequem machten.

Pagonel bedeutete ihr, es ihnen gleichzutun, also setzte sie sich ebenfalls hin.

Die anderen führten die Hände vors Gesicht und legten sie mit den Handflächen aneinander. Kaum hatte Brynn es ihnen nachgemacht, ließen die anderen ihre Hände zu den Hüften sinken. Wie auf ein Kommando bogen sie ihren Rücken durch, hoben ihre Hüfte an und ließen sie wieder sinken, ehe sie sich in einer langsamen, gleichmäßigen Bewegung vornüberbeugten, bis sie mit dem Bauch auf den übereinander geschlagenen Beinen lagen, die Stirn auf den Stein gepresst, die Arme nach oben gereckt.

Brynn warf dem nach wie vor stehenden Pagonel einen Blick zu, worauf er ihr mit einem Nicken bedeutete, ihrem Beispiel zu folgen.

Achselzuckend hob sie ihre Hüfte an, beugte sich dann vor, bis sie mit der Stirn fast den Stein berührte. Sie kam nicht ganz so tief hinunter wie die Mystiker, aber sie war ziemlich gelenkig, so dass sie es schaffte, eine halbwegs komfortable Stellung einzunehmen.

Dann wartete sie.

Und wartete.

Lange Zeit linste Brynn immer wieder unter ihrem Arm hindurch hinüber zu den anderen, in der Erwartung, sie würden irgendwann ihre Körperhaltung verändern, doch nicht einer von ihnen machte auch nur die geringste Bewegung. Zwei von ihnen stöhnten leise vor sich hin, aber davon abgesehen verharrten alle vollkommen still und regungslos.

Die Minuten verstrichen und verloren nach und nach jede Bedeutung. Nach einer Weile stellte Brynn ihre verstohlenen Blicke ein, gab sich ganz dem Augenblick hin und erlaubte ihren Gedanken abzuschweifen, anfangs zu alten Erinnerungen und Wunschvorstellungen und schließlich zu überhaupt nichts mehr.

Je tiefer sie in sich selbst versank, desto weltentrückter wurde sie.

Ein Gefühl von Taubheit und Kälte holte sie einige Zeit später wieder ins Bewusstsein zurück. Blinzelnd schlug sie die Augen auf und stellte zu ihrer Überraschung fest, dass die Sonne untergegangen war.

Brynn spürte, wie ihre Muskeln sich zusammenkrampften; ihre Zähne fingen an zu klappern. Unter größter Anstrengung gelang es ihr, den Kopf zu heben und in den eisigen Nachtwind zu halten. Zitternd, die schneidende Kälte überdeutlich auf allen unbekleideten Körperpartien spürend, schaffte sie es, sich aufzurichten.

Dann war Pagonel neben ihr, breitete eine schwere Wolldecke über sie, half ihr wieder auf die Beine und stützte sie, bis das Gefühl in ihre Beine zurückgekehrt war.

Er machte Anstalten, sie fortzubringen.

»Was ist mit den anderen?«, wollte Brynn wissen.

»Sie werden morgen ins Kloster zurückkehren.«

Brynn blieb stehen; ungläubig wanderte ihr Blick von Pagonel hinüber zu den sechs meditierenden Mystikern. »Sie werden erfrieren.«

»Sie haben ihren Körperrhythmus ganz bewusst verlangsamt. Zurzeit schlagen ihre Herzen kaum, daher kann die Kälte ihnen nichts anhaben«, erklärte der Meister der Jhesta Tu.

Brynn starrte ihn fassungslos an.

»So wie Ihr die Kunst Eures Orakels gelernt habt, so haben die Jhesta Tu gelernt, ihres zu beherrschen. Mit der Zeit werdet Ihr es begreifen, sofern Ihr beschließt, den Weg des Lernens einzuschlagen.« Er machte Anstalten zu gehen, und Brynn folgte ihm ein kleines Stück, bis sie abermals stehen blieb und ihn durchdringend ansah.

»Aber Ihr wart gleich mit Eurem ersten Versuch bei dem Orakel erfolgreich«, sagte sie, und wieder schwang etwas in ihrer Stimme mit, dass hier etwas nicht mit rechten Dingen zugehen konnte, dass Pagonel sich womöglich über sie lustig machte.

»Beschäftigt es Euch so sehr, wie Ihr im Vergleich zu mir abschneidet?«, fragte sie der Mystiker. »Und wie Eure Ausbildung verglichen mit der der Jhesta Tu abschneidet?«

Brynn hielt seinem Blick stand.

»Alle Mystiker, die sich in diesem Augenblick dem Wind hingeben, sind älter als Ihr«, erklärte er. »Und ich bin wahrscheinlich sogar doppelt so alt. Für solch negative Gefühle solltet Ihr weder Eure Zeit noch Euer Temperament oder Eure Talente vergeuden, meine Liebe.«

»Habt Ihr mich etwa hergebracht, damit ich versage?«, fragte Brynn. »Um mir zu beweisen, dass ich noch viel lernen muss?«

»Als ich Euch hierher brachte, wusste ich nicht, ob Ihr versagen würdet oder nicht«, antwortete Pagonel. »Aber im Grunde spielt das keine Rolle. Ich werde Euch in den kommenden Wochen die Technik beibringen, und wenn Ihr dann wieder herkommt, werdet Ihr die Nacht vergleichsweise komfortabel überstehen und Euch zum Schutz gegen die Kälte in Euch selbst versenken können.«

Brynn warf einen Blick den Pfad hinauf.

»Sogar mitten im Winter«, versprach Pagonel. »Selbst in der allerkältesten Winternacht.«

Anschließend brachte er sie wieder hinunter zum Kloster. Sogar im Dunkeln beschritt er den Pfad mit einer Unbefangenheit, wie sie nur durch lange Vertrautheit entsteht.

Brynns Lektionen begannen gleich am nächsten Tag; Pagonel brachte ihr bei, wie man sich auf eine einzige Partie, einen einzigen Aspekt des Körpers konzentrierte, er zeigte ihr, wie man sich bewusst entspannte, die Verbindung von Körper und Geist sowie die Selbstbeherrschung stärkte, bis sie sogar ihren Herzrhythmus verlangsamen konnte.

Drei Wochen später suchte Brynn den Felsvorsprung abermals auf. Am nächsten Morgen wanderte Brynn Dharielle, durch und durch erfrischt, zusammen mit einer Hand voll Jhesta Tu den Pfad hinunter zum Kloster. Keiner der Mystiker richtete auf diesem langen Weg das Wort an sie, aber jedes Mal, wenn es ihr gelang, einen ihrer Blicke zu erhaschen, schlug ihr unweigerlich so etwas wie Anerkennung entgegen.

Während der nächsten Wochen und Monate stieg Brynn

viele Male hinauf auf den Berg, um sich dem Weg hinzugeben, und obwohl der Sommer tief unten im Tal längst in voller Blüte stand, war es hier oben allein die von Pagonel und den Elfen gelernte Disziplin, die ihr das Überleben in den grausam kalten Nächten ermöglichte. Einmal harrte Brynn, vollkommen in sich selbst und in der Leere der schweigsamen Friedlichkeit dieses Ortes versunken, drei volle Tage auf dem Felsvorsprung aus.

Jedes Mal, wenn sie von dem Berg herabstieg, fühlte sie sich erfrischt und gestärkt und fand, dass sich ihr Lebensweg ein wenig klarer vor ihr abzeichnete.

Oftmals verließ sie die Wolkenfeste auch in der anderen Richtung und stieg die vielen tausend steinernen Stufen bis auf den Grund des Tals hinunter. Es war nicht schwer, die grasigen Felder zu finden, auf denen die Pferde frei umherliefen, und stets genügte ein einziger Pfiff, gefolgt von einem kurzen Ruf, um ihren besten Freund im Galopp zu ihr zu locken.

An einem dieser Morgen, der Sommer des 841sten Jahres des Herrn begann bereits, in den Herbst überzugehen, wärmten Brynn und Nesty sich im Schein der spätsommerlichen Sonne. Brynn hatte einen Eimer und verschiedene Bürsten mit heruntergebracht; sie wusste genau, wo sie das kleine Pony bürsten musste und welche Borsten zu verwenden waren, damit das Pferd wohlig den Kopf hin und her warf.

Brynn war an diesem Morgen noch vor Anbruch der Dämmerung herabgestiegen, so dass sie genau bei Sonnenaufgang bei Nesty anlangte. Sie hatte vor, den ganzen Tag mit ihrem Pony zu verbringen, es gründlich zu bürsten und auszureiten oder einfach nur neben ihm im Gras zu sitzen, während es auf der Suche nach köstlichen Kleeblättern ziellos über die Wiese wanderte.

Die junge Hüterin war überrascht, als sie eine hoch gewachsene und schlanke, wenngleich mit einem kleinen Bauch ausgestattete Gestalt nahen sah. Als sie aus dem direkten Gegenlicht heraustrat, erkannte sie Pagonel.

»Werde ich etwa oben gebraucht?«, begrüßte Brynn ihn

leicht besorgt, nicht etwa, weil Gesichtsausdruck oder Körperhaltung des Mystikers dazu Anlass gegeben hätte, sondern schlicht, weil er überhaupt den weiten Weg nach hier unten auf sich genommen hatte.

»Ich dachte, eigentlich könnte ich herunterkommen und den Tag in Eurer Gesellschaft genießen«, antwortete Pagonel. »Und mit ihm.« Als er geendet hatte, ging er hinüber und streichelte Nestys kräftigen Hals, während das Pony glücklich an einigen Kleeblättern rupfte. Nesty schwenkte seinen Kopf herum und biss ihm in die Hand, nicht, um ihn zu verletzen, sondern lediglich als Warnung.

»Er mag Euch sicher gern«, sagte Brynn mit einem amüsierten Lachen.

»Offenbar zum Anbeißen gern.«

»Vielleicht fühlte er sich durch unsere Freundschaft in seiner Freundschaft zu mir bedroht.«

»Oder aber er mag mich tatsächlich zum Anbeißen gern!«, wiederholte Pagonel und versetzte dem Pony einen Klaps auf den Hals.

»Ich habe heute Morgen mehrere Stunden lang mit dem Orakel meditiert«, fuhr der Mystiker fort.

Brynn wusste, dass er dies nicht nur sagte, damit sie sich wegen ihrer Stellung in der Wolkenfeste besser fühlte.

»Eine gelernte Lektion im Austausch gegen eine erteilte?«, fragte sie.

»Der Tausch hat sich gelohnt.«

»Hat er das wirklich?«, fragte Brynn ernst. »Teilen Eure Ordensbrüder Eure Begeisterung für das, was ich dem Orden geben könnte?«

»Irgendetwas beunruhigt Euch.«

Brynn dachte einen Augenblick über seine Bemerkung nach, ehe sie nickte. »In der Wolkenfeste ist man unerwartete Besucher nicht gewohnt.«

»Seid Ihr das denn?«

»Und, bin ich es?«, folgte sofort ihre Gegenfrage. »Ich bin kein Mitglied Eures Ordens, und doch lasst Ihr mich an dessen Geheimnissen teilhaben. Vielleicht passt das Euren Ordenskollegen nicht, Pagonel.«

»Ich bin Träger der Schärpe aller Farben und daher allein meinem eigenen Gewissen Rechenschaft schuldig«, erklärte er. »Niemand stellt Euer Hiersein in Frage, weder offen, mir gegenüber, noch hinter vorgehaltener Hand. Das stünde auch keinem Jhesta Tu zu.«

»Aber wie passe ich Eurer Meinung nach hierher?«, wollte Brynn wissen. »Haltet Ihr mich für eine Jhesta Tu? Hofft Ihr, dass ich eines Tages ebenfalls diesen Weg einschlagen werde?«

»Ich denke, diesen Weg beschreitet Ihr bereits den größten Teil Eures Lebens«, erklärte der Mystiker. »Ob Ihr nun beschließt, Euch auch offiziell als Jhesta Tu zu bezeichnen, ist unerheblich.«

Brynn wollte etwas erwidern, doch Pagonel schnitt ihr mit einer Geste das Wort ab und gab Nesty erneut einen Klaps auf den Hals, ehe er sich neben ihr niederließ. »Vor vielen Jahrhunderten, kurz nach der Gründung des Abellikaner-Ordens im Bärenreich, verirrte sich einer ihrer Missionare, die Hände voller Edelsteine, zu uns, um uns die frohe Botschaft seiner Version Gottes zu verkünden. Er wurde, wie Ihr, in der Wolkenfeste aufgenommen und teilte alles mit uns, so wie wir mit ihm. Ich denke, sowohl unser Orden als auch seine Urteilskraft gingen gestärkt aus dieser Verbindung hervor, deshalb wird auch meine Urteilskraft gestärkt werden, wenn ich lerne, die Dinge mit Euren Augen zu sehen. Auf ähnliche Weise, hoffe ich, wird die Erfahrung Eures Aufenthalts hier in der Wolkenfeste auch Euch stärken.«

Brynn musterte den älteren Mann durchdringend, sah ihm fest in die Augen, ohne zu blinzeln. »Wieso wollt Ihr eigentlich, dass ich gestärkt werde? Ist mein Anliegen etwa auch Eures?«

»Das weiß ich nicht«, erwiderte der Mystiker.

»Aber warum dann?«, fragte Brynn. »Warum habt Ihr Euer Leben riskiert, um mich auf dem Schlachtfeld vor den Toren Dharyans zu retten? Und warum habt Ihr mich den weiten

Weg bis hierher, in den Süden, gebracht? Hättet Ihr für einen anderen das Gleiche getan? Hättet Ihr einen anderen – vielleicht sogar Ashwarawu selbst – auch bis hierher gebracht und ihm die Geheimnisse Eures Ordens anvertraut?«

»Nein«, erwiderte Pagonel unumwunden.

»Warum dann?«

Der Mystiker holte tief Luft und lehnte sich ein kleines Stück zurück, als Brynn sich ungeduldig zu ihm herüberbeugte. Kurz darauf wandte er den Blick ab.

»Weil ich vieles, was mich bewegt, in Euch wiederfinde«, sagte er einen Moment später und wandte sich wieder zu Brynn um, um ihr verwirrtes Gesicht zu betrachten, dieses wunderhübsche Gesicht, das nur wenige Zentimeter von seinem entfernt war. »Ihr versteht, was die Jhesta Tu ausmacht – das habe ich sofort gesehen. Ich wusste, wir würden beide davon profitieren …« Er geriet ein wenig ins Stocken, und zum ersten Mal erlebte Brynn, dass er um Worte verlegen war.

Sie legte ihm einen Finger auf die Lippen und brachte ihn zum Schweigen. »Ich weiß«, sagte sie. »Ich wusste es auch, gleich vom ersten Augenblick an, als wir uns in Ashwarawus Lager begegneten.«

Sie zog ihren Finger zurück, doch Pagonel sprach nicht weiter. Er saß einfach da und betrachtete sie – und sie ihn.

In diesem Augenblick hätte Pagonel nichts lieber getan, als sie zu küssen, doch er tat es nicht. Er hielt sich zurück und ermahnte sich, dass er schließlich doppelt so alt war wie Brynn.

Auch Brynn hätte ihn in diesem Augenblick am liebsten geküsst, aber sie war nicht beherzt genug, um diesen Schritt auf eine andere Ebene der Intimität von sich aus zu wagen, auch wenn körperliche Intimität im Grunde nie etwas anderes für sie sein konnte als eine Erweiterung der gefühlsmäßigen Intimität, die bereits seit vielen Monaten zwischen ihnen bestand. Es herrschte eine so harmonische geistige und seelische Ausgewogenheit zwischen ihnen, dass ihr der Altersunterschied fast gleichgültig war.

Aber Pagonel blieb zurückhaltend, und Brynn, so unschuldig und unwissend in Dingen körperlicher Initimität, wagte nicht, den ersten Schritt zu machen.

Sie blieben mit Nesty bis zum späten Nachmittag auf der Wiese, dann stiegen sie gemeinsam die lange Treppe hoch, zurück zur Wolkenfeste, zu Pagonels Heim und Brynns willkommener Zuflucht.

3. Erleichterung durch Verzicht

Yakim Douan war ziemlich überrascht, als er erfuhr, der Chezhou Kaliit, Meister des gleichnamigen Kriegerordens, sei nach Jacintha gekommen, um ihn zu sprechen. Denn obwohl die Chezhou-Lei den Yatol-Priestern treu ergeben waren, ihnen als Leibwächter dienten und sich sogar als lebender Schutzschild vor einen auf einen Yatol geschleuderten Speer werfen würden, verließ der Kaliit, ein alter Mann mit breitem Brustkorb namens Thog Timig, nur selten sein viele hundert Meilen von Jacintha entferntes Heimatdorf. Schon sein bloßes Hiersein sagte Yakim Douan, dass etwas Außergewöhnliches im Gange war.

Die Tür des privaten Audienzzimmers öffnete sich einen Spaltbreit, und herein kam Merwan Ma und geleitete den alten, gebeugten Mann in den Raum. Der Kopf des Kaliit war zwischen seine Schultern gesunken, und während sein Oberkörper noch nichts von der Kraft und Wuchtigkeit seiner früheren Jahre als Krieger eingebüßt hatte, waren seine Arme und Beine mittlerweile spindeldürr und wirkten nach einer Vielzahl unterschiedlichster Verletzungen kraftlos und verwachsen. Doch obwohl der Körper des Kaliit erste Anzeichen von Gebrechlichkeit aufwies, in seinen dunkel funkelnden Augen, die eine ungebrochene Lebendigkeit verströmten, war davon nichts zu sehen.

Von dem Moment an, da er durch die Tür trat, fixierte er Douan mit einem durchdringenden Blick, der neben dem gebührenden Respekt auch die ungeheure Willenskraft des Mannes erkennen ließ.

»Seid willkommen, Kaliit Timig«, begrüßte Douan ihn herzlich. »Ich hatte schon befürchtet, keine Gelegenheit mehr zu erhalten, Euch willkommen zu heißen, bevor Yatol einen von uns zu sich ruft.«

Der Kaliit ließ sich steif, aber überaus würdevoll in einen Sessel an der Seite des Chezru-Häuptlings gleiten.

»Lange wird es nicht mehr dauern«, erwiderte er trocken. »Mittlerweile spüre ich das Wüten jedes Unwetters in meinem Körper, lange bevor sich die ersten Wolken am Himmel zeigen.«

Douan nickte verständnisvoll und lächelte. Er hatte keine Ahnung, wie alt der Kaliit tatsächlich war, aber auf jeden Fall war der Mann sehr alt, praktisch schon ein Greis. Thog Timig war gleich zu Beginn von Douans Amtszeit als Chezru-Häuptling in seine Position als Kaliit aufgestiegen, doch während Yakim Douan damals kaum mehr als ein junger Bursche gewesen war, war Thog Timig bereits ein Mann in den besten Jahren gewesen.

»Was Euren Entschluss, mich zu dieser Jahreszeit aufzusuchen, umso rätselhafter macht, muss ich gestehen«, erwiderte Douan einen Augenblick später, als die Stimme Gottes sah, dass der Kaliit ins Nichts zu starren schien.

Der alte Mann drehte bedächtig den Kopf, um den neben ihm sitzenden Mann zu betrachten. »Die Chezhou-Lei werden wie ein Mann marschieren«, erklärte er. »Zum ersten Mal seit dreihundert Jahren werden Krieger aus allen Winkeln von Behren einberufen werden.«

Yakim Douan sah ihn verständnislos an. Wovon redete der Mann überhaupt? Die To-gai-ru waren vor den Toren Dharyans besiegt worden, und zwar endgültig, und in den letzten Monaten war es kaum zu nennenswerten Bewegungen seitens irgendwelcher Möchtegern-Rebellen gekommen. Die Lage hatte sich derart beruhigt, dass Yatol Grysh sogar die beiden Zwanzigerkarrees aus Jacintha zurückgeschickt hatte. Selbst um die allgegenwärtigen Piraten entlang der Küste war es jetzt, da das behrenesische Militär ihnen seine ganze Aufmerksamkeit widmen konnte, erstaunlich ruhig geworden.

»Einberufen, um wohin genau zu marschieren?«, fragte Douan, der große Mühe hatte, seine Überraschung angesichts dieser Neuigkeiten zu verbergen. »Nach Westen, nach Norden? Habt Ihr etwa vor, in den Mirianischen Ozean hinauszuschwimmen, um diesem Piratenpack den Garaus zu machen?«

»Nach Süden«, antwortete Kaliit Timig.

»Nach Süden? In die tropischen Dschungelgebiete und zur großen Schlangenbucht?«

»Zu den Feuerbergen und den Mystikern der Jhesta Tu«, erwiderte der Kaliit.

»Den Jhesta Tu?« Wachsender Unmut mischte sich unter Douans Überraschung. Wieso sollten die Chezhou-Lei den Wunsch verspüren, ausgerechnet jetzt den schlafenden Tiger der Jhesta Tu zu wecken? Der alte Mystikerorden saß dort oben, aller Welt entrückt, auf seinem Berg, genau wie Yakim Douan es sich wünschte.

»Chezhou-Lei Dahmed Blie ist nicht mit Euren Soldaten aus Dharyan zurückgekehrt«, gab Kaliit Timig zu bedenken.

»Richtig«, räumte Douan ein. »Er war einer der Gefallenen, einer der *wenigen* Gefallenen. Im Übrigen gebe ich zu, ich war überrascht und entsetzt, als ich hörte, dass ein Krieger der Chezhou-Lei vor Dharyan getötet worden sei. Ich hätte es nie für möglich gehalten, dass diese erbärmlichen Rebellen zu einem solchen Schlag fähig sind.«

»Chezhou-Lei Dahmed Blie wurde nicht von einem Rebellen, sondern von einem Mystiker der Jhesta Tu getötet, Stimme Gottes«, erklärte Kaliit Timig. »Unsere alten Feinde sind von ihrem Berg herabgestiegen und haben einen Krieg vom Zaun gebrochen.«

»Das könnt Ihr nicht mit Sicherheit wissen.«

»Die Jhesta Tu wurden auch schon vorher im Süden Togais gesehen«, krächzte Kaliit Timig, und zum ersten Mal, seit er den Raum betreten hatte, hob der sonst so leidenschaftslose Mann die Stimme. »Seine Verletzung war ziemlich aussagekräftig«, fuhr er fort und streckte dabei seine gichtigen Finger so gerade wie nur möglich vor, stieß zu und machte eine reißende Bewegung, eine ziemlich genaue Nachahmung des Stoßes, mit dem Pagonel Dahmed Blie getötet hatte. »Wir sehen darin eine Bestätigung dessen, was uns die Augenzeugen von Dahmed Blies Tod berichtet haben. Ein Jhesta Tu hat einen Chezhou-Lei getötet. Es besteht kein Zweifel.«

»Offenbar die Tat eines verbrecherischen Einzelgängers«, bemerkte Douan hoffnungsvoll.

»Selbst wenn dem so wäre, Stimme Gottes, so standen die Kampfhandlungen dieses Tages dennoch ganz im Zeichen eines tödlichen Schlages Orden gegen Orden. Eine solche Provokation können wir unmöglich ignorieren.«

Yakim Douan blies die Wangen auf, Ausdruck seiner völligen Verzweiflung. Würde ihm das Geflecht politischer Intrigen denn nie den nötigen Freiraum lassen, damit er endlich diesen alten und geschundenen Körper in Frieden verlassen konnte?

»Provokation?«, wiederholte Douan mit einem unüberhörbaren Anflug von Skepsis in der Stimme. »Irgendein Abtrünniger der Jhesta Tu verbündet sich mit diesen törichten Rus und gewinnt im Kampf gegen einen Chezhou-Lei. Und das müsst Ihr unbedingt als Provokation auffassen? Womöglich irrt dieser Jhesta Tu ja noch immer durch die Steppe im Norden Togais. Schickt Yatol Gryshs obersten Befehlshaber, Wan Atenn, mit einigen seiner Soldaten hin, die das Gebiet durchkämmen sollen.«

»Das haben wir bereits getan, Stimme Gottes.«

Diese Offenbarung ließ Yakim Douan stutzen. Die Chezhou-Lei waren keineswegs ein unabhängiger Orden. Sie waren ihm unterstellt, und zwar ihm allein – zumindest war es so vorgesehen.

»Wir haben uns in dem gesamten Gebiet nach diesem Jhesta Tu erkundigt«, erklärte Kaliit Timig.

»Und, war seine Anwesenheit nun Teil einer umfassenderen Verschwörung seitens dieser Mystiker aus den Feuerbergen?«

Der Kaliit zuckte mit den Schultern. »Wir haben nur wenig in Erfahrung bringen können, Stimme Gottes«, gestand er. »Es geht allerdings das Gerücht, Dahmed Blies Mörder habe sich in den Süden, in seine Festung in den Feuerbergen zurückgezogen.«

»Und dorthin wollt Ihr die Chezhou-Lei marschieren lassen?«

»Das werden wir wohl müssen, Stimme Gottes«, erwiderte der Kaliit. »Diese Provokation muss mit dem Schwert beantwortet werden.«

Yakim Douan erhob sich, ging um den Sessel des Kaliit herum und beugte sich dann unvermittelt vor, bis sein finsteres Gesicht nur noch wenige Zoll von dem des alten Mannes entfernt war. »Muss?«, fragte er. »Weil es die Stimme Gottes Euch so befohlen hat?«

»Das nicht, Stimme Gottes«, gab der Kaliit zu.

»Wieso maßt Ihr Euch dann an, überhaupt etwas tun zu müssen, Kaliit Timig?«

»Unser Streit mit den Jhesta Tu begann vor zweitausend Jahren, Stimme Gottes«, erklärte Thog Timig. »Es gehört zu den wichtigsten Aufgaben der Chezhou-Lei, den ungläubigen Jhesta Tu Steine in den Weg zu legen, wo immer wir können. Wir haben im Laufe der Jahrhunderte schon viele Chezru-Häuptlinge vor den Gottlosen beschützt. Haben wir nicht erst vor dreihundert Jahren Jacintha vor den teuflischen, von den Jhesta Tu aufgestachelten Horden gerettet? Haben wir nicht …«

Yakim Douan ließ die Ausführungen des Kaliit an sich vorbeiziehen; insbesondere die erste Anspielung entbehrte nicht einer gewissen Komik. Er erinnerte sich noch gut an den Tag des Aufstands in Jacintha, als die Chezhou-Lei-Krieger mehrere tausend Menschen in den Straßen vor dem Großen Tempel niedergemetzelt hatten. Gewiss, es hatte Gerüchte gegeben, die Jhesta Tu hätten diese Rebellion gegen die Herrschaft der Yatols angestiftet, aber die waren maßlos übertrieben, wie Yakim Douan nur zu gut wusste. Die Menschen hatten sich aus Verzweiflung erhoben und weil in Zeiten einer verheerenden Dürreperiode die Lebensmittelvorräte knapp geworden waren. Die Chezhou-Lei dagegen klammerten sich nach wie vor an die feste Überzeugung – an die Hoffnung und Heldenlegende –, dass die Jhesta Tu den Pöbel angestiftet hätten und dass sogar einige Mystiker unter den Aufständischen gewesen seien.

Als er in die Gegenwart zurückkehrte, musste Yakim Douan erkennen, dass Kaliit Timig im Begriff war, sich in die Aufzählung der glorreichen Siege der Chezhou-Lei hineinzusteigern, also brachte er den Mann durch ein Heben seiner Hand abrupt zum Schweigen.

»Kein Mensch bezweifelt die Verdienste der Chezhou-Lei, Kaliit«, räumte er ein. »Ihr seid der größte Krieger Jacinthas, und Eure Ergebenheit stand zu keinem Zeitpunkt in Frage. Und doch sagt Ihr, Ihr müsst nach Süden marschieren, obwohl ich bis jetzt einen solchen Entschluss weder gefällt, noch einen entsprechenden Erlass herausgegeben habe.«

»Stimme Gottes«, sagte Kaliit Thog Timig und erhob sich unter größten Mühen, um sich so aufrecht hinzustellen, wie es sein alter, geschundener Körper zuließ. »Ich möchte Euch inständig bitten, zu erkennen, was sich tatsächlich hinter meinem Gesuch verbirgt. Die Chezhou-Lei müssen auf diesen heimtückischen Akt reagieren …«

»Der sich auf einem Schlachtfeld ereignete, Kaliit«, entgegnete Yakim Douan, worauf der etwas abseits sitzende Merwan Ma nervös nach Luft schnappte.

»In einer Schlacht, an der die Jhesta Tu offiziell nicht beteiligt waren«, erklärte Kaliit Timig standhaft. »Ihre bloße Anwesenheit sollte Euch besorgt stimmen, denn sie sind ein mächtiger Gegner.«

»Einer«, erinnerte ihn Yakim und hob einen Finger. »Einer von ihnen war dort. Ein einziger, einsamer Krieger.«

»Die Entscheidung liegt selbstverständlich ganz bei Euch«, räumte Kaliit Timig ein. »Ich möchte Euch nur nachdrücklich auf die dringende Notwendigkeit einer Reaktion der Chezhou-Lei auf diesen mörderischen Akt hinweisen. Wir müssen unbedingt nach Süden marschieren, sonst wird alles, wofür wir stehen, herabgewürdigt werden. Ich hoffe inständig, Yatol möge Euch die nötige Unterweisung geben, damit Ihr unser Anliegen in dieser Situation klar erkennt.«

Mit diesen Worten verbeugte sich der alte Mann steif und verließ mit schlurfenden Schritten das Audienzzimmer.

Merwan Ma harrte an der Tür aus, den Blick auf Yakim Douan gerichtet; seinem Gesicht war deutlich anzusehen, dass er unsicher war, ob er bleiben sollte oder nicht.

Der Chezru-Häuptling bedeutete ihm mit einem Wink, sich zu entfernen.

Yakim Douan saß lange da und ging seine Möglichkeiten durch. Er wollte wahrhaftig nicht, dass die Chezhou-Lei in irgendein entlegenes Land marschierten und sich mit den Jhesta Tu herumschlugen. Die Chezhou-Lei waren Yakim Douans Elitetruppe, der eiserne Handschuh über seiner Faust, die Behren fest im Griff hielt. Er konnte es sich kaum leisten, ihre Reihen in einem weit entfernten Land dezimieren zu lassen; selbst wenn sie dorthin marschieren und siegreich aus der Geschichte hervorgehen würden, müsste Douan allein schon wegen der Länge der Reise den größten Teil eines Jahres auf ihre womöglich dringend benötigte Unterstützung verzichten.

Aber wie konnte er dem Kaliit diese Bitte abschlagen? Die Chezhou-Lei waren den Yatols, allen voran dem Chezru-Häuptling, in unverbrüchlicher Loyalität zugetan, und sie verlangten nur wenig als Gegenleistung. Des weiteren galten Stolz und Ehrgefühl bei den Chezhou-Lei als wichtigste Tugenden. Wenn sie sich jetzt von ihren verhassten Feinden, den Jhesta Tu, gedemütigt fühlten, mussten sie schon um ihres eigenen Selbstverständnisses willen losmarschieren und Vergeltung üben. Wenn er ihnen dies jetzt verböte, würden sie gehorchen, das wusste Yakim Douan. Die Frage war nur, welchen Preis sie – aber auch er – dafür würden bezahlen müssen. Was mochte es kosten, den Chezhou-Lei die Wiederherstellung ihrer Ehre zu verweigern?

Erschöpft rieb der Chezru-Häuptling sich die müden Augen.

Und was, wenn Kaliit Timig mit seiner Vermutung Recht hatte, die Jhesta Tu seien an der Schlacht bei Dharyan beteiligt gewesen? Was, wenn dieser alte Orden im Begriff war, sich mit den To-gai-ru gegen die Yatols zu verbünden? Douan wusste nur zu gut, dass er in den Augen der ketzerischen Jhesta Tu nie als Halbgott gegolten hatte. Die Religion Yatols hatte ihrer merkwürdigen Weltanschauung schon lange vor seinem Aufstieg in die Position des Chezru-Häuptlings keinerlei Toleranz entgegengebracht. Einmal, während einer früheren Inkarnation als Chezru-Häuptling, hatte er in einer Art Friedensangebot durchblicken lassen, er werde möglicherweise den Versuch unternehmen, den unüberwindbaren Graben zwischen Yatols und Jhesta Tu zu überbrücken. Der Gedanke war auf allseitige Ablehnung gestoßen, ehe er auch nur zu irgendwelchen, über die Tempelmauern Jacinthas hinausreichenden Aktivitäten führen konnte, da Douan um ein Haar allein schon wegen seines Vorschlags von seinen eigenen Priestern gestürzt worden wäre.

Denn die Jhesta Tu waren den Yatols ebenso abgrundtief verhasst wie den Chezhou-Lei-Kriegern. Es war ein Konflikt, aus dem Douan sich nicht ohne weiteres würde heraushalten können.

Wollte Yakim Douan seine Chezhou-Lei-Krieger überhaupt zurückhalten? Wenn der Kaliit Recht hatte, was hieße das dann für ihn? Die Jhesta Tu, rätselhaft und mächtig, spielten eine etwas unheimliche Rolle in dieser Welt, und Douan bezweifelte keineswegs, dass sie, wenn sie es darauf anlegten, brandgefährliche Meuchelmörder sein konnten. Wenn die Mystiker sich tatsächlich der Sache der To-gai-ru angenommen hatten, war er, das Oberhaupt der behrenesischen Eroberer, dann überhaupt noch sicher?

Das war ein weiteres Problem, das Yakim Douan sich ausgerechnet jetzt, da er sich nichts sehnlicher wünschte als Frieden und Stabilität, nicht aufbürden wollte. Aber wie bei so vielen anderen Problemen auch, konnte er es schlecht ignorieren.

Plötzlich wurde ihm klar, was er zu tun hatte.

In dem Augenblick, da Meister Mackaront von St. Entel in ihre Runde trat, wussten Yakim Douan und Merwan Ma, dass im Bärenreich etwas Schreckliches passiert sein musste.

»Olin ist tot?«, fragte der Chezru-Häuptling einem ersten Reflex folgend, nur um sich gleich darauf, kaum waren ihm die Worte herausgerutscht, wegen dem für ihn untypischen Verlust der Fassung verärgert auf die Lippe zu beißen. Es war einfach bloß ein Gedanke gewesen, eine Reaktion auf Mackaronts besorgten Gesichtsausdruck, doch als Stimme Gottes von Behren und unumstrittenes Oberhaupt der Yatol-Religion geziemte es sich für Douan nicht, Vermutungen anzustellen.

»Nein, Chezru«, antwortete Mackaront, offenbar ebenso verwirrt wie Merwan Ma, der seinem geistigen Führer einen befremdeten Blick zuwarf.

Ein Blick, wie ihn Yakim Douan sich von einem Mitglied seiner Gemeinde ganz gewiss nicht wünschte.

»Das Abtkollegium hat Meister Fio Bou-raiy von St. Mere-Abelle zum Nachfolger des ehrwürdigen Vaters Agronguerre bestimmt«, erklärte Mackaront.

»Abt Olin ist tot«, wiederholte Douan noch einmal, und diesmal war es eine unverrückbare Feststellung, keine Frage. »Seine Stellung innerhalb der Kirche ist geschwächt, denn er hat den Zenit seiner Macht überschritten. Sein weiterer Weg steht unverrückbar fest, und zwar bis zum Ende.«

Mackaront atmete schwer; er hatte offensichtlich Mühe, Haltung zu bewahren.

Yakim Douan musterte ihn und den unmittelbar neben ihm stehenden Merwan Ma genau. Er glaubte, die im Raum stehende Frage umgangen zu haben, wusste aber, dass er im Begriff war, zu weit zu gehen. »So zumindest empfindet es Abt Olin«, fügte er hinzu. »Sonst hätte er Euch wohl kaum hierher geschickt.«

Mackaront verlagerte das Gewicht auf seinen anderen Fuß und richtete sich ein wenig auf.

»Das ist bedauerlich«, bemerkte Douan. »Denn Abt Olin gehört zu den klügsten Männern Eures Landes, zu den klügsten, die ich je kennen gelernt habe. Das ist ein trauriger Tag für Olin, aber auch für den Abellikaner-Orden, der unter seiner Führung weit größere Bedeutung hätte erlangen können. Aber was geschehen ist, können wir nicht mehr ändern, deshalb werden wir uns jetzt wohl mit der zweitbesten Lösung zufrieden geben müssen.« Douan war sich im Klaren, dass er sich ein wenig herablassend verhielt, denn offenkundig belastete Abt Olins Niederlage ihn längst nicht so sehr wie Mackaront.

»Die neue Königin des Bärenreiches, Jilseponie, hat ebenfalls gegen Olin gestimmt, Chezru«, erklärte Mackaront. »Dieses Signal von König Danube ist für Euch doch sicher von Interesse.«

Yakim Douan setzte sich und bedeutete den beiden anderen, seinem Beispiel zu folgen. Er ließ sich Mackaronts Worte eine Zeit lang durch den Kopf gehen. Lag hier tatsächlich ein Hinweis vor, etwas, das über die offenkundige Tatsache hinausging, dass König Danube sich in seinem Königreich keinen behrenesischen Einfluss wünschte?

Nicht wirklich, entschied Douan, dem nicht entgangen war, dass Mackaront übertrieben dramatisch auftrat, vielleicht sogar, um sich für Douans zur Schau gestellte Gleichgültigkeit zu rächen.

»Abt Olin ist nach wie vor mein Freund – daran hat sich nichts geändert«, fuhr der Chezru-Häuptling fort, ehe er zu einer Reihe von Geschichten über einige seiner früheren Treffen mit Abt Olin anhob und sogar gestand, einmal inkognito nach Entel gereist zu sein, um mit ihm in St. Bondabruce zu Abend zu speisen.

Meister Mackaront hörte sich dies alles mit wachsendem Behagen an, während Merwan Ma es eher mit wachsender Verwirrung, ja sogar Besorgnis aufnahm.

Als er geendet hatte, erhob sich Yakim Douan abrupt. »Begleitet unseren Freund zu den Docks und zu seinem Schiff, damit er nach Entel und zu Abt Olin zurückkehre«, wies er Merwan Ma an. »Und macht ihm die Tapisserie gleich links an der Wand neben dem Eingang zum Geschenk – sie stellt eine Schlacht dar, die Olin sicher sehr am Herzen liegt!«, schloss er mit einem amüsierten Lachen, das gleichzeitig jede weitere Frage des sichtlich verdutzten Merwan Ma im Keim erstickte. Besagte Tapisserie, eine wunderschöne und kraftvolle Arbeit und eines von Douans Lieblingsstücken, stellte eine große Seeschlacht dar, in der die Armada Jacinthas die Kriegsschiffe des Bärenreiches in den Hafen von Entel zurückjagte.

»Abt Olin wird seine Freude daran haben!«, sagte Douan an den verdutzten Merwan Ma gewandt. »Er und ich haben diese historische Schlacht bis ins Detail diskutiert – er besteht darauf, Entel habe gesiegt, weil es die Flotte aus Jacintha versenkte, bevor sie zurückkehren konnte. Aber natürlich kennen wir die Wahrheit. Unsere stolzen Schiffe haben einen bedeutenden Sieg über die unterlegene Flotte aus Entel errungen, indem sie sie in ihrem Hafen einschlossen und die meisten von ihnen versenkten. Bei ihrer glorreichen Rückkehr nach Jacintha gerieten sie jedoch in einen gewaltigen Sturm, so dass viele untergegangen sind.«

Er hielt inne und lachte abermals amüsiert in sich hinein. »Oh ja, jeder von uns hat seine eigene Wahrheit.«

Nachdem die beiden gegangen waren, stand Yakim Douan noch lange da und starrte auf die Tür, ein Grinsen in sein altes Gesicht gestanzt. Was waren das doch für merkwürdige und ereignisreiche Wochen gewesen. Erst die Nachricht, die Chezhou-Lei wollten nach Süden marschieren, um gegen die Jhesta Tu Krieg zu führen, und nun hatte der Abellikaner-Orden auch noch die Pläne Abt Olins verworfen. Eigentlich hätten ihm die jüngsten Nachrichten aus dem Königreich im Norden

Kopfzerbrechen bereiten, ihm abermals einen Strich durch seinen sehnlichsten Wunsch machen sollen, dem nach Transzendenz. Stattdessen hatten ihm die beiden Ereignisse ein Gefühl von Lebendigkeit zurückgegeben, wie er sie schon seit Jahren nicht mehr erlebt hatte.

Kurz darauf kehrte Merwan Ma zurück; seinem Gesicht war die Verblüffung über Douans Reaktion auf Mackaronts Neuigkeiten sowie seinen Entschluss, eine so kostbare Tapisserie zu verschenken, noch immer deutlich anzusehen.

»Abt Olin brauchte dringend meinen Trost«, erklärte Douan.

Merwan Ma schien bei der Bemerkung innerlich leicht zusammenzuzucken.

»Ihr wundert Euch, warum mich das kümmert?«, fragte Douan. »Er ist schließlich Abellikaner. Mein Verhältnis zum Abt von St. Bondabruce hat Euch noch nie recht behagt, oder?«

»Es steht mir nicht zu, Stimme Gottes ...«

»Mein Tun in Zweifel zu ziehen? Nein, in der Tat, weshalb Ihr es ja auch, zumindest in der Öffentlichkeit, vermeidet. Aber tief in Eurem Herzen, junger Freund, habt Ihr schon oft an mir gezweifelt.«

»Niemals, Stimme Gottes!«, versicherte der sehr viel jüngere Mann.

Yakim Douan hob beschwichtigend die Hände, um seinem Leibdiener zu zeigen, dass er sich keine Sorgen zu machen brauchte. »Abt Olin wurde durch die abellikanische Kirche wieder einmal in seinem Glauben erschüttert, und das ist nicht einmal überraschend«, erläuterte Douan. »Seine Ordensbrüder haben ihn bereits des Öfteren enttäuscht, da sie einen unberechenbaren Kurs verfolgen. Unsere Nachsicht ihm gegenüber hatte zur Folge, dass er sich immer weiter von den ketzerischen Überzeugungen seiner Kirche abwandte.«

»Glaubt Ihr etwa, man könnte Abt Olin dazu bewegen, das Licht Yatols zu erkennen?«, fragte Merwan Ma ungläubig, eine Vorstellung, die Yakim Douan zu einem herzhaften Lachen veranlasste.

»Ich denke, im Großen und Ganzen ist er sich der Richtigkeit unserer Überzeugungen bewusst«, antwortete er. »Ich erwarte nicht, dass er offen konvertiert, und das wäre mir auch gar nicht recht, denn es würde die abellikanische Kirche zwingen, ihn zu exkommunizieren und vermutlich auf dem Scheiterhaufen zu verbrennen. Nein, manchmal mag die Bekehrung zum Glauben an Yatol jähe Gewaltanwendung erfordern, wie im Falle der bedauernswerten Togai-ru. Bei zivilisierteren und gefestigteren Gesellschaften, wie der des Bärenreiches, wird sich unser Sieg erst nach vielen Jahren, Jahrzehnten oder auch Jahrhunderten einstellen, wenn sie aufgrund ihres fortgesetzten Scheiterns allen Mut verloren haben. Abt Olin war nicht der erste Abt in Entel, der dem Weg Yatols gegenüber aufgeschlossen war, und er wird auch nicht der letzte sein. Am Ende werden wir obsiegen, ganz einfach weil wir im Recht sind, mein junger Freund.«

Merwan Mas Lächeln war echt. Yakim Douan wusste, er hatte ihm wieder einmal den Beweis geliefert, dass er sich tatsächlich in Gegenwart der Stimme Gottes befand und dass seine, Douans, Machenschaften sich weitgehend seinem unmittelbaren Verständnis entzogen.

Es war ein Bluff, den Yakim Douan im Laufe seiner vielen Leben bis zur Perfektion entwickelt hatte.

»Was ist?«, fragte er, als er den fragenden Ausdruck auf Merwan Mas Gesicht sah.

Doch Merwan Ma schüttelte nur den Kopf und wirkte verlegen.

»Sagt es mir, mein junger Freund«, ermunterte ihn Yakim Douan und kam näher, um Merwan Ma einen Klaps auf die Schulter zu geben, ein untypisches Verhalten, das den jungen Mann in noch tiefere Verwirrung zu stürzen schien.

»Ihr wirkt in letzter Zeit viel glücklicher«, gestand Merwan Ma schließlich.

Yakim Douan trat einen Schritt zurück. Die unverblümte Offenheit – vor allem aber die Treffgenauigkeit der Beobachtung – überraschte ihn. Er fühlte sich tatsächlich besser und war in letzter Zeit geradezu beseelt von frischer Energie, was zweifellos auf seinen Austausch mit dem Edelstein zurückzuführen war. Das tägliche Versenken in dessen magischen Strudel gab ihm Gesundheit und erfüllte ihn mit neuer Kraft.

»Zurzeit bin ich von meinen Verpflichtungen befreit«, erwiderte er. »Eurem Wunsch wurde stattgegeben, mein junger Freund, denn die Phase meiner Transzendenz wurde auf unbestimmte Zeit verschoben. Yatol hat mich dazu ausersehen, auszuharren und über die folgenschweren Ereignisse dieser Tage zu wachen. Unsere Chezhou-Lei-Krieger werden, voraussichtlich schon in den nächsten Monaten, nach Süden marschieren, um gegen die Jhesta Tu Krieg zu führen. Und nun auch noch dies – Abt Olin, besiegt von seinen eigenen Ordensbrüdern. Nein, Yatol wird nicht zulassen, dass seine Gemeinde in diesen Zeiten angreifbar ist, daher bin ich berufen, sie zu führen. Und das werde ich auch tun.«

Die Ankündigung ließ Merwan Ma strahlen, aber da war noch etwas anderes in seinem Gesichtsausdruck, das Yakim Douan nicht recht zu entschlüsseln vermochte, und eben dieses Unbekannte war es, das den Chezru-Häuptling in aller Schärfe ermahnte, auch weiterhin Vorsicht walten zu lassen.

Trotzdem konnte Douan nicht anders, er fühlte sich erfrischt.

Gewiss, seine Transzendenz war ihm abermals verwehrt worden, aber ebenso traf zu, dass ihm der im heiligen Kelch verborgene Edelstein Kraft und Vitalität verlieh. Aber die eigentliche Veränderung, der wahre Grund für das Lächeln, das man jetzt so oft auf seinem Gesicht sah, war exakt der, den er Merwan Ma genannt hatte. Monate-, jahrelang hatte er sein Augenmerk allein darauf gerichtet, geordnete Verhältnisse zu schaffen, um den Wechsel in einen jüngeren Körper vollziehen zu können. Selbst als das Tagesgeschehen schon beharrlich etwas anderes gebot, hatte Yakim Douan noch stur an der Hoffnung auf eine baldige Transzendenz festgehalten.

Jetzt hatte er diesen Traum – zumindest auf absehbare Zeit – erst einmal aufgegeben. Die beiden Vorfälle mit dem Kaliit und Abt Olin hatten diese Tür geschlossen und verriegelt. Jetzt konnte Douan sich ganz den anstehenden Ereignissen widmen.

Vielleicht war es an der Zeit, seinen derzeitigen Ruhm zu genießen.

4. Frischer Wind auf alten Flügeln

Im Fallen spürte er die sengende Hitze der Lava und glaubte schon, er würde schlicht in Flammen aufgehen, doch dann war es plötzlich, als wäre er in einer dunklen und feuchten Höhle gelandet. Es dauerte ein paar Atemzüge, bis Belli'mar Juraviel begriff, dass der Drache ihn in seinem Maul aufgefangen, nur wenige Fuß über der tödlichen Lava aus der Luft geschnappt hatte.

Als der Drache mit einem lauten Knurren zusammenzuckte und um ein Haar sein Maul geöffnet hätte, dämmerte Juraviel, dass er bei seinem Schwenk nach oben vermutlich die glühende Lava gestreift hatte. Es folgten die typischen ruckartigen Stöße, als der Drache mit ein paar wankenden Schritten wieder auf festem Boden landete.

Von der Bestie ausgespien, landete Juraviel hart auf der Erde, wo er sich mehrmals überschlug.

Er richtete sich in eine sitzende Position auf und drehte sich um, musste den Blick aber sofort wieder abwenden, als Pherols Knochen brechende, die gesamte Muskulatur entstellende Rückwandlung in seine zweibeinige Gestalt als Echsenmann einsetzte.

Der Elf spähte hinüber zu dem unterirdischen Gang, mit dem Hintergedanken, die Gelegenheit auszunutzen und sich aus dem Staub zu machen. Aber was hätte das genutzt? Er wusste schließlich, dass Pherol ihn mühelos wieder einholen würde.

Dann kam ihm der Gedanke, er sollte die Gelegenheit nutzen, den Drachen anzugreifen, ihn zu besiegen und vielleicht sogar über die Kante des Felsvorsprungs in die Lava zu stürzen.

Er verwarf den Einfall achselzuckend mit einem hilflosen Lachen. Wie hätte er diese gewaltige Bestie, selbst im Augenblick ihrer scheinbar größten Verwundbarkeit während der Umwandlung, auch nur verletzen können? Aber wenn er doch eine Möglichkeit fände, den Drachen über den Abgrund zu stoßen …

Er wollte es gar nicht. Er wollte Pherol nicht angreifen, er hatte kein Recht, dieser Bestie etwas anzutun, die sich ihm gegenüber so unerwartet freundlich gezeigt hatte.

Er setzte sich auf den Boden, schloss die Augen und wartete ab, bis der Drache seine Verwandlung abgeschlossen hatte.

Plötzlich packte ihn eine kräftige Hand am Kragen, hob ihn mit beängstigender Leichtigkeit hoch und schleppte ihn davon. Der Elf machte keinerlei Anstalten, sich zu wehren, und fügte sich, die Augen fest geschlossen, willenlos in sein Schicksal, wie immer dieses aussehen mochte.

Pherol lief in raschem Tempo durch die unterirdischen Gänge, während sich die Minuten erst zu einer vollen Stunde, dann zu deren zwei addierten, ohne dass ein Ende absehbar gewesen wäre. Begleitet vom schweren Stampfen seiner Füße rannte der Drache unermüdlich weiter. Juraviel wurde hin und her gestoßen und mitgeschleift, ohne sich auch nur ein einziges Mal zu beklagen. Er fand die Ausdauer der Bestie schier unglaublich. Dann aber machte der Drache doch Halt und rüttelte ihn, bis er die Augen aufschlug und sah, dass er sich wieder in der Schatzhöhle des Drachen befand, von wo aus man in die Grube hinuntersehen konnte, aus der Cazzira ihm entgegenblickte.

Pherol schleuderte ihn mit einem wütenden Knurren nach unten. Juraviel hatte es allein dem wilden Flattern seiner Elfenflügel zu verdanken, dass er auf dem harten Steinfußboden nicht zerschmettert wurde. Trotzdem war seine Landung hart; er rollte sich ab, und als er sich unmittelbar danach zu rasch aufrichtete, kippte er sogleich hintenüber, zu benommen, um sich auf den Beinen zu halten.

Cazzira war sofort bei ihm und nahm ihn schützend in die Arme. »Du armer Narr!«, schimpfte sie. »Du hattest nicht den Hauch einer Chance, dieser Bestie zu entkommen. Ich hätte es dich gar nicht erst versuchen lassen sollen.«

Juraviel sah hoch zu ihr und brachte ein Lächeln zustande, schaffte es sogar, ihr seine Hand auf den Unterarm zu legen. »Du hättest mich nicht aufhalten können. Ich wusste, dass es gefährlich und sinnlos war. Ich musste es trotzdem versuchen.«

Als er den gekränkten Blick in ihren Augen sah, ehe sie seufzend den Kopf abwandte, war er doch ein wenig überrascht.

Unter beträchtlichen Mühen gelang es ihm, sich neben der auf dem Boden hockenden Cazzira auf den Knien aufzurichten und ihr Gesicht mit der Hand zu sich herumzudrehen. »Was ich für dich empfinde, hat nichts damit zu tun«, sagte er.

»Natürlich hat es etwas damit zu tun.« Obwohl er ihr Gesicht in seine Richtung gedreht hielt, wandte die Elfe den Blick ab.

»Nein«, beharrte Juraviel. »Die Pflicht kommt bei mir an erster Stelle, noch vor der Liebe.«

Cazzira sah ihn wieder an.

»Und ich liebe dich«, gestand er sich selbst und ihr zum allerersten Mal. »Wirklich. Und diese Liebe sagt mir, dass ich hier raus muss, dass ich einen Weg finden muss, uns beide hier herauszubringen.«

Er hatte kaum geendet, da verließen ihn die Kräfte. Er sackte leicht zusammen, und Cazzira zog ihn an sich.

Anschließend hockten die beiden da und überlegten, was als Nächstes kommen würde, fragten sich, welche Bestrafung Pherol für Juraviel ausersehen haben mochte.

Am nächsten Morgen wurden Juraviel und Cazzira von der durch die Landung der schweren Bestie hervorgerufenen Erschütterung unsanft aus ihrem Schlummer gerissen. Sofort waren die beiden Elfen auf den Beinen und drehten sich zu dem sichtlich wütenden Drachen um. Pherol stand da, seine Muskeln bebten unter seinem Schuppenpanzer, seine krallenbewehrten Hände griffen ins Leere und ballten sich kraftvoll zur Faust, während er seine Echsenlippen zurückzog und leise Knurrlaute zwischen seinen gezackten, spitzen Zähnen hervorstieß. In einem plötzlichen Wutanfall, so als hätte er seinen Zorn nicht mehr unter Kontrolle, hob er einen Felsbrocken auf, der fast die Größe der beiden Elfen hatte und ein Vielfaches von ihrem Gewicht, und schleuderte ihn quer durch die Grube, bis er an der gegenüberliegenden Wand zerbarst.

Das Maul der Bestie bewegte sich stumm, so als wollte sie die Luft zerbeißen, als sie bedrohlich einen Schritt auf sie zukam.

Cazzira stellte sich sofort schützend vor Juraviel. »Über eins solltest du dir im Klaren sein, wenn du ihn tötest, machst du dir einen Todfeind!«

Der Drache blieb stehen. »Ihn töten?«, fragte Pherol erstaunt, bevor er verächtlich schnaubte.

Juraviel schob Cazzira zur Seite und stellte sich vor sie, um dem Drachen direkt ins Gesicht sehen zu können. Als er Pherol einen Augenblick musterte, um seine Laune abzuschätzen, sah er sich mit einer ganzen Reihe gemischter, teils überraschender Empfindungen konfrontiert. Natürlich war Pherol völlig außer sich, aber hinter diesem Zorn verbarg sich noch etwas anderes. Dann traf die Erkenntnis Juraviel wie ein Schlag – seine Flucht hatte den Drachen zutiefst gekränkt, aber so, wie nur ein Freund den anderen zu kränken vermochte.

»Ich gebe dir zu essen«, begann Pherol. »Du gibst dich herzlich und tust, als wäre dir meine Gesellschaft angenehm. Du erzählst phantastische Geschichten, und ich versuche, dich ebenfalls zu unterhalten. Und zu guter Letzt verrätst du mich!«

»Ich habe dich nicht verraten!«, entgegnete Juraviel in einer Lautstärke, die jedem Drachen zur Ehre gereicht hätte. »Im Übrigen ist es mir nicht leicht gefallen fortzugehen.«

»Du hast mich getäuscht«, konterte Pherol. »Du hast mich Zug um Zug in dein grandioses Schauspiel hineingelockt, das nichts anderes war als ein billiger Trick, um deine Flucht zu vertuschen!«

»Nein!«, erwiderte Juraviel, stockte dann aber, und seine Züge entspannten sich, als er den Drachen betrachtete. »Doch«, gestand er schließlich. »Ich habe dich und Cazzira getäuscht.«

»Dafür sollte ich dir den Kopf abreißen!«, dröhnte Pherol und machte einen weiteren bedrohlichen Schritt nach vorn, bis ihn nur noch ein großer Schritt von Juraviel trennte.

Der Elf zuckte mit den Schultern. »Ich kann dich nicht daran hindern.« Dann hob er den Blick und sah, dass Pherol nicht näher gekommen war. Der Drache stand einfach da und gab zähneknirschend leise Knurrgeräusche von sich – Ausdruck seiner bitteren Enttäuschung, wie Juraviel sofort erkannte.

»Der Verrat eines Touel'alfar sollte mich eigentlich nicht sonderlich überraschen«, sagte Pherol mit leise schnarrender Stimme.

In diesem Moment wurde Juraviel bewusst, dass er nicht zulassen durfte, dass der Drache den verhängnisvollen Fehler beging, diesen Zwischenfall mit dem nicht gerade hervorragenden Verhältnis ihrer beiden Völker in Zusammenhang zu bringen – wenn schon nicht um seiner selbst willen, dann wenigstens Cazzira zuliebe. Pherol war zutiefst gekränkt und würde ihn wahrscheinlich töten, aber wenn der Drache sich dazu hinreißen ließe, Juraviels Verrat als typisch für die Touel'alfar zu betrachten und somit auch für die Doc'alfar, dann würde zweifellos auch Cazzira nicht mehr lange zu leben haben.

»Du hast mir keine Wahl gelassen, Pherol«, erklärte Juraviel.

Der Drache starrte ihn unverwandt aus seinen leuchtenden Augen an, so als wollte er ihn mit seinem Blick durchbohren.

»Du hast uns hier monatelang gefangen gehalten, während mein Schutzling ihren überaus gefährlichen Weg allein beschreiten muss«, fügte Juraviel hinzu. »Es wäre meine Pflicht, ihr zur Seite zu stehen, aber das kann ich nicht. Während du mich hier festhältst, damit ich dir Geschichten erzähle, wird irgendwo anders eine neue Geschichte geschrieben, was aber eigentlich, zumindest teilweise, meine Aufgabe wäre. Ich habe meinen Aufenthalt hier durchaus genossen – ich müsste lügen, wollte ich etwas anderes behaupten. Trotzdem muss ich jetzt fort.«

Pherol machte ein Geräusch, scheinbar eine Mischung aus spöttischem Lachen und zornigem Knurren.

»Wie kannst du von Verrat sprechen, solange du uns deine Freundschaft verweigerst?«, schaltete sich Cazzira plötzlich ein.

Juraviels und Pherols Blicke zuckten hinüber zu der Tylwyn Doc. Sein erster Impuls war, sie anzuschreien, sich aus der Sache rauszuhalten, das Ganze gehe sie überhaupt nichts an – und sei es nur, um zu verhindern, dass sie sich aus Unbedachtheit Pherols Zorn zuzog. Doch sein Protest blieb ihm in der Kehle stecken, als Cazzira mit geradezu unglaublicher Ruhe fortfuhr.

»Wenn wir Gefangene sind, dann hast du auch ein Recht darauf, Juraviel für seinen Fluchtversuch zu bestrafen.«

»Ein Recht?«, fragte der Drache mit vollendetem Sarkasmus, so als sei die Vorstellung geradezu absurd. Dies war seine Höhle, in der er allein das Sagen hatte und wo er tun und lassen konnte, was immer ihm beliebte.

»Du kannst nicht gleichzeitig die Rolle des Gefängniswärters und des Freundes für dich beanspruchen, Pherol«, fuhr Cazzira seelenruhig fort. »Ganz zu Anfang traf offenkundig Ersteres zu. Mir scheint jedoch, mittlerweile hast du die Rolle des Gefängniswärters ebenso abgelegt wie wir die der Gefangenen.«

»Du redest blanken Unsinn! Er hat mich hinters Licht geführt, um fliehen zu können.«

»Ich kann auf keinen Fall hier bleiben«, warf Juraviel ein. Pherol lachte ihm offen ins Gesicht.

»Er bittet dich als Freund darum«, fügte Cazzira hinzu und

machte dem Gelächter damit ein Ende, mehr noch, sie veranlasste alle drei, darüber nachzudenken, wie sie mittlerweile denn nun tatsächlich zueinander standen.

Einen Moment lang herrschte Totenstille, während die drei einander der Reihe nach ansahen.

»Und dafür schulde ich dir eine Entschuldigung«, gestand Juraviel, sowohl sich selbst als auch den beiden anderen. »Ich hätte auf deine Freundschaft vertrauen sollen. Ich hätte dir aufrichtig erklären sollen, warum ich fort muss. Es ist meine Pflicht, Brynn wiederzufinden, deshalb sage ich dir jetzt in aller Offenheit, wenn du es mir verwehrst, werde ich irgendwann einen erneuten Fluchtversuch unternehmen. Nicht, weil ich vor dir fliehen will«, beeilte er sich hinzuzufügen, denn einen Moment sah es so aus, als wollte sich der Drache auf ihn stürzen, »sondern weil ich diese Frau finden muss.«

»Du weißt ja nicht einmal, ob sie überhaupt noch lebt«, erwiderte ein mittlerweile sehr viel ruhiger wirkender Pherol.

»Genau das muss ich eben herausfinden.«

Der Drache grübelte lange über die Worte nach, ehe er nickte. »Du hättest gleich zu mir kommen sollen.«

»Du hättest mich doch niemals …« Juraviel hielt inne und sah zu Cazzira. »Du hättest uns doch niemals gehen lassen«, verbesserte er sich.

»Du kennst eine Menge Geschichten, die ich gerne hören würde«, erklärte der Drache. »Hunderte von Jahren habe ich hier still vor mich hingeschlummert. Ich habe euch nicht gebeten, in mein Zuhause einzudringen, und ich habe euch nicht getötet, wie es Dieben gegenüber mein gutes Recht gewesen wäre.«

»Wir waren keine Diebe«, warf Cazzira ein. »Jedenfalls nicht wissentlich.«

»Ihr könnt jedenfalls nicht behaupten, ich hätte mich nicht großzügig gezeigt!«, dröhnte Pherol und stampfte wütend mit dem Fuß auf, so dass die gesamte Höhle erzitterte und die beiden Elfen einen kleinen Hüpfer machten.

»Vollkommen richtig«, stimmte Juraviel ihm zu. »Du warst

überaus großzügig, aber das ändert nichts daran, was ich tun muss.«

»Du hättest mich fragen sollen!«

»Du hättest mich nicht gehen lassen!«

»Jedenfalls nicht allein.«

Das ließ die beiden Elfen stutzen, und sogar der Drache schien über seine eigenen Worte ein wenig überrascht.

»Soll das heißen, du würdest Cazzira erlauben, mich zu begleiten?«, fragte Juraviel.

»Ich selbst möchte euch beide nach draußen begleiten!«, antwortete Pherol, und es war nicht zu übersehen, dass er sich erst in diesem Moment zu diesem Entschluss durchgerungen hatte. »Genau«, sagte er und nickte, als ob er zu sich selbst spräche. »Es ist viel zu lange her, dass ich den weiten, blauen Himmel genossen, das Gebiet der Alfar und der minderen Völker durchwandert habe. Wir werden zusammen fortgehen und diese Brynn ausfindig machen, wenn sie noch lebt – und wenn nicht, werden wir selbst ein Abenteuer erleben!«

Juraviel hatte das Gefühl, als ob ihm plötzlich etwas die Kehle zuschnürte, und als er zu Cazzira hinüberschaute, sah er, dass sie ebenso bestürzt war wie er. Was hatte er nur angerichtet? Welches Unheil hatte er, ganz ohne es zu wollen, soeben heraufbeschworen?

»Ja, mein letztes Abenteuer liegt viel zu lange zurück. Viel zu lange habe ich meinen Schatz nicht mehr vermehrt!«, verkündete Pherol. »Macht euch bereit. Wir brechen auf, sobald ihr soweit seid.« Mit diesen Worten entfernte sich der Drache, dem plötzlich sehr viel leichter ums Herz zu sein schien.

Juraviel konnte den Blick noch immer nicht von Cazzira abwenden, die nun auf ihn zustolperte. »Das können wir unmöglich tun«, keuchte sie so außer Atem, dass sie kaum sprechen konnte.

»Wir können ihn schwerlich daran hindern«, erwiderte Juraviel. Plötzlich wurde ihm bewusst, was er da eigentlich sagte – er zwang sich, die Verantwortung dafür zu übernehmen, Pherol diese Flausen in den Kopf gesetzt zu haben.

»Vor allem können wir ihn nicht kontrollieren«, erinnerte ihn Cazzira. »Wie viele werden wegen dieses Irrsinns sterben?«

Juraviel versuchte alle Gereiztheit im Ton zu vermeiden, was seinem Sarkasmus aber keinen Abbruch tat. »Es sind ja bloß Menschen, nicht?« Die Worte waren noch nicht ganz über seine Lippen gedrungen, als er sie auch schon bereute, denn Cazzira fuhr, einen gekränkten Ausdruck im Gesicht, zu ihm herum.

»Tja, vielleicht habe ich ja auch Angst, er könnte über das Gebirge fliegen und Tymwyvenne angreifen«, entgegnete die Doc'alfar. »Es wäre wohl auch etwas viel verlangt, mir wegen irgendwelcher Menschen Sorgen zu machen.«

Sie machte Anstalten, sich zu entfernen, doch Juraviel packte sie mit beiden Armen und hielt sie fest, so sehr sie sich auch sträubte. »Ich habe Angst, Cazzira«, gestand er. »Ich möchte dir wirklich nicht wehtun, aber ich habe Angst.«

Dann hörten sie von oben ein kehliges, schnarrendes Geräusch, und es dauerte einen Moment, bis sie begriffen, dass der Drache in seiner uralten Sprache redete – nein, er sang! Sowohl Juraviel als Cazzira, deren Sprachen auf denselben Ursprung zurückgingen wie die des Drachen, verstanden den Gesang gut genug, um herauszuhören, dass darin ausschließlich vom Plündern und Brandschatzen die Rede war, von schmackhaftem Menschenfleisch und den vielen Kostbarkeiten, die die Menschen unablässig aus glitzernden Steinen und blinkendem Metall herstellten.

»Ich denke, du solltest dich einmal ausführlich mit unserem neuen Freund unterhalten«, sagte Cazzira trocken.

»Das hat uns ja erst in diesen Schlamassel reingeritten«, erinnerte Juraviel sie.

Die beiden Elfen versuchten, so viel Zeit wie möglich zu schinden, doch als aus den Stunden schließlich Tage wurden, steigerte sich auch der Gesang des Drachen und wurde immer eindringlicher. Schließlich landete Pherol mit einem dumpf hallenden Aufprall neben ihnen und verkündete, es sei Zeit aufzubrechen. Die beiden Elfen wollten protestieren, doch der Drache sammelte sie einfach ein, klemmte sie unter seinen kräftigen Arm und sprang davon. Nachdem sie es sich in der Haupthöhle bequem gemacht hatten, stellten die Elfen fest, dass Pherol bereits ihre gesamten Habseligkeiten, zusammen mit weiteren Vorräten sowie einer Ansammlung von Waffen und Rüstungsteilen, zurechtgelegt hatte.

»Nehmt euren Kram und dann nichts wie weg«, drängte sie der Drache, und als sie endlich ihre Ausrüstung angelegt hatten und abwechselnd den Drachen und einander ansahen, fragte die Bestie sie mit entwaffnender Offenheit: »Kennt ihr eigentlich den Weg?«

»Wir waren gerade dabei, ihn zu suchen, als wir auf deine Schatzhöhle gestoßen sind«, erwiderte Juraviel.

»Dann gehen wir doch einfach denselben Weg zurück!«, dröhnte Pherol, worauf Juraviel zu Cazzira hinüberschaute und feststellen musste, dass ihre ohnehin schon porzellanzarte Haut noch blasser wurde und sie leicht wankte, so als könnte sie jeden Moment das Gleichgewicht verlieren.

»Kommt nicht in Frage«, entgegnete Juraviel. »Dort gibt es überall nur in eine Richtung passierbare Türen und unterirdische Gänge, die viel zu unübersichtlich sind, um sie zu durchwandern. Der Weg nach Süden ist besser.«

»Bist du sicher?«, fragte der Drache. »Es wäre ein Leichtes für mich, die Berge zu überfliegen. Für den mächtigen Pherol sind sie kein Hindernis.«

Wieder schaute Juraviel hinüber zu Cazzira und sah, dass sie zunehmend unsicher auf den Beinen stand.

»Wir gehen nach Süden«, entschied Juraviel, mit größerem Nachdruck als zuvor. »Aber bevor wir mit dir in die von Menschen bewohnten Gebiete gelangen, Pherol, musst du mir etwas versprechen.«

Der Drache neigte den Kopf zur Seite; er schwankte zwischen Amüsiertsein und Ungläubigkeit.

»Du wirst auf keinen Fall irgendwelche Menschen töten«, verlangte Juraviel.

Der Drache begann missmutig zu knurren.
»Außer, um dich zu verteidigen«, fügte der Elf hinzu.
Das Knurren hielt an.
»Oder im Kampf«, ging Juraviel noch einen Schritt weiter. »Und was das genau heißt, Pherol, bestimme ich. Natürlich darfst du dich selbst verteidigen, aber ohne meine Einwilligung wirst du nichts gegen Menschen unternehmen. Das musst du mir unbedingt versprechen.«
»Sonst?«
»Sonst werde ich dich weder zu Brynn mitnehmen, noch wirst du irgendwelche großartigen Abenteuer erleben«, erwiderte Juraviel schlagfertig. »Wenn du einfach nur deine Höhle verlassen und das Land verwüsten und plündern willst, dann wirst du das ohne mich und Cazzira tun müssen. Aber wenn du an einem Krieg teilnehmen willst, der die Welt verändern wird, wenn du Teil einer Geschichte werden willst, die man sich noch in Hunderten von Jahren erzählen wird, dann wirst du meine Bedingungen akzeptieren und mir dein Wort darauf geben. Sei ehrlich, ist es so schwer, was ich verlange?«
»Also gut«, willigte der Drache nach kurzem Nachdenken ein. »Ich verlasse mich in dieser Sache auf dein Urteil, Belli'mar Juraviel. Wir werden also nach Süden gehen – beginnen wir die Suche unten in dem Loch, wo wir eure Freundin aus den Augen verloren haben. Falls sie es nicht lebend bis nach draußen geschafft hat, ist es sicher besser, wir kennen die Wahrheit, bevor wir unter dem weiten Himmel ins Freie treten. Vielleicht müssen wir ja gar nicht so peinlich genau darauf achten, wen wir töten.«
Jetzt war es Juraviel, der leicht gestützt werden musste, aber wie Cazzira schaffte auch er es irgendwie, dieser ebenso prachtvollen wie schrecklichen Bestie aus der Schatzkammer zu folgen.
Selbstverständlich waren sie bei den sich immer wieder gabelnden unterirdischen Gängen ausnahmslos auf Vermutungen angewiesen, so dass sie nur quälend langsam voranka-

men, während die Tage scheinbar ziel- und endlos an ihnen vorüberzogen.

Aber dann stieß Pherol durch Zufall auf einen langen, schnurgeraden und stetig ansteigenden Gang, in dem zum ersten Mal der zarte Hauch einer Luftbewegung zu spüren war.

Im Spätherbst des Jahres des Herrn 841, und nahezu ein Jahr, nachdem sie den Pfad der sternenlosen Nacht zum ersten Mal betreten hatten, verließen Juraviel und Cazzira gemeinsam mit ihrem neuen Gefährten das unterirdische Tunnelsystem und traten unter einem herrlich klaren, sternenübersäten Himmel ins Freie. Die beiden Elfen blieben wie angewurzelt stehen; sie hatten fast keine Erinnerung mehr an die durch nichts getrübte Schönheit dieses Anblicks. Sie waren so hingerissen, dass sie das Krachen und Knirschen sich umgestaltender Knochen hinter ihrem Rücken überhaupt nicht bemerkten, daher waren beide völlig überrascht, als Pherol sein Drachengebrüll ausstieß – nicht das Gebrüll in seiner Gestalt als Echsenmann, das den Fels erbeben ließ, sondern das gesteinzerreißende Röhren eines richtigen Drachen!

Die beiden fuhren herum, und einen Moment lang waren beide felsenfest überzeugt, jeden Augenblick verschlungen zu werden, und dass die Abmachung, die Juraviel mit dem Drachen ausgehandelt hatte, letztendlich völlig bedeutungslos war.

Dann aber beruhigte sich Pherol wieder und spreizte seine mächtigen Schwingen.

»Was für ein herrliches Gefühl, endlich wieder eine frische Brise auf den Flügeln zu spüren!«

5. Pherols Begehrlichkeiten

Nahezu jeden Tag stieg Brynn die endlose Treppe von der Wolkenfeste hinunter auf den Grund des felsigen, inmitten der Feuerberge gelegenen Tals, wo sie dem aus dem Tal herausführenden Pfad bis zu der Weide folgte, auf der Nesty zusammen mit den anderen Pferden umherlief. Da die Mystiker der Jhesta Tu ein feines Gespür für ihr Bedürfnis hatten, einen Teil ihrer Zeit mit ihrem Pony zu verbringen, übertrugen sie ihr Arbeiten, die sie ohnehin auf den Grund des Tals geführt hätten.

Jetzt, da der Sommer allmählich in Herbst überging, bestand ihre Aufgabe darin, die schwarzen Lavabrocken in der zerklüfteten Landschaft einzusammeln und sie in Eimern zur Wolkenfeste hinaufzuschleppen, damit sie zu Pulver zermahlen und als Dünger für die Klostergärten benutzt werden konnten. Brynn arbeitete ohne zu klagen und ertrug den anstrengenden Aufstieg über die fünftausend Stufen mit der gleichen stoischen Gelassenheit, mit der sie auch die jahrelange Ausbildung bei den Touel'alfar über sich hatte ergehen lassen. Wie alle anderen auszubildenden Hüter hatte auch Brynn viele Tage in Andur'Blough Inninness damit zugebracht, die schwammartigen Milchsteine aus dem sumpfigen Torfmoor einzusammeln, sie zu den weit entfernten Trögen zu schleppen und die morastige Flüssigkeit aus ihnen herauszupressen. Während dieser frühen Morgenstunden hatte Brynn die Kraft der Meditation kennen gelernt, der inneren Versenkung, bei der alle äußeren Einflüsse ausgesperrt wurden, und diese Erfahrung machte sie sich jetzt zunutze, wenn sie jeden Nachmittag, ein Joch mit einem Eimer voller Steine auf jeder Seite über den Schultern, ganz bewusst und bedachtsam einen Fuß vor den anderen setzend, um nicht umzuknicken, die endlose Treppenflucht wieder nach oben stieg.

Es war ein Leben, das der jungen Frau gefiel, eine notwendige Erholungsphase von den Fährnissen der großen, weiten Welt, eine Zeit der Besinnung, in der sie körperlich, geistig und emotional neue Kraft schöpfen konnte.

Die Abende verbrachte sie meist in Gesellschaft von Pagonel und den anderen Jhesta Tu. Aber anders als damals in Andur'Blough Inninness war ihr Aufenthalt in der Wolkenfeste von unverblümten Fragen und lebhaften philosophischen

Diskussionen über die Methoden anderer Religionen geprägt. Dabei war es oft Pagonel, der die Richtung vorgab und die Gespräche unweigerlich auf die behrenesische Chezru-Religion sowie die Idee Yatols lenkte.

Es dauerte nicht lange, bis Brynn begriff, dass er es ihretwegen tat, damit sie in dieser Zeit nicht nur etwas über sich selbst, sondern auch eine Menge über ihre Feinde lernte. Mehr noch, sie stellte immer häufiger fest, dass Pagonel sie unmerklich dazu anhielt, ihre Feinde nicht als die alle gleichermaßen verhassten »Turbane« zu betrachten, sondern als eine Gemeinschaft von Menschen, die Gebote achteten, die sich gar nicht so sehr von ihren eigenen oder denen aller anderen unterschieden.

»Ihr versucht mich von meiner Bestimmung abzubringen«, sagte sie eines Abends zu ihm, nach einer besonders hitzigen Diskussion darüber, dass To-gai-ru, Abellikaner und Jhesta Tu sich in der künstlerischen Darstellung ihres jeweiligen Götterhimmels eigentlich gar nicht so sehr unterschieden.

Pagonel sah sie verwundert an. Dann lächelte er und schwieg.

»Aber ja, es stimmt«, sagte sie vorwurfsvoll. »Ständig sprecht Ihr von den Behrenesern, so als ob sie ganz normale Menschen wären, in der Hoffnung, ich würde meinen Hass auf sie vergessen und dann logischerweise auch meine harte Haltung ihnen gegenüber aufgeben.«

»Vielleicht sehe ich auch nur, dass Euer Weg, wenn Ihr nicht lernt, die Behreneser, ja sogar die Chezru und den Chezru-Häuptling mitsamt seinen Yatol-Priestern als Menschen ganz unterschiedlicher Denkweise und Sehnsüchte zu begreifen, ebenso enden wird wie der Ashwarawus – im blutgetränkten Morast eines Schlachtfelds.«

Jetzt war es an Brynn, ihn verwundert anzustarren. »Glaubt Ihr wirklich, ich sollte mein großes Ziel aufgeben?«, fragte sie nach einer längeren Pause.

»Ich glaube, Ihr solltet fortfahren, Eure Persönlichkeit zu entwickeln«, erwiderte der Meister der Jhesta Tu. »Und wenn

Euch Euer Herz dann irgendwann sagt, es ist an der Zeit, loszuziehen und Euren Platz in der Welt zu finden, sei es bei Euren eigenen Leuten oder unter den Behrenesern, dann solltet Ihr gehen. Erkenntnis erwächst letzten Endes immer aus einem selbst, sie kommt nicht von außen.«

»So wie Eure Reise damals in das Feldlager Ashwarawus«, sagte Brynn. »Jetzt, da ich die Wolkenfeste gesehen und begreifen gelernt habe, was es heißt, ein Jhesta Tu zu ein, finde ich Euren damaligen Entschluss noch unverständlicher. Warum seid Ihr damals in die Steppe gezogen?«

»Vielleicht war es einfach meine Bestimmung oder auch der stumme Befehl eines mir unbegreiflichen Gottes«, antwortete der Mystiker. »Oder aber es war nichts weiter als eine Fügung des Schicksals – und erst die Zeit wird kären, ob es eine glückliche oder unglückliche Fügung war.« Als er geendet hatte, wandte er sich mit einem amüsierten Lachen zum Gehen, doch Brynn hielt ihn am Arm fest und drehte ihn so schwungvoll herum, dass er sie ansehen musste.

»Haltet Ihr es für eine unglückliche Fügung, dass Ihr mich getroffen habt?«

Plötzlich wurde beiden mit aller Deutlichkeit bewusst, wie nah sie einander standen. Die Spannung zwischen ihnen hatte sich seit jenem unangenehmen Tag unten auf der Wiese etwas gelegt, aber jetzt war sie wieder da; man konnte sie fast mit Händen greifen.

»Nein«, erwiderte Pagonel. »So etwas würde ich niemals denken.«

Brynn küsste ihn, noch bevor er den Satz zu Ende gesprochen hatte, und dann umarmten sie sich lange, sehr lange.

»Schon wieder eines dieser unscheinbaren Dörfer«, bemerkte Cazzira. Sie stand auf einem Felsenkamm und blickte hinunter auf eine kleine Ansammlung von Häusern, die von einem Ring aus Stallungen umgeben war.

»Dann erlaubt, dass ich es dem Erdboden gleichmache und alle Bewohner verspeise, damit man sich für immer an den

Namen des Dorfes erinnert«, bot Pherol an. Die beiden Elfen bedachten ihn mit einem missbilligenden Blick, worauf der Drache jedoch nur seufzte.

Mehrere Wochen waren sie jetzt schon in der offenen, menschenleeren Steppe unterwegs, und die ganze Zeit über hatte es der Drache in seiner zweibeinigen Form ausgehalten – mit Ausnahme einiger weniger Abende, an denen Pherol seine wahre und prachtvolle Drachengestalt angenommen hatte, um auf die Jagd zu gehen und entweder mit gestohlenem Vieh, einem Wildpferd oder anderen Beutestücken zurückzukommen, über deren Herkunft sowohl Juraviel als auch Cazzira lieber nichts Genaueres wissen wollten.

Die drei waren vor diesem bereits auf zwei andere Dörfer gestoßen und hatten eine Weile damit zugebracht, sich in ihrer Nähe herumzutreiben und die Gespräche aller Personen zu belauschen, die zufällig des Weges kamen. In einer dieser Unterhaltungen, zwischen zwei älteren Frauen, die auf einem Stein am Ufer eines kleinen Baches Wäsche wuschen, war es um einen Zwischenfall in einer nicht weit entfernten Ortschaft gegangen, in dessen Verlauf ein Yatol und eine Chezhou-Lei-Kriegerin erstochen worden waren. Mittlerweile hatten die Turbane die Ortschaft jedoch wieder in ihre Gewalt gebracht und führten dort nun ein noch strengeres Regiment als zuvor.

Diese Ortschaft lag jetzt vor ihnen. Nach Juraviels Einschätzung könnte sie sich womöglich als gar nicht so uninteressant entpuppen, denn mittlerweile war er zu der Überzeugung gelangt, dass nur wenige Krieger im Stande waren, eine Chezhou-Lei im Kampf zu töten.

»Heute Abend wirst du hier bleiben«, befahl er Pherol.

»Es sei denn, ich höre einen Ochsen auf der Weide brüllen«, erwiderte der Drache.

»Du hast dir erst gestern Abend einen Festschmaus gegönnt.«

Statt einer Antwort verzog der Drache sein Maul zu einem selbstgefälligen Grinsen.

»Ich möchte dich dringend bitten, hier zu bleiben«, wiederholte Juraviel entschieden. »Wenn du auf den Weiden in der Nähe irgendwelchen Lärm veranstaltest, wirst du noch das ganze Dorf aufwecken.«

Pherols Grinsen erlosch. »Ich werde hier bleiben«, erklärte er. »Wollt ihr euch heranschleichen und sie belauschen?«

»Es wäre großartig, wenn wir einen Hinweis bekommen könnten, wohin wir uns überhaupt wenden sollen«, erwiderte der Elf.

Später, die Sonne war bereits untergegangen und die ersten Sterne funkelten hell am Himmel, trafen sich zahlreiche Dorfbewohner im Schankraum des Ortes, wo sie sofort in angeregte Unterhaltungen verfielen. Juraviel und Cazzira hockten unterdessen lautlos wie die sie umgebenden Schatten unmittelbar draußen neben einem geöffneten Fenster und lauschten.

Es wurde viel und über alles Mögliche geredet, die meisten Gespräche standen aber in keinerlei Beziehung zu irgendwelchen für sie nützlichen Informationen. Allerdings hörten sie einige behrenesische Soldaten sich in recht prahlerischem Tonfall über eine große Schlacht unterhalten.

»Ihr Rus werdet schon noch lernen, was sich für euch geziemt, jeder Einzelne von euch!«, tönte einer von ihnen. Der Mann war offenbar leicht angetrunken.

»Na klar, euch den Mist von den Schuhen zu kratzen!«, entgegnete einer der to-gai-ruschen Dorfbewohner und erntete damit Gelächter bei den Umstehenden.

»Besser Mist als Blut, wie nach der Schlacht bei Dharyan!«, konterte der behrenesische Soldat, und schlagartig wurde es totenstill im Raum.

Um das Geschehen drinnen besser beurteilen zu können, richteten Juraviel und Cazzira sich ein kleines Stück auf und riskierten einen Blick über das Fensterbrett. Soeben sprang ein anderer Soldat von seinem Stuhl auf, packte den Sprecher, hielt ihn fest und befahl ihm, den Mund zu halten.

»Sie wissen doch sowieso, was in Dharyan passiert ist«, protestierte der Angetrunkene. »Oder etwa nicht?«, fragte er leicht vornübergebeugt in die Runde, ein boshaftes Grinsen im Gesicht. »Als eure großen Helden von der Macht Yatol Gryshs in Grund und Boden gestampft wurden. Und der tapfere Ashwarawu plötzlich seinen Kopf verlor!«

Mehrere To-gai-ru-Männer sprangen so schwungvoll auf, dass die Stühle hinter ihnen wegrutschten, während andere sie zurückzuhalten versuchten.

»Die Schlacht liegt offenbar noch nicht lange zurück«, raunte Juraviel Cazzira zu. Die Wogen der Gefühle schlugen viel zu hoch, als dass sie noch aus der Zeit der Eroberung To-gais durch die Behreneser hätten stammen können.

»Ja, wir erinnern uns durchaus«, rief ein To-gai-ru aus der hintersten Ecke. »Sogar noch ziemlich gut; fast so gut wie an Yatol Daek Gin Gin Yan und Dee'dahk und die prächtige junge To-gai-ru, die beide niedergemetzelt hat!«

Juraviel verschlug es fast den Atem; er hatte das Gefühl, als würde er hintenüberkippen.

»Kein Wort mehr über diesen Vorfall!«, befahl der Soldat mit dem angetrunkenen Kameraden im Arm dem To-gai-ru, und als sein Kumpan Anstalten machte, etwas zu erwidern, versetzte er ihm einen deftigen Schlag auf den Hinterkopf.

Mittlerweile waren sämtliche behrenesischen Soldaten aufgesprungen, und einige hatten sogar ihre Waffen gezückt.

Aber das Ganze hatte eher mit Prahlerei zu tun, zumal niemand sie wirklich bedrohte. Kurz darauf legte sich das Durcheinander, und der Raum füllte sich wieder mit den Geräuschen zahlreicher ebenso zwang- wie zusammenhangloser Unterhaltungen.

Immerhin konnte Juraviel während der nächsten beiden Stunden beobachten, dass viele To-gai-ru auf dem Weg zur Tür des Schankraums einen kleinen Umweg machten, am Tisch eines schweigend dasitzenden älteren Paares vorbeigingen und dem alten Mann auf die Schulter klopften, nicht selten mit einem Blick nach hinten auf den betrunkenen, großmäuligen behrenesischen Soldaten.

Später, als der alte Mann und seine Frau den Schankraum

verließen, folgten ihnen zwei zierliche Gestalten lautlos durch den Ort zu ihrer kleinen, bescheidenen Hütte. Als sie sich drinnen an ihrem Tisch niederließen, konnten sie nicht wissen, dass sie nicht alleine waren.

»Mir wird es jedes Mal ganz warm ums Herz, wenn die Leute auf sie zu sprechen kommen«, sagte der alte Mann, als seine Lebensgefährtin hinter ihn trat, sich vorbeugte und ihm die Arme um den Hals schlang.

»Glaubst du, sie meinen Brynn?«, raunte Cazzira Juraviel zu.

Der Elf nickte; mit angehaltenem Atem legte er sein Ohr wieder an den Spalt in der Hüttenwand.

»Komm mit, alter Mann, wir sollten zusehen, dass wir ein bisschen Schlaf kriegen«, hörte er die alte Frau zu seiner großen Enttäuschung sagen.

»Ich werde sicher schlafen wie ein Stein«, pflichtete der alte Mann ihr bei. Dann vernahmen die beiden Elfen das Knarren von Holz, als er sich erhob, gefolgt von schlurfenden Schritten, als die beiden Alten sich quer durch den Raum zu ihrer Schlafstätte begaben.

»Was jetzt?«, zischte Cazzira. »Wieder zurück zu Pherol oder noch einmal zum Schankraum?«

Juraviel entschied sich für eine dritte Möglichkeit. Er ging um die Hütte herum, bis er an der Wand unmittelbar hinter dem Bett des alten Paares stand. Kaum angekommen, klopfte er, einer Eingebung folgend, an die Hüttenwand.

Als keine Reaktion erfolgte, klopfte er erneut, lauter diesmal.

»Hm?«, hörte er den Alten brummen, gefolgt von einer Bewegung drinnen in der Hütte.

»Erzählt mir von ihr«, richtete Juraviel das Wort an die beiden, obwohl Cazzira seinen Arm so fest gepackt hielt, dass das Blut nicht mehr bis in seine Finger vordrang. »Erzählt mir, wie Yatol Daek Gin Gin Yan ums Leben kam.«

»Wer seid Ihr?«, ließ sich ein barsches Flüstern vernehmen.

»Ein Freund.«

Es folgte drinnen eine kurze gedämpfte Unterhaltung, dann hörten die Elfen die alte Frau sagen: »Wohl ein Freund der Behreneser!«

»Ich denke, eher ein Freund der jungen Frau, die den Yatol getötet hat«, erwiderte Juraviel, worauf Cazzira ruckartig an ihm zerrte und ihn von der Hüttenwand fortzog.

»Das kannst du nicht machen!«, protestierte sie.

»Ich sehe keine andere Möglichkeit!«

Die beiden hielten unvermittelt inne, als sie die Tür auf der anderen Seite der Hütte aufgehen hörten und der alte Mann mit einem kleinen Hammer bewaffnet um die Ecke bog. »Wer seid Ihr?«, fragte er gebieterisch, obwohl keiner der beiden Elfen in Sichtweite war. Er sah sich nach allen Seiten um, den Hammer bedrohlich erhoben.

»Ich war der Begleiter von Brynn Dharielle«, antwortete Juraviel und bediente sich dabei eines Tricks der Touel'alfar, so dass der Alte seine Stimme nicht orten konnte und sich in die falsche Richtung drehte.

»Dann zeigt Euch!«

»Das kann ich nicht«, erwiderte Juraviel und richtete seine Stimme wieder anders aus. Der Alte fuhr erneut herum. Als er sich wieder beruhigt hatte, setzte Juraviel abermals an, und wieder kam seine Stimme aus einer völlig neuen Richtung. »Sie dachte, ich hätte mich auf dem Pfad der sternenlosen Nacht verirrt, einem unterirdischen Tunnelsystem unter dem mächtigen Gebirge nördlich von hier. Aber ich habe hierher gefunden und damit hoffentlich auch zu ihr.«

Bei der letzten Bemerkung schienen die Schultern des Alten ein wenig nach unten zu sinken. Juraviel hatte plötzlich das Gefühl, als ob ihm vor lauter Angst ein Kloß die Kehle versperrte.

»Pah, ich spreche nicht mit Geistern!«, rief der Alte. »Und erst recht nicht mit behrenesischen Spionen – woher soll ich wissen, dass Ihr keiner seid?«

Juraviel wollte schon aufspringen, doch Cazzira hielt ihn zurück. »Nicht«, raunte sie.

»Aber er weiß etwas«, zischte Juraviel zurück und riss sich los.

Mittlerweile war der alte Mann wieder auf dem Weg zurück um die Hütte, also lief Juraviel ihm nach und richtete sich unmittelbar hinter ihm auf. »Habt Ihr je einen behrenesischen Soldaten gesehen, der so aussah?«, fragte er. Der Alte fuhr erschrocken herum und stand zitternd da, während ihm der Hammer aus den Fingern glitt.

»Ich bin kein Feind To-gais«, erklärte Juraviel. »Ich bin ein Freund von Brynn Dharielle. Erzählt mir von ihr, ich bitte Euch.«

»*Tu d'elfin faerie*«, stammelte der Mann; er benutzte den Namen der To-gai-ru für das Elfenvolk, ein Völkchen, das in ihren abendlichen Geschichten am Kamin zu einiger Berühmtheit gelangt war.

»Belli'mar Juraviel, zu Euren Diensten«, antwortete der Elf mit einer schwungvollen Verbeugung. »Ihr wisst etwas über Brynn, also erzählt mir von ihr, ich bitte Euch.«

»Ich habe sie in den sicheren Tod geschickt«, erwiderte der alte Mann zitternd und schlug die Hände vors Gesicht.

»Unsinn, Barachuk«, rief die alte Frau, die um das Haus herumgestürmt kam und seinen Arm packte. »Das wissen wir doch gar nicht!«

»Hat sie hier gekämpft, gegen einen Yatol-Priester und eine Kriegerin mit Namen Dee'dahk?«, hakte Juraviel nach.

»Eine Kriegerin der Chezhou-Lei«, bestätigte die Alte mit einem Nicken. »Sie hat beide getötet, und ein paar andere noch dazu; außerdem hat sie die Pferde befreit. Die Turbane sind allerdings noch mal zurückgekommen, um sie wieder einzufangen.«

Die beiden Alten wechselten einen besorgten Blick.

»Am besten kommt Ihr mit nach drinnen«, sagte die Frau. »Wir haben Brynn nach ihrer Flucht noch ein einziges Mal gesehen und wissen, wohin sie gegangen ist, aber eine schöne Geschichte ist das nicht.«

Juraviel trat hinter dem alten Ehepaar in die bescheidene

Hütte und setzte sich auf den ihm angebotenen Platz am Tisch, so dass er Barachuk genau gegenüber saß, während die Frau – Barachuk stellte sie als Tsolona vor – zum Feuer ging, um Wasser für einen Tee aufzusetzen.

Nach ein paar verlegenen Augenblicken, in denen Juraviel den beiden wiederholt versichern musste, dass er kein Spion war und tatsächlich den *tu d'elfin faerie* angehörte, von denen ihre Legenden erzählten, gelang es ihm schließlich, ihnen die Geschichte zu entlocken. Es war im Wesentlichen Barachuk, der sie erzählte. Er berichtete von Brynns Aufenthalt im Ort und wie sie den Yatol-Priester und die Kriegerin niedergestochen hatte. Dann erzählte er von seinem letzten Zusammentreffen mit ihr, als sie endgültig fortgegangen war, um sich Ashwarawus Rebellentruppe anzuschließen.

Als er bei dem verhängnisvollen Ausgang der Schlacht von Dharyan ankam, wurde Barachuks Stimme sehr ernst.

»Dann ist sie also nicht mehr am Leben?«, fragte der Elf nach, kaum fähig, die Worte an dem Kloß in seinem schlanken Hals vorbeizupressen.

»Das würde ich vermuten«, antwortete der gleichermaßen besorgte Barachuk.

»Uns sind allerdings Gerüchte zu Ohren gekommen, denen zufolge ein Jhesta Tu zur Stelle war, der sie auf seinem Pferd vom Schlachtfeld mitgenommen hat«, beeilte sich Tsolona einzuwerfen. »Angeblich hat er auch noch einen weiteren Chezhou-Lei getötet.«

»Gerüchte«, schnaubte Barachuk verärgert.

»Nicht alle sind vor den Toren Dharyans ums Leben gekommen!«, beharrte Tsolona.

»Warum ist sie dann nicht zu uns zurückgekommen?«, konterte der alte Mann.

»Ihr wisst es also nicht?«, fragte Juraviel.

»Einige To-gai-ru sind vom Schlachtfeld zurückgekehrt und haben sich anschließend über das gesamte Steppengebiet verstreut«, erklärte Balachuk. »Sie dürfen nicht offen darüber sprechen.«

»Das verbietet ihnen ihr Stolz – aber auch praktische Erwägungen«, sagte Tsolona in Anlehnung an eine alte togai-rusche Spruchweisheit.

Belli'mar Juraviel hielt einen Augenblick inne, um das alles zu verdauen. »Ein Jhesta Tu?«, fragte er schließlich. Die Bezeichnung hatte er noch nie gehört.

»Ein Sekte von Mystikern, die irgendwo weit unten im Süden leben«, erläuterte Barachuk. »Angeblich soll sich einer von ihnen Ashwarawu angeschlossen haben.«

»Habt Ihr vielleicht eine Idee, wo ich Brynns Fährte aufnehmen könnte, vorausgesetzt, sie führt tatsächlich wieder aus Dharyan heraus?«, fragte der Elf. Die beiden Alten sahen einander an, aber noch ehe ihre Blicke sich wieder ihm zuwandten, wusste Juraviel, dass sie keine Ahnung hatten, was sie darauf antworten sollten.

Wieder draußen vor der Hütte, traf Juraviel Cazzira, die im Dunkeln auf ihn gewartet hatte.

»Eine Legende erwacht zum Leben«, begrüßte sie ihn grinsend.

»Hoffen wir, dass auch jemand anders noch am Leben ist«, erwiderte Juraviel mit einem bitteren Unterton, ehe sie das Dorf verließen, um Pherol abzuholen und sofort nach Südosten aufbrechen zu können.

»Dies hat Yatol mir gezeigt«, sagte Chezru Douan mit ruhiger Stimme, ehe er die Arme in einer theatralischen Geste an den Körper zog, sie vor der Brust kreuzte und die Augen schloss.

Um ihn herum bekundete die gesamte anwesende Priesterschaft murmelnd ihr Einverständnis, und sogar einer der beiden anderen Chezhou-Lei-Krieger nickte, das Gesicht erstarrt zu einer billigenden Maske. Kaliit Timig hätte am liebsten laut aufgeschrien! Schließlich war er nicht hergekommen, um die Erlaubnis einzuholen, zu den Feuerbergen marschieren zu dürfen, sondern um den Chezru-Häuptling davon in Kenntnis zu setzen, dass die Chezhou-Lei-Krieger zusammengezogen worden und abmarschbereit waren. Inzwischen war es

Monate her, seit er Yakim Douan von der Notwendigkeit eines Rachefeldzugs gegen die verhassten Jhesta Tu unterrichtet hatte, und bis zum heutigen Tag hatte Yakim Douan durch nichts zu erkennen gegeben, dass von ihm etwas anderes als Zustimmung zu erwarten sei.

Und nun war der Chezru-Häuptling mit der überraschenden Ankündigung in die morgendliche Audienz geplatzt, er werde Kaliit Timig lediglich erlauben, die Hälfte seiner Truppen in den Süden mitzunehmen, die obendrein von einer Abteilung von Soldaten aus Jacintha begleitet werden würden. Die Enttäuschung des Kaliit war umso bitterer, als Douan dies als Vision Yatols ausgegeben hatte. Da die Chezhou-Lei Douan, wie alle Chezru, als Stimme Gottes betrachteten, die unmittelbar mit Yatol kommunizierte, stand es ihnen nicht zu, seine Äußerungen in Zweifel zu ziehen.

Jedenfalls nicht öffentlich.

Kaliit Timig neigte sein Haupt. »In welcher Funktion sollen die Soldaten aus Jacintha zum Einsatz kommen?«, erkundigte er sich.

»In jeder Funktion, die der Kommandant der Chezhou-Lei für richtig hält«, erwiderte Douan, die Augen noch immer geschlossen, als stünde er in unmittelbarem persönlichem Kontakt zu Yatol.

Kaliit Timig neigte den Kopf überrascht ein wenig zur Seite. Der »Kommandant« der Chezhou-Lei? Wen konnte Yakim Douan damit meinen? Schließlich war er selbst, Kaliit Timig, offensichtlich ihr Oberbefehlshaber, und ebenso offensichtlich hatte er die Absicht, trotz seines fortgeschrittenen Alters, selbst zu den Feuerbergen zu reisen. Hatte der Chezru-Häuptling damit hinterlistig zum Ausdruck bringen wollen, er werde nicht dorthin gehen?

»Ich möchte Eure Worte keinesfalls in Zweifel ziehen, Stimme Gottes«, setzte Timig an, seine alte Stimme ruhig und gefasst, »aber ...«

»Es ist gut, dass Ihr Yatol nicht in Zweifel ziehen wollt«, fiel Douan ihm ins Wort und erstickte damit jeden Versuch, ihn weiter zu diesem Thema zu befragen. »Mir wurde bewiesen, dass die Ehre Eures Ordens auf dem Spiel steht, daher gebietet mir Yatol, unabhängig von meinen persönlichen Befürchtungen, den Chezhou-Lei diesen Feldzug zu bewilligen. Aber mir wurde auch zu verstehen gegeben, dass der Fortbestand Behrens in nicht geringem Maße auf den hochgeschätzten Kampfkünsten der Chezhou-Lei beruht, und das Königreich kann für die Dauer dieses mehrere Monate währenden Feldzugs schlecht ohne Schutz bleiben. Benennt Euren Kommandanten – Yatol Gryshs Mann, Wan Atenn, ist ein kampferprobter Soldat, der höchste Wertschätzung genießt – und wählt die Krieger aus, die den Tod des Chezhou-Lei Dahmed Blie rächen sollen. Setzt sie in Marsch, und danach werden wir gemeinsam entscheiden, wie die mir noch verbleibenden Krieger am besten umzuverteilen sind.

Ihr seid damit nicht einverstanden?«, fragte Yakim Douan einen Moment später, und Kaliit Timig musste erkennen, dass sein Gesichtsausdruck verriet, wie es in seinem Innersten tatsächlich aussah. »Fürchtet Ihr die Jhesta Tu so sehr? Sie zählen weniger als zweihundert Mann, eher gut einhundert, nach allem, was man so hört. Im Übrigen sind viele dieser Mystiker bloße Novizen, junge Schüler, die noch nicht über die geringste Kampferfahrung verfügen. Wahrscheinlich ist dieser eine Mystiker der Einzige aus dem Orden, der jemals sein Schwert oder seine Faust gegen einen echten Feind erhoben hat. Ihr werdet also eine Anzahl erprobter Veteranen in einen Kampf gegen bloße Kinder schicken, und außerdem werde ich Eure Truppen um das Vierfache ihrer ursprünglichen Zahl aufstocken. Aber seid unbesorgt, Kaliit Timig, ist das Gemetzel erst vorüber, werden die Chezhou-Lei den Ruhm für den Sieg über die Jhesta Tu für sich allein beanspruchen können.«

Kaliit Timig begriff, dass er von allen Seiten in die Zange genommen wurde, und da Douan die Autorität Yatols hinter sich wusste, waren die Mauern der Logik unüberwindbar, die er rings um den Kaliit errichtet hatte. Der alte Mann machte eine ehrerbietige Verbeugung, ehe er, ein wenig steif, Haltung annahm. »Wan Atenn ist eine ausgezeichnete Wahl, Stimme Gottes.«

»Dieser Rat stammt von mir, nicht von Yatol«, erwiderte der Chezru-Häuptling mit einem amüsierten Schmunzeln, worauf alle Umstehenden die plötzliche Auflösung der Spannung mit einem Lächeln oder gar Kichern quittierten.

»Ich werde den Rat ernsthaft in Betracht ziehen«, versicherte ihm Kaliit Timig, ehe er mit einer weiteren Verbeugung das Audienzzimmer verließ und schließlich auch den Tempel. Er verfügte über nahezu dreihundert der weltweit besten Krieger, die bereits damit begonnen hatten, sich auf den langen Marsch zu den Feuerbergen vorzubereiten. Jetzt musste er vor sie hintreten und ihnen erklären, dass nur jeder Zweite von ihnen an dem Feldzug teilnehmen würde.

Er erwartete als Reaktion auf seine Ankündigung nicht gerade überschwänglichen Jubel.

Aber Yakim Douan war die Stimme Gottes und durfte nicht in Zweifel gezogen werden.

Und so paradierte an einem strahlend klaren Morgen des zweiten Jahresmonats die Hälfte aller Chezhou-Lei-Krieger, bereits für sich genommen eine beeindruckende Armee, zum Klang von einhundert Hörnern hoch zu Ross durch Jacintha, auf Pferden, die mit leichtem, stolzem Gang die Prachtstraße entlang schritten, bis sie die Stadt schließlich durch das Südtor verließen. Hinter ihnen folgte ein Zwanzigerkarree in Marschformation, dessen Speerspitzen im Licht der frühen Morgensonne blinkten.

Chezru Douan und Kaliit Timig beobachteten den Vorbeimarsch Seite an Seite von einem Balkon des Großen Tempels. »Yatol hat wie immer weise entschieden«, bemerkte Douan.

»Selbstverständlich, Stimme Gottes«, erwiderte der Kaliit eilfertig.

»Mein Mann im Bärenreich, Daweed Kusaad, ist übrigens mit der neuen Königin Jilseponie gar nicht einverstanden«, fügte Douan unvermittelt hinzu, eine Bemerkung, die Timig ziemlich überraschte, denn die Stimme Gottes war noch nie dafür bekannt gewesen, sich mit den Elitesoldaten der Chezhou-Lei über derartige politische Gedanken auszutauschen.

»Sie ist Abellikanerin, müsst Ihr wissen«, fuhr Douan auf Timigs fragenden Blick hin fort. »Ein hochrangiges Mitglied dieser Kirche der Ungläubigen mit der Macht und dem Einfluss eines Abtes.«

Der Kaliit nickte, obschon ihm bislang nichts Derartiges zu Ohren gekommen war und er auch nicht recht verstand, warum es überhaupt von Bedeutung sein sollte.

»Sie war maßgeblich an der Abwehr von Abt Olins Versuch beteiligt, die Führung des Abellikaner-Ordens zu übernehmen, eine Machtübernahme, die die Bande Behrens zu unseren Nachbarn im Norden gewiss gefestigt hätte. Ich fürchte, ihr Hintertreiben seiner Ernennung könnte ein Signal sein, dass König Danube, ihr Gemahl, ein Gerichtsverfahren gegen Abt Olin in Entel einleiten möchte. Auf jeden Fall wird es die Bande zwischen unseren Ländern schwächen.«

Kaliit Timig hatte keine Ahnung, welche Reaktion, wenn überhaupt, von ihm in diesem Moment erwartet wurde. Es war das erste Mal, dass Chezru Douan mit ihm über derartige Dinge sprach, und er war nicht sicher, worauf der Mann hinauswollte.

Doch dann sah Douan ihm mit ernster Miene direkt ins Gesicht. »Sollte König Danube gegen Abt Olin aus Entel vorgehen, werden wir den Mann unterstützen und vielleicht sogar an seiner Seite kämpfen, um die Herrschaft über seine Stadt zu sichern.«

Kaliit Timig riss seine alten, müden Augen auf. »Ihr wollt den Ausläufer des Gebirges umsegeln und bis ins Bärenreich vordringen?«

»So es Yatols Wille ist«, erwiderte der Chezru-Häuptling seelenruhig und richtete sein Augenmerk wieder auf den Vorbeimarsch der Truppen, die auf der Straße unter ihnen vorüberzogen.

Yakim Douan war gut beraten, sein Lächeln in diesem Augenblick zu verbergen. Selbstverständlich hatte er nicht die Absicht, Olin mit etwas anderem als Geld gegen König Danube zu unterstützen, sofern dieser überhaupt plante, offen gegen Olin vorzugehen – eine für Douan geradezu absurde Vorstellung. Bei oberflächlicher Betrachtung aber schien dies alles recht einleuchtend, und indem er die Geschehnisse im Bärenreich gegenüber dem Kaliit etwas drastischer darstellte, als sie tatsächlich waren, lenkte er den alten Mann auf ein anderes Thema, über das er sich den Kopf zerbrechen konnte.

Ein flüchtiger Seitenblick auf den Mann bestätigte ihm, dass er tief in Gedanken war. Bis zu diesem Augenblick war Douan sicher gewesen, Timig sei verärgert, weil nur die Hälfte seiner Truppen auf den Rachefeldzug gehen durfte, doch nun, nach ein paar wohl gezielten Bemerkungen, hatte Douan ihn so weit, dass ihm selbst das womöglich noch zu viel erschien. Denn die stolzen und stets um ihre Ehre besorgten Chezhou-Lei versuchten sich diese vor allem dadurch zu verdienen, dass sie die Yatol-Priester der Chezru beschützten und für strickte Ordnung sorgten.

Was immer Danube gegen ihn selbst oder gegen Abt Olin unternehmen mochte, machte Yakim keine Angst. Und wenn er den Informationen glauben konnte, die Daween Kusaad ihm hatte zukommen lassen, war auch Königin Jilseponie keine nach Eroberungen trachtende Unruhestifterin. Tatsächlich weilte sie zurzeit nur selten im Schloss von Ursal, da der Winter im Jahr des Herrn 842 oben im nördlichen Königreich mittlerweile seinen Höhepunkt erreicht hatte und die gutherzige Jilseponie jeden Tag draußen bei den Armen und Kranken verbrachte.

Sie und ihr Gemahl waren keine Bedrohung.

Aber das brauchte Kaliit Timig schließlich nicht zu wissen.

Pherol hockte auf einem Termitenhügel, wetzte seine sogar in seiner menschenähnlichen Gestalt noch Furcht erregenden Krallen an einem großen Findling und machte, wie üblich, kein allzu glückliches Gesicht.

»Was meinst du, wird er diese Waffen schon bald benutzen?«, fragte Cazzira Juraviel. Die beiden saßen auf der anderen Seite des Weges.

Juraviel zuckte mit den Schultern, obwohl ihn eben diese Befürchtung schon eine ganze Weile beschäftigte. Von dem Augenblick an, da sie das Gebirge verlassen, Pherol wieder seine ursprüngliche Gestalt angenommen und seine riesigen Flügel in der Bergluft ausgebreitet hatte, war Juraviel nicht müde geworden, den Drachen nach Kräften zu besänftigen. Denn für die Riesenbestie waren sämtliche Lebewesen in seiner Umgebung nichts weiter als potenzielle Nahrung oder Ventile für seine angeborene Aggressivität. Bislang hatte Pherol sich halbwegs anständig benommen und, soweit die beiden Elfen wussten, keinen einzigen Menschen getötet. In letzter Zeit aber, da die Wochen sich zu endlosen Monaten dehnten und der unangenehm eisige Wind in der Steppe oft mit beißend kaltem Hagel oder Schnee durchsetzt war, schien der Drache mit seiner Geduld allmählich am Ende.

In letzter Zeit hatte Pherol sich immer häufiger von ihren Lagerplätzen abgesondert, um seine Furcht erregenden, sehnigen Muskeln zu spannen oder diese mörderischen Krallen zu wetzen.

Juraviel konnte Pherols Enttäuschung durchaus verstehen. Ihm selbst ging es ähnlich, denn noch immer fehlte jede echte Information über Brynns Verbleib. Ein einziges Mal nur hatte er beim Belauschen von Gesprächen ahnungsloser Menschen einen Hinweis auf diesen geheimnisvollen Mystiker der Jhesta Tu und Brynns angebliche Rettung vom Schlachtfeld vor den Toren Dharyans aufgeschnappt, aber davon abgesehen hatte er nichts wirklich Brauchbares in Erfahrung bringen können. Pherols Enttäuschung war noch viel einfacher nachzuvollziehen. Viele Jahre lang hatte der Drache friedlich vor sich hingeschlummert, und als er beschlossen hatte, die beiden Elfen ans Tageslicht zu begleiten, hatte er dies mit dem Ziel getan, große Abenteuer zu erleben. Bis jetzt zumindest hatte sich diese Hoffnung nicht erfüllt.

Im Licht dieser simplen Erkenntnis erhielt Cazziras Frage für Juraviel einen unheilvollen Beiklang. Pherol war imstande, aus einer Laune heraus jedes der zahllosen Dörfer, die sie gesehen hatten, dem Erdboden gleichzumachen. Es würde einer gut ausgebildeten und bestens ausgerüsteten Armee bedürfen, um den Drachen zu erlegen. Von den vier alten Völkern Koronas verfügten einzig die geflügelten Dämonen über größere individuelle Kraft, und diese Stärke erwuchs aus einer Kombination von Magie und Körperkraft. Aber selbst diese Dämonen vermochten es an schierer Muskelkraft nicht mit den Drachen aufzunehmen. Vor seiner Begegnung mit Pherol hatte Juraviel keinen einzigen zu Gesicht bekommen, und obwohl er immer wieder die Geschichten über die Lindwürmer aus grauer Vorzeit gehört hatte, war der Augenblick, als Pherol aus dem unterirdischen Tunnelsystem ins Freie getreten war und zum ersten Mal seine gewaltigen Flügel gestreckt hatte, ein überwältigendes Erlebnis gewesen. Kaum vorstellbar, zu welchen Zerstörungen er fähig sein würde, wenn etwas seinen Zorn erregte.

Oder Langeweile ihn plagte.

Ein flüchtiger Blick zu dem Drachen schien Juraviel zu bestätigen, dass er in seiner gegenwärtigen Gestalt vor überschüssiger Kraft und Energie beinahe zu bersten schien, so als müsste er jeden Moment wieder seine größere Gestalt annehmen.

Daher verspürte der Elf eine gewisse Erleichterung, als kurz darauf in der Ferne ein Lagerfeuer aufloderte. Cazzira hatte es zuerst bemerkt und machte Juraviel wortlos darauf aufmerksam. Aber bevor die beiden einen Plan aushecken konnten, der Pherol einband, ohne ihn gefährlich nah an den Lagerplatz der Menschen heranzulassen, hatte auch der Drache den fernen Lichtschein bemerkt.

»Gehen wir und sehen nach, wer uns das Land hier streitig macht«, sagte Pherol etwas übereifrig und machte Anstalten, sich federnden Schritts zu entfernen.

»Besser, ich gehe allein oder zusammen mit Cazzira«, erwiderte Juraviel schnell, worauf der Drache stehen blieb, herumfuhr und ein leises Zischen ausstieß.

»Jedenfalls zunächst«, beeilte sich der Elf zu erklären. »Am besten, wir überraschen sie, dann ist die Wahrscheinlichkeit größer, dass sie uns die Wahrheit erzählen. Haben sie etwas Interessantes auszuplaudern, kommen wir zurück und holen dich.«

»Wenn sie etwas Interessantes auszuplaudern haben, werden sie es am ehesten mir verraten«, erwiderte Pherol und entfernte sich mit schnellen Schritten, ehe er in einen leichten Trab verfiel, so dass Juraviel und Cazzira alles geben mussten, um mit ihm Schritt zu halten.

Unmittelbar außerhalb des Feuerscheins blieb Pherol stehen. Er wurde nicht sofort bemerkt, denn die zehn um das Lagerfeuer versammelten Männer waren in ein ziemlich hitziges Gespräch vertieft.

»Wir können uns auf keinen Fall noch einmal in eine Ortschaft wagen!«, protestierte einer. »Glaubt ihr vielleicht, die Turbane suchen nicht nach uns? Unsere Köpfe würden eine prächtige Trophäe abgeben!«

»Hier draußen können wir jedenfalls auch nicht bleiben, ohne Vorräte oder Karawanen, die wir plündern könnten«, widersprach ein Zweiter. »Lieber sterbe ich im Kampf gegen die Turbane, als hier draußen zu erfrieren oder zu verhungern, wo bestenfalls die Geier unsere verwesenden Leichen finden.«

»Du wärst besser gleich mit den anderen bei Dharyan krepiert!«, entgegnete der Erste.

»Nicht schon wieder!«, stöhnten mehrere der anderen sofort, ehe einer fragte: »Sollen wir etwa bis ans Ende unserer Tage an diesen verfluchten Ort zurückdenken?«

Pherol warf Juraviel einen hitzigen Blick zu. »Du willst Antworten, also sollst du sie bekommen!«, sagte er mit seiner dröhnenden, nicht menschlichen Stimme, so laut, dass die Unterhaltung auf dem Lagerplatz verstummte, mehrere Männer aufsprangen und zwei von ihnen sogar zu den Waffen griffen.

Wie stolperten sie übereinander, als der riesige zweibeinige Echsenmann einfach in ihr Lager spazierte, die Flügel fest am Rücken angelegt, den kurzen Schwanz hinter sich auf dem Boden!

Ein oder zwei erstarrten vor Schreck, zwei weitere stießen einen spitzen Schrei aus und wollten fliehen, doch sie waren Krieger der To-gai-ru, und ehe Pherol überhaupt dazu kam, sich zu erklären, stürzten sich bereits mehrere von ihnen wild mit den Waffen um sich schlagend auf ihn.

Pherol wich keinen Zoll zurück, sondern machte unvermittelt einen Satz nach vorn, mitten hinein in das dichteste Knäuel seiner Gegner, vier Männer, die ihn Schulter an Schulter attackierten. Ohne ihre armseligen Waffen zu beachten, drängte sich der Drache zwischen sie, trieb sie auseinander, schmetterte sie zu Boden. Ein Schwert verhakte sich unter den Schuppen seiner Drachenbrust, doch Pherol packte einfach die Klinge und riss sie dem Mann aus der Hand, ehe er ihn mit vorgeschobener Schulter zu Boden stieß.

Dann versetzte er dem mit dem Gesicht nach unten auf der Erde liegenden Mann einen Tritt, der ihn ein Dutzend Fuß weit durch die Luft beförderte.

Im nächsten Moment zermalmte er das Schwert in seiner Pranke und schleuderte es zu Boden, ehe er einen auf seinen Oberkörper zielenden Speer mit einem wuchtigen Hieb zur Seite wegschlug.

Von links kam eine schwere, auf seinen Hals zielende Axt herangerast.

Pherol ließ den Hieb, der seiner ausgezeichneten Panzerung nicht das Geringste anhaben konnte, mit einem lauten Brüllen über sich ergehen, dann ging ein Ruck durch seine muskulösen Beine, und er sprang den axtschwenkenden To-gai-ru an, der vom Zusammenprall nach hinten gestoßen wurde.

Ohne jedoch zu Boden zu gehen, denn die Pranke des Drachen schnellte vor, umschloss den Kopf des Mannes und hob den um sich tretenden und schlagenden Mann mit einer Kraft in die Höhe, der der Krieger nichts entgegenzusetzen hatte.

»Wollt ihr jetzt endlich mit mir reden, oder soll ich euch einfach alle töten?«, röhrte der Drache, während er mit seiner freien Pranke den ausholenden Arm eines weiteren Schwertkämpfers abfing und den Mann mit einer kurzen Drehung seines Handgelenks Hals über Kopf durch die Luft schleuderte.

»Nun?«, fragte er gebieterisch; beim Sprechen spannte sich sein Körper, wodurch sich seine Pranke ein wenig fester um den in der Luft hängenden Mann schloss, was ein erbärmliches Gewimmer zur Folge hatte.

Die übrigen To-gai-ru hielten sich mittlerweile zurück und umkreisten ihn mit gezückten Waffen; es war jedoch nicht zu übersehen, dass keiner mehr anzugreifen wagte.

»Nicht!«, ertönte ein Ruf von hinten. Die bereits geschlagenen Krieger drehten sich um und sahen zwei weitere merkwürdige Gestalten in den Schein ihres Lagerfeuers stürmen. »Das sind keine Feinde!«, schrie Belli'mar Juraviel den Drachen an. »Es sind To-gai-ru, vom gleichen Stamm wie Brynn Dharielle!«

»Brynn?«, riefen mehrere der Männer; offenbar war ihnen der Name bekannt.

»Wart ihr bei Dharyan dabei?«, fuhr der Drache sie an, wobei er seinen Gefangenen, ohne es zu wollen, erneut kräftig durchschüttelte.

»Was weißt denn du ...«, setzte einer der To-gai-ru an, aber Pherol fiel ihm ins Wort.

»Wart ihr bei Dharyan dabei?«, bellte der Drache, so laut, dass sein Gebrüll in der Dunkelheit nachhallte, so machtvoll, dass sein Atem dem Sprecher der To-gai-ru wie ein heißer Wind entgegenschlug und ihn zwang, einen Schritt zurückzutreten.

»Ja, wir waren dabei«, antwortete er. »Wir alle hier.«

»Halt bloß den Mund«, fiel ihm ein anderer Krieger ins Wort. »Am Ende lieferst du uns noch an die Turbane aus!«

»Wenn wir Behreneser wären, wärt ihr längst tot«, warf Juraviel ein. »Sind wir aber nicht; und wenn ihr an der Seite von

Brynn Dharielle geritten seid, dann seid ihr auch nicht unsere Feinde.« Kaum hatte er geendet, warf er Pherol einen strengen Blick zu.

Der Drache setzte den Mann ab und ließ ihn los. Der arme Wicht blieb noch einen Moment lang stehen, den Blick ängstlich auf den Echsenmann gerichtet, dann stürzte er zitternd zu Boden.

»Erzählt uns alles!«, verlangte Pherol. »Mit einer guten Geschichte könntet ihr mich vergessen machen, dass es mich nach Menschenfleisch gelüstet!«

Der To-gai-ru, an den die Worte gerichtet waren, erbleichte derart gründlich, dass seine blasse Gesichtsfarbe Cazzira und Juraviel sogar im matten Schein des Lagerfeuers auffiel. Juraviel war sofort bei ihm.

»Wir sind nicht eure Feinde«, versuchte der Elf ihn zu beruhigen. »Möglicherweise sind wir sogar Verbündete. Bitte, erzähl uns von diesem schrecklichen Tag und von Brynn Dharielle, mein Freund.«

Es dauerte eine ganze Weile, bis im Lager wieder so weit Ruhe eingekehrt war, dass der Krieger und ein paar seiner etwas beherzteren Gefährten imstande waren, von dem Desaster bei Dharyan zu berichten. Ohnehin waren viele Einzelheiten bestenfalls bruchstückhaft in Erinnerung geblieben und oft widersprüchlich.

In einem Punkt jedoch herrschte allgemeine Übereinstimmung. Brynn Dharielle war nicht umgekommen – jedenfalls nicht auf dem Schlachtfeld, auch wenn keiner so recht wusste, ob ihre dort erlittenen Verletzungen sich womöglich später als tödlich herausgestellt hatten. Sie war auf ihrem prächtigen Pony fortgeschafft worden, und zwar von einem gewissen Pagonel, einem Mystiker der Jhesta Tu; wohin, wussten sie allerdings nicht.

Aber sie konnten bestätigen, dass es weit unten im Süden, in einer ziemlich felsigen, unwirtlichen Gegend, einen Ort gab, den die Jhesta Tu als ihr Zuhause bezeichneten, ein abgeschiedenes Kloster mit Namen Wolkenfeste.

»Das dürfte genau die richtige Geschichte sein, um den Hunger einer gefräßigen Bestie zu stillen«, entschied Juraviel, ehe Pherol dazu kam, sich ein eigenes Urteil zu bilden. »Ich denke, wir sollten für unseren Überfall und dieses etwas unglückliche Zusammentreffen um Verzeihung bitten.«

»Aber sie haben angefangen!«, protestierte Pherol so stimmgewaltig, dass die Männer sich ängstlich duckten.

»Ich kann nur hoffen, dass eure Wunden verheilen und wir alle dieses Treffen schon bald als Glücksfall betrachten – für uns, für Brynn Dharielle und für ganz To-gai«, fuhr der Elf fort, ohne weiter auf den Einwurf zu achten. Dann erhob er sich, um zu gehen, und gab seinen Freunden ein Zeichen, sich ihm anzuschließen.

»Wir haben lange genug im Dunkeln gehockt und darauf gehofft, dass diese Menschen irgendwelche Informationen verraten, die wir dringend brauchen«, sagte Pherol, nachdem sie den Lagerplatz hinter sich gelassen und wieder in die Dunkelheit zurückgekehrt waren. Sein Ton verriet deutlich, dass er ziemlich stolz auf sich war. Er schloss mit einem boshaft amüsierten Lachen, das seine beiden Gefährten sofort daran erinnerte, wie unausstehlich er manchmal sein konnte.

Belli'mar Juraviel stellte sich dem Drachen beherzt in den Weg. »Das wird nie wieder vorkommen!«, drohte er der Bestie mit erhobenem Zeigefinger.

Pherol betrachtete ihn mit einem leicht amüsierten Ausdruck im Gesicht.

»Das sind nicht unsere Feinde – sie sind die Hoffnung von Brynns großem Ziel; und möge dein brutaler Auftritt hier nicht zur Folge haben, dass To-gai sich von uns und Brynn abwendet!«

»Es sind doch bloß Menschen«, erwiderte Pherol mit einem spöttischen Lachen. »To-gai-ru, Behreneser, lächerlich. Du tust, als gäbe es da einen Unterschied.«

»In diesem Fall gibt es den sehr wohl.«

»Nur für dich, kleiner Elfenmann«, erwiderte der Drache. »Für mich sind sie ein amüsanter Zeitvertreib, nicht mehr – es sei denn, wir reden hier von einer warmen Mahlzeit, mit der ich mir den Bauch voll schlagen kann.«

Juraviel sah zu Cazzira, die ihm einen sorgenvollen Blick zuwarf – ein Blick, der zugleich bewies, dass sie Verständnis für die Sicht des Drachen hatte.

»Du hast es mir versprochen, Pherol«, erinnerte er ihn. »Und ich nehme dich beim Wort.«

»Schweig endlich, Elfenmann, sonst kündige ich unsere Übereinkunft endgültig auf«, erwiderte der Drache. »Sie sind mit gezückten Waffen auf mich losgegangen. Abgesehen von euch beiden waren sie die ersten Lebewesen, die das tun durften und trotzdem Gelegenheit erhielten, es sich noch anders zu überlegen. Du solltest mich lieber für meine Beherrschung loben.«

Juraviel brauchte einige Augenblicke, um die volle Bedeutung der Bemerkungen des Drachen zu begreifen, seine Drohung, ihre Abmachung zu brechen, Juraviels einzige Rückversicherung, dass Pherol die Welt nicht mit dem gleichen grauenhaften Schrecken überziehen würde wie einst Bestesbulzibar. Und die letzte Bemerkung, das wurde ihm jetzt klar, war in Wahrheit eine Forderung.

»Es war schon richtig von dir, dass du keinen von ihnen umgebracht hast«, räumte Juraviel schließlich ein.

»Es war richtig von mir, dass ich endlich die Information beschafft habe, etwas, das ihr beide schon seit Wochen vergeblich versucht«, fügte Pherol frech hinzu.

Juraviel musste zugeben, dass sie tatsächlich ein gutes Stück vorangekommen waren und jetzt sehr viel klarer sahen, welche Möglichkeiten sie hatten und was zu tun war. Aber er wusste auch um die Einzigartigkeit der Begegnung mit den Rebellen hier draußen in der menschenleeren Steppe. Einen weiteren Ausbruch Pherols würden sie sich schwerlich leisten können, zumal sie dringend weitere Informationen brauchten.

Fürs Erste musste er sich Pherol jedoch geschlagen geben, denn der Drache hatte keine Bitte vorgetragen, sondern Forderungen gestellt.

Und Belli'mar Juraviel wusste sehr genau, dass es nicht in seiner Macht stand, Pherol irgendeine Forderung abzuschlagen.

6. Alte Feindschaft

Ihre Speerspitzen und Rüstungen funkelten in der gleißenden Sonne, als sie die glühend heiße Sandwüste durchquerten. Die berittenen Chezhou-Lei hatten die Führung übernommen, während die Soldaten aus Jacintha eine zweite Abteilung bildeten, hinter der noch ein gewaltiger Tross von Bediensteten folgte, darunter zahlreiche To-gai-ru-Sklaven, die sich mit den Rüstungen für die Pferde der Elitekrieger abzuschleppen hatten, sowie eine endlose Wagenkolonne mit Vorräten, um die marschierende Truppe auf ihrem Weg durch die sandige Ödnis zwischen den weit auseinander liegenden Städten zu versorgen. An der Spitze der Kolonne ritt, stolz und grimmig, Wan Atenn, der den neben ihm reitenden Mann, der selbst kein Krieger war, unscheinbar wirken ließ.

Bislang war es Merwan Ma nicht wirklich gelungen, sich mit den tagelangen Ritten dieses Feldzugs anzufreunden. Er hatte zuvor noch nie auf einem Pferd gesessen, als Chezru Douan ihn völlig überraschend dazu abkommandiert hatte, sich der Truppe anzuschließen und den glorreichen Feldzug als Berichterstatter zu begleiten, ein Befehl, der ihn wie alle anderen im Großen Tempel von Jacintha ziemlich verblüfft hatte, schließlich war es dem Leibdiener des Chezru-Häuptlings nur in seltenen Ausnahmen gestattet, den Tempel zu verlassen. Er sollte allerdings nicht bis ganz zu den Feuerbergen mitreiten; einem solchen Risiko hätte der Chezru-Häuptling einen so wichtigen Mann niemals ausgesetzt. Stattdessen hatte er den Befehl, die Truppen bis Gortha zu begleiten, der Hauptstadt von Yatol Peridan, von wo aus Peridans Privatschiff ihn nach Jacintha zurückbringen würde.

Merwan Ma versuchte das Beste aus dieser von Langeweile geprägten Zeit zu machen, indem er Wan Atenn während der sich endlos hinziehenden Tage immer wieder in ein Gespräch zu verwickeln versuchte. Anfangs war er damit stets auf höfliche, aber kühle Zurückhaltung gestoßen. Als er aber statt seiner unermüdlichen Lobpreisungen des ruhmreichen Chezru-Häuptlings ein aufrichtiges Interesse an den Chezhou-Lei und ihrer uralten Fehde mit den Jhesta Tu durchblicken ließ, zeigte der stolze Krieger zum ersten Mal eine Reaktion.

»Einst, vor der Verkündung der Wahrheit, gehörten wir ein und demselben Orden an«, erklärte Wan Atenn ihm eines unmenschlich heißen Tages, als der Treck besonders schleppend vorankam. »Die Begründer des Ordens der Chezhou-Lei waren ursprünglich Meister der Jhesta Tu.«

»Aber wer waren die Jhesta Tu damals, in diesen frühen Zeiten?«, fragte Merwan Ma, dessen Kenntnisse über dieses Kapitel der behrenesischen Geschichte eher bescheiden waren.

»Priester. Priester, die die abgeschiedenen Dörfer vor den Banditen schützten, die dieses gesetzlose Land unsicher machten.« Wan Atenn sah zu Merwan Ma und nickte. »Nach Ansicht der Stammväter der Chezhou-Lei brachte erst Yatol dem Land Ordnung. Die meisten anderen Mitglieder des uralten Ordens der Jhesta Tu jedoch waren nicht bereit, die Wahrheit Yatols anzuerkennen.«

»Und damit begann die Fehde«, schloss Merwan Ma.

»Daher rührt die Vorherrschaft der Chezru und der Chezhou-Lei, während sich die Jhesta Tu in einen Landstrich zurückzogen, der noch unwirtlicher war als die Ödnis dieser Sandwüste«, erwiderte Wan Atenn mit jener Mischung aus Gelassenheit und Selbstvertrauen, die offenbar allen Chezhou-Lei eigen war. »Die Wahrheit hat schließlich obsiegt. Und daran müssen wir Chezhou-Lei unsere törichten Brüder gelegentlich erinnern.«

Merwan Ma lehnte sich in seinem Sattel zurück und ließ die Worte Wan Atenns auf sich einwirken. Er war hier nicht in seinem Element, das wusste er; alles war völlig ungewohnt für ihn, und die Tapferkeit und das überragende Können der Krieger rings um ihn her sowie derer, gegen die sie schon bald kämpfen würden, vermittelten ihm das Gefühl völliger Bedeutungslosigkeit. Er war aufgeregt, gewiss, gleichzeitig aber verspürte er eine entsetzliche Angst, und ein nicht unerheblicher Teil von ihm wünschte sich nichts sehnlicher, als wieder in die Geborgenheit des Tempels in Jacintha und an die Seite seines Meisters zurückzukehren.

Sobald der Treck durch eine der Städte kam, wurden sie von den Bürgern mit frischen Vorräten überhäuft, eilten die Hufschmiede herbei, um ihre Pferde neu zu beschlagen, ihre Rüstungen zu polieren und die Waffen wieder instand zu setzen. Zogen sie dann nach einer Weile wieder ab, war die Luft erfüllt vom aufgeregten Getuschel der Bewohner, die angespannt verfolgten, wie die Besten unter ihnen in den Krieg zogen.

Die Route von Jacintha in die Feuerberge verlief keineswegs entlang einer geraden Linie. Die Armee folgte der Küste bis hinunter zur Südgrenze des Königreichs und in die Stadt Gortha, dem Sitz Peridans, wo Merwan Ma sich von den Kriegern verabschiedete.

Anschließend schwenkte Wan Atenn nach Westen ab und marschierte in einer Zickzacklinie von Stadt zu Oase und wiederum zur nächsten Stadt, so dass aus dem Frühling längst Sommer geworden war, als die schroffen, schwarz-grauen Berge endlich in Sichtweite rückten.

Während der nächsten Tage ging der Boden unter ihren Füßen von weichem Sand in einen steinharten Untergrund über, und die Schatten des gewaltigen Gebirges erreichten sie jeden Nachmittag ein wenig früher. Nun wurden den Pferden ihre Plattenpanzer angelegt, was das Vorankommen zusätzlich erschwerte, so dass die Chezhou-Lei nur noch einen Marsch von wenigen Meilen pro Tag zuließen. So nah der Heimat der gefürchteten Jhesta Tu mussten sie ihre Kräfte schonen und in steter Kampfbereitschaft bleiben.

In der Nähe eines kleinen, im Schatten des äußersten Nordrands der Feuerberge gelegenen Dorfes belauschten Belli'mar Juraviel und seine beiden Begleiter zum ersten Mal eine Meldung vom Vormarsch der Chezhou-Lei und der behrenesischen Armee. Die Gerüchte, die diesen Feldzug begleiteten, denen zufolge ein Chezhou-Lei von einem Krieger der Jhesta Tu bei Dharyan erschlagen worden sei, gaben der Hoffnung des Elfen neuen Auftrieb, seine liebe Freundin vielleicht doch noch lebend wiederzusehen, und machten ihn ungeduldiger denn je, den Weg zu diesem so schwer fassbaren Ort mit Namen Wolkenfeste zu finden.

Wie schon die ganze Zeit seit ihrem Abschied von der Rebellentruppe in der Steppe oben im Norden fiel ihm auf, dass zumindest einer seiner Begleiter seine Begeisterung für diese Reise offenbar nicht teilte.

Tatsächlich war Pherol ihnen mit jedem Tag zögerlicher gefolgt und hatte ein Tempo angeschlagen, das mit Sichtbarwerden der kleinen Kette himmelwärts ragender, schroffer Gipfel sogar noch schleppender geworden war.

»Wir müssen sie unbedingt finden, bevor es zu dieser kriegerischen Auseinandersetzung kommt«, sagte Juraviel am selben Abend, nachdem die drei in einer Felsennische in den Vorbergen des Gebirges ihr Lager aufgeschlagen hatten. »Vielleicht könntest du im Schutz der Nacht deine natürliche Gestalt annehmen, Pherol, damit wir die Bergflanken abfliegen und nach Hinweisen auf dieses versteckte Kloster suchen können.«

»Nein«, erwiderte der Drache ebenso schlicht wie entschieden, woraufhin Juraviel und Cazzira ihn verwundert ansahen.

»Hast du etwa Heimweh?«, wollte Juraviel wissen.

Von einem einfältigen Grinsen abgesehen, enthielt sich Pherol jeder Antwort.

»Was beunruhigt dich dann?«, hakte der Elf nach.

Als Pherol daraufhin seine Reptilienaugen bedrohlich verengte, wusste Juraviel, dass er von diesem brisanten Thema besser Abstand nehmen sollte.

Plötzlich traf ihn die Erkenntnis wie ein Schlag. Der Drache hatte Angst oder zumindest gewaltigen Respekt vor den Mystikern der Jhesta Tu. Dies kam ein wenig überraschend für den Elf, aber nur im ersten Augenblick. Gewiss, in der Vergangenheit waren Drachen getötet worden, gewöhnlich von mächtigen, mit Edelsteinen bewaffneten Abellikanern, und einige der von den barbarischen Alpinadoranern im eisigen Norden gegen marodierende Drachen geführte Schlachten waren geradezu legendär.

Pherol scheute davor zurück, sich vor den Mauern des Klosters der Jhesta Tu in seiner wahren Gestalt zu zeigen. Offenbar schätzte er die Jhesta Tu ebenso stark ein wie die mächtigsten Abellikaner; für Juraviel ein weiterer Grund, die Hoffnung nicht aufzugeben, Brynn könnte es gelungen sein, die Tragödie bei Dharyan zu überleben.

Brynn trieb ihr Pony Nesty über eine kleine, von der Außenwelt abgeschnittene Wiese, vorbei an den Felsen und durch ein mit Findlingen übersätes Tal in der Nähe der zum Kloster hinaufführenden Stufen. Die beiden waren soeben in einem stürmischen Ritt von den größeren Weiden, wo die übrigen Wildpferde umherstreiften, zu dieser Stelle in der Nähe eines Baches heraufgekommen, damit Brynn sich ein wenig Abkühlung verschaffen und das Pony bürsten konnte.

Für Brynn waren dies die einzigen friedlichen Stunden, die Zeit, in der sie endlich einmal abschalten und sich ihren früheren Hoffnungen hingeben konnte – und den Gefühlen, die sich um dieses so ungewöhnliche Intermezzo in ihrem außergewöhnlichen Leben rankten.

Hier, auf dieser kleinen Wiese, verlor sie sich in ihren Gedanken, so dass sie, blind für ihre Umgebung, die Bewegung am felsumsäumten Rand der Wiese nicht bemerkte und völlig überrascht war, als plötzlich eine Stimme hinter ihr erklang.

»Bleib, wo du bist, oder du bist auf der Stelle tot!«, rief jemand mit barscher Stimme, in einem Dialekt, den Brynn sofort als behrenesisch erkannte.

Als sie sich schließlich umdrehte, wurde sie leichenblass.

Dort stand ein ganzer Trupp von Kriegern – Kriegern der Chezhou-Lei!

»Du trägst keine Schärpe«, bemerkte der Sprecher.

Seine Gegenwart an diesem Ort zog Brynn so sehr in ihren Bann, dass sie überhaupt nicht verstand, was er sagte. Sie hatte ihn augenblicklich wiedererkannt; es war der Mann, der während der Schlacht bei Dharyan von der Mauer gesprungen war und kurz darauf Ashwarawu getötet hatte.

»Wieso trägst du keine Schärpe, wenn du zu den Jhesta Tu gehörst?«, herrschte er sie an.

In diesem Moment wurde Brynn klar, dass er sie seinerseits nicht wiedererkannt hatte, und bei genauerer Überlegung schien das auch durchaus nachvollziehbar. Sie war hier nicht für die Schlacht gekleidet; sie trug niemals ihr Barett oder gar ihr Schwert, wenn sie das Kloster verließ. Außerdem hatte er sie in der Schlacht bei Dharyan vermutlich nicht weiter beachtet, während sie ihn klar und deutlich vor sich gesehen hatte. Sie war für ihn nicht mehr gewesen als irgendeine x-beliebige Gestalt im chaotischen Schlachtgetümmel.

»Ich bin keine Jhesta Tu«, antwortete sie wahrheitsgemäß, sich deutlich der anderen Krieger bewusst, die in diesem Augenblick rings um sie her aus den Schatten traten.

»Wir haben dich die Stufen herunterkommen sehen«, erwiderte der Mann.

»Ich … ich bin hier zu Besuch, gehöre aber selbst nicht dem Orden an«, stammelte Brynn, die nicht die leiseste Ahnung hatte, in welche Richtung sie das unerwartete Gespräch lenken sollte.

»Packt sie«, knurrte der Soldat unvermittelt. »Wir nehmen sie gefangen, um die Vögel aus ihrem Horst zu locken!«

Als sich daraufhin jemand von hinten auf sie stürzen wollte, reagierte Brynn instinktiv, ohne auch nur nachzudenken. Sie ließ sich auf die Erde fallen und kroch auf allen vieren unter ihrem Pony hindurch.

Auf der anderen Seite angekommen, richtete sie sich blitzschnell wieder auf, lenkte mit ihrem angewinkelten Arm einen auf ihr Gesicht gezielten Schlag zur Seite ab, trat auf den Angreifer zu und hämmerte ihm mit einer peitschenden Bewegung ihres Kopfes die Stirn aufs Nasenbein. Als er daraufhin nach hinten taumelte, riss Brynn ihm das Schwert aus der Schärpe und stieß ihn im Vorüberlaufen vollends zu Boden.

Allerdings war die gekrümmte Klinge für sie ungewohnt; als sie den Hieb eines anderen Kriegers parieren wollte, streifte sie sein Schwert nur knapp und noch dazu im falschen Winkel, so dass seine Waffe abglitt und ihr eine klaffende Wunde zwischen Daumen und Zeigefinger beibrachte.

Mit schmerzverzerrtem Gesicht wirbelte Brynn ihre Klinge herum und drückte die Waffe des Chezhou-Lei zur Seite weg. Dann gab sie, statt zurückzuweichen, Nesty mit ihrer Linken einen Klaps aufs Hinterteil. Das Pony reagierte mit einem kräftigen Tritt, der aber nicht voll traf, sondern den Krieger nur streifte, so dass er zur Seite taumelte.

Brynn erledigte ihn mühelos, doch mittlerweile kamen einige der anderen rasch näher. Sie wollte sich gerade auf den verwundbaren Krieger stürzen, als die anderen Chezhou-Lei Anstalten machten, sich dazwischenzuwerfen.

Sie schleuderte ihnen ihr Schwert entgegen, sprang, mit beiden Händen auf Nestys Hinterteil gestützt, ab und landete elegant auf seinem Rücken.

Sofort preschte er davon und schwenkte auf Brynns Kommando zur Seite ab. Sie beschrieb einen kleinen Bogen, immer auf der Suche nach einer Lücke in der Reihe der ausweichenden, ständig ihre Position verändernden Krieger, bis sie schließlich schnurstracks auf den Mann zuhielt, der sie anfangs angesprochen hatte.

Ein Pfeil verfehlte nur knapp ihren Kopf, ein zweiter bohrte sich tief in Nestys Flanke.

Das Pony geriet ins Straucheln und wäre um ein Haar gestürzt, doch Brynn nahm seine Flanken fester zwischen ihre Schenkel und trieb es weiter. Mitten im vollen Galopp fand es sein Gleichgewicht wieder und drehte zur Seite ab, als Brynn ihm, tief über seinen Hals gebeugt, die Sporen gab.

Die Chezhou-Lei-Krieger, die ihr den Weg verstellten, warteten bis zur letzten Sekunde, ehe sich zwei der drei Soldaten zur Seite warfen. Der dritte machte einen winzigen Ausfallschritt und riss seine Klinge hoch, um sie im Vorüberreiten aus dem Sattel zu holen, doch dafür waren Brynn und Nesty ein viel zu eingespieltes Gespann. Noch während die Situation sich vor ihr abzeichnete und sie mit dem Gedanken spielte, das Pony herumzureißen, tat Nesty dies bereits von sich aus.

Der Chezhou-Lei unternahm nicht einmal den Versuch, von seinem Angriff abzulassen, sondern nutzte den Zusammenprall mit dem heranstürmenden Pony für einen Hieb in Richtung Brynn. Obwohl er ihr mit seinem ausgezeichneten Schwert das Lederhemd aufschlitzte und außerdem eine Wunde an der Hüfte beibrachte, konnte sie sich im Sattel halten und davongaloppieren.

Ein Hagel von Pfeilen verfolgte sie schwirrend, bis sich ein zweiter Pfeil tief in Nestys Flanke bohrte, und schließlich sogar noch ein dritter.

Jedes Mal, wenn ihr geliebtes Pony ins Straucheln geriet, war sie den Tränen nahe, doch das prächtige Tier war in seinem Vorwärtsdrang nicht aufzuhalten. Es war, als wollte es um jeden Preis verhindern, dass sie den feindlichen Kriegern in die Hände fiel.

Sie rasten den steinigen Hang hinunter und gelangten auf die geröllübersäte Lichtung am Ende der in den Berg gehauenen Stufen. So als würde er den Weg genau kennen, brachte Nesty Brynn bis zum Fuß der Treppe und blieb dort abrupt stehen.

Sie sprang vom Rücken des Ponys und wollte sich gerade umdrehen, doch das Tier lief bereits davon und verschwand am anderen Ende der Lichtung. Sie hatte nicht einmal einen Blick auf seine Verletzungen werfen können.

Brynn machte einen Schritt, wie um ihm nachzugehen, doch da hörte sie auch schon ihre rasch näher kommenden Verfolger. Erst jetzt bemerkte sie ihre eigenen schmerzhaften Verletzungen. »Lauf«, rief sie ihrem fliehenden Pony leise hinterher, dann machte sie kehrt und begann, die Stufen hochzusteigen. Mehrmals blieb sie stehen, um dem Pony nachzuschauen, das sich hinkend fortschleppte, und spielte bereits mit dem Gedanken, zu ihm zu gehen, als die Rufe der ihr nachsetzenden Krieger erneut an ihr Ohr drangen. Schlagartig wurde sich Brynn ihrer Verantwortung gegenüber den Jhesta Tu bewusst und hastete unermüdlich, Stufe für Stufe, weiter die Treppe hinauf. Kurz darauf befiel sie eine ungeheure Mattigkeit, begleitet von einem brennenden Stechen in der Seite. Als sie sich an die betreffende Stelle fasste, war ihre Hand mit hellrotem Blut verschmiert.

Sie vertrieb den Schmerz mit einem wütenden Knurren, schüttelte energisch den Kopf und kletterte hastig weiter bergan, eine Stufe nach der anderen.

Schon bald verlor sie jedes Zeitgefühl. Obwohl sie die Verfolger hinter ihrem Rücken längst nicht mehr hörte, gönnte sie sich keine Pause, nicht einmal, um zu verschnaufen. Wenn sie sich hinsetzte, um sich auszuruhen, würde sie vermutlich nicht mehr die Kraft aufbringen, sich noch einmal aufzuraffen und weiterzulaufen. Bei jedem Schritt ächzend, setzte die junge Hüterin verbissen und hartnäckig ihren Weg fort, wobei sie die steilen Stufen manchmal sogar auf allen vieren hinaufkrabbelte.

Dann endlich, als sie schon glaubte, sich einfach hinlegen und sich der kühlen, alles einhüllenden Dunkelheit überlassen zu müssen, erreichte sie den Treppenabsatz unmittelbar neben der bogenförmigen Steinbrücke.

Mit letzter Kraft rief sie um Hilfe oder versuchte es zumindest, dann brach sie auf den Steinen zusammen.

Wenige Augenblicke später vernahm sie rings um sich Stimmen, dann spürte sie, wie sie von kräftigen Armen behutsam hochgehoben wurde.

Als die Welt aufhörte sich zu drehen, fand Brynn sich auf einer Pritsche im Hauptgebäude des Klosters wieder. Sie schlug die Augen auf und sah Pagonel sowie einige andere Jhesta Tu auf sie herabblicken.

»Chezhou-Lei-Krieger«, stieß sie nach Atem ringend hervor. »Jede Menge. Unten im Tal.«

Pagonel legte besorgt die Stirn in Falten, ehe er sich langsam umdrehte, um den alten Meister der Jhesta Tu anzusehen, der neben ihm stand.

»Ich bin schuld, dass wir in einen blutigen Krieg hineingezogen werden«, sagte er zerknirscht.

»Die Chezhou-Lei hätten nicht herkommen sollen«, erwiderte Meister Cheyes.

»Sie sind gekommen, um ihren Toten zu rächen«, erklärte Pagonel. Cheyes nickte.

»Aber sie werden die Wolkenfeste nicht einnehmen«, versicherte ihm der alte Meister. »Nicht einmal, wenn sie sämtliche Streitkräfte Behrens auf ihrer Seite hätten. Keine Armee ist imstande, unsere Stellungen zu überrennen.«

Dem mochte Pagonel nicht widersprechen, aber trotzdem blieb sein Gesicht zerfurcht von Sorgenfalten. Er drehte sich wieder zu Brynn um. »Ruht Euch ein wenig aus«, sagte er. »Hier oben sind wir nicht in Gefahr.«

Die beiden Meister machten den anderen Jhesta Tu ein Zeichen, dann verließen sie Seite an Seite das Zimmer.

»Vermutlich werden sie uns offiziell zum Kampf herausfordern«, überlegte Meister Cheyes. »Sie zählen darauf, dass dir dein Stolz gar keine andere Wahl lässt, als zu ihnen hinunterzusteigen, damit sie ihren Gefallenen rächen können.«

Pagonel bedachte den Mann mit einem durchdringenden Blick; ihm war nicht entgangen, das seine Argumentation eine verborgene Kritik enthielt. Pagonel hatte recht unbesonnen das Kloster verlassen, und der gleiche Leichtsinn könnte ihn jetzt dazu verleiten, die Stufen hinunterzusteigen und den Chezhou-Lei ins offene Messer zu laufen.

»Sie werden an deine und unser aller Ehre appellieren«, erklärte Meister Cheyes. »Obwohl so etwas in einem sinnlosen Krieg gar nicht existiert. Es hat absolut nichts Ehrenhaftes, für nichts weiter als diese Art von Ehrgefühl zu sterben.«

»Ich werde den Verlockungen des Stolzes nicht erliegen«,

versprach Pagonel. »Sollen sie doch den ganzen Sommer dort unten im Staub ausharren, oder von mir aus auch das ganze Jahr.«

Meister Cheyes nickte scheinbar zufrieden, ehe er sich entfernte und Pagonel seinen Gedanken überließ. Tatsächlich fühlte sich ein Teil von ihm genötigt, noch einmal darüber nachzudenken, ob es klug gewesen war, die Wolkenfeste zu verlassen und sich Ashwarawu anzuschließen. In gewisser Weise kam es ihm so vor, als hätte er den Orden mit seiner Einmischung in diesen fernen Krieg verraten. Aber wenn er an die wundervolle junge Frau dachte, die im Zimmer nebenan lag, überkamen den Mystiker noch weit zwiespältigere Gefühle. Hätte er sich Ashwarawu nicht angeschlossen, wäre Brynn zweifellos auf dem Schlachtfeld vor den Toren Dharyans umgekommen, und dann, dessen war er sicher, wäre die Welt ein sehr viel traurigerer Ort.

Er hob den Blick und sah Meister Cheyes gemächlich an einem Beet aus roten und rosa Blumen entlang schlendern, kurz anhalten, um eine zu pflücken, anschließend um die Ecke biegen und sie mit einem Lächeln Meisterin Dasa überreichen. In der Wolkenfeste schien alles seinen gewohnten Gang zu gehen.

Dann fiel Pagonels Blick auf die Schärpe aller Farben, die er um die Taille trug, eine ständige Ermahnung, dass es im Orden keinen Meister gab, der über ihm stand, und es niemandem zustand, seine Entscheidungen in Frage zu stellen – außer ihm selbst.

Als er daraufhin abermals zur Tür sah, hinter der Brynn Dharielle lag, wusste Pagonel, dass seine Entscheidung richtig gewesen war.

Zwei Tage später stieg eine einzelne Gestalt in aufrechter Haltung die fünftausend Stufen zur Wolkenfeste hinauf. Der Mann trug den Helm eines Chezhou-Lei-Kriegers, seine übrige Rüstung jedoch hatte er zurückgelassen. Er hatte lediglich einen Wasserschlauch sowie die weiße Waffenstillstandsfahne eines Unterhändlers bei sich.

»Ich möchte mit dem Jhesta Tu sprechen, der bei Dharyan gekämpft hat, falls er hier ist«, erklärte er, »und falls nicht, mit dem Meister dieser Verbrecherhöhle.«

Meister Cheyes und Meisterin Dasa standen oben auf der Brücke neben Pagonel und sahen zu dem Krieger hinunter. »Ich denke, er meint dich«, sagte Cheyes, den Anflug eines Lächelns auf den Lippen.

Mit finsterer Miene trat Pagonel einen Schritt vor. »Ihr könnt mit beiden zugleich sprechen«, rief er zu dem Mann hinunter. »Denn ich bin sowohl ein Meister des Klosters Wolkenfeste als auch der Mann, der an Ashwarawus Seite gegen Dharyan geritten ist.«

»Geziemt sich so etwas für einen Mann wie Euch, Mystiker?«, stieß der Krieger mit unüberhörbarem Spott hervor.

»Möchtet Ihr diese Debatte in aller Öffentlichkeit führen, gleich hier und jetzt?«

Die Erwiderung schien den Mann ein wenig zu überrumpeln, denn sie erinnerte ihn an seine Funktion als Unterhändler. »Ich will überhaupt nicht debattieren«, erklärte er nach kurzem Zögern. »Eure Handlungsweise ist ebenso unentschuldbar wie unverständlich. Ihr habt ohne jede Veranlassung und völlig grundlos gegen einen Chezhou-Lei gekämpft. Mein Vorgesetzter, Wan Atenn, verlangt Vergeltung, und die wird er auch bekommen.«

»Was Ihr nicht sagt«, erwiderte Pagonel. »Ihr bezeichnet es also als ungerechtfertigt, wenn ich einen Freund gegen einen mörderischen Chezhou-Lei beschütze?« Er hielt inne, um die Bemerkung wirken zu lassen, obwohl er wusste, dass bei den Chezhou-Lei jedes vernünftige Argument vergeblich war. Pagonels Teilnahme an der Schlacht von Dharyan diente lediglich als Vorwand für diesen Feldzug. Vergeltung für ein begangenes Unrecht, das wusste der Mystiker, spielte dabei keine Rolle. Höchstwahrscheinlich hatten die Anführer der Chezhou-Lei geradezu begeistert auf diese Ausrede reagiert, um gegen ihre verhassten alten Feinde in die Schlacht zu ziehen, erst recht jetzt, da sich die Lage in To-gai beruhigt hatte.

»Euer Meister wünscht also im Kampf gegen mich anzutreten?«, fragte der Mystiker ruhig.

»Euer Angriff war ein Angriff der Jhesta Tu gegen die Chezhou-Lei«, erwiderte der Soldat und bestätigte damit weitgehend Pagonels Überlegung. »Demzufolge ist dies ein Konflikt zwischen beiden Orden und nicht die Auseinandersetzung zweier Männer. Ruft Eure Krieger zusammen und kommt hinunter ins Tal, damit wir die Angelegenheit in einem ehrenhaften Kampf ausfechten können!«

»Im Grunde unseres Herzens sind wir keine Krieger, mein junger Chezhou-Lei«, erklärte Pagonel. »Geht und erklärt Eurem Anführer, dass er den weiten Weg hierher umsonst gemacht hat, denn wir werden die Wolkenfeste nicht verlassen, und jeder Versuch, uns zu überfallen, wäre mehr als töricht. Und denkt auch nicht daran, uns zu belagern, auch wenn es recht amüsant wäre, Eure Armee tage-, wochen- oder gar monatelang in dem trostlosen Tal ausharren zu sehen, denn wir sind hier oben vollkommen autark.«

»Ihr werdet in das Tal heruntersteigen«, erwiderte der Chezhou-Lei energisch. Seine plötzliche Zuversicht erregte den Argwohn des Mystikers. »Eure Weigerung trifft uns nicht unvorbereitet; wir haben alle To-gai-ru aus drei in der Nähe gelegenen Dörfern zusammengetrieben und werden morgen früh damit beginnen, jeden Tag einen von ihnen hinzurichten, bis Ihr ins Tal herunterkommt.« Damit verbeugte sich der Mann, machte kehrt und begann, die Stufen wieder hinuntersteigen. Er ließ einen verdutzten und erschrockenen Pagonel zurück, der ihm mit versteinerter Miene von der Brücke aus nachstarrte.

Meister Cheyes trat zu ihm und legte ihm eine Hand auf die Schulter.

»Wie konnte ich mich nur so irren?«, fragte Pagonel.

»Du bist deiner Vision gefolgt. Es kann also kein Irrtum vorliegen. Das ist die Grundlage unseres Selbstverständnisses. Du trägst die Schärpe aller Farben, die du dir zu Recht verdient hast, deshalb musst du deinem inneren Gefühl folgen, was immer die Folgen sein mögen.«

»Die Folgen für mich oder für die Gesamtheit der Ordensmitglieder?«

»Für beide«, antwortete Cheyes. »Deine Vision und das Schicksal haben diese Auseinandersetzung zu uns getragen, aber wären die Chezhou-Lei nicht ohnehin hierher gekommen, sobald sie erkannt hätten, dass dein Herz im Kampf gegen die Yatols für die To-gai-ru schlägt? Die derzeitige Inkarnation des Chezru-Häuptlings hat unbestreitbar einen gewissen Hang zu Eroberungen an den Tag gelegt – wieso sollten wir also glauben, wir würden davon ausgenommen bleiben? Möglicherweise können wir uns mit diesem Kampf besser verteidigen, als wenn sämtliche Heere Behrens ihre Elitekämpfer zusammengerufen hätten, um gegen die Wolkenfeste zu marschieren.«

»Dann bist du also der Meinung, wir sollten kämpfen?«

»Es scheint mir das Richtige zu sein«, erwiderte Meister Cheyes.

Noch am selben Nachmittag eilte ein Mystiker der Jhesta Tu die Stufen hinunter bis zum Grund des Tals, um sich einen Überblick über die dort versammelten Chezhou-Lei zu verschaffen. Die drei Meister der Wolkenfeste waren dagegen, sämtliche Jhesta Tu hinunter in die Schlacht zu schicken, obwohl alle Mystiker einen dahingehenden Wunsch geäußert hatten. Aber die Meister hatten über die unmittelbare Gegenwart hinauszublicken und wussten, dass unabhängig vom Ausgang der Geschichte unten im Tal vor allem der Fortbestand des Ordens gesichert werden musste.

»Dies ist ebenso mein Kampf wie der Eure«, protestierte Brynn, als man ihr mitteilte, ihre Teilnahme an der Schlacht sei nicht erwünscht. Ihre Wunden waren längst verheilt – ein Beweis für die Kräfte des Pauri-Baretts, aber auch für die ausgezeichnete Pflege der Jhesta Tu –, und sie fühlte sich mehr als bereit, sich wieder ins Gefecht zu stürzen.

»Ist er nicht«, erwiderte Pagonel knapp.

»Ihr selbst habt mich doch beschützt!«

Der Mystiker lachte amüsiert. »Die Schlacht von Dharyan

hat damit nichts zu tun«, erklärte er. »Dies hier dient nur als Vorwand, um einen seit Jahrhunderten schwelenden Streit wieder auflodern zu lassen, der begann, lange bevor Ihr Euren ersten Sonnenaufgang gesehen habt, und der noch lange nicht beendet sein wird, nachdem Ihr Euren letzten gesehen haben werdet.«

»Ich kann ebenso gut kämpfen wie die meisten ...«, begann sie zu widersprechen.

»Genauso gut wie alle anderen, mit Ausnahme meiner Wenigkeit, sowie von Cheyes und Dasa«, räumte der Mystiker lächelnd ein.

Es war ein Lächeln, das Brynn nicht zu entwaffnen vermochte, nicht in diesem Moment. »Dann erlaubt, dass ich an Eurer Seite kämpfe«, sagte sie. »Ich habe mich in all den Wochen hier ernsthaft bemüht, etwas zu lernen.«

»Ihr seid keine Jhesta Tu«, erwiderte Pagonel. »Ihr könntet eine sein, und vielleicht verspürt Ihr ja eines Tages auch den Wunsch danach. Aber jetzt seid Ihr nur als Gast hier, und aus eben diesem Grund ist es nicht Euer Kampf. Zumal ich befürchte, dass Ihr mit einem Engagement hier Euren eigenen Zielen schaden würdet. Oder habt Ihr die etwa schon aus dem Blick verloren, da Ihr so bereitwillig dort hinuntersteigen und Euch den mächtigsten Gegnern stellen wollt, die der Chezru-Häuptling aufzubieten hat?«

Brynn reckte entschlossen das Kinn vor. Sie hätte dieser schlichten Logik zu gern etwas entgegenzusetzen gewusst.

Wenig später verließen fünfundsiebzig Mystiker, angeführt von Meister Cheyes und Meister Pagonel, unter den Augen von Meisterin Dasa die Wolkenfeste, die ihnen zusammen mit der neben ihr stehenden Brynn Dharielle von der Brücke aus nachschaute.

Brynn Dharielle rückte von Meisterin Dasa ab und machte keinen Hehl aus ihrer Wut und Enttäuschung, vor allem aber nicht aus ihrem Bedürfnis, alleine zu sein. Sie konnte Pagonels Gründe, ihr die Teilnahme an der Schlacht zu verbieten, durchaus verstehen, und teilweise gab sie ihm sogar Recht. Im Grunde sah sie es ähnlich, auch wenn ihr das jetzt, da sie ihre erst vor kurzem hinzugewonnenen Freunde in eine ernste Gefahr marschieren sah, kaum ein Trost sein konnte.

Also beschloss die eigensinnige junge Frau, dasselbe junge Mädchen, das auch die strikten Anordnungen der Touel'alfar so oft zu umgehen gewusst hatte, Pagonels Befehl wörtlich zu nehmen. Es war nicht ihr Kampf, aber das hieß noch lange nicht, dass sie nicht zuschauen durfte. Mit gesenktem Kopf und nach außen hin zutiefst betrübt, wartete sie, bis die Mystiker nach einer Weile außer Sicht waren, dann schnappte sie sich Bogen, Schwert und Kampfausrüstung, lief zur Treppe und eilte ihnen den langen, weiten Weg hinterher.

Kaum hatte sie sich dem Grund des geröllübersäten Tales genähert, sah Brynn die beiden Parteien ihre Kampfstellungen einnehmen. Sofort drängte sich ihr der Eindruck auf, dass ihre Freunde tatsächlich gewaltig im Nachteil waren, denn die Jhesta Tu standen, jeder mit einem langen Speer bewaffnet, auf breiter Front in gleichmäßigen Abständen nebeneinander, während die im Gegensatz zu ihnen gepanzerten Chezhou-Lei bedrohlich gegenüber Aufstellung genommen hatten, obendrein zu Pferd. Was mochte Pagonel nur bewogen haben, seinen Todfeinden den gewaltigen Vorteil einzuräumen, die Schlacht beritten zu bestreiten?

Schon lagen Brynn ein paar erlesene Flüche auf der Zunge, aber dann blieben ihr die Worte in der Kehle stecken, als das Donnern des Sturmangriffs der Chezhou-Lei losbrach und einhundert kräftige Hengste den Grund des Tals erzittern ließen. Wie auf ein Kommando ließen sich die Jhesta Tu in eine hockende Abwehrhaltung fallen und richteten ihre Speere aus.

Brynn zuckte innerlich zusammen und biss sich ängstlich auf die Unterlippe. Für jeden halbwegs geschickten Reiter wäre es eine Kleinigkeit, mit seinem Ross außer Reichweite der Speere zu bleiben oder ihnen mit einer Finte auszuweichen, das Pferd plötzlich zu verreißen und den auf der Stelle verharrenden Mystiker einfach über den Haufen zu reiten.

Schon stürmten die Chezhou-Lei heran, ihre legendären Schwerter aus gefalztem Metall hoch über den Köpfen erhoben.

Brynn war so erschrocken, dass sie um ein Haar die Augen geschlossen und das Schauspiel der Mystiker der Jhesta Tu verpasst hätte, die, wiederum scheinbar einem einzigen Kommando gehorchend, ihre Speere blitzschnell herumdrehten, mit der Spitze unmittelbar vor den heranpreschenden Pferden fest in den steinigen Boden rammten und absprangen, um sich von den sich unter ihrem Gewicht biegenden, dann wieder streckenden Schäften über die erste Angriffswelle schnellen zu lassen.

Es gelang nur wenigen Chezhou-Lei, ihre nach vorn gereckten Schwerter noch hochzureißen, und dann meist ohne große Wirkung. Einige reagierten schnell genug, um ihre Pferde zu verreißen und den heranfließenden, tretenden Mystikern auszuweichen, die meisten jedoch wurden von den Jhesta Tu buchstäblich mitten ins Gesicht getroffen, und innerhalb weniger chaotischer Augenblicke war der Grund des Tals mit Mystikern der Jhesta Tu und gestürzten Chezhou-Lei-Kriegern übersät, während überall reiterlose Pferde umherirrten.

Dann waren beide Parteien wieder auf den Beinen und stürzten sich mit wildem Ungestüm in den Kampf Mann gegen Mann. Das Aufblitzen von einhundert Klingen, das verwirrende Durcheinander aus einhundert fliegenden Fäusten, ebenso vielen Tritten sowie der gleichen Anzahl stoßender Speere ließ Brynn rasch jeden Überblick verlieren. Sie konzentrierte sich auf einen kleineren Frontabschnitt und erspähte mitten im Gedränge Pagonel.

Er hatte seinen Gegner vom Pferd gestoßen und sich so geschickt von dem vorbeistürmenden Pferd heruntergleiten lassen, dass er mit dem Knie genau auf der Kehle des am Boden liegenden Mannes gelandet war. Sofort war er wieder auf den Beinen, trat mit einer blitzschnellen Bewegung nach einem anderen Chezhou-Lei, der sich soeben wieder aufrichten wollte, und streckte ihn endgültig zu Boden. Dann rannte er plötzlich los und überließ den zweiten gefallenen Krieger einem seiner Ordensbrüder, da ein anderer Mystiker etwas abseits in arge Bedrängnis geraten war.

Brynn zuckte ebenso zusammen wie Pagonel, als der Mann, vom Schwert eines nicht aus dem Sattel geworfenen Reiters gefällt, in einer hellroten Gischt seines eigenen Blutes zu Boden ging.

In diesem Augenblick erkannte sie den Reiter wieder. Sie hatte mit eigenen Augen gesehen, wie er Ashwarawu getötet hatte.

Pagonel hielt genau auf ihn zu, warf sich in eine hohe Hechtrolle, drehte sich in der Luft und trat das in seine Richtung stoßende Schwert zur Seite weg, ehe er dem Krieger seinen zweiten Fuß mit voller Wucht in die Flanke stieß und ihn damit fast aus dem Sattel wuchtete. Der Mystiker setzte sofort nach, drehte sich, bekam den Mann zu fassen und zog sich zu ihm hinauf, um zu verhindern, dass er ihm mit seinem Schwert gefährlich werden konnte.

Aber der Krieger war kein Neuling im Kampf Mann gegen Mann. Was immer Pagonel sich in Brynns Augen an Vorteil verschafft haben mochte, war nahezu augenblicklich wieder dahin, als ein schwerer Panzerhandschuh ihn krachend im Gesicht traf.

Verwirrt von den widersprüchlichen Kommandos während des Handgemenges, bäumte sich das Pferd auf, ehe es mit ausgreifenden Sprüngen genau gegenüber von Brynn und parallel zur Front davonraste.

Dann nahm die tobende Schlacht Brynns ganze Aufmerksamkeit gefangen. Ihr Herz machte einen Freudensprung, denn dank ihres brillanten ersten Streichs waren die Mystiker der Jhesta Tu auf dem besten Wege, die Oberhand zu gewinnen.

Ihr Blick wanderte zurück zum anderen Ende der Front, wo sie Pagonel und den Chezhou-Lei soeben vom Pferd stürzen und hinter einem Felsen zu Boden gehen sah. Obwohl sie fest versprochen hatte, sich aus dem Kampf herauszuhalten, rannte Brynn sofort los, umrundete das Schlachtfeld und machte sich auf die Suche nach ihrem abgestürzten Freund.

Die beiden Männer standen sich auf einem brusthohen, flachen Findling ein gutes Stück abseits des eigentlichen Kampfgeschehens gegenüber.

»Dich kenne ich doch«, sagte der Chezhou-Lei mit einem spöttischen Lächeln, die Augen zu bedrohlich schmalen Schlitzen zusammengekniffen. »Wir sind uns schon einmal begegnet, Mystiker.«

Pagonel, der sich den Arm beim Sturz auf den Felsen schmerzhaft aufgeschürft hatte, trat einen Schritt zurück, hob beide Hände vor die Brust und machte eine knappe, respektvolle Verbeugung. »Ich bin Meister Pagonel«, sagte er. »Ich würde gerne Euren Namen erfahren.«

»Du wirst erst meinen Namen und dann mein Schwert kennen lernen«, versprach ihm sein Gegner. »Ich bin Wan Atenn. Vergiss das nicht, denn meine Augen werden das Letzte sein, was du in diesem Leben siehst!« Mit diesen Worten machte der grimmige Krieger einen Satz nach vorn, riss das Schwert um den Kopf herum und ließ es blitzschnell herabsausen – ein zu kurz geratener Hieb, dem auszuweichen Pagonel keine Mühe hatte –, um es gleich darauf nochmals hochzureißen und nach einem kurzen Vorwärtsschritt zu einem zweiten, überlegteren Hieb anzusetzen, der schräg nach unten auf Pagonels Schulter zielte.

Dank seiner hervorragenden Körperbeherrschung hätte der Mystiker wiederum zurückweichen können, entschied sich dann aber in der Dauer eines Lidschlags gegen diese Vorgehensweise. Er fand seine Lebensenergie, den mächtigen, unaufhaltsamen Strom seines Chi, lenkte ihn in seinen linken Arm und blockte den Hieb ebenso sicher ab, als hätte er einen metallenen Schild verwendet.

Dann ließ er eine rechte Gerade gegen Wan Atenns Brust schnellen. Seine Faust prallte dumpf gegen den Schuppenpanzer, doch hinter seinem Schlag lag kein rechtes Chi, denn Pagonel musste seine ganze Kraft aufbieten, um sich das machtvolle Schwert vom Leib zu halten. Wan Atenn taumelte zwar einen Schritt zurück, war aber nicht wirklich angeschlagen.

Wieder attackierte der Chezhou-Lei voller Ungestüm mit einem diagonalen Schwerthieb. Pagonel schlug einen Salto über die Klinge hinweg und warf sich dann rasch zur Seite, bevor der Krieger für einen tödlichen Rückhandschlag die Richtung wechselte.

Oder zumindest dazu ansetzte.

Sirrend kam Wan Atenns Klinge blitzschnell zurückgeflogen; Pagonel ließ sich unmittelbar vor ihr zu Boden fallen, kam sofort wieder hoch und traktierte seinen Gegner mit einer Abfolge harter Schläge, ehe er als Antwort des überaus gewandten Chezhou-Lei einen linken Haken gegen die Schulter sowie einen Tritt gegen das Knie einstecken musste.

Die beiden gingen in Abwehrhaltung, ehe sie erneut angriffen und zwei kraftvollen Widdern gleich mit den Köpfen gegeneinander prallten. Sie tauschten Hiebe und Tritte aus, bis Wan Atenn ihm mit seinem vortrefflichen Schwert eine Verletzung am Oberarm zufügte. Doch dafür musste dieser einen Fausthieb ins Gesicht einstecken, der ihn fast auf den Felsen geschickt hätte.

»Ihr kämpft nicht schlecht«, beglückwünschte ihn Pagonel.

»Spar dir deine unsinnigen Beleidigungen, du Hund!«, brüllte der Chezhou-Lei, ehe er sich abermals voller Ungestüm auf den Jhesta Tu stürzte.

Nach einem weiteren heftigen Handgemenge ließen die beiden voneinander ab, und Pagonel beobachtete leicht verwundert, wie sich ein schiefes Grinsen auf Wan Atenns finsterem Gesicht ausbreitete. Der Chezhou-Lei war schon in der Vorwärtsbewegung, hielt dann aber plötzlich inne.

Pagonel spürte die Bewegung hinter seinem Rücken, und da ihm das Gelände bestens vertraut war, sprang er instinktiv hoch, zog die Beine unter seinen Körper und drehte sich in der Luft herum.

Der Hieb des zweiten, neben dem Felsen hinter Pagonel stehenden Chezhou-Lei verfehlte ihn, aber der Mystiker wusste, dass das von untergeordneter Bedeutung war. Das Ablenkungsmanöver würde dem eindrucksvoll kämpfenden Wan Atenn einen großen Vorteil verschaffen.

Und tatsächlich, kaum war Pagonel gelandet, stürzte Wan Atenn, das Schwert mit beiden Händen über dem Kopf erhoben, auf ihn zu und holte zu einem gewaltigen Hieb aus, den der Mystiker nicht würde abblocken können.

Den sicheren Sieg vor Augen, warf sich der Chezhou-Lei mit einem gewaltigen Schrei nach vorn.

Um gleich darauf von einem wuchtigen, harten Schlag mitten im Gesicht getroffen zu werden, der ihn zur Seite taumeln und kopfüber vom Felsen kippen ließ. Im ersten Moment dachte er an einen Fausthieb, aber noch im Fallen dämmerte ihm, dass er von einem Pfeil getroffen worden war.

»Macht mir jetzt bloß keine Vorwürfe, ich hätte mein Wort nicht gehalten!«, rief Brynn Dharielle, als sie ihr Schwert zog und neben Pagonel auf den Felsen sprang.

»Vorwürfe?«, schrie der Mystiker zurück, der sich bereits auf den nächsten Gegner stürzte und ihn mit einer Serie peitschenschneller Tritte in die Defensive drängte. »Ich wollte mich gerade bei Euch bedanken! Vorhaltungen mache ich Euch erst, wenn das hier alles vorüber ist!«

Der Chezhou-Lei-Krieger machte kehrt und ergriff die Flucht, doch Pagonel setzte ihm sofort nach und verfolgte ihn bis auf das eigentliche Schlachtfeld.

Brynn wollte den beiden schon hinterher, als sie hinter sich eine Bewegung hörte und erkannte, dass Wan Atenn, der Bezwinger Ashwarawus, noch nicht tot war.

Also wartete sie mit dem Rücken zu ihm, um ihn auf den Findling heraufzulocken. Als er kurz darauf zu ihr auf den Felsen sprang, wirbelte sie herum, schlug ihr Schwert hart gegen seine stoßende Klinge und drückte sie zur Seite weg. Dann fiel ihr Blick auf sein Gesicht, auf den noch immer tief in seiner Wange steckenden Pfeil.

»Erkennt Ihr mich wieder?«, fragte sie und nahm die korrekte Grundhaltung des *Bi'nelle dasada* ein, den vorderen, rechten Fuß senkrecht zum abstützenden linken, den rechten Arm vorgestreckt und am Ellbogen leicht gebeugt, den linken Arm hinter dem Rücken nach oben angewinkelt. Perfekt ausbalanciert.

»Sollte ich das?«, erwiderte der Chezhou-Lei nuschelnd. Seine Stimme war kaum zu verstehen, da er seinen zerfetzten Unterkiefer fast nicht bewegen konnte. »Du bist keine Jhesta Tu, sondern nichts weiter als eine feige Hündin, die nur von weitem schießt.«

»Und von nahem trifft!«, korrigierte Brynn und attackierte mit einer Plötzlichkeit, die den Krieger sichtlich überraschte. Er versuchte noch, sein Schwert vor den Körper zu ziehen, doch es war bereits zu spät. Brynn zwang ihn mit vorgehaltener Klinge einen Schritt zurück.

Wan Atenn versuchte, den Schmerzensschrei in seiner Kehle zu unterdrücken. Am liebsten hätte er der zierlichen Frau noch weitere Beleidigungen an den Kopf geworfen, aber er traute sich nicht mehr zu sprechen, wagte nicht mehr, ihr zu zeigen, wie gründlich sie ihm mit ihrem Stoß den Atem verschlagen hatte.

Er fand sein Gleichgewicht wieder, griff mit urplötzlichem Ungestüm an, ließ sein Schwert in perfektem Bogen von rechts nach links, über seinen Kopf und sogar hinter seinem Rücken kreisen, wechselte es von einer Hand in die andere, stach blitzschnell zu und zog sich ebenso schnell zurück, nur um gleich darauf aus einer anderen Richtung anzugreifen.

Doch mit ihren elegant ausgewogenen Bewegungen, ihrem steten Vor und Zurück, blieb Brynn für ihn unerreichbar. Fast augenblicklich wurde ihr die Überlegenheit ihres Kampfstils bewusst. Trotz seines überragenden Könnens bewegte sich der Chezhou-Lei auf eine Art, die es mit dem *Bi'nelle dasada* kaum aufnehmen konnte. Er war ein besserer Kämpfer als Dee'dahk, pflegte aber exakt denselben Stil, und dieser Stil, mit seinen weit ausholenden Bewegungen über den Kopf und zur Seite, war den blitzschnellen Vorstößen des *Bi'nelle dasada* einfach nicht gewachsen.

Mittlerweile hielt die Hüterin sich mit ihren Angriffen zurück und wartete auf die günstigste Gelegenheit für den endgültigen, den tödlichen Treffer.

»Ohne den Pfeil in Eurem Unterkiefer wärt Ihr erheblich weniger eindrucksvoll«, ließ sie sich dann doch zu einer Bemerkung hinreißen, und sei es nur, um den ohnehin schon wütenden Krieger zu noch größerer Unbedachtheit zu verleiten.

Wenn ihm nur ein einziger Fehler unterliefe …

Der Anblick, der sich ihm bot, Männer und Frauen, die sich in Todesqualen wanden oder tollwütigen Tieren gleich übereinander herfielen, war an Grauen erregendem Elend nicht zu überbieten, was Pagonel jedoch weder abzuschrecken noch zu überraschen vermochte.

Er war dem Chezhou-Lei noch immer auf den Fersen, und als dieser einen Waffenbruder passierte, der herumfuhr, um sich dem heranstürmenden Mystiker in den Weg zu stellen, sprang Pagonel einfach über die beiden Männer hinweg, drehte sich im Fallen und riss seinen ursprünglichen Gegner mit sich zu Boden.

Das Knirschen im Genick des Mannes ließ Pagonel angewidert das Gesicht verziehen, vermochte ihn aber kaum abzulenken. Unvermittelt trat er einen Schritt zurück, um der nach vorne stoßenden Klinge des anderen Kriegers auszuweichen, worauf der zweite Chezhou-Lei sich geschlagen gab und das Weite suchte.

Pagonel unterließ es, ihm hinterherzurennen. Stattdessen machte er kehrt und lief zur Seite hinüber, um sich Meister Cheyes anzuschließen und die Reihen der Jhesta Tu zu verstärken. Mittlerweile lag eine große Zahl Mystiker regungslos am Boden, viele von ihnen offenbar tot. Aber noch immer kämpften mehr als fünfzig von ihnen gegen eine ungefähr halb so große Schar von Chezhou-Lei.

Die Schlacht schien unter Kontrolle, und die Meister der Jhesta Tu wechselten nickend einen grimmigen, aber zufriedenen Blick.

Doch dann setzten plötzlich die Berghörner ein, und der Angriff der Soldaten, hunderter von Soldaten, begann – die Garnisonstruppen aus Jacintha näherten sich im Laufschritt, um die Ordensbrüder einzukreisen und ihnen den Fluchtweg zur Treppe abzuschneiden.

Pagonel und Cheyes hatten die Situation sofort durchschaut. Noch während sie den Rückzug zum Treppenaufgang befahlen, liefen sie jeder zu einem ihrer in der Nähe liegenden verwundeten Gefährten und hoben ihn vom Boden auf, dann begannen auch sie sich zurückzuziehen.

Als Pagonel sich nach allen Seiten umsah, erkannte er die bittere Wahrheit. Sie würden es nicht schaffen.

Einem Zuschauer wären die Bewegungen der beiden Kämpfer bestenfalls wie das ungestüme Gefuchtel ungezügelter Energie erschienen. Der Chezhou-Lei ließ sein Schwert wirbeln wie die Windflügel eines beliebten behrenesischen Spielzeugs, schlug es vor seinem Körper immer wieder von einer Seite zur anderen, um sich die überfallartigen und höchst wirkungsvollen Stöße der von den Elfen ausgebildeten Kriegerin vom Leib zu halten.

Brynn dagegen setzte jeden Stoß ganz überlegt. Sie war sicher, dass sie den Mann besiegen konnte, dass er mit seiner schweren Klinge und den ausladenderen Bewegungen schneller ermüden würde als sie. Sobald die Bewegungen seiner prachtvoll geschwungenen Klinge erlahmten, würde sie eine Bresche finden und ihm ihr elegantes, schlankes Schwert durch eine Fuge seiner Rüstung in die Brust stoßen.

Aber jetzt noch nicht – nicht ehe sie ihn so weit zermürbt hatte, dass sie sicher sein konnte, sich im letzten Augenblick seines Lebens, wenn er ihr Schwert längst in seinem Körper spürte, nicht noch einen gefährlichen Treffer einzuhandeln. Sie stieß überlegt zu und wich behände unter fortwährenden

Körperdrehungen zurück, so dass hinter ihrem Rücken stets noch genügend Raum für das nächste Ausweichmanöver blieb.

Sie landete einen schmerzhaften Treffer auf Wan Atenns Unterarm, dann noch einen zweiten an seiner Schulter, die den Mann jedoch nur zu noch wilderem Gefuchtel anzuspornen schienen.

Für Brynn lief alles nach Plan.

Wan Atenn schien das ebenfalls zu spüren. Deshalb überraschte der Chezhou-Lei die junge Kriegerin, als sie ihre Klinge nach einer provozierenden Finte wieder zurückzog, um kurz nach hinten auszuweichen, indem er zu einer perfekt ausgeführten kreisförmigen Attacke ansetzte, bei der sein Schwert in Einklang mit seinem Oberkörper eine volle Drehung beschrieb.

Sofort erkannte Brynn die Möglichkeit, ihm ungehindert in den Rücken zu stechen, und wusste, sie würde ihm damit eine schwere, vielleicht sogar tödliche Verletzung zufügen. Aber sie sah auch, dass Wan Atenn diese Unvermeidlichkeit bewusst in Kauf nahm und dass sie plötzlich keinen Platz mehr hatte, um zurückzuweichen. So schwer sie ihn auch verwundete, die fürchterliche, in Jahren des Kampfes abgewetzte und daher umso schärfere Chezhou-Lei-Klinge würde sie in jedem Fall treffen, und zwar mit voller Wucht.

Also unternahm Brynn gar nichts, ließ die Gelegenheit ungenutzt verstreichen und riss stattdessen ihre Klinge vor dem Körper senkrecht in die Höhe.

Der Krieger wirbelte herum, sein sirrendes, waagrechtes Schwert prallte genau in der Mitte gegen Brynns Waffe, drückte sie nach hinten und zwang Brynn, den Oberkörper zurückzubiegen. Wegen des veränderten Aufprallwinkels glitt Wan Atenns Klinge über Brynns Kopf hinweg, so dass die beiden Schwerter einander blockierten.

Wan Atenn, mehr als einhundert Pfund schwerer als Brynn, war mehr als bereit, sich auf ein reines Kräftemessen einzulassen. Wie ein Bulle drängte er vorwärts, drückte ihr Schwert mit seinem nach hinten und hob die linke Hand zum alles entscheidenden Schlag.

Plötzlich ging Brynns Klinge lodernd in Flammen auf. Der Chezhou-Lei hielt mitten im Schlag inne und wich sogar ein Stück zurück.

Brynn hob ihre Linke, um das Heft neben ihrer rechten Hand zu packen und den Schlag durch ein Hochreißen ihres pulsierenden Pauri-Schildes abzublocken.

Sie drängte weiter vorwärts und stemmte sich gegen die Klinge des Chezhou-Lei, dann ließ sie ihr Schwert unvermittelt nach hinten kippen, so dass ihre Schwertspitze unter der anderen Klinge wegrutschte und sich mit der ganzen Wucht des eben noch vorhandenen Widerstands senkte, Wan Atenns Helm und Schädel spaltete und sogar noch tiefer eindrang, bis sie schließlich auch den Schaft des noch immer im Unterkiefer des Kriegers steckenden Pfeils durchtrennte.

Brynn ließ die Flammen ihres Schwertes noch einmal kurz aufflackern und dann erlöschen, ehe sie die hasserfüllten Augen des Chezhou-Lei sah, die ihr rechts und links der Klinge entgegenstarrten.

Dann erlosch das Lebenslicht von Wan Atenn.

Brynn kam nicht mehr dazu, zu überlegen, wie sie ihre Klinge aus dem gespaltenen Schädel lösen konnte, denn sie hörte eine Bewegung hinter ihrem Rücken und wusste, sie war verloren.

Die übrig gebliebenen Chezhou-Lei waren mehr als froh, sich aus dem Gemetzel zurückziehen zu können. Stolpernd und strauchelnd schleppten sie sich hinüber zu den wartenden Reihen der einen Halbkreis bildenden Soldaten aus Jacintha.

Pagonel und Meister Cheyes hatten alle Hände voll zu tun, die noch verbliebenen Kämpfer in einer Abwehrposition um die Verwundeten herum zu gruppieren. Ein Erreichen der Treppe war völlig unmöglich, und ebenso aussichtslos schien es, den sich immer mehr zusammenziehenden Halbkreis aus Speeren und Schwertern zu durchbrechen.

»Offensichtlich weigern sich die Chezhou-Lei, uns einen fairen Kampf zu liefern«, bemerkte Meister Cheyes mit unverhohlenem Abscheu. »Ich muss sagen, ich bin nicht mal überrascht. Aber da die Geschichte stets von den Siegern geschrieben wird«, beklagte er sich, »dürfte unsere Niederlage wohl als großer Sieg der Chezhou-Lei in die Annalen eingehen.«

»Brynn wird unsere Zeugin sein«, erwiderte Pagonel voller Bitterkeit. »Sie muss.«

Brynn riss mit einem kräftigen Ruck an ihrem Schwert und konnte sich gerade noch rechtzeitig herumdrehen, um es in Position zu bringen, da ließ sie es auch schon wieder sinken; vor Staunen klappte ihr die Kinnlade nach unten.

»Juraviel«, stieß sie hervor. »Cazzira.«

Und dann hätten ihre Knie fast unter ihr nachgegeben, als ein weiteres vertrautes Gesicht, das eines schrecklichen Ungeheuers, zwischen den beiden erschien. Das Gesicht war ihr fraglos bekannt, auch wenn der Kopf des mächtigen Drachen bei ihrer letzten Begegnung noch sehr viel größer gewesen war.

»Komm schon , beeil dich!«, rief Juraviel ihr zu. »Die behrenesischen Soldaten haben deine Gefährten in einen Hinterhalt gelockt!« Er bedeutete Brynn, sich zwischen ihn und Cazzira zu stellen, während der Drache sich ihr zuwandte.

»Gleich hier oben zwischen seinen Schultern«, wies die Doc'alfar sie an. Brynn warf ihr einen ungläubigen Blick zu, dann hievte sie erst das eine und dann das andere Bein über Pherols kräftige Schultern und ließ sich unter tatkräftiger Hilfe der beiden Elfen schließlich auf der Bestie in Menschengestalt in eine sitzende Stellung gleiten.

Fast augenblicklich begann Pherol seine äußere Gestalt zu verändern und zu wachsen, so dass Brynn, obwohl der Drache sich auf die Vorderbeine fallen ließ, dem Erdboden keinen Zoll näher kam. Cazzira sprang hinter ihr auf die zusehends größer werdende Bestie.

Augenblicke später sah Brynn sich plötzlich rittlings auf einem ausgewachsenen Drachen sitzen, die Beine fest um seinen Hals geklammert.

»Wie sollen wir ...«, stammelte Brynn. »Was ...«

»Zum Plaudern ist jetzt wirklich nicht der rechte Augenblick!«, rief Juraviel ihr vom Boden aus zu, ehe er ihr den Bogen reichte und dann selbst absprang und sich von seinen winzigen Flügeln hinter der noch immer völlig verdutzten Hüterin neben Cazzira tragen ließ. »Man hat eine ziemlich große Streitmacht gegen deine Freunde aufgeboten. Wenn niemand ihnen hilft, sind sie mit Sicherheit verloren.«

»Geht tapferen Herzens in den Tod und versucht noch einen Chezhou-Lei ins Jenseits mitzunehmen!«, rief Pagonel seinen Kriegern zu, als der aus Hunderten von erfahrenen Soldaten bestehende Halbkreis sich immer enger um sie zusammenzog.

Die Soldaten aus Jacintha, Speere und Schwerter über ihren Köpfen erhoben, wollten sich gerade mit einem Schlachtruf in den Kampf stürzen, als ihr vielstimmiges Geschrei von einer einzigen Stimme übertönt wurde, einem mächtigen Gebrüll, wie man es in der Welt Koronas noch nie gehört hatte.

Pherol, der Drache, stürzte herab auf die Reihen aus behrenesischen Soldaten, die sich zwischen die Mystiker und die rettenden Stufen zu ihrer Bergfeste geschoben hatten, und verwandelte viele von ihnen mit seinem heißen Atem in lebende Fackeln.

Brynn, das flammende Schwert himmelwärts gereckt, saß rittlings auf seinem Hals, dahinter Juraviel, der unermüdlich mit seinem Bogen schießend einen entsetzten Soldaten nach dem anderen niederstreckte.

Wer von den behrenesischen Angreifern nicht aus schierem Entsetzen wie angewurzelt stehen blieb, brach aus der Formation aus und ergriff Hals über Kopf die Flucht. Pagonel und Meister Cheyes erschien es in diesem Augenblick wenig ratsam, sich über die unerwartete Wendung zu wundern. Sie scharten ihre Krieger um sich und wiesen sie an, die Verwundeten einzusammeln und Richtung Treppe zu laufen. Anschließend ließen sich die beiden hinter ihre sich absetzenden Kämpfer zurückfallen, bereit, sich jedem Soldaten oder Chezhou-Lei in den Weg zustellen, der sie verfolgte.

Doch niemand kam. Der Zorn des Drachen, dieses Feuer speiende schaurig-schöne Ungetüm mit Namen Pherol, hatte die Behreneser in die Flucht geschlagen.

Der Drache legte sich in eine steile Kurve, griff erneut an und dezimierte die Soldaten mit einem weiteren Feuerstoß ein zweites Mal. Dann packte er einen Mann mit einer seiner harten Krallen, hob ihn vom Boden auf und zermalmte ihn, ehe er mit seinem alles vernichtenden Schwanz ein paar seiner Kameraden zur Seite wischte.

Es war der Beginn eines Tages voller Schrecken für die flüchtenden Behreneser, die von der übermächtigen Bestie und den drei Reitern auf ihrem Rücken unerbittlich verfolgt wurden.

Einigen Soldaten gelang die Flucht vom eigentlichen Schlachtfeld, doch Pherol setzte ihnen rasch nach, bis schließlich auch die bestürzten, von den grimmigen Chezhou-Lei zusammengetriebenen Dörfler das Chaos und den Drachen bemerkten und vor Entsetzen schreiend die Flucht ergriffen.

»Nicht die Dorfbewohner!«, riefen erst Juraviel und Cazzira und schließlich auch Brynn dem Drachen immer wieder zu. Brynn konnte sich des Eindrucks nicht erwehren, dass die Bestie eine ganze Weile brauchte, bis sie es über sich brachte, von dem allzu verlockenden Anblick der in Scharen flüchtenden Menschen abzulassen.

»Flieg einfach über sie hinweg, aber tu ihnen nichts!«, wies Juraviel ihn an, ehe er Brynn zurief: »Erklär ihnen, wer du bist. Sag ihnen, sie sollen den Mut nicht verlieren, denn Brynn Dharielle, der Drache von To-gai, sei gekommen, um sie zu befreien!«

Damit war die Legende geboren.

Nachdem sie den flüchtenden Dorfbewohnern ihre Freiheitsbotschaft zugerufen hatte, gab sie dem riesigen Drachen Anweisung, neben einem braun-weiß geschecktem Wesen zu landen, das sie aus der Luft erspäht hatte. Sie ließ sich von seinem Rücken gleiten und eilte zu ihrem tödlich verwundet geglaubten Pony. Doch schon eine flüchtige Untersuchung ließ die junge Hüterin erleichtert aufatmen, denn Nestys Verletzungen durch die behrenesischen Pfeile waren nicht lebensbedrohlich.

»Wir sind mit unserer Arbeit längst noch nicht fertig«, rief Belli'mar Juraviel ihr zu. Sie drehte sich um und sah ihn und Cazzira neben einem sichtlich ungeduldigen Pherol stehen.

Brynn wandte sich wieder ihrem Pony zu. »Ich bin bald zurück, und dann kann ich deine Wunden besser verbinden«, redete sie mit beruhigender Stimme auf Nesty ein. »Lauf einfach hinaus in die Steppe und pass auf, dass dir nichts passiert.«

So als hätte es jedes Wort verstanden, galoppierte das Pony mit einem leisen Wiehern davon. Brynn wurde ganz leicht ums Herz, als sie Nesty laufen sah.

Sehr viel später, nachdem viele, sehr viele behrenesische Soldaten und Chezhou-Lei aufgespürt und getötet worden waren, machte Pherol mit seinen drei Passagieren auf dem Rücken an der hohen Brücke bei der Wolkenfeste Halt und blieb flügelschlagend einen Augenblick in der Luft stehen, während Brynn sich von seinem Rücken gleiten ließ und unter den Blicken einer großen, staunenden Menge aus Ordensbrüdern vor die beiden Meister Cheyes und Pagonel trat.

Gleich darauf drehte Pherol ohne Zögern und ohne ein weiteres Wort seiner beiden anderen Passagiere ab, ließ sich im Sturzflug durch die Wolkendecke fallen und verschwand außer Sicht.

Pagonel wollte etwas zu Brynn sagen, brach dann aber ab und stand einfach da, die Arme hilflos ausgebreitet. Was konnte man auch von ihm erwarten? Schließlich war er soeben Zeuge des Auftritts legendärer und, wie manch einer behaupten würde, ins Reich der Legende gehörender Völker Koronas geworden – einschließlich eines gewaltigen Drachen!

»Ich wurde von den Touel'alfar ausgebildet«, erklärte Brynn

sofort. Sie zeigte den Jhesta Tu ihr prächtiges Schwert. »Diese Waffe wurde von Elfen hergestellt; geschmiedet wurde sie in einem fernen Tal mit Namen Andur'Blough Inninness, nördlich des großen Gebirges. Einer meiner Begleiter gehört dem Volk der Touel'alfar an, die andere ist eine Doc'alfar, und der dritte ... nun, ihr habt ihn ja alle selbst gesehen.«

»Alle hier in unserer Gegend haben ihn gesehen, meine liebe Brynn«, erwiderte Meister Cheyes und brachte sogar ein zögerliches Lächeln zustande. »Unser Dank an diesem Tag gilt ganz alleine Euch, denn ohne Euch und Eure ... Freunde hätte der Verrat der Chezhou-Lei noch sehr viel größeres Unglück über die Wolkenfeste gebracht.«

»Fast zwanzig unserer Ordensmitglieder sind gefallen«, fügte Pagonel hinzu. »Und eine noch größere Zahl wurde verwundet, einige davon schwer. Aber wenn der Drache nicht erschienen wäre, wären alle ums Leben gekommen, die ins Tal hinuntergestiegen waren, um einen ehrenhaften Kampf auszutragen.«

»Die behrenesischen Verluste gehen in die Hunderte«, erwiderte die junge Frau. »Außerdem sind fast alle Chezhou-Lei ums Leben gekommen, die gegen Euch angetreten waren. Das ist doch ein großer Sieg.«

»Ein Sieg?«, wiederholte Cheyes skeptisch. »Wir betrachten Krieg, gleich welcher Art, niemals als Erfolg, meine liebe Brynn, sondern stets als Verlust für die gesamte Menschheit.«

Brynn war nicht gewillt, ihm zuzustimmen. Entschlossen reckte sie ihr Kinn vor. »Dennoch werden Kriege meinen Weg säumen, ganz sicher«, erklärte sie. »Wenn ich von hier fortgehe, dann mit der festen Hoffnung im Herzen, dass meine Heimat bald wieder frei sein wird. Der Auftritt des Drachen und meiner beiden Freunde verschafft mir die nötigen Voraussetzungen, um die Behreneser aus den Steppen To-gais zu vertreiben.«

»Hütet Euch vor der Kraft des Drachen«, warnte Meister Cheyes sie ernst.

»Viel wichtiger als meine Gefährten ist das hohe Ansehen,

zu dem sie mir an diesem Tag verholfen haben«, erklärte Brynn ohne das geringste Zögern. »Jeder To-gai-ru, der den Drachen von To-gai hat fliegen sehen, wird seinen Mitmenschen hinter vorgehaltener Hand davon erzählen. So wird sich die Nachricht über die gesamte Steppe verbreiten und mir unzählige Krieger zuführen, die nur zu bereit sind, mich zu unterstützen.«

»Und von denen viele umkommen werden«, betonte Meister Cheyes.

Doch Brynn ließ sich nicht beirren, nicht im Mindesten. »Das ist eben nicht zu ändern.«

Meister Cheyes warf Pagonel einen viel sagenden Blick zu, den der Jhesta Tu jedoch nicht erwiderte; offenbar konnte er die Augen nicht von dieser erstaunlichen jungen Frau abwenden.

»Meine Zeit hier ist zu Ende«, erklärte sie.

»Euer jetziger Aufenthalt vielleicht«, erwiderte Pagonel. »Eines fernen Tages könnte es aber sein, dass Ihr und ich noch einmal in die Wolkenfeste zurückkehren, um gemeinsam den Sinn des Lebens zu ergründen.«

Seine Worte stießen bei Brynn auf blanke Verwunderung, während sie bei Meister Cheyes bewirkten, dass er die Augen fest zusammenkniff, so als könnte er sie dadurch ungeschehen machen.

»Ihr wollt mich begleiten?«

Pagonel nickte. »Das ist der mir vorherbestimmte Weg, an dem ich nicht im Mindesten zweifle, auch wenn ich ihn noch nicht verstehe. Aber wenn Ihr und Eure Freunde meine Begleitung wünscht, ja, dann werde ich Euch zur Seite stehen.«

»Wenn ich in Dharyan einmarschiere«, erwiderte Brynn.

Teil Zwei

Der Drache von To-gai

Gleich bei meiner ersten Begegnung mit der Bestie in ihrem unterirdischen Schlupfwinkel hatte ich die ungeheure Kraft des Drachen klar erkannt – so dachte ich zumindest. Schon der bloße Anblick des Drachen ließ mich auf der Stelle erstarren. Ich habe Vulkane gesehen und mächtige Flüsse, habe gewaltige Hagelstürme über der Steppe erlebt und das mächtige Donnern einer über das Weideland preschenden Büffelherde gehört, alles Dinge, durch die ich mich an die schiere Naturgewalt der Welt um uns herum erinnert fühle, neben der wir mit unseren Hoffnungen und Träumen bedeutungslos erscheinen.

Genauso ist es mit Pherol. Er ist wie ein Vulkan, ein Erbeben und eine Naturkatastrophe gewaltigsten Ausmaßes, und ausgerechnet mir wurde seine Kraft an die Hand gegeben! Unfassbar! Dass es Juraviel überhaupt gelingen konnte, einen solchen Freund zu gewinnen, stürzt mein ganzes Denken in heilloses Durcheinander.

Mit Pherol, behaupten die Elfen, ist neue Hoffnung aufgekommen. Auf seinem Rücken kann ich in ein, zwei Tagen das gesamte Steppengebiet überfliegen, meine Armeen um mich scharen und ihnen mit der Kunde neuen Mut verleihen, dass sie mit der Naturgewalt eines Drachen im Rücken in den Krieg gegen die verhassten Behreneser ziehen werden. Ist irgendeine Vorposten-Siedlung jetzt für uns noch eine uneinnehmbare Festung?

Dharyan etwa? Oder selbst Jacintha?

Aber der Glücksfall mit Namen Pherol hat auch eine Schattenseite. Ist seine ungeheure Kraft wirklich zu bändigen, bin ich tatsächlich imstande, sie zu kontrollieren?

Ich habe beim Orakel eine Antwort darauf gesucht, aber gefunden habe ich nur die Erinnerung an meine ermordeten Eltern. Ich spüre ganz deutlich ihren Zorn, der eher dem Verlust unserer alten Lebensweise gilt als dem persönlichen Unrecht, das sie erlitten haben. Ich bin zu der Überzeugung gelangt, dass die uralten Traditionen der To-gai-ru wieder in die Steppe zurückgebracht werden müssen, dass wir unsere Unterwerfung durch den Chezru-Häuptling und seine Yatol-Priester unmöglich länger hinnehmen können.

Ich darf die mir anvertraute Kraft, diese ungeheure und erschreckende Verantwortung, nicht zurückweisen. Pherol werde sich meinen Befehlen fügen, behauptet Belli'mar Juraviel felsenfest. Aber in den schrecklichen Minuten, als die Reihen der Behreneser bereits in Auflösung begriffen waren und der Drache sich mit uns dreien auf dem Rücken an ihre Verfolgung machte, wurde mir klar, dass Pherol sich in Wahrheit nur dem Kommando eines Einzigen unterwirft, und das ist er selbst. Mit welcher Begeisterung schlug er mit seinem feurigen Atem, seinen scharfen Krallen, seinem schnappenden Maul und dem peitschenden Schwanz eine Schneise der Verwüstung in die Reihen der fliehenden Behreneser!

Wenn ich mir vorstelle, was geschehen könnte, wenn ich Pherol auf eine behrenesische Stadt loslasse, wird mir ganz mulmig zumute. Wird er zwischen Soldaten und Zivilisten unterscheiden? Zwischen erwachsenem Mann und kleinem Kind?

Die Entscheidung liegt alleine bei mir, und sie zerreißt mir fast das Herz. Pherol versetzt mich in die Lage, mich meinem lang ersehnten Ziel mit großen Schritten zu nähern. Wenn ich auf dem Rücken dieser Riesenbestie über To-gai meine Bahnen ziehe, werde ich für mein Volk zum Symbol, hinter dem es sich sammeln kann, und mein Ruf als »Drache von To-gai« gibt ihnen Hoffnung und ein Ziel. Wer wollte mir unter diesen Umständen die Gefolgschaft verweigern?

Andererseits sehe ich auch, wie viel Tod und Verderben ein entfesselter Pherol hinterlässt. Ich kann mir die Ohren zuhalten, aber ich kann mein Herz nicht vor den Schreien all der unschuldigen Menschen verschließen, die im Drachenfeuer den Flammentod finden. Ich sehe die Vorposten-Siedlungen brennen, vielleicht sogar die großen Städte Behrens.

Laut Aussage Juraviels ist Pherol nicht unverwundbar. Eine auf dieses Ungeheuer vorbereitete Armee wäre durchaus imstande, ihn niederzuringen.

Irgendwo, tief in meinem Innern, gibt es einen Teil, der womöglich darauf hofft – sobald die To-gai-ru sich wieder erholt und wir so viele Siege errungen haben, dass die Behreneser unser Land nicht noch einmal heimsuchen werden. Denn was könnte Pherol nach Beendigung der Kämpfe tun? Was soll ich mit einem Drachen, falls To-gai seine Freiheit zurückgewinnt?

Ich fürchte, er ist eine Kraft, die, einmal entfesselt, nicht wieder in ihre Höhle gesperrt werden kann. Gut möglich, dass ich eine Armee gegen ihn anführen muss, sollte es mir gelingen, Behren zu besiegen, und das ist eine Vorstellung, die mir nicht sonderlich behagt.

Wie die Touel'alfar insgesamt, hat Belli'mar Juraviel mir neue Hoffnung gegeben, doch bis zur Erfüllung dieser Hoffnung ist es ein überaus beschwerlicher Weg, den die Aussicht auf diese neue und großartige Waffe nicht leichter macht. Auf unserer Reise in den Süden hat Belli'mar Juraviel mich oft gewarnt, wenn mir tatsächlich an einem Sieg gelegen sei, müsse ich mich für das Grauen des Krieges rüsten.

Pherol hat dies nur bestätigt.

Ich bete für genügend Kraft.

Brynn Dharielle

7. Die große Massenflucht

Kaliit Timig saß allein mit seinen Gedanken und Schuldgefühlen in einem abgedunkelten Zimmer, wie nahezu jeden Tag seit der Rückkehr der wenigen Chezhou-Lei, die das Debakel bei den Feuerbergen überlebt hatten, und der paar Dutzend Soldaten aus Jacintha, die entkommen konnten und nicht gleich im Anschluss in die unzivilisierten Südlande desertiert waren.

Sie alle hatten von einer plötzlichen Wende in der Schlacht gesprochen, vom Auftauchen eines Drachen, der von einer Frau mit einem brennenden Schwert in der Hand geritten worden sei.

Ein Drache! Hatte man so etwas je gehört? Gewiss, es gab Geschichten über diese Kreaturen, die gewaltigen Lindwürmer aus den alten Legenden, aber noch nie war es vorgekommen, dass ein Drache in einem Konflikt tatsächlich Partei ergriffen hätte.

Das Ganze überforderte Kaliit Timigs Vorstellungsvermögen; er war einfach nicht bereit, es zu akzeptieren. Seiner festen Überzeugung nach musste es sich bei der Bestie um eine durch die Magie der Jhesta Tu hervorgerufene Geistererscheinung handeln. Schließlich waren die Mystiker dafür bekannt, dass sie über solche Kräfte verfügten, wenn auch vielleicht nicht in diesem unerhörten Ausmaß. Die zurückgekehrten Chezhou-Lei hatten berichtet, keiner aus den Reihen der Mystiker, die sich ihnen entgegengestellt hatten, habe Anzeichen für den Einsatz von Magie oder Edelsteinen erkennen lassen, obwohl die verhassten Jhesta Tu bekanntermaßen einige davon besaßen.

Vielleicht, überlegte Kaliit Timig, hatten sich ihre größten Zauberer aus dem unmittelbaren Konflikt herausgehalten und die Bestie oder deren Trugbild mit vereinten Kräften erschaffen.

Wie auch immer, es war nicht zu leugnen, dass der Feldzug in einer Katastrophe geendet hatte. An einem einzigen Tag war sein hochgelobter Orden um die Hälfte dezimiert und hervorragend ausgebildete Krieger, die besten Behrens und vielleicht der ganzen Welt, waren scharenweise in dieser gottverlassenen Ödnis niedergemetzelt worden. Die Geschichte lastete schwer auf ihm, so schwer, dass der alte Kaliit der Chezhou-Lei schon mehrfach geglaubt hatte, sie übersteige seine Kräfte. Wie sehr hatte er sich getäuscht, wie gründlich hatte er in seiner Funktion als Kaliit des altehrwürdigen und elitären Ordens versagt!

Er hörte die Türglocke draußen vor seinem Gemach läuten, ohne sich davon aus seinen düsteren Grübeleien reißen zu lassen. Dann hörte er die Tür aufgehen, weigerte sich aber, die Augen zu öffnen, weshalb er nicht bemerkte, dass Licht in sein abgedunkeltes Zimmer fiel.

»Kaliit Timig«, rief jemand, eine Stimme, die er unmöglich ignorieren konnte, so groß sein Bedürfnis auch sein mochte, allein zu sein. Langsam schlug er die Augen auf, drehte den Kopf und sah im Türrahmen die Umrisse einer vertrauten Gestalt.

»Stimme Gottes«, grüßte er.

»Wie viele Wochen wollt Ihr Euch noch hier drin vergraben, Kaliit?«, fragte Chezru-Häuptling Douan ihn unverblümt, »und Euch verstecken, während Euer Orden nach Mitteln und Wegen sucht, sich von der Katastrophe zu erholen.«

»Dieses Debakel ist vollkommen beispiellos«, erwiderte Timig mit kraftloser Stimme. »Ich weiß im Augenblick nicht, worauf ich mich als Erstes konzentrieren soll. Deshalb suche ich nach Unterweisung in der Meditation.«

»Ihr verkriecht Euch im Dunkeln«, widersprach Douan vorwurfsvoll. Hinter dem Chezru-Häuptling war ein leises Keuchen zu hören, das Kaliit Timig sofort dem überraschten Merwan Ma zuschrieb, Douans allgegenwärtigem Leibdiener, der der Armee bezeichnenderweise kurz vor dem Debakel noch den Rücken gekehrt hatte.

»Es ist mein Bestreben, den Orden nach besten Kräften zu führen, weiter nichts«, antwortete Timig mit aller Überzeugungskraft, die er derzeit aufzubringen vermochte.

Chezru Douan lachte spöttisch. »Ihr hättet Euren gesamten Orden in den Untergang geführt, wäre ich nicht eingeschritten und hätte Euch gezwungen, einen Teil Eurer Krieger hier zu lassen. Wo stünden die Chezhou-Lei jetzt, wenn Ihr alle miteinander in dieses gottverlassene Land aus Stein und Feuer marschiert wärt? Und wofür das alles, Kaliit Timig? Um den Tod eines einzigen Chezhou-Lei zu rächen, der in einem offenen und fairen Kampf getötet wurde?«

Der alte Kaliit ließ erneut den Kopf sinken; ihm mangelte es schlicht an Entschlossenheit, sich gegen die Stimme Gottes zur Wehr zu setzen. Denn seine Schuld, die sich wie eine Schlinge um ihn legte, war nicht zu leugnen. Davor gab es kein Entrinnen, weder dort draußen, indem er versuchte, etwas ein für alle Mal Verlorenes wieder aufzubauen, noch hier drinnen, wo er sich vor der bitteren Wahrheit in der Dunkelheit verkroch.

»Ihr seid Euch natürlich darüber im Klaren, dass viele der übrig gebliebenen Chezhou-Lei nach einer Erklärung suchen«, bemerkte Chezru Douan beiläufig. »Und viele andere haben Rache geschworen und hoffen, Ihr werdet den gesamten Orden in einem neuen Feldzug zu den Feuerbergen marschieren lassen.«

Die letzte Bemerkung bewog Timig, den Kopf wieder zu heben und Douan erstaunt anzusehen. Vielleicht wäre das die Lösung. Rache für die Toten zu nehmen, indem man den abscheulichen Jhesta Tu endgültig den Garaus machte. »Wenn Ihr mir Eure Armee überließet, würde ich die vernichtende Niederlage gewiss in einen glorreichen Sieg verwandeln können«, behauptete er kühn.

Wieder war das leicht spöttische Lachen zu hören. »In einen Sieg?«, wiederholte Douan ungläubig. »Einen Sieg gegen wen? Die Jhesta Tu? Aber die sind weder meine Feinde noch die von Behren, es sei denn, sie haben einen Feldzug angefangen, von dem ich nichts weiß.«

»Ein Jhesta Tu hat bei Dharyan gegen Yatol Grysh gekämpft«, erwiderte Timig. »Eben dieser Mystiker war auch unten bei der Wolkenfeste und hat sich, nach Aussage der Heimkehrer, an den dortigen Kämpfen beteiligt. Das ist doch gewiss …«

»… für mich vollkommen bedeutungslos«, beendete Chezru Douan den Satz. »Am besten, man behelligt die Jhesta Tu in ihrem Bergkloster erst gar nicht, dann lassen sie einen ebenfalls in Frieden. Ich werde mich hüten, einen schlafenden Drachen zu wecken, Kaliit Timig. Meiner Ansicht nach entspricht das eher Eurem Führungsstil.«

Der ätzende Spott dieser Bemerkung ließ Timig innerlich zusammenzucken.

»Vielleicht war es ein Fehler, Euren Kriegern mein Zwanzigerkarree hinterherzuschicken«, räumte Chezru Douan ein, nahm die Bemerkung aber augenblicklich wieder zurück, da sich ein solcher Fehler nicht ziemte für einen Mann, der in unmittelbarem Kontakt zu Yatol stand. »Andererseits, hätte ich die Soldaten nicht geschickt, wäre kein einziger Chezhou-Lei entkommen. Im Übrigen sind gewöhnliche Soldaten viel leichter zu ersetzen als Eure Elitekrieger. Womit die Verantwortung allein bei Euch liegt, Kaliit Timig«, betonte Douan. »Ich habe Euch diesen Unfug bewilligt, und zwar wider besseres Wissen, weil Ihr darauf beharrt habt, Eure Ehre um jeden Preis zu verteidigen. Nur frage ich mich, wie Ihr Euch jetzt noch ehrenhaft verhalten wollt. Ihr habt in Eurer Position versagt, daran besteht ja wohl kein Zweifel. Glaubt Ihr allen Ernstes, man sollte Euch weiterhin die Führung der noch verbliebenen Chezhou-Lei überlassen? Oder seid Ihr etwa zu feige, den einzig ehrenvollen Weg zu gehen, der Euch jetzt noch offen steht?«

Wieder war das erschrockene Keuchen im Hintergrund zu hören. Offenbar war Merwan Ma über die herzlosen Worte ebenso bestürzt wie der Kaliit.

Chezru Douan dagegen lachte nur amüsiert, verließ den Raum und schloss langsam die Tür hinter sich.

Eine ganze Weile blieb Kaliit Timig einfach sitzen, während sich die Worte der Stimme Gottes mit seinen Schuldgefühlen vermischten, was seinen Blick unweigerlich zu dem prachtvoll gearbeiteten Schwert hinüberwandern ließ, das an der Seitenwand des Gemachs auf einer kunstvoll verzierten Halterung ruhte.

Sich seiner Bewegung kaum bewusst, trat der gebrochene alte Mann vor das Schwert und betrachtete es lange mit starrem Blick. Selbst in dem matten Licht schien seine Klinge vor innerer Kraft zu funkeln. Timig streckte die Hand aus, um das kühle, eintausend Mal gefalzte Metall zu berühren. Sein Schwert war sehr alt; es war durch Generationen von Kriegern weitervererbt worden und hatte zahlreiche Schlachten miterlebt, die seine obersten Schichten abgetragen und die Schneide noch schärfer gemacht hatten.

Kaliit Timig hielt die Klinge waagrecht vor seinem Körper und betrachtete die feinen, in das Metall getriebenen Runen.

Dann wanderte sein Blick noch einmal zurück zur Tür, während er über die Worte der Stimme Gottes nachdachte und sich eingestehen musste, dass sie durchaus der Wahrheit entsprachen.

Kaliit Timig ging zurück in die Mitte des Zimmers, stemmte sein prachtvolles Schwert mit dem Knauf auf den Boden und lehnte die rasiermesserscharfe Spitze in die Vertiefung seiner Brust. Er hatte versagt; das war nicht länger zu bestreiten, und er konnte nicht darauf hoffen, im Orden der Chezhou-Lei seine Ehre wiederherzustellen.

Mit einem entschlossenen Nicken ließ er sich nach vorne fallen.

Die Nachricht vom Tod des Kaliit Timig traf am nächsten Tag in Chom Deiru ein. Der Chezru-Häuptling zeigte sich nicht im Mindesten überrascht; tatsächlich war Douan über den Lauf der Dinge sogar einigermaßen erfreut, denn der Selbstmord erlaubte ihm, die Verantwortung auch weiterhin auf Timig abzuwälzen.

Und das war das Einzige, was ihn in diesem Moment wirklich interessierte. Seit der katastrophalen Niederlage bei den Feuerbergen hatten mehrere Yatol-Priester, die mit der Beobachtung der umliegenden Gebiete betreut waren, Abgesandte nach Jacintha geschickt, die für den Fall eines Angriffs durch den Drachen in den schrillsten Tönen die Entsendung weiterer Soldaten verlangten.

Für Douan selbst dagegen war die Niederlage kein Zwischenfall von immenser Bedeutung. Er hatte einen Kurierdienst zwischen den Feuerbergen und Jacintha einrichten lassen, so dass er alle paar Tage die neuesten Berichte erhielt. In keinem einzigen davon war während der Monate unmittelbar nach der Katastrophe von irgendwelchen verdächtigen Aktivitäten im Land der Jhesta Tu die Rede, und erst recht hatte niemand etwas von umherfliegenden Drachen berichtet.

Die Jhesta Tu hatten dem Orden der Chezhou-Lei beträchtliche Verluste zugefügt, und dieser Verlust an militärischen Führungskräften war in Douans Armee keine Kleinigkeit. Aber dank der geschickten Finte Yatol Gryshs, die zur Niederlage des Schurken Ashwarawu geführt hatte, war Togai allem Anschein nach wieder gezähmt worden, und im nördlichen Königreich schien alles ruhig. Nicht einmal der Aufstieg des neuen ehrwürdigen Vaters, Fio Bou-raiy, hatte zu einem nennenswerten Wechsel in der Politik gegenüber Behren geführt.

Also verbrachte Yakim Douan den Sommer im Jahr des Herrn 842 im Königreich des Bären, in der Nähe der Stadt Entel. Seine Reise war inoffizieller Natur und verlief weitgehend störungsfrei, so dass er sich bereits wieder mit dem Gedanken trug, schon in Kürze in seine Phase der Transzendenz einzutreten.

Brynn musste mehrmals tief Luft holen. Dort vor ihr lag das erste Dorf, das sie bei ihrer Rückkehr nach To-gai betreten hatte, eine winzige Ortschaft, deren Namen, Telliqik, sie erst kürzlich erfahren hatte. In den letzten Monaten waren sie und ihre vier ungleichen Gefährten kreuz und quer durch die

Steppenlandschaft gereist und hatten bei jedem Dorf, auf das sie stießen, Halt gemacht. Anschließend hatte Brynn den Ort betreten, um die Kunde vom Drachen von To-gai zu verbreiten und zu erklären, wie sie die To-gai-ru in die Freiheit zu führen gedachte, was aber nur gelingen könne, wenn wirklich alle mit ihr an einem Strang zögen. Tatsächlich hatten diese Tage relativer Ruhe und Friedlichkeit etwas ziemlich Quälendes für die ungeduldige junge Hüterin. Nach dem Sieg bei den Feuerbergen und der Zerschlagung des Ordens der Chezhou-Lei schien Behren reif für eine Eroberung.

Aber Belli'mar Juraviel hatte sie ermahnt, geduldig zu sein, und sie immer wieder daran erinnert, dass sie es nach wie vor mit einem durchaus mächtigen Feind zu tun hatten. Obwohl viele Dörfler Zeugen des großartigen Sieges und der schieren Kraft des Drachen geworden waren, würde sich diese Nachricht nur allmählich und mit großen Veränderungen im ganzen Land verbreiten, bis die jeweiligen Versionen der Geschichte sich von Ort zu Ort, ja vermutlich sogar von einer Person zur nächsten, unterschieden. Ihre Gefährten gingen davon aus, dass diese Veränderungen sich vorteilhaft für sie auswirken würden, sobald die Geschichte wieder zurück nach Behren gelangte, aber sie wussten auch, dass dies leicht in einen Nachteil umschlagen konnte, wenn sie auf ihrem langen Weg durch To-gai nicht in allen Einzelheiten überwacht wurde.

Daher hatten sie sich von Pherol herbringen lassen, der sogar Nesty in einem von den Mystikern der Jhesta Tu gefertigten Geschirr mitgeschleppt hatte, und reisten nun von Ort zu Ort, um den heimlichen Widerstand zu organisieren, der den Beginn von Brynns Feldzug gegen den Chezru-Häuptling ankündigen sollte.

Das Ganze lief unter dem Namen *Autumnal Nomaduc*, der Großen Herbstwanderung, ein Vorgang, der in der Geschichte To-gais keineswegs beispiellos war. War ein Stamm durch einen anderen erobert worden, hatten die Überlebenden des eroberten Stammes sich bereits des Öfteren von ihren Eroberern losgesagt und waren in die weite Steppe hinausgewandert. Noch nie war dies gleichzeitig in ganz To-gai versucht worden, aber zuvor waren auch noch nie die Behreneser die Eroberer gewesen, und noch nie war die Anführerin dieser Rebellion eine von den Elfen ausgebildete Hüterin gewesen, die auf dem Rücken eines Drachen ritt.

Vorübergebeugt, so als ob sie erschöpft und reisemüde, jedenfalls alles andere als gefährlich sei, schlug die Hüterin die Kapuze ihres abgetragenen Umhangs über den Kopf, ehe sie mürrisch im Dialekt der Bauern vor sich hinmurmelnd auf das Tor zuging. Sie riskierte einen Blick unter ihrer Kapuze hervor und bemerkte die befremdlichen Blicke, die ihr von den Torpfosten entgegenschlugen.

»Mein Wagen ist dahin, und mit ihm alle meine armen Pferde«, jammerte sie im Näherkommen und blieb vor den beiden Behrenesern stehen.

»Ihr wart mit einem Wagen unterwegs?«, fragte einer.

»Mit einem Wagen, meinem Ehemann und ein paar Freunden, allerdings!«, erwiderte sie und musterte ihn mit leicht verstörtem Blick, ehe sie ihm ganz nah auf den Leib rückte. Sie erkannte den Mann nicht wirklich wieder, befürchtete aber, er könne sie erkennen, denn bei ihrer letzten Ankunft hier vor über einem Jahr, als sie Yatol Daek und Dee'dahk getötet hatte, war sie ziemlich forsch und selbstbewusst aufgetreten.

»Und die sind Euch tatsächlich abhanden gekommen?«, fragte der Mann mit einem spöttischen Grinsen.

»Sie wurden unterwegs ermordet!«, fuhr Brynn ihn mit schriller Stimme an. »Von Straßenräubern … es waren so verdammt viele. Sie haben mir den Wagen gestohlen und meine Freunde umgebracht. Nun geht schon endlich Eure Waffen holen, Männer! Ihr müsst mich beschützen! Holt Eure Waffen und dann nichts wie los; schlagt diese Leute tot!«

Der Torposten machte eine beschwichtigende Handbewegung, um sie zu beruhigen, und hatte sichtlich Mühe, ein Grinsen zu unterdrücken. Räuber, das wusste Brynn, galten in den aufsässigen Steppengebieten nicht gerade als Katastrophe, außer natürlich bei denen, die ihnen zum Opfer fielen. Ebenso war ihr klar, dass diese Torposten nicht einfach so Patrouillen losschicken würden, und schon gar nicht auf die Bitte einer einfachen To-gai-ru.

»Nun erzählt mir erst mal, wo das überhaupt passiert sein soll«, forderte der Soldat sie auf.

»Fünfzehn Tagesmärsche von hier«, antwortete Brynn und fuchtelte mit dem Finger vor seinem Gesicht herum.

»Fünfzehn Tagesmärsche?«

»Ganz recht!«, ereiferte sich Brynn. »Und jetzt holt endlich Eure Kameraden und geht Richtung Süden, bis Ihr sie gefunden habt! Schlagt sie tot!«

Nun konnte der Mann sein amüsiertes Lachen nicht länger unterdrücken. »Wir werden mit Yatol Tornuk darüber sprechen.«

»Ich will selbst mit ihm sprechen!«

»Kommt nicht in Frage«, fuhr er sie an, beruhigte sich aber rasch wieder und versuchte, sie ebenfalls zu besänftigen. »Das ist unmöglich, gute Frau. Wir werden mit ihm sprechen. Geht einfach ins Dorf und sucht Euch ein Plätzchen, wo Ihr Euch ausruhen könnt, und besorgt Euch was zu essen.«

Brynn bedachte ihn mit einem durchdringenden Blick, doch dann schlüpfte sie an den beiden vorbei und ging ins Dorf.

Ihre Erleichterung war riesengroß, als sie den Schankraum betrat und den Raum dicht gedrängt mit To-gai-ru vorfand, darunter mehrere altbekannte Gesichter, von denen ihr zwei besonders vertraut waren. Brynn bahnte sich den Weg zu einem Ecktisch und ließ sich neben Tsolona und Barachuk auf einen Stuhl gleiten.

Sie spähte lächelnd unter ihrer Kapuze hervor, ehe sie sie so weit zurückschlug, dass die beiden sie deutlich erkennen konnten.

»Brynn!«, rief Tsolona mit leiser Stimme, dann nahm sie ihr Kinn in die Hand und gab ihr einen Kuss auf die Wange. »Wir haben uns solche Sorgen um dich gemacht.«

»Der Drache von To-gai ist auf einen Besuch zu uns zurückgekehrt«, flüsterte Barachuk und beugte sich über den Tisch zu ihnen herüber.

Brynn hätte es fast umgeworfen, als er sie bei diesem Namen nannte. Wo konnte er ihn gehört haben?

»Du bist sicher hier, weil du uns von der Wanderung erzählen willst«, erklärte Barachuk. »Dabei ist sie hier in Telliqik längst im Gange. Ihre Kunde eilt dir voraus; viele können es kaum erwarten, sich der Widerstandsbewegung anzuschließen.«

Brynn saß einfach da und schüttelte staunend den Kopf.

»Bist du tatsächlich auf einem Drachen geritten?«, wollte Tsolona wissen, nachdem sie sich mit einem Rundblick vergewissert hatte, dass weder behrenesische Soldaten noch Denunzianten der To-gai-ru in der Nähe waren.

»Das ist eine lange Geschichte«, erwiderte Brynn.

»Dann bleib heute Nacht bei uns und erzähl sie uns«, sagte Barachuk. »Wir werden deine Geschichten dann unter unseren Kameraden draußen in der Steppe verbreiten, und zwar genau so, wie du sie erzählt haben möchtest.«

Brynn konnte sich ein Lächeln nicht verkneifen; sie wusste, dass sie in den beiden ausgezeichnete Verbündete hatte. Sie erklärte sich mit einem Nicken einverstanden und stand auf, um zu gehen. Die beiden folgten dicht hinter ihr, als sie aus dem Schankraum ins Freie trat.

Die drei unterhielten sich bis tief in die Nacht. Brynn erzählte die Geschichte von der Schlacht bei den Feuerbergen freimütig und ehrlich. Zu ihrer Überraschung erfuhr sie, dass das alte Ehepaar bereits einen ihrer Elfenfreunde kennen gelernt hatte, bat die beiden aber, Juraviel und Cazzira gegenüber niemandem zu erwähnen, da sie befürchtete, ihre Geschichte könnte manchen überfordern, der sich mit dem Gedanken trug, sich ihnen anzuschließen.

»Du kannst dein altes Bett wiederhaben«, sagte Tsolona zu ihr, lange nachdem es Mitternacht geschlagen hatte.

Brynn zog in Erwägung, das Angebot anzunehmen, nicht

zuletzt, weil sie mit den beiden, die für sie fast so etwas wie Ersatzeltern waren, hier eine so schöne Zeit verbracht hatte. »Ich muss leider noch heute Nacht aufbrechen«, antwortete sie schließlich. »Mir bleiben nur noch drei Tage für die letzten Vorbereitungen zur großen Herbstwanderung. Danach wird alles sehr schnell gehen.«

»Du wirst deine Armee aufstellen?«

»Jeden, der sich uns anschließen möchte.«

»Und die Behreneser dann innerhalb der Grenzen To-gais angreifen?«, hakte Barachuk nach. »Zum Beispiel diesen neuen Schurken Tornuk, der für den Verbrecher kam, den du getötet hast?«

Brynn fand Barachuks Eifer in dieser Sache durchaus verständlich, denn der Name kennzeichnete den neuen Yatol von Telliqik ebenfalls als To-gai-ru, was für das stolze Volk der To-gai-ru ein noch größerer Verrat war als der Einmarsch der Behreneser.

»Wir werden einen Weg finden, unsere Freiheit zurückzuerlangen, und es allen heimzahlen, die so viel Leid über uns gebracht haben«, versprach Brynn. Sie gab Barachuk einen Kuss, dann drehte sie sich zu Tsolona um und schloss sie fest in die Arme.

Kurz darauf war sie wieder draußen in der finsteren to-gaischen Nacht bei Juraviel, Cazzira, Pagonel und Pherol und schmiedete die letzten Pläne für die Große Wanderung.

Drei Nächte später standen strahlend helle Feuerstreifen am to-gaischen Himmel, als Brynn auf ihrem Drachen das Steppenland der Länge und Breite nach überflog, das lodernde Schwert hoch über dem Kopf erhoben, dessen Flammen immer wieder von einem gewaltigen Feuerschwall aus dem Maul des Drachen unterstrichen wurden. Sie flog sehr hoch, damit das Schauspiel auch noch aus großer Entfernung beobachtet werden konnte.

In jener Nacht griffen Zehntausende von To-gai-ru das Signal auf und verließen heimlich ihre Siedlungen und Dörfer, um im Schutz der dunklen Steppe unterzutauchen. In einigen

Ortschaften, wo die Torposten auf die Massenflucht aufmerksam wurden, kam es zu kleineren Handgreiflichkeiten, aber von einigen Vorposten-Siedlungen abgesehen, in denen die Zahl der Behreneser die der Einheimischen um ein Vielfaches überstieg, konnten sich die To-gai-ru unbemerkt absetzen und zu den vereinbarten Sammelstellen begeben, wo sie zu neuen Gruppen zusammengefasst wurden.

Yakim Douan sah aus, als könnte er jeden Moment in die Luft gehen. Er saß in seinem Sessel, die Fäuste so fest geballt, dass die Knöchel weiß hervortraten, und zitterte so heftig, dass tatsächlich seine Zähne klapperten.

Carwan Pestle, der die erschreckenden Nachrichten aus Dharyan überbracht hatte, sah erschrocken zu Merwan Ma, worauf der Leibdiener des Chezru-Häuptlings ihm bedeutete, einen Schritt vom Sessel des großen Führers zurückzutreten.

»Nicht schon wieder«, knurrte Yakim Douan mit so fest zusammengebissenen Zähnen, dass er größte Mühe hatte, die Worte hervorzupressen.

»Yatol Grysh bittet Euch um Vergebung, Stimme Gottes«, versuchte Carwan Pestle ihn unter mehrfachen Verbeugungen zu besänftigen. »Ursprünglich hatte er nicht die Absicht, Euch mit diesen Unannehmlichkeiten zu behelligen, aber er fürchtet, dass wir diese Massenflucht schlecht ignorieren können.«

»Sind wirklich alle entkommen?«, fragte Douan.

»So ist es, Stimme Gottes«, erwiderte Pestle. »Alle, die nicht bei ihrem Fluchtversuch aufgegriffen wurden. Derzeit lassen wir das Steppengebiet von Soldaten durchkämmen; die Vorposten-Siedler rotten sich in Gruppen zusammen, um sich verteidigen zu können.«

»Habt Ihr von den verschwundenen To-gai-ru schon wieder jemanden einfangen können?«

Carwan Pestle schien ein beträchtliches Stück zu schrumpfen. »Leider nein, Stimme Gottes«, musste er gestehen. »Die Miliz der Vorposten-Siedler wurde in ein Gefecht verwickelt, allerdings ausgerechnet mit dieser … dieser Verrückten, die sich Drache von To-gai nennt, und wurde vernichtend geschlagen.«

»Drache?«, fragte Douan. »Was sagen unsere Berichte darüber? War an dem Gefecht mit den Vorposten-Siedlern tatsächlich eine solche Bestie beteiligt?«

»Uns wurde von einem Drachen berichtet, der in der Nacht der großen Massenflucht über den nächtlichen Himmel geflohen sein soll, ansonsten aber war nirgendwo von einem Gefecht gegen einen echten Drachen die Rede. Nur gegen dieses teuflische Weibsstück und ihre Anhänger, deren Zahl offenbar ungeheuer schnell wächst. Yatol Grysh hätte nicht Eure kostbare Zeit geraubt, Stimme Gottes, aber er fürchtet, dass dieser Gegner weitaus gefährlicher ist als damals Ashwarawu.«

Die Bemerkung ließ Yakim Douan insgeheim schmunzeln, denn er wusste, sie war aus keinem anderen Grund gefallen, als ihn noch einmal an Gryshs großen Sieg über diesen Narren Ashwarawu vor den Toren Dharyans zu erinnern. Es war die letzte gute Nachricht gewesen, die Douan erhalten hatte.

»Das muss er offenbar tatsächlich glauben, wenn er seinen engsten Berater den weiten Weg hierher machen lässt«, bemerkte der Chezru-Häuptling. »Im Übrigen hat Yatol Grysh meinen Respekt und mein Vertrauen vollauf verdient. Ihr bittet um zwei Zwanzigerkarrees, also sollt Ihr sie bekommen, und ein drittes noch dazu. Des Weiteren auch die Pferde, um die Männer zu tragen, damit sie in atemberaubendem Tempo und mit überlegener Kraft unter dieser Bande aufräumen können!«

Carwan Pestle machte fast so große Augen wie Merwan Ma. Drei Zwanzigerkarrees, dazu genügend Pferde, um sie in eine Kavallerieeinheit zu verwandeln? So etwas hatte es noch nie gegeben.

»Allerdings nur unter der Bedingung, dass Ihr sie nicht ausschließlich zur Verteidigung von Dharyan einsetzt«, fuhr Douan fort. »Ich bezweifle, dass diese neue Rebellenführerin so dumm ist, einfach in den Tod zu reiten wie dieser Ashwarawu. Ich werde Yatol Grysh seine Soldaten geben – darunter einige der Besten von Jacintha –, aber er muss mir versprechen, sie für einen Feldzug quer durch das Steppengebiet einzusetzen, jedweden Widerstand zu brechen und derart brutal unter den To-gai-ru aufzuräumen, dass sie nie wieder auf die Idee verfallen, sich uns zu widersetzen.«

»Sehr wohl, Stimme Gottes.«

»Habt Ihr das begriffen?«, fragte Douan, erhob sich dabei aus seinem Sessel und trat direkt vor den Mann. »Habt Ihr das wirklich verstanden? Teilt Eurem Yatol mit, er hätte Befehl, eine generationsübergreifende Säuberungsaktion unter den To-gai-ru durchzuführen. Ich werde nicht zulassen, dass sie mir während meiner Phase der Transzendenz gefährlich werden.«

Carwan Pestle verzog verwirrt das Gesicht, so als hätte er nicht recht verstanden.

»Eine generationsübergreifende Säuberungsaktion«, wiederholte Yakim Douan. »Vernichtet alle, die möglicherweise als Kämpfer in Frage kommen. Ausnahmslos! Ab sofort wünsche ich keine Anfragen mehr aus Dharyan zu hören, sondern nur noch die Nachricht, dass die To-gai-ru angemessen bestraft worden sind.«

Carwan Pestle nickte und verbeugte sich, dann leistete er Douans Wink Folge und verließ den Raum.

»Was betrübt Euch?«, wandte sich Douan an Merwan Ma, nachdem der Abgesandte aus Dharyan gegangen war. Es war unübersehbar, dass der junge Geistliche über die Entscheidung nicht glücklich war.

»Es steht mir eigentlich nicht zu, Euch zu hinterfragen, Stimme Gottes …«

»Aber ja doch, das habe ich Euch doch soeben erklärt«, fiel Douan ihm ins Wort. »Seid Ihr besorgt wegen meines Befehls an Pestle?«

»Eine generationsübergreifende Säuberung?«

Chezru Douan grinste bösartig. »Ich bin diese sturen To-gai-ru allmählich leid«, erklärte er. »Ich bin nicht gewillt, mir von ihnen noch das Geringste bieten zu lassen. Sie haben sich das alles selbst zuzuschreiben – jetzt müssen sie eben die Folgen ihrer Unbotmäßigkeit und ihres Ungehorsams ertragen. Zwölfhundert Soldaten, mein Lieber, und jedes Karree wird obendrein von einem, nein, besser von zwei Chezhou-Lei angeführt werden. Wir werden To-gai noch einmal ganz von vorn erobern, und diesmal mit noch viel weitreichenderen Folgen. Dann endlich kann ich mich zur Ruhe begeben, Merwan Ma. Ich bin mit meiner Geduld am Ende.«

Merwan Ma fand die Kälte in Yakim Douans Stimme erschreckend, wagte aber nicht, seine Entscheidung in diesem Augenblick in Frage zu stellen.

Er verbeugte sich und verließ den Raum.

Yakim stand eine ganze Weile vollkommen regungslos da und dachte noch einmal über die soeben getroffene Entscheidung nach. Drei Zwanzigerkarrees!

Aber er wusste jetzt, was auf dem Spiel stand, und das war, nach der Katastrophe bei den Feuerbergen, ungeheuer viel. Douan brauchte Grysh, um die Rebellen niederzuwerfen und diese neue Legende zu vernichten, die im Entstehen begriffen war, diesen Drachen von To-gai.

Ein kleiner Trost war ihm jedoch der Umstand, dass die Jhesta Tu, jüngsten Berichten zufolge, noch immer in ihrem Kloster in den Bergen saßen und nicht das Geringste dafür sprach, dass sie planten, in Truppenstärke aufzumarschieren, um sich der Rebellion in der Steppe anzuschließen.

8. Eine Schwäche wird ausgenutzt

»Drei Zwanzigerkarrees«, berichtete Pagonel Brynn an jenem zehnten Tag des Bafway, dem dritten Monat des Jahres.

Ein boshaftes Grinsen breitete sich auf dem Gesicht der Kriegerin aus.

»Das sind zwölfhundert Soldaten«, fügte Pagonel düster hinzu.

»Umso härter wird der Schlag sie treffen«, erwiderte Brynn.

Der Mystiker machte Anstalten zu widersprechen, hielt dann aber inne und betrachtete stattdessen Brynns Gesicht. Sie hatten die Wintermonate damit verbracht, die Soldaten zu versammeln, die bereit waren, an Brynn Dharielles Seite zu reiten. Es war eine beträchtliche Zahl zusammengekommen, die, vor allem nach dem Debakel mit Ashwarawu bei Dharyan, ihre kühnsten Hoffnungen übertraf. Offenbar hatte sich ihr Ruf nach jener einen Schlacht bei den Feuerbergen in der grasbedeckten Steppe wie ein Lauffeuer verbreitet. Wenn diese Frau, der Drache von To-gai, imstande war, eine derartige Anzahl von Chezhou-Lei vernichtend zu schlagen und obendrein noch ein Zwanzigerkarree aus Jacintha in die Flucht zu treiben, wovor mussten sich die To-gai-ru dann noch fürchten? Also war ihr die Armee voller Eifer und Ungeduld in die Sandwüsten Behrens gefolgt, bis zu einer Stelle ein gutes Stück südlich der Stadt Dharyan.

»Wir haben nahezu sechstausend Krieger«, versuchte Brynn den unschlüssigen Mystiker zu beruhigen.

»Aber nur viertausend, über die wir frei verfügen können«, erinnerte sie Pagonel. »Ein Drittel ist anderweitig im Einsatz, um den ganz normalen Leuten unter die Arme zu greifen, so wie du es angeordnet hast. Sie werden frühestens in ein oder zwei Monaten wieder zu uns stoßen, wenn der Frühling bereits in voller Blüte steht. Bedenke außerdem die zahllosen befestigten Siedlungen innerhalb der Grenzen To-gais, die nun hinter unseren Linien liegen.«

»Du bist also nicht derselben Meinung wie ich?«

Brynns allzu naiver Tonfall veranlasste Pagonel zu einem hilflosen Lachen. »Ich versuche nur, deinen Entscheidungen etwas entgegenzusetzen«, erklärte er. »So, wie du es von mir verlangt hast.«

Brynn musste laut lachen und drückte die Schulter ihres Freundes. Sie hatte Pagonel tatsächlich gebeten, die Rolle ihres Gewissens und Urteilsvermögens zu übernehmen und jede ihrer Entscheidungen mit allen nur erdenklichen Gegenargumenten in Frage zu stellen. Nur hatte sie nicht ahnen können, mit welcher Gründlichkeit der Mystiker dabei zu Werke gehen würde.

»Viertausend Mann sind mehr, als ich brauche«, entschied Brynn. »Dharyan wird fallen.«

»Willst du sie mit den Flammen eines Drachen niederbrennen?«, fragte der Mystiker. »Ich kann dich nur warnen, die Stadt verfügt über zahlreiche mit Katapulten bestückte Stellungen. Ein Treffer aus einer solchen Waffe könnte Pherol glatt vom Himmel holen, und auf dem Boden sähe er sich einem geballten Sperrfeuer ausgesetzt, dem selbst sein mächtiger Panzer nicht standhalten würde.«

»Pherol wird dabei, wenn überhaupt, nur eine untergeordnete Rolle spielen«, erwiderte Brynn, worauf der Mystiker ein überraschtes Gesicht machte. »Ich brauche ihn dafür nicht.«

»Aber …«

Brynn merkte, dass einige ihrer anderen Kommandanten ihre letzten Worte mitbekommen hatten und jetzt aufmerksamer lauschten, als sie es sich nach außen hin anmerken ließen.

»Ich werde mir Yatol Gryshs übertriebenes Selbstvertrauen zunutze machen«, erläuterte Brynn. »Vor allem aber müssen wir rasch zuschlagen, ehe die drei Zwanzigerkarrees außerhalb der Stadt in Gefechtsformation Aufstellung nehmen können.«

»Ihr wollt mit einer Armee von gerade mal viertausend Mann eine befestigte Stadt angreifen, die von fünfzehnhundert erfahrenen Kriegern und einer ebenso großen Zahl einberufener Rekruten verteidigt wird?«, fragte einer ihrer Kommandanten, ein älterer Mann aus Telliqik mit Namen Bargis Troudok.

»Nein«, korrigierte ihn Brynn. »Wir werden mit einer nahezu viertausend Mann starken Streitmacht eine befestigte Stadt angreifen, die von gerade mal einigen hundert Soldaten gesichert wird.«

Die Bemerkung trug ihr allseits fragende Blicke ein, Brynn jedoch lächelte nur. Während ihres mehrere Jahre währenden

Aufenthalts bei den Touel'alfar hatte sie ungeheuer viel gelernt, und dieses Wissen hatte sie während ihrer Zeit in der Wolkenfeste, wo sie sich mit der Geschichte Behrens eingehender befasst hatte als mit der To-gais, noch beträchtlich vertieft. Sie wusste um die Erwartungen der behrenesischen Befehlshaber und ihre vermutlichen Reaktionen, insbesondere, was Yatol Grysh anbetraf.

Brynn hatte in der Tat allen Grund zu lächeln. Sie war zu diesem Zeitpunkt bestens über ihren Gegner informiert, kannte sein übertriebenes Selbstvertrauen und seine Ungeduld, dem großen Sieg über Ashwarawu einen weiteren folgen zu lassen. Sie wusste, wie sie ihn allein schon mit der Aussicht darauf provozieren konnte, nur um ihm den sicher geglaubten Erfolg im letzten Augenblick umso brutaler unter der Nase wegzuziehen.

»Er ist unglücklich«, sagte Juraviel später am selben Tag zu Brynn, als die junge Hüterin ihn, Cazzira und Pherol in ihrem abgeschiedenen Lager etwas abseits der Hauptstreitmacht am oberen Rand der steilen Abbruchkante aufsuchte, die die Grenze zwischen den beiden Ländern markierte.

»Er will wohl endlich Blut sehen«, erwiderte Brynn und machte kein Hehl aus ihrem Abscheu.

»Er möchte endlich ein Abenteuer erleben«, widersprach Cazzira. »Pherol ist von Natur aus ein geduldiges Wesen, aber mittlerweile hältst du ihn schon seit Monaten aus allem raus, so dass er sich nur als Reit- und Lasttier nützlich machen durfte. Dabei sieht er sich selbst als deinen wichtigsten Krieger und hat dir seine Unterstützung bei dieser Schlacht zugesagt, und trotzdem …«

»Ich bin ihr größter Krieger«, fiel er ihr mit seiner zischenden Stimme ins Wort, worauf alle drei sich umdrehten und Pherol mit einem Elch auf den Schultern den Lagerplatz betreten sahen, den er mit einer Leichtigkeit geschultert hatte, als sei er nicht schwerer als ein Schal. »Oder habt Ihr vielleicht Angst, Eure Krieger könnten erkennen, was es in Wahrheit mit mir auf sich hat, und sich auf die Knie werfen und mir statt Euch die Treue schwören?«

»Das Einzige, was mir Angst macht, ist, unseren Feinden deine wahre Stärke zu zeigen, bevor der Augenblick gekommen ist, sie damit zu überraschen«, erwiderte Brynn.

Der Drache schnaubte verächtlich, und kleine Feuerstöße schossen aus seiner pferdeähnlichen Schnauze. »Ich habe ihnen längst gezeigt, zu welch gewaltigem Zorn ich fähig bin! Unten im Süden …«

»Wo nur wenige entkommen sind, und die waren viel zu entsetzt und orientierungslos, um deine wahre Stärke beurteilen zu können«, widersprach Brynn. »Muss ich dich im Übrigen an die Berichte erinnern, denen zufolge dein Erscheinen auf einen Trick der Jhesta Tu zurückzuführen ist? Es gehört sehr viel mehr dazu, einen Krieg zu gewinnen als bloß eine einzelne Schlacht, mein lieber Pherol.«

Wieder gab der Drache ein verächtliches Schnauben von sich, so als wäre Brynns Argument, er sei nichts weiter als das Ergebnis eines magischen Tricks, geradezu absurd; dabei hatten sie in einem Lager tatsächlich eine ähnlich klingende Geschichte von einem gefangenen behrenesischen Soldaten aufgeschnappt.

»Ich werde morgen Nachmittag gegen Dharyan reiten«, verkündete Brynn.

»Und ich werde die Stadt morgen Nachmittag aus der Luft angreifen!«, erklärte Pherol. »Du kannst selbst entscheiden, ob du diese lächerliche kleine Zwischenmahlzeit, die du Nesty nennst, reiten willst oder ein Reittier, das einer künftigen Königin angemessen ist.«

Sowohl Juraviel als auch Cazzira warfen einen besorgten Blick zu Brynn, doch diese lächelte nur. »Du wirst die Stadt morgen Abend angreifen«, berichtigte sie. »Ich hoffe, mit dir fliegen zu können, aber falls das nicht möglich sein sollte, werdet ihr, du und deine beiden anderen Reiter, schon wissen, wie ihr vorgehen müsst.«

Brynns verschmitztes Grinsen verriet ihnen, dass hinter ihrer Bemerkung sehr viel mehr steckte, dass sie bereits einen klar umrissenen Plan hatte, aus dem sie ihr großes Selbstbewusstsein schöpfte. Also scharten sich alle um sie und hörten ihrer Erklärung schweigend zu, die nur gelegentlich von Pherols bestätigendem Grunzen unterbrochen wurde.

»Ein ziemlich verwegener Plan«, sagte Cazzira zu Juraviel, nachdem Brynn wieder gegangen war. »Offenbar hat sie vor, jede noch so kleine Schwäche auszunutzen, die sie bei Yatol Grysh zu finden vermag.«

Der Elf blickte über seine Schulter und sah, dass der Drache mit dem Verschlingen seines Elches beschäftigt war, ohne weiter auf die beiden zu achten. »Außerdem will sie gewinnen, ohne das Geheimnis des Drachen unnötig preiszugeben«, fügte er hinzu. »Nicht gegenüber den Behrenesern und, viel wichtiger, auch nicht gegenüber den eigenen Kriegern.«

»Glaubst du, Pherol hat gemerkt, wovor Brynn sich fürchtet?«

»Nein. Und ich halte Brynn für viel zu klug, um anderen gegenüber zu viel zu verraten. Sie weiß, dass Togai sogar mit Pherol dem Chezru-Häuptling weit unterlegen ist.«

»Trotzdem hat sie sich für einen Angriff auf Dharyan entschieden, statt die Steppe zuerst von den weniger starken Einheiten zu säubern.«

»Genau aus diesem Grund weiß sie ja, dass sie unbedingt angreifen muss, und zwar mit größtmöglicher Entschlossenheit«, erwiderte Juraviel mit einem Nicken, während er in die Richtung schaute, in der Brynn und Nesty verschwunden waren, ein respektvolles, zusehends breiter werdendes Grinsen auf seinem zierlichen, kantigen Gesicht.

»Man hat sie bei der Durchquerung des Tals des Masur Shinton gesichtet, Yatol«, erstattete Carwan Pestle Grysh Bericht. »Eine nicht unbeträchtliche Streitmacht, um ein Vielfaches größer als die Truppe, mit der Ashwarawu uns damals angegriffen hat.«

»Und, werden sie nun tatsächlich von fliegenden Drachen

begleitet?«, erkundigte sich Grysh mit unüberhörbarem Sarkasmus und einem ebenso schiefen wie heuchlerischen Lächeln im Gesicht. Er löste einen Blick von der an die Wand gehefteten Karte, um seinen Diener eingehend zu mustern.

»Unserer Ansicht nach werden sie vom Drachen von To-gai angeführt«, erwiderte Pestle. »Aber dabei handelt es sich um eine Frau, nicht um ein Fabeltier.«

Grysh musste herzhaft lachen. Er hatte die Soldaten aus Jacintha bei ihrer Ankunft gebeten, möglichst wenig Aufhebens um ihren Einmarsch zu machen, da er die Absicht hatte, sie, sobald das Wetter mit Einsetzen des Frühlings milder wurde, auf die to-gaische Steppe loszulassen. Wie froh war er jetzt, dass er damit noch gewartet und über ihr Eintreffen weitgehend Schweigen bewahrt hatte! Denn täglich gingen neue Berichte ein, denen zufolge diese neue Rebellin, der Drache von To-gai, an der Spitze einer nicht unbeträchtlichen Streitmacht in Behren eingefallen sei.

»Angeblich soll sie bereits an Ashwarawus Seite geritten sein, wusstet Ihr das?«, fragte Grysh. Carwan Pestle nickte. »Sie will sich um jeden Preis rächen, deshalb wird sie uns angreifen, ohne sich auch nur im Mindesten darum zu kümmern, dass uns derzeit mehr als zwölfhundert frische Krieger zur Verfügung stehen.«

»Sollen wir sie in der gleichen Weise aufmarschieren lassen wie bereits gegen Ashwarawu, Yatol?«

»Auf keinen Fall«, erwiderte Grysh ohne zu zögern. »Diese Frau wird sich noch sehr gut an das Debakel erinnern. Sie wird zweifellos nach Anzeichen Ausschau halten, ob in der Nähe irgendwelche Truppen lagern. Unsere Gäste sollen in der Stadt bleiben – kein Einziger darf sie verlassen, egal ob Behreneser oder Ru! Habt Ihr verstanden?«

»Jawohl, Yatol. Ein dementsprechender Befehl wurde bereits entlang der gesamten Mauer ausgegeben.«

»Lasst den Drachen von To-gai bis unmittelbar vor unsere Tore kommen. Dort werden wir die Frau und ihren armseligen Rebellenhaufen mit einer Tod und Verderben bringenden Salve empfangen, die sie noch im Sattel ihrer niedlichen Ponys vernichten wird.«

»Sehr wohl, Yatol.«

Grysh warf einen Blick auf die Karte, die das Tal des Masur Shinton darstellte. Wenn die Berichte stimmten, dann würde der Drache von To-gai noch am frühen Abend dieses Tages vor den Toren Dharyans eintreffen, um dort, wie zuvor bereits Ashwarawu, in sein Verderben zu rennen.

Der Gedanke versetzte Yatol Grysh schließlich doch einen milden Stich des Bedauerns, denn sein Freund und vertrauter Kommandeur Wan Atenn, dessen Leichnam auf den sonnendurchglühten Steinen einer fernen Wüstenei im Süden zurückgeblieben war, würde an diesem triumphalen Sieg nicht teilhaben können.

Allerdings, ermahnte er sich, standen ihm zurzeit sieben Chezhou-Lei zur Verfügung, sein neuer Berater sowie die sechs, die aus Jacintha eingetroffen waren. Das würde genügen, dieser hochtrabenden Aufrührerin und ihren Gefolgsleuten eine vernichtende Niederlage beizubringen. Dann würde Grysh die Truppen eigenhändig nach To-gai führen, den Sommer mit einem Rachefeldzug durch die Steppe verbringen und die aufmüpfigen Rus die volle Härte seiner Gerechtigkeit spüren lassen. Entweder sie akzeptierten die Vormachtstellung Behrens, oder sie erwartete der sichere Tod.

So einfach war das.

»Schwenkt nach rechts und links in Angriffsformation und haltet Eure Positionen«, befahl Brynn, als ihre nahezu eintausendköpfige Streitmacht sich der Stadt Dharyan näherte. Sie ließ die erste Angriffsreihe ausschwärmen, befahl ihren Kriegern, weite Abstände einzuhalten und gegenüber der Stadt Aufstellung zu nehmen, deren dunkle Mauer sich vor den dahinter brennenden Feuern als schwarzer Schattenriss abzeichnete.

Wie viele andere auch, schnappte der neben ihr reitende Pagonel sichtlich beeindruckt nach Luft.

Brynn sah Hilfe suchend zu ihm hinüber. Ursprünglich hatte sie ihn gebeten, sie nicht hierher zu begleiten, doch er hatte sich geweigert, zurückzubleiben, und im Grunde war sie froh darüber. Jetzt, da ihr großer Augenblick unmittelbar bevorstand, glaubte Brynn den schwierigen Auftakt ohne Pagonel an ihrer Seite nicht bewältigen zu können.

Aber wie viel unwohler würde ihr erst zumute sein, wenn er von einem Pfeil niedergestreckt wurde?

Brynn vertrieb ihre düsteren Gedanken mit einem missmutigen Knurren. »Zündet die Fackeln an!«, kommandierte sie, worauf der Ruf die gesamte Front entlang wanderte und die wenigen mutigen Freiwilligen, die sich als Fackelträger gemeldet hatten, diese lodernd in die Höhe reckten.

»Vorwärts!«, rief Brynn, und die Trommler fingen an zu spielen und gaben ein langsames Tempo vor, in dessen Rhythmus die gesamte Streitmacht sich zielstrebig auf die ferne Mauer zuzubewegen begann. Brynn wusste, dass man die Trommeln bis in die Stadt hören würde, und darauf zählte sie.

Auf der noch fernen Mauer loderten immer mehr Fackeln auf, bis eine Stimme rief: »Bleibt, wo ihr seid, und gebt euch zu erkennen!«

»Wisst Ihr etwa nicht, wer ich bin, Yatol Grysh?«, rief Brynn zurück. »Habt Ihr noch nie vom Drachen von To-gai gehört?«

Ihre beherzte Frage löste einen Jubelsturm hinter ihrem Rücken aus. »Gut gesprochen«, sagte Pagonel; es war genau die Unterstützung, die Brynn dringend brauchte.

»Erste Salve!«, kommandierte sie, und eintausend Bögen wurden gespannt, eintausend Pfeile sirrten hinaus in den dunklen Abendhimmel, um sich in weitem Bogen auf die Stadt Dharyan zu senken. Sie befanden sich noch weit vor der Stadt, weshalb das Sperrfeuer, wenn überhaupt, nur geringe Wirkung zeitigte.

Geringe physische Wirkung, wusste Brynn, aber das war auch gar nicht Zweck dieser Attacke.

Brynn reckte ihr Schwert in die Höhe und setzte es in Brand. Die Trommeln verstummten.

»Freiheit für To-gai!«, schrie sie, ehe sie das Schwert in weitem Bogen wieder sinken ließ und damit den Sturmangriff von eintausend Pferden auslöste, deren Hufe den Boden erzittern ließen.

Eine zweite Salve schwirrte davon, gefolgt von einer dritten, bis schließlich immer mehr Pfeile die Ummauerung erreichten und sogar die ersten Gegner niederstreckten.

Angespannt verfolgte Brynn, wie der Sturmangriff seinen Lauf nahm, denn mittlerweile kamen ihre Krieger der Mauer bereits sehr nah, zu nah, wie sie befürchtete! Wann würden die Verteidiger reagieren?

Einige Meilen entfernt, hoch oben auf dem Landbruch der Hochebene To-gais, standen Juraviel, Cazzira und Pherol und beobachteten, wie sich der endlose Fackelzug durch die dunkle Ebene wand.

»Sie werden wieder ohne mich kämpfen!«, beklagte sich der Drache bitterlich.

»Nein, das ist noch nicht die Schlacht«, erklärte Juraviel. »Sie wartet nur auf den geeigneten Augenblick, um sich zurückzuziehen.«

»Sie kommen der Stadt aber schon sehr nah«, sagte Cazzira.

»Brynn wartet ab, bis Grysh sich zu erkennen gibt«, erwiderte Juraviel. »Er muss ihr schon seine wahre Stärke zeigen, wenn er sie vertreiben will.«

Pherol schüttelte grummelnd den Kopf. Offenbar begriff er nicht so recht, was das Ganze sollte.

»Sie hält sich genau in der Mitte der vordersten Linie«, bemerkte Cazzira. »Das mag vielleicht mutig sein, aber wenn sie getroffen wird, wäre das fatal.«

»Dann führt sie ihre Truppen eben als Märtyrerin an«, erwiderte Juraviel mit düsterem Humor. Sein Zusammenzucken stand jedoch in krassem Widerspruch zu seinem lässigen Ton.

Pfeile flogen ihnen entgegen, begleitet von mehreren kolossalen Armbrustbolzen und riesigen Speeren, die schwirrend die

Luft zerteilten, so nah, dass die heranstürmenden Krieger sie vorbeizischen hörten. Sogar die Katapulte wurden eingesetzt, obwohl die erfahrenen Reiter der To-gai-ru die hell brennenden Pechgeschosse ohne Mühe erspähen und ihnen ausweichen konnten.

Zu diesem Zeitpunkt waren sie kaum noch fünfzig Schritte von der Stadtmauer entfernt, nah genug, um die ersten im Schein der Fackeln durcheinander laufenden Gestalten auszumachen, so dass ihre Salven immer häufiger eine tödliche Wirkung erzielten und man die ersten qualvollen Schreie hörte, zuerst nur oben auf der Mauer, dann aber auch unten, in den Reihen der To-gai-ru.

Brynn verzog vor Anspannung das Gesicht, hielt aber starr an ihrem Plan fest, obwohl sie wusste, dass viele ihrer tapferen Krieger nicht mehr von diesem Ort des Todes zurückkehren würden. Alle waren sich dieser grausamen Tatsache bewusst gewesen, und doch hatte jeder in ihrer Rebellentruppe, Männer wie Frauen, sich aus freien Stücken bereit erklärt, mit ihr bis vor das Fundament der Stadtmauer zu reiten. Trotzdem, dieser makabre Nervenkrieg begann ihr allmählich mächtig zuzusetzen. »Nun macht schon«, flüsterte sie, eine stumme Bitte an Yatol Grysh. »Zeigt uns endlich Euren Wahnsinn!«

Vierzig Schritte.

»Nach rechts und links ausschwärmen!«, wies sie ihre Truppen an, sich des Umstands völlig bewusst, dass dieses Manöver noch weit mehr von ihnen einer unmittelbaren Gefahr aussetzen würde.

Sofort teilten sich die Reihen der To-gai-ru exakt in der Mitte und vollzogen einen Schwenk nach beiden Seiten, was die erfahrenen Reiter, die in der menschenleeren Steppe vom Sattel aus jagten, jedoch nicht davon abhielt, ihren Angriff fortzusetzen und die Brustwehr weiter mit Pfeilen zu bestreichen.

Dann, plötzlich, hörte man oben auf der Mauer jemanden rufen. Es war eine vertraute Stimme, die sich in der Sprache der To-gai-ru an sie wandte.

»Eine Falle! Das ist eine Falle!«, stieß Ya Ya Deng hervor,

Ashwarawus Informantin in der Stadt. Dann gingen ihre Worte in ein Stöhnen über, und jeder, der ihren Ruf vernommen hatte, wusste, dass man sie mit einem Schwert zum Schweigen gebracht hatte.

»Halt! Richtet euch zur Mitte aus!«, rief Brynn sofort, mehr als froh über diese unerwartete Hilfe, die ihr einen Vorwand lieferte, ihre Truppen ein kleines Stück von der Stadtmauer zurückzuziehen.

Und zwar keinen Augenblick zu früh, denn während die aufgeteilten Truppen noch damit beschäftigt waren, sich in der Mitte neu zu formieren, setzte innerhalb der Mauern Dharyans ein wüstes Trompetengeschmetter ein. Kurz darauf schien die Brustwehr der Stadtmauer in die Höhe zu wachsen, als Hunderte von Soldaten, ihre Bögen in den Händen, sich aufrichteten und eine Salve abfeuerten, die in Brynns Streitmacht, wäre sie näher gewesen, mit Sicherheit gewaltige Verheerungen angerichtet hätte. Selbst so gingen noch zahlreiche Krieger unter der vernichtenden Salve zu Boden, entweder selbst von einem Pfeil getroffen oder weil man ihnen ihre prächtigen Pferde unter dem Körper weggeschossen hatte.

»Eine Falle! Das ist eine Falle!«, ging der Ruf wie auf ein Stichwort durch die Reihen der To-gai-ru. »Flieht! Ergreift die Flucht!«

Ein scheinbar chaotisches Durcheinander setzte ein, obwohl die erfahrenen Reiter in Wahrheit genau wussten, wohin sie sich zu wenden hatten. Sie sammelten ihre gefallenen Kameraden auf, schnappten sich die reiterlos umherirrenden Pferde und ließen einen weiteren Pfeilhagel über sich ergehen.

Schließlich machten sie kehrt und ergriffen die Flucht, einen Schrei gespielter Verzweiflung auf den Lippen.

Entlang der gesamten Stadtmauer brach daraufhin lautes Triumphgeheul aus. Soldaten warfen die Arme in die Luft und feierten Yatol Grysh mit überschwänglichem Jubel. Hinter ihnen, im Innenhof der Wallanlagen, stand Yatol Grysh mit seinen sieben Befehlshabern der Chezhou-Lei.

»Der Drache von To-gai!«, stieß einer verächtlich hervor. »Beim ersten Anzeichen von Widerstand macht sie kehrt und nimmt Reißaus, diese feige Ru!«

Die anderen pflichteten seinem vernichtenden Urteil murmelnd bei.

»Sie haben den ganzen Tag im Sattel gesessen«, erklärte ein äußerst siegesgewisser Yatol Grysh seinen Kommandanten. »Nehmt Eure Männer und die Pferde, reitet ihnen nach und tötet sie.«

Der Befehl stieß auf bereitwillige Zustimmung. Innerhalb weniger Minuten wurde das Westtor Dharyans aufgestoßen, und schon erzitterte der Boden unter den donnernden Hufen von nahezu tausendfünfhundert Mann Kavallerie, neben den Kriegern aus Jacintha auch ein beträchtlicher Teil der Garnison aus Dharyan.

Wild entschlossen verließen sie die Stadt. Sie nahmen sich kaum die Zeit, sich zu geschlossenen Gruppen zu formieren, ehe sie in südlicher Richtung abschwenkten und in gestrecktem Galopp davonpreschten.

Es dauerte nicht lange, bis man die flüchtende Streitmacht der To-gai-ru sichtete, die noch immer in südlicher Richtung ritt, parallel zum Hochplateau. In dem Glauben, ihre Beute ermüde bereits, spornten die Chezhou-Lei ihre Pferde zu noch forscherem Tempo an und holten allmählich auf.

Sie gelangten zum nördlichen Ende eines engen, von einem breiten, seichten Fluss geteilten Tals, wo sie, nur etwa eine Viertelmeile voraus, die Fackeln der fliehenden To-gai-ru am Südende wieder herausströmen sahen.

Augenblicklich erschallten die Schlachtrufe, als sich Anführer und ihre Soldaten tief über die Hälse ihrer Pferde beugten, in der festen Überzeugung, der Sieg über den erschöpften und geschlagenen Feind sei greifbar nahe.

Doch dann veränderte sich ihre Welt mit geradezu bestürzender Plötzlichkeit. Auf den Hängen zu beiden Seiten wimmelte es schlagartig von To-gai-ru-Kriegern; dreitausend im Hinterhalt lauernde Kämpfer des Drachen von To-gai sprangen auf und ließen von hoch oben einen tödlichen Pfeilhagel auf sie herabregnen.

Am Südende des Tals ließ Brynn anhalten und gab den Befehl, umzukehren und die Reihen neu zu ordnen. Sie ließ aber nicht sofort angreifen, sondern wartete ab, während der Pfeilhagel unablässig weiter niederprasselte, die behrenesischen Reihen sich vor Entsetzen und Verwirrung aufzulösen begannen und mit jedem von seinem Pferd gerissenen Reiter weiter dezimiert wurden.

Es folgte der Angriff von links und rechts. Einem Schlund des Todes gleich rückten die beiden Flügel der togai-ruschen Streitmacht vor und schlossen sich an einer Flanke, um jedes Entrinnen unmöglich zu machen.

Schließlich ließ auch Brynn auf breiter Front angreifen, begleitet vom sirrenden Geräusch der Bögen und vom Klirren der Schwerter.

Die Behreneser besaßen keinerlei Möglichkeit mehr zur Flucht, hatten keine Zeit, sich neu zu formieren und eine Verteidigungslinie zu bilden. Außerdem konnten die Behreneser nicht einmal annähernd so schnell und treffsicher aus dem Sattel schießen wie die erfahrenen Jäger der To-gai-ru. Brynn hatte das Schlachtfeld exakt den Erfordernissen ihrer Streitmacht entsprechend ausgewählt und Yatol Gryshs übertriebene Siegesgewissheit ausgenutzt, um seine Soldaten hinter ihren schützenden Mauern hervor ins offene Gelände zu locken, wo diese gegen die wilden Reiter der To-gai-ru nicht den Hauch einer Chance hatten.

Als ihr Augenblick gekommen war, führte sie ihre Truppen voller Ungeduld in den Kampf Mann gegen Mann und beförderte jeden Behreneser, der ihr zu nahe kam, mit einem gleißend hellen Feuerstoß ihres lodernden Schwertes ins Jenseits.

In Wahrheit versuchten die meisten nur zu fliehen, was das Gemetzel noch vergrößerte.

»Meine Nacht hat eben erst begonnen«, sagte Brynn an Pagonel gewandt, nachdem die Schlacht beendet war. Der Mystiker kümmerte sich mit großer Hingabe um die Verwundeten, obwohl er selbst nicht völlig unverletzt geblieben war. Er hatte einen hellrot leuchtenden, blutverschmierten Striemen auf dem Oberarm, wo ein Pfeil seine Haut gestreift hatte.

Der Mystiker nickte. »Bist du dir wirklich über die Kräfte im Klaren, die du im Begriff bist zu entfesseln?«, fragte er.

»Ich weiß nur, dass Dharyan im Morgengrauen fallen wird«, erwiderte Brynn mit grimmiger Entschlossenheit. »Um welchen Preis auch immer.«

Der Mystiker nickte erneut, und Brynn ließ Nesty wenden und galoppierte in westlicher Richtung davon, zum Sockel des Landbruchs.

Dort erwarteten ihre Freunde sie bereits. Juraviel und Cazzira hatten auf dem Riesendrachen Platz genommen, der inzwischen wieder seine natürliche, geflügelte Gestalt angenommen hatte.

»Ich befürchtete schon, wir müssten ohne dich aufbrechen«, rief Juraviel ihr schon von weitem zu, sichtlich erleichtert, sie am Leben und unverletzt zu sehen.

»Diese Schlacht möchte ich wirklich nicht versäumen«, erwiderte Brynn, während sie auf den gesenkten Hals des Drachen kletterte.

»Wir haben die Positionen der Katapulte genau markiert«, unterrichtete Cazzira sie.

Brynn nickte. »Ein paar vielleicht«, pflichtete sie ihr bei. »Aber ich habe es auf eine viel wichtigere Beute abgesehen.«

»Diese Riesenspeere sind die einzigen Waffen, die mich daran hindern könnten, die Stadt vollständig dem Erdboden gleichzumachen«, warf der Drache ein.

»Wir werden ihren Willen und ihre Entschlossenheit brechen, und dann wird Dharyan fallen«, war alles, was Brynn in diesem Augenblick zu sagen bereit war.

Und schon stiegen sie hoch hinauf in den dunklen Himmel, bis wenige Augenblicke später die Lichter Dharyans deutlich sichtbar vor ihnen lagen. Wie viel heller würde die Stadt schon bald brennen!

Brynn lenkte den Drachen erst nach Norden und dann in östlicher Richtung um die Stadt herum, wohl wissend, dass die Augen sämtlicher Dharyaner angestrengt nach Südwesten blickten.

Pherol stieg hoch hinauf in den dunklen Nachthimmel, machte kehrt und schien einen winzigen Augenblick in der Luft zu stehen, ehe er sich mit stetig wachsender Geschwindigkeit lotrecht in die Tiefe fallen ließ. Mit gewaltigem Tosen schoss der Drache über die Stadt hinweg und riss bereits allein mit seinem Luftzug die Posten von der nordöstlichen Stadtmauer. Entgegen Brynns Anweisungen schwenkte er schließlich noch ab, um genau über die Stellung eines Katapults hinwegzusegeln und im Vorübergleiten mit seinen ausgefahrenen Krallen und einem peitschenden Hieb seines Schwanzes sowohl die Stellung selbst als auch deren Besatzung zu vernichten, ehe er sich seinem eigentlichen Ziel zuwandte. Es war nicht schwierig zu erkennen, denn der Tempel von Dharyan war das größte Gebäude in der Stadt.

Unmittelbar davor machte er Halt, stieß seinen feurigen Atemhauch aus, zertrümmerte damit die nach Osten hin gelegenen Fenster und setzte deren hölzerne Verstrebungen in Brand.

Dann stieg er etwas höher und atmete erneut aus, und schließlich noch ein drittes Mal, bis er mit seinem Feueratem im gesamten Gebäude Brände gelegt hatte.

Unterdessen versuchten die Menschen unten in den Straßen, sich schreiend in Sicherheit zu bringen, bis Pherol auf sie herabstürzte und im Tiefflug eine ganze Straße der Länge nach mit einem Feuerschwall überzog und entlang der Front aus Wohnhäusern und Ladengeschäften an unzähligen Stellen Feuer legte.

Hinter Brynns Rücken bedienten Juraviel und Cazzira hektisch ihre Bögen und schossen einen Pfeil nach dem anderen auf jeden Soldaten ab, den sie zu Gesicht bekamen.

»Das reicht, Pherol!«, rief Brynn ein ums andere Mal, doch der Drache schien sie nicht zu hören, und wenn doch, dann schenkte er ihr keinerlei Beachtung. Dicht über den Boden hinweggleitend segelte er durch die Straßen und hinterließ mit seinem peitschenden Schwanz eine Schneise der Verwüstung, schnappte sich mit den Krallen jeden Soldaten, den er im Freien antraf, und verbrannte jeden mit seinem heißen Atem, der zu langsam oder unbeholfen war, sich in Sicherheit zu bringen.

Unter den Opfern dieser überfallartigen Attacke befanden sich mehrere Soldaten, meist aber waren es Zivilisten, die Pherols Angriff zum Opfer fielen. Frauen und Kinder verloren auf grauenhafte Weise ihr Leben, so dass Brynn nur mit größter Mühe verhindern konnte, dass ihr die Galle in die Kehle stieg.

Nach und nach begann sich Gegenwehr zu formieren, und schon sirrten die ersten Pfeile hinauf zu den drei Drachenreitern. Etliche trafen den Drachen selbst, um entweder, ohne Schaden anzurichten, von seinem Schuppenpanzer abzuprallen oder sich wirkungslos in seine lederartigen Flügel zu bohren.

Und noch immer schrie Brynn auf die Bestie ein und versuchte, ihr wie geplant den Befehl zum Abdrehen zu geben.

Und noch immer überzog Pherol auf seinem Weg zu den Toren alles mit Tod und Verwüstung, ehe er sie mit einem einzigen Stoß seines Feueratems aus den Angeln sprengte.

Endlich drehte der Drache ab, ließ die Schreie und das Tosen der gewaltigen Feuersbrünste hinter sich und stieg wieder hoch hinauf in die Dunkelheit des nächtlichen Himmels. Er erreichte den Landbruch, aber nicht etwa, um dort zu landen und seine Passagiere abzusetzen. Stattdessen stieg er noch höher hinauf und suchte zwischen den steilen Felsen, bis er einen einzelnen Findling entdeckte, den er mit seinen riesigen, krallenbewehrten Füßen packen konnte. Anschließend machte er kehrt und hielt mit kräftigen Schlägen seiner Flügel abermals auf Dharyan zu und zog hoch über der Stadt, zu hoch für Bogenschützen oder Katapulte, seine Kreise.

Er nahm genau Maß, visierte den größten Brandherd in der Stadt an und ließ den Stein auf das Dach des Großen Tempels von Dharyan fallen, das dieser glatt durchschlug.

»Ich könnte die ganze Nacht so weitermachen!«, prahlte er.

Doch Brynn wollte nichts weiter, als endlich wieder abgesetzt zu werden, daher gab sie ihm den Befehl, sie zu der Stelle zurückzubringen, wo sie Nesty zurückgelassen hatte.

Was Pherol diesmal sogar tat, aber nur, um gleich darauf wieder mit den beiden Elfen aufzusteigen und sich am steilen Hang des Landbruchs auf die Suche nach weiteren Felsbrocken zu begeben, mit denen er Dharyan nach Belieben bombardieren konnte.

Als Brynn in das Feldlager der To-gai-ru zurückkehrte, war sie niedergeschlagen und deprimiert. Die ungeheuren Verwüstungen, deren Zeuge sie erst auf dem Schlachtfeld und schließlich in der Stadt selbst geworden war, hatten ihr mächtig zugesetzt. Vor allem ein Bild war ihr bedrückend im Gedächtnis haften geblieben, eine Gruppe von Frauen, die vom Drachenfeuer ausgelöscht worden war, als sie in wilder Panik eine Straße entlang lief.

Nichtsdestotrotz vermochte die junge Kriegerin nicht zu bestreiten, dass die Schlacht im Großen und Ganzen ihrem Plan gemäß verlaufen war. Mehr als tausend behrenesische Krieger lagen tot im Tal des Masur Shinton, und bei dem Überfall des Drachen auf die Stadt waren zweifellos Hunderte weitere Personen, Soldaten und Zivilisten, ums Leben gekommen. Zudem stand der Tempel von Dharyan in Flammen und würde bis zum Morgen bis auf die Grundmauern niedergebrannt sein.

Brynns Streitmacht dagegen hatte keine hohen Verluste erlitten. Die ihren Wünschen entsprechende Auswahl und Vorbereitung des Schlachtfelds hatte ihren Kriegern sämtliche Vorteile an die Hand gegeben, und diese hatten sie nahezu perfekt zu nutzen gewusst.

Jetzt war die Stadt Dharyan reif für die Eroberung.

Brynn selbst hingegen spürte jetzt immer deutlicher ihre Erschöpfung, was ihre Schuldgefühle und Gewissensbisse noch verschlimmerte. Wortlos lenkte sie Nesty ins Feldlager der To-gai-ru, ohne die lauten Zurufe und den Jubel, der sich rings um sie erhob, weiter zu beachten. Stattdessen begab sie sich auf kürzestem Weg zu Pagonel, der noch immer mit der Versorgung der Verwundeten beschäftigt war – ausnahmslos Togai-ru, da man mit den verwundeten Behrenesern noch auf dem Schlachtfeld kurzen Prozess gemacht hatte –, ließ sich von Nestys Rücken gleiten und sank in die Arme des Mystikers.

Als dieser sie daraufhin fest an sich drückte, vergrub sie ihr Gesicht an seiner starken Schulter. Sie wollte nicht, dass die Umstehenden die Tränen in ihren Augen sahen.

»Was habe ich nur getan?«, fragte sie mit leiser Stimme.

»Du hast euren Unterdrückern einen herben Schlag versetzt, den man überall in der Steppe und in ganz Behren hören wird«, antwortete der Mystiker sanft. »Du hast deinem Volk eine Möglichkeit eröffnet, sich von seinen Fesseln zu befreien.« Pagonel schob Brynn auf Armeslänge von sich und sah ihr in die Augen. »Du hast den Menschen ihre Hoffnung zurückgegeben und ihnen Mut gemacht, sich zur Wehr zu setzen.«

»Selbst wenn sie alle in diesem Krieg umkommen sollten«, erwiderte Brynn mit beißendem Sarkasmus, aber zu ihrer Überraschung sah der Mystiker sie nur lächelnd an.

»Selbst wenn sie alle in diesem Krieg umkommen sollten«, wiederholte er ebenso ruhig wie entschieden, und seine Art, dabei zu lächeln, erinnerte Brynn daran, dass es vielleicht doch einige Dinge gab, für die es sich lohnte zu sterben.

»Und wie wird es nun weitergehen?«, fragte der Mystiker.

»Morgen früh werden wir ihnen unsere Kapitulationsbedingungen überbringen«, antwortete Brynn.

»Yatol Grysh ist äußerst stur«, gab Pagonel zu bedenken.

»Dann wird er eine weitere Nacht voller Drachenfeuer über sich ergehen lassen müssen, wie sie die Welt seit Hunderten von Jahren nicht mehr gesehen hat«, erwiderte Brynn, und diesmal standen keine Tränen mehr in ihren Augen, sondern ihr Blick war erfüllt von so kalter und erbitterter Entschlossenheit, dass Pagonel ein kalter Schauer über den Rücken lief.

Am nächsten Morgen ritt Brynn an der Spitze einer Kolonne von nahezu viertausend Kriegern der To-gai-ru und näherte sich der Stadtmauer von Dharyan bis auf knapp fünfzig Schritte.

»Eure Krieger wurden bis auf den letzten Mann vernichtet, Yatol Grysh«, rief sie. »Schickt einen Unterhändler, oder man wird Eure Stadt in Schutt und Asche legen.«

Als auf ihren Appell hin kein Reiter in dem aus den Angeln gesprengten Stadttor Dharyans erschien, gab Brynn ihren Kriegern das Zeichen, die Stadt vollständig zu umzingeln. Niemand würde Dharyan verlassen, und niemand würde die Stadt betreten, ohne dass sie davon erfuhr.

Noch in derselben Nacht lenkte sie Pherol ein ums andere Mal Feuer speiend und Steine werfend in großer Höhe und damit außerhalb der Reichweite der Verteidiger Dharyans über die Stadt hinweg. Auch ihre Krieger griffen in schnellen, unerwarteten Vorstößen an und ließen einen brennenden Pfeilhagel nach dem anderen über der Stadt niedergehen.

Am nächsten Morgen, Rauchschwaden hingen schwer in der von lautem Klagegeschrei erfüllten Luft, näherte sich Brynn erneut der Stadt und verlangte abermals einen Unterhändler, und diesmal wurde ihrem Wunsch entsprochen.

Ein einzelner Reiter kam durch das Tor, in der Hand die weiße Waffenstillstandsfahne. Er war erkennbar kein geübter Reiter und wäre auf seinem forschen Ritt bis vor die Kriegerin mehrmals beinahe gestürzt.

»Mein Name ist Carwan Pestle«, stellte er sich vor. »Der Abgesandte von Yatol Grysh.«

»Gekommen, um die Kapitulationsbedingungen auszuhandeln«, fügte Brynn mit einem Seitenblick auf Pagonel hinzu, denn ihr war nicht entgangen, dass der Mann einen ziemlich nervösen, verlegenen Eindruck machte, so als sähe er sich genötigt, eine Botschaft zu überbringen, die sie gewiss nicht hören wollte.

»Yatol Grysh hat mich beauftragt, Euch davon in Kenntnis zu setzen, dass er in der Stadt nahezu zweitausend Togai-ru-

Sklaven in seiner Gewalt hat«, begann er zögernd und unsicher.

»Zweitausend Gründe mehr, meinen Zorn nicht zusätzlich zu reizen«, entgegnete Brynn.

»Er fordert Euch auf, abzuziehen und in Eure Heimat zurückzukehren«, fuhr Carwan Pestle fort. Dabei zitterte er so heftig, dass es fast schien, als könnte er jeden Moment von seinem Pferd herunterfallen. »Verschwindet von hier, Drache von To-gai, sonst werden diese Sklaven auf grausamste Weise hingerichtet werden.«

Brynn zuckte nicht mit der Wimper, sondern nickte nur langsam, ehe sie sich Pagonel zuwandte. »Verrate mir eins, mein Freund von den Jhesta Tu, wie viel Zeit würde Yatol Grysh wohl benötigen, um einen solchen Massenmord durchführen zu lassen?«

»Mehrere Stunden, würde ich schätzen«, erwiderte Pagonel ebenso ruhig.

Brynn wandte sich wieder Carwan Pestle zu. »Dann werde ich ihm nicht so viel Zeit geben«, antwortete sie schlicht.

Carwan Pestle starrte sie fragend an, so als hätte er nicht recht verstanden. »Ist das die Antwort, die ich Yatol Grysh in Eurem Auftrag überbringen soll?«

»Ihr?«, fragte Brynn ungläubig. »Aber nein, mein guter Carwan Pestle. Ich habe die Absicht, ihm meine Antwort persönlich zu überbringen.« Sie sah über ihre eine Schulter zu Pagonel, dann über die andere zur Reihe ihrer Kommandanten. »Hört her«, rief sie. »Dharyan ist hiermit zum Sturmangriff freigegeben; und eine Extraration für den Mann, der mir diesen Schurken Grysh bringt!«

Carwan Pestle kam nicht mehr dazu, zu einer Erwiderung anzusetzen, denn ein vielstimmiger Schlachtruf brandete bereits durch die Reihen der To-gai-ru, und der Boden erzitterte unter dem Donnern ihrer losstürmenden Pferde.

Die Reaktion auf der behrenesischen Mauer war bescheiden und überaus flüchtiger Natur, da die Soldaten, meist zwangsrekrutierte Zivilisten, einfach ihre Waffen niederlegten und in ihre Häuser flüchteten. Einer dunklen Flut gleich rasten die To-gai-ru durch das zersprengte Tor und verteilten sich, um sämtliche Straßen zu überschwemmen, ehe der mächtige Pherol mit seinen beiden Reitern hoch über ihren Köpfen erschien und im Tiefflug herabstürzte, um etwaige Widerstandsnester mit einem alles vernichtenden Feuerstoß auszuräuchern.

Noch vor Mittag war alles vorbei. Der letzte Widerstand war gebrochen, die meisten der zweitausend To-gai-ru-Sklaven befreit, von denen viele sofort gegen ihre Unterdrücker zu den Waffen griffen.

Das Gemetzel zog sich über den ganzen Tag und die darauf folgende Nacht hin, in deren Verlauf zahlreiche verstörende Berichte über Vergewaltigungen und Hinrichtungen bei Brynn eingingen.

Auf ihren ausdrücklichen Befehl war jede weitere Zerstörung von Eigentum untersagt, und obwohl nur Kombattanten getötet werden durften, war nicht zu übersehen, dass viele ihrer Krieger jeden Vorwand nutzten, um Behreneser als Kämpfer einzustufen, und viele Sklaven nicht gewillt waren, den Ort ihrer Demütigung zu verlassen, ohne an ihren Peinigern grausame Vergeltung zu üben.

Am nächsten Vormittag schleppte man einen dicklichen, wimmernden Mann aus der Stadt heraus zu Brynn und stieß ihn vor ihren Füßen in den Staub. Er hob den Kopf, die Hände zu einer flehentlichen Geste ineinander verschlungen.

»Yatol Grysh«, erklärte einer der beiden To-gai-ru, die ihn herbeigeschleift hatten. »Wir haben ihn in einem unterirdischen Weinkeller gefunden, in den er sich vor Angst zitternd verkrochen hatte.«

»Der Feigling!«, fügte der andere Krieger hinzu und spie ihm ins Gesicht.

»Bitte, ich flehe Euch an!«, jammerte Grysh. »Ich bin ein reicher Mann. Ich kann bezahlen.«

»Ich will dein Geld nicht«, erwiderte Brynn. »Ich will, dass deine Leute meine Stadt verlassen.«

Es dauerte einen Augenblick, bis ihre Worte bei den Umstehenden angekommen waren, doch dann lösten sie unter den To-gai-ru begeisterte Jubelrufe aus. Yatol Grysh Gesicht erstarrte zu einer Maske großäugiger Fassungslosigkeit.

»Bring den Unterhändler zu mir«, wies Brynn Pagonel an, worauf der Mystiker sich rasch entfernte, um Carwan Pestle zu holen.

»Ihr könnt nicht ernsthaft die Absicht haben, Dharyan zu halten«, erdreistete sich Grysh zu sagen.

»O nein, nicht Dharyan«, entgegnete Brynn, während sie um ihn herumging, den Finger auf den geschürzten Lippen, so als müsste sie noch einige Einzelheiten klären. »Das ist ein behrenesischer Name, der mir überdies nicht sonderlich gefällt. Wir werden sie in Dharielle umbenennen. Ja, das wäre ein durchaus angemessener Name.«

Alle ringsum brachen in Jubelschreie aus, und als die Nachricht nach und nach auch in den Straßen bekannt wurde, stimmten immer mehr in den Ruf mit ein: »Dharielle!«

Kurz darauf kehrte Pagonel mit Carwan Pestle zurück.

»Yatol!«, rief der arme Geistliche erschrocken und machte Anstalten, zu seinem Meister hinüberzueilen, was der Mystiker jedoch mühelos zu unterbinden wusste.

»Ihr wart Zeuge der Eroberung, daher werdet Ihr als mein Zeuge am Hof des Chezru-Häuptlings vorsprechen«, erklärte Brynn dem völlig verwirrten Mann. »Berichtet ihm, Togai sei befreit und dass jeder Behreneser, der fortan unaufgefordert unseren Boden betritt, getötet werden wird. Erklärt ihm weiterhin, dass diese Stadt mit Namen Dharielle von nun an ein Teil To-gais ist. Und sollte er jemals wieder auch nur einen einzigen Soldaten auf mich hetzen«, fügte sie hinzu, wobei sie ihm bedrohlich nahe kam und ihm so durchdringend in die Augen sah, dass er vor ihr zu schrumpfen schien, »dann werde ich Jacintha niederbrennen – und ihn gleich mit.«

»Törichtes Weib!«, entfuhr es Grysh, der plötzlich, so als hätte er erst in diesem Moment begriffen, dass er nichts mehr zu verlieren hatte, wieder die Kraft fand, sich vor ihr zu seiner vollen Größe aufzurichten. »Heidin, barbarisches Weibsstück!

Er ist die Stimme Gottes, die erwählte Offenbarung Yatols! Er ist –«

Brynn warf einigen ihrer in der Nähe stehenden Soldaten einen Blick zu und beendete seine Tirade mit drei knappen Worten: »Hängt ihn auf.«

Am nächsten Tag verließen sämtliche Behreneser, Männer, Frauen und Kinder, durch das Osttor die Stadt; dabei marschierten sie unmittelbar unter dem sich im Wind drehenden Leichnam jenes Mannes hindurch, der jahrzehntelang über sie geherrscht hatte.

9. Geisterstadt

Es war erst wenige Monate her, dass Carwan Pestle dieselben Gemächer das erste Mal zaghaften Schrittes betreten hatte; damals rührte seine Nervosität daher, dass er von Yatol Grysh geschickt worden war, um dessen Bitte nach Hunderten von Soldaten zu überbringen. Wie viel größer war die Nervosität des armen Geistlichen nun, da er das Gemach des Chezru-Häuptlings mit der Kunde von Yatol Gryshs Versagen betreten musste, mit der Nachricht, dass zwölfhundert der vom Chezru-Häuptling nach Dharyan entsandten Soldaten umgekommen waren und Dharyan gefallen war.

Merwan Ma warf Pestle einen aufrichtig mitfühlenden Blick zu, als der ihm in vielerlei Hinsicht so ähnliche junge Mann bedächtigen Schrittes den Raum durchquerte, bis er vor dem sitzenden Yakim Douan stehen blieb.

Aus dem mitleidigen Blick Merwan Mas und dem angespannten Gesichtsausdruck des Chezru-Häuptlings schloss Carwan Pestle, dass ihnen die Geschichte größtenteils bereits bekannt war. Der Mann hielt es offenbar nicht einmal für nötig, ihn anzusehen, sondern blickte starr geradeaus, während er mit Zeigefinger und Daumen nachdenklich an seiner Unterlippe zupfte.

Schließlich gab er Carwan Pestle mit seiner freien Hand das Zeichen, er möge sprechen.

»Ich weiß gar nicht, wo ich beginnen soll, Stimme Gottes«, sagte der junge Geistliche mit bebender Stimme.

»Ist Yatol Grysh tot?«

»Der Drache von To-gai hat ihn aufhängen lassen.«

Yakim Douan hob seinen zornigen Blick und schien den armen Mann damit durchbohren zu wollen. »Der Drache von To-gai?«, wiederholte er mechanisch. »Würdet Ihr vielleicht die Güte haben, mir zu erklären, wer oder was der Drache von To-gai ist?«

»Eine Frau«, stammelte Pestle. »Eine junge, eher zierliche Frau. Aber voller Leidenschaft, Stimme Gottes.«

»Dann handelt es sich also nicht um einen echten Drachen, wie in den Legenden aus alter Zeit?«

»Aber gewiss doch!«, versuchte der Geistliche zu erklären. »Es handelt sich um eine riesengroße Bestie! Des Nachts ist sie über die Stadt hinweggeflogen und hat mit ihrem heißen Atem gewaltige Feuersbrünste gelegt. Gleich in der ersten Nacht hat sie den Tempel zerstört und unzählige Menschen getötet!« Er war so am Boden zerstört, dass er beim Sprechen keuchte und ihm bei jedem Wort die Luft auszugehen schien. »Anschließend ist sie hoch hinauf in den Himmel gestiegen, Stimme Gottes, und hat uns mit riesigen Felsbrocken bombardiert! Wir waren ihr vollkommen hilflos ausgeliefert!«

Yakim Douan machte eine beschwichtigende Geste und versuchte den Mann zu beruhigen, und schließlich hielt Carwan tatsächlich inne, um tief Luft zu holen.

»Und dieser Drache soll drei Zwanzigerkarrees meiner Soldaten getötet haben?«, wollte der Chezru-Häuptling wissen. »Ganz allein?«

»Nein, Stimme Gottes. Der Drache von To-gai wurde von einer gewaltigen Armee, von Tausenden von Kriegern begleitet! Meines Wissens hatte sie während der Schlacht nicht einmal ihre Drachengestalt angenommen; gegen Ende jedenfalls, als sie unsere Mauern erstürmen und Dharyan erobern ließ, war sie gekleidet wie ein Mensch, wie eine ganz gewöhnliche Frau.«

»Von gewöhnlich kann wohl keine Rede sein, würde ich meinen«, warf Douan trocken ein.

»Sie haben so viele umgebracht«, jammerte Carwan Pestle. »Außerdem haben sich ihre Krieger bei unseren Frauen ungeheuerliche Freiheiten herausgenommen und viele danach einfach erschlagen!«

»Aber die meisten Einwohner Dharyans konnten die Stadt über die Wüstenstraße verlassen?«

»So ist es, Stimme Gottes. Sie hat uns alle fast ohne Lebensmittel und Wasser in die Wüste gejagt. Wir können von Glück reden, dass wir uns ohne größere Verluste bis zur Oase Dahdah durchschlagen konnten. Viele harren dort noch immer in der Hoffnung aus, in ihre Häuser zurückkehren zu können, sobald Ihr diesen Drachen vernichtet habt.«

»Sie hält Dharyan besetzt?«

»Sie hat den Namen geändert und nennt die Stadt jetzt Dharielle.«

Yakim Douan nickte. »Verratet mir noch eins, mein guter Pestle, waren an diesem nicht provozierten und verabscheuungswürdigen Überfall Mystiker der Jhesta Tu beteiligt?«

»Einer von ihnen war stets in ihrer Begleitung, Stimme Gottes; ein Mann in mittleren Jahren. Nicht wenige behaupten, es sei derselbe gewesen, der auch schon bei Dharyan an Ashwarawus Seite gekämpft habe, aber mit letzter Sicherheit vermag ich das nicht zu sagen.«

»Er ist es, mit ziemlicher Sicherheit«, erwiderte Yakim Douan mit einem wissenden Lachen.

»Stimme Gottes?«

Yakim hob die Hand, um den Mann zu beruhigen. »Seid unbesorgt, mein guter Pestle. Ihr werdet Eure Häuser schon sehr bald zurückbekommen.«

»Aber der Drache …«

»… wird stürzen und sein Leben aushauchen, und seine Krieger werden in ihre gottverlassene Steppe zurückgetrieben werden. Dort werde ich sie ergreifen und mich an ihnen rächen. O ja, ganz To-gai wird den Tag bereuen, da diese Drachenfrau in ihrer Mitte erschienen ist.« Er endete mit einem kurzen Nicken und einem Wink und lächelte dazu so niederträchtig und siegesgewiss, dass Carwan Pestle sichtlich neuen Mut schöpfte.

Der Geistliche verbeugte sich und verließ den Raum.

»Verdammtes Weibsstück!«, machte Yakim Douan, kaum dass der junge Mann gegangen war, seinem Ärger Luft und überraschte damit Merwan Ma, der, wie Pestle, der festen Überzeugung gewesen war, die Stimme Gottes habe diese Angelegenheit völlig im Griff. »Diese verdammte Hexe mit ihrem Jhesta Tu! Und dieser verdammte Yatol Grysh, dieser Versager!«

»Alles deutet darauf hin, dass er von einer Übermacht überwältigt wurde, Stimme Gottes …«, wagte Merwan Ma einzuwerfen.

»Von einer Übermacht?«, äffte ihn der Chezru-Häuptling fassungslos nach. »Überwältigt von einer Bande To-gai-ru? Yatol Tohen Bardoh hat halb To-gai mit weniger Kriegern erobert, als diesem Grysh zur Verfügung standen, und das war draußen in der offenen Steppe und nicht im sicheren Schutz der Mauern einer befestigten Stadt! Nein, er hat einen Fehler gemacht, einen schweren Fehler – genau wie Kaliit Timig. Wir machen unsere Feinde eigenhändig stark, begreift Ihr nicht? Wir unterschätzen sie.«

»Aber was hat es mit diesem Drachen auf sich, Stimme Gottes? Weder der Kaliit noch Yatol Grysh konnten schließlich vorhersehen …«

»Wahrscheinlich ist es nichts weiter als ein Trick«, beharrte Douan. »Wie man mir berichtet, sind die Jhesta Tu imstande, solche Trugbilder zu erzeugen.«

»Aber Ihr habt Carwan Pestle doch selbst gehört. Er sprach davon, es habe sich um eine Riesenbestie gehandelt, um einen legendären Drachen.«

»Mitten in finsterster Nacht, umgeben von lichterloh brennenden Feuern, während die Stadt unter Belagerung steht und wahrscheinlich aus der Ferne mit Katapulten beschossen wird, macht die nackte Angst alles, was man sieht oder hört, zehnfach schlimmer. Ein Drache? Nun, mag sein, dass diese närrische To-gai-ru eine solche Bestie ist oder eine solche Bestie für ihre Zwecke eingespannt hat, schließlich gibt es oder gab es sie. Völlig auszuschließen ist es also nicht.«

»Aber was sollen wir in dem Fall tun?«

»Sie töten«, erwiderte der Chezru-Häuptling seelenruhig. »So wie wir sie alle töten werden. Drachen sind weder unsterblich noch unverwundbar. Beordert jeden verfügbaren Gelehrten in die Bibliothek und veranlasst, dass sie sich mit sämtlichen Legenden und sonstigen Informationen über diese Bestien vertraut machen. Bislang hat der Drache von To-gai zweimal die Oberhand behalten, aber nur, weil diese Frau das Moment der Überraschung auf ihrer Seite hatte. Die nächste Streitmacht, die wir gegen sie aufbieten, wird in der Lage sein, es mit jedem Drachen aufzunehmen, das verspreche ich Euch. Mehrere geschlossene Schlachtreihen mit Langbögen und vergifteten Pfeilspitzen werden die Bestie gewiss zur Strecke bringen.«

Douan hielt inne und kicherte. »Sofern es eine solche Bestie überhaupt gibt, was ich bezweifle. Wie auch immer, meine Zeit der Nachsicht oder des Erbarmens gegenüber To-gai ist endgültig vorbei. Diese Leute besitzen die Dreistigkeit, Dharyan zu erobern? Nun, ich werde ihnen die passende Antwort darauf geben, da könnt Ihr sicher sein. Das habe ich diesem Pestle versprochen, und jetzt verspreche ich es Euch. Beruft alle Männer Jacinthas ein, zieht sämtliche Garnisonstruppen zusammen. In vierzehn Tagen werden wir fünfzehntausend Soldaten Richtung Dharyan in Marsch setzen, um die Stadt zurückzuerobern, und diese Truppen werden von den gewaltigsten Kriegsmaschinen begleitet werden, die zu entwickeln wir imstande sind. Soll der Drache von To-gai sich nur zeigen! Vielleicht gelingt es dieser Bestie sogar, ein paar mit ihrem Feueratem zu töten, aber dann wird sie fallen, und zwar vor den bestürzten und entsetzten Blicken ihrer närrischen Anhänger. Wohin wollen sie sich dann noch wenden? Wieder zurück in die Steppe To-gais? Nur zu – aber wir werden sie verfolgen, sowohl von Dharyan aus als von unten aus dem Süden, wo Yatol Tohen Bardoh mit fünfzehntausend weiteren Soldaten aufmarschieren wird.«

Merwan Ma stutzte; er war verblüfft, mit welch durchgreifender Wirkung die Katastrophe seinen Meister zu neuen Taten anspornte. Während der letzten Jahre war es mehrfach zu Scharmützeln mit To-gai-ru gekommen, doch bei diesen unbedeutenden Gefechten war es stets geblieben. Jetzt aber traf die Stimme Gottes Vorbereitungen für einen umfassenden Krieg gegen das Steppenvolk, so wie schon einmal vor mehr als einem Jahrzehnt.

Der Geistliche war ziemlich unsicher auf den Beinen, als er, teils erschüttert, letztendlich aber auch beruhigt, dass sein Meister die Dinge im Griff hatte, den Audienzsaal verließ.

Yakim Douan lief lange unruhig auf und ab und steigerte sich in eine zunehmend heftige Erregung hinein. Wie konnten diese undankbaren To-gai-ru sich nur erdreisten, auf so freche und grausame Weise bis nach Behren vorzudringen? Hatte er diesen Barbaren nicht so etwas wie Zivilisation gebracht? Hatte er der Wildnis To-gais nicht eine angenehmere Lebensweise beschert?

Kurzatmig, ein scharfes Rasseln in den Lungen, setzte der Chezru-Häuptling sein aufgeregtes Hin-und-her-Gerenne fort, mit jedem Schritt die Absätze geräuschvoll auf den Boden setzend.

Plötzlich schoss ein glühend heißer Schmerz in seine Schulter und wanderte einer Feuerwoge gleich durch seinen Arm. Douan geriet ins Straucheln und wäre um ein Haar gestürzt. Für einen kurzen Augenblick verschwamm alles vor seinen Augen, und als sein Sehvermögen zurückkehrte, stellte er fest, dass er wieder in seinem Sessel saß.

Nun hatte sich der Schmerz in seiner Brust festgesetzt.

Yakim Douan bemühte sich, wieder auf die Beine zu kommen, stolperte und stürzte zu Boden. Er wollte schon nach Merwan Ma rufen, besann sich dann aber anders. Ihm war klar geworden, wohin er gehen musste, und er hatte erkannt, dass er es allein tun musste.

Schritt für Schritt schleppte sich der alte, unbeugsame Mann durch die langen Flure bis zum Saal des Kelches. Der Schmerz hatte mittlerweile stark nachgelassen, trotzdem griff Yakim Douan gierig nach dem Kelch, so gierig, dass ein Teil des darin enthaltenen Blutes auf seinem Gewand und dem Fußboden landete. Den Kelch an seine Brust gepresst, versenkte er sich in den magischen Stein und tauchte ein in die grauen Wirbel tief in seinem Innern.

Dann hielt er Einkehr, verzweifelt auf der Suche nach der inneren Harmonie seines Körpers, nach dem natürlichen und gesunden Rhythmus scines Seins. Fast augenblicklich ging sein Atem unbeschwerter, aber nicht etwa wegen irgendwelcher heilenden Kräfte, sondern lediglich aufgrund der Erkenntnis, dass ihm nichts Ernstes zugestoßen war, ein Umstand, der von einer Serie lauter Rülpser noch unterstrichen wurde.

Yakim Douan musste über sich selber lachen. Seine Verzweiflungstat war ein sicheres Anzeichen dafür, wie viel er zu verlieren hatte. Er war unsterblich, aber eben nur, solange er sein Umfeld fest im Griff hatte. Angenommen, eine plötzliche Attacke dieser brennenden Schmerzen streckte ihn nieder, würde er auch dann noch rechtzeitig die spirituelle Verbindung zu dem Hämatit herstellen können, um seinen Körper zu verlassen und einen Ersatz zu finden?

Yakim strich mit der Hand über den Fuß des Kelches; seine Finger waren nur durch eine dünne Metallschicht von dem Edelstein getrennt. Er konnte ihn ganz deutlich spüren, seine fast mit Händen greifbare Kraft, die ihn durch die Generationen und Jahrhunderte trug.

Ein Scheppern im Hintergrund des Saales ließ ihn zusammenzucken. Er dehte sich um und sah Merwan Ma dort stehen, einen ebenso überraschten wie entsetzten Ausdruck im Gesicht, ein Tablett mit sakralen Gegenständen, darunter auch das Messer für das Blutopfer, vor seinen Füßen auf dem Boden.

Yakim verglich das Bild, das er im Augenblick bot – die Hände um den Kelch geklammert, Blut auf ihm selbst und dem Fußboden –, mit dem Ausdruck auf Merwan Mas Gesicht und wusste sofort, der Geistliche hatte erkannt, dass dieser Kelch ein dunkles Geheimnis barg.

»Sieh an, mein junger Diener«, sagte der Chezru-Häuptling so gelassen wie möglich. »Wie ich sehe, wollt Ihr noch rasch Eure Pflichten versehen, bevor Ihr zu den Chezhou-Lei hinausgeht.«

Merwan Ma stammelte etwas Unverständliches, ließ sich ansonsten aber keinerlei Reaktion anmerken. Er bückte sich und machte sich daran, die Gegenstände wieder aufzuheben.

»Was ist?«, fragte Yakim Douan ebenso unverblümt wie kalt und mit genügend Nachdruck, um den jungen Mann in seiner knienden Stellung erstarren zu lassen.

»Stimme Gottes?«

»Ihr seid überrascht, mich hier anzutreffen?«

»So ist es, Stimme Gottes. Ich hatte geglaubt, Ihr würdet Euch im Audienzsaal ausruhen.«

»Aber eigentlich geht es um etwas völlig anderes, nicht wahr?«, fragte Yakim Douan langsam und mit Bedacht, bei jedem Wort einen Schritt auf seinen Diener zugehend.

»Stimme Gottes?«

»Was wisst Ihr über den Blutopferkelch?«

Merwan Ma setzte stammelnd zu den üblichen Erklärungen über die Rituale und angeblichen Kräfte des heiligen Kelches an, und Yakim Douan ließ ihn eine ganze Weile gewähren. Doch statt offen zuzugeben, was er wusste, schien er sich mit jeder Bemerkung nur noch tiefer in Ausreden und Vorwände zu verstricken, so dass dem scharfsinnigen Douan allmählich die Wahrheit dämmerte, dass nämlich Merwan Ma längst von dem im Kelch verborgenen Edelstein wusste.

Der Chezru-Häuptling ließ seinen Geist in den Edelstein

eindringen und bediente sich der Pforte, die dieser Stein darstellte, um seine körperliche Hülle auf der Stelle zu verlassen. Dies vollbracht, hielt er nicht inne, sondern steuerte sofort auf den nichts ahnenden Merwan Ma zu, ließ seinen Geist in dessen Körper eindringen und entblößte dessen Innerstes, um Yakim Douan Einblick zu gewähren.

Noch im selben Augenblick wusste er, dass Merwan Ma tatsächlich von dem Hämatit wusste und dass es die Existenz des Edelsteins in Verbindung mit Yakim Douans Händen auf dem Kelch gewesen war, die den entsetzten Ausdruck auf seinem Gesicht hervorgerufen hatte.

Mit dem Geist der Stimme Gottes konfrontiert, taumelte der arme Geistliche nach hinten. Er fiel hin und landete in einer sitzenden Stellung, einen Arm schützend über seinem Gesicht, als wollte er einen Schlag abwehren.

Doch Yakim Douan war bereits auf dem Rückzug und floh, aus Angst, gegenüber dem neugierigen Geistlichen zu viel preiszugeben, zurück zu seinem Körper. Er schlüpfte wieder in seine Hülle und blinzelte in gespieltem Erstaunen mit seinen leiblichen Augen.

»Was ist, mein junger Freund?«, erkundigte er sich scheinheilig.

Unterdessen hatte Merwan Ma sich wieder etwas beruhigt, wenn auch nur geringfügig. Er kam wieder auf die Beine und tat, als wäre alles ganz normal. Doch Yakim Douan durchschaute seine Fassade. Merwan Ma wusste das, und weil er es wusste, hatte er Angst.

»Jetzt muss ich die rituellen Gegenstände … noch einmal reinigen«, stammelte der junge Mann.

»Nur zu«, erwiderte Yakim Douan freundlich. »Aber geht erst hinaus zu den Chezhou-Lei. Eure Pflichten hier können warten.«

Merwan Ma zögerte einen Moment und starrte seinen Meister an, ehe er erwiderte: »Sehr wohl, Stimme Gottes.« Dann entfernte er sich unter mehrfachen Verbeugungen zögernd aus dem Saal des Kelches.

Yakim Douan machte seinem Unmut über seine eigene Unvorsichtigkeit mit einem wütenden Knurren Luft. Er stellte den Kelch an seinen Platz zurück, wischte das Blut vom Boden auf, dann verließ er den Saal des Kelches und begab sich, bei jedem Schritt einen Fluch auf den Lippen, zurück in seine Privatgemächer.

Merwan Ma wusste Bescheid, und das war auf keinen Fall hinnehmbar. Er mochte den jungen Geistlichen und würde ihn sehr vermissen.

Chezhou-Lei Shauntil stand in zackiger Habtachtstellung vor dem Chezru-Häuptling, der Stimme Gottes und nun, nach dem Debakel bei den Feuerbergen und dem Versagen und ehrenvollen Freitod des Kaliit, der einzigen noch verbliebenen echten Autorität im Leben dieses stolzen Kriegers.

»Habt Ihr den Zweck Eurer Mission verstanden?«, fragte Yakim Douan.

»Merwan Ma soll zum Gouverneur von Dharyan berufen werden«, deklamierte der Krieger. »Die To-gai-ru sollen aus der Stadt vertrieben werden. Des weiteren sollen die Rebellen bis in das Steppengebiet verfolgt und unter der Führung von Yatol Tohen Bardoh bis auf den letzten Mann vernichtet werden. Schließlich soll Euch der Kopf dieses widerlichen Weibsstücks, des Drachens von To-gai, überbracht werden.«

»Seid Ihr Euch auch über den tieferen Sinn Eurer Mission im Klaren?«

»Wie soeben aufgeführt«, erwiderte der Krieger und straffte die breiten Schultern. »Außer, dass es Carwan Pestle sein wird, der die Rolle des Gouverneurs übernimmt, bis ein Yatol eingesetzt werden kann.«

»Weil ...?«

»Weil Merwan Ma im Kampf fallen wird.«

Yakim Douan nickte und wandte sich ab. Es erfüllte ihn mit Bitterkeit, einen solchen Befehl gegen jenen Geistlichen erlassen zu müssen, der in den letzten Jahren zu seinem Freund geworden war. Ihm war schon länger klar, dass sich zwischen ihm und Merwan Ma eine zu große Vertrautheit entwickelt hatte, und nun hatte der Zwischenfall am heiligen Kelch das Schicksal des jungen Mannes endgültig besiegelt. Yakim Douan durfte unter keinen Umständen riskieren, dass Merwan Ma etwas ausplauderte, denn in den Augen vieler Yatols genügte allein die Existenz des Hämatits, um ihn zu verdammen. In diesem Punkt war ihre Religion rigoros – Edelsteine waren das Werkzeug von Dämonen, waren die Utensilien einer perversen Religion, wie die heidnischen Abellikaner im Norden sie bevorzugten.

Merwan Ma wusste von dem im Kelch verborgenen Hämatit und könnte demnach leicht Douans Verbindung zu diesem Stein erkennen. Diese Entdeckung wiederum könnte zu Mutmaßungen über den eigentlichen Zweck der Transzendenz führen, und so weit durfte es der Chezru-Häuptling selbstverständlich niemals kommen lassen.

Dennoch machte es ihm nicht wenig zu schaffen, einfach so Merwan Mas Tod anzuordnen. Nun, wenigstens gestattete er dem Mann, eines ehrenvollen Todes zu sterben. Sobald die Nachricht seines tragischen Todes in Jacintha eintraf, würde er Merwan Mas Leben in einer großen Feierstunde würdigen.

»Ihr brecht auf, sobald die Kriegsmaschinen sowie die zur Vernichtung des Drachen entwickelten Waffen bereit stehen«, wies er den Chezhou-Lei an. »Unterwegs ist Euer Wort Gesetz, was es übrigens, in allen militärischen Belangen, auch bleibt, nachdem Yatol Tohen Bardoh sich Euch nach der Rückeroberung Dharyans angeschlossen hat. Seid versichert, Yatol Tohen Bardoh ist sich des Wertes der Chezhou-Lei vollauf bewusst. Er kennt seinen Platz in diesem hässlichen Geschäft.« Bei den letzten Worten lief ein kalter Schauer über Yakim Douans Rücken. Yatol Tohen Bardoh war mit den Methoden zur Terrorisierung und Einschüchterung eines eroberten Volkes bestens vertraut. Douan hatte den Mann nicht aus To-gai zurückbeordert, weil er schlechte Arbeit geleistet hätte, sondern weil er offenkundig ein bisschen zu viel Freude daran hatte. In Anbetracht der unerwarteten Wende und des entschlossenen

Widerstands der To-gai-ru musste Douan sich jetzt allerdings fragen, ob ihm mit der Amtsenthebung des brutalen Mannes nicht ein Fehler unterlaufen war.

Eigentlich spielte es keine Rolle, sagte er sich und bedeutete dem Chezhou-Lei Shauntil mit einem Wink, seine Privatgemächer zu verlassen. Er hatte sich anderen Dingen zu widmen – in erster Linie der Wahl eines neuen Leibdieners, eines Mannes, der über ihn wachte, während er in seinem neuen Körper zur Reife gelangte. Welch großen Fehler er mit seinem über die Jahre entstandenen innigen Verhältnis zu Merwan Ma gemacht hatte, war ihm so recht erst zu Bewusstsein gekommen, als ihm dämmerte, dass der Mann beseitigt werden musste. Deshalb hatte er noch gar nicht über einen möglichen Nachfolger nachgedacht.

Aber auch das spielte keine Rolle, sagte er sich. Seine Phase der Transzendenz war noch mindestens ein, zwei Jahre entfernt, und bis dahin würde er zweifellos einen übermäßig frommen Trottel finden, der nur darauf wartete, sich dieser Pflichten anzunehmen.

Brynn, Pagonel, Juraviel, Cazzira und Pherol beobachteten die gewaltige Streitmacht mit einer Mischung aus ehrfürchtigem Respekt und Amüsiertheit. Noch nie hatte auch nur einer von ihnen ein derartiges Aufgebot schierer militärischer Macht gesehen, die aus Tausenden von Fußsoldaten, Hunderten von berittenen Kriegern sowie gewaltigen Kriegsmaschinen – von Katapulten bis hin zu Speere schleudernden Wurfgeschützen – bestand. Es war die geballte Kraft Behrens, jene Macht, die über To-gai hinweggefegt war und die die oftmals imperialistisch denkenden Bewohner des Bärenreiches und sogar die abellikanischen Mönche mit ihren magischen Steinen in Schach gehalten hatte.

»Jetzt wird mir auch klar, warum du darauf verzichtet hast, Dharyan zu halten«, sagte Juraviel an Brynn gewandt. Brynn hatte tatsächlich ihre gesamten Truppen aus der Stadt abgezogen, und zwar schon kurz nach der Vertreibung der Flüchtlinge über die Oststraße nach Jacintha. Die Krieger der To-gai-ru hatten die Stadt in südlicher Richtung verlassen und versteckten sich jetzt in der Wüste, während Brynn und die anderen hierher gekommen waren, an diesen etwas östlich von Dharyan gelegenen Punkt, um die Reaktion Jacinthas zu beobachten.

»Ich hätte nicht gedacht, dass sie so überwältigend ausfallen würde«, gestand die junge Frau.

Pherol, der mit dieser Einschätzung kaum einverstanden war, schnaubte verächtlich.

»Sie sind für dich gerüstet«, sagte Juraviel an den Drachen gewandt und deutete auf die Wurfgeschütze. »Ein Treffer von diesen Dingern würde dich glatt vom Himmel holen.«

Der Drache schnaubte erneut und schien wenig beeindruckt zu sein.

»Wir hätten Dharyan niemals halten können«, erklärte Pagonel. »Nicht mal einen einzigen Tag gegen diese Übermacht.«

»In einer offenen Feldschlacht werden wir niemals gegen den Chezru-Häuptling bestehen können«, sagte Brynn. »Wir werden ihn und seine Befehlshaber enttäuschen und zu der Einsicht zwingen müssen, dass ein dauerhafter Krieg nicht in ihrem Interesse liegt.« Sie drehte sich zu dem Drachen um. »Und an diesem Punkt kannst du endlich zeigen, wie ungeheuer wertvoll du für unsere Sache bist, Pherol. Pagonel wird uns bei der Versorgung mit den spärlichen Nahrungsmitteln helfen, die hier aufzutreiben sind, aber …«

»So spärlich sind sie gar nicht«, warf der Mystiker ein.

Brynn nickte höflich; sie hatte gewiss nicht die Absicht, den Jhesta Tu zu unterschätzen. Im Gegenteil, sie war sicher, dass Pagonels Kenntnis des Landes sich als unschätzbar wertvoll erweisen würde. Trotzdem wusste sie, dass es kaum reichen würde, nicht für ihre Krieger und erst recht nicht für deren Pferde. »Aber«, fuhr sie fort, »dank seiner großen Schnelligkeit und Körperkraft wird es in erster Linie Pherol sein, der uns mit Lebensmitteln versorgt. Er wird nachts zu einem Fluss fliegen und mit vollen Wasserschläuchen zu uns zurückkehren, sich auf eine Rotwildherde stürzen und uns mehr Fleisch bringen, als wir verzehren können!«

»Ihr seid viele Tausende«, wandte der Drache ein, offenbar nicht wirklich überzeugt.

»Ich habe vollstes Vertrauen in dich, Pherol«, erwiderte Brynn. »Wir werden eine große Plattform bauen und sie mit schweren Tauen versehen, an denen du sie tragen kannst.« Brynn wande sich den anderen zu und sah, dass die Elfen nickten und Pagonel sich nachdenklich das Kinn rieb.

»Wenn wir beweglich bleiben und uns von den wenigen bekannten Wasserlöchern unabhängig machen, wird es den Behrenesern überaus schwer fallen, uns zu fassen«, erläuterte Brynn. »Wir können sie immer wieder umgehen und zuschlagen, wenn sie am schwächsten sind.«

»Dazu müssten wir ihre jeweils nächsten Truppenbewegungen im Voraus kennen«, sagte Pagonel und sah Brynn eindringlich an. Die beiden hatten über dieses Thema bereits diskutiert, wobei der Mystiker ihr erklärt hatte, er könne ihr als Kundschafter gute Dienste leisten.

»Sie haben eine große Zahl to-gai-rusche Sklaven in ihren Reihen«, bemerkte Juraviel.

Brynn sah von dem Elf zum Mystiker. Sie würde sich nur äußerst ungern von ihm trennen, zumal sie ihn als einen in mancher Hinsicht sogar Belli'mar Juraviel überlegenen Berater betrachtete. Pagonel kannte die Behreneser ebenso gut wie sie, und über die Yatol-Religion, die bei diesem Wüstenvolk eine so beherrschende Rolle spielte, wusste er sogar mehr.

Trotzdem war nicht zu leugnen, dass ihr einziger Vorteil auf dem Gebiet der Information lag, darin, den Feind besser zu kennen als dieser sie. Daher erklärte sie sich schließlich, nachdem sie einen langen Blick mit ihrem lieben Freund von den Jhesta Tu gewechselt hatte, mit einem Nicken einverstanden.

Pagonel beugte sich zu ihr und wünschte ihr mit einem Kuss Glück, ehe er hinter einer Düne verschwand und in der endlosen Weite der Sandwüste untertauchte.

In derselben Nacht, als die behrenesische Streitmacht in der

Nähe der nun Dharielle genannten Stadt lagerte, wuchs der Anteil ihrer to-gai-ruschen Sklaven genau um eine Person. Etwas weiter südlich hob derweil ein Drache vom Boden ab und trug die junge Kriegerin zurück zu ihrer viertausend Mann starken Armee. Die beiden Elfen und Pherol blieben jedoch nicht bei Brynn, sondern stiegen noch einmal auf, um das Gebiet zu erkunden, ehe sie sich in der Nähe der Stelle niederließen, wo sie sich von dem Jhesta Tu getrennt hatten, um dort auf seine Rückkehr zu warten.

Mehr als zweihundert To-gai-ru-Sklaven hatten die Armee aus Jacintha auf ihrem langen Marsch von Osten her begleitet, eine in den Augen der sich überlegen fühlenden Behreneser ebenso gesichts- wie namenlose Masse, daher hatte Pagonel wenig Mühe, unbemerkt in das riesige Feldlager hineinzuschlüpfen. Wie die anderen Sklaven auch trug er unauffällige, zerschlissene Kleidung, seine verräterische und prachtvolle Schärpe jedoch hatte er nach wie vor um die Hüfte geschlungen, wenn auch verborgen unter seinem weiten Hemd.

In jener Nacht lief er lange ziellos durch das Lager und schlenderte zwischen den verschiedenen Grüppchen der To-gai-ru umher, weit häufiger, um zu lauschen, als sich selbst an den Gesprächen zu beteiligen. Ihre Unterhaltungen über den Zorn des Chezru-Häuptlings erinnerten Pagonel ein ums andere Mal daran, wie ungemein gefährlich dieses Spiel inzwischen geworden war. Behren verfügte mittlerweile über eine so allumfassende und alles beherrschende Macht, dass nicht einmal das mächtige Bärenreich den Wunsch nach einem Kräftemessen mit dem Chezru-Häuptling verspürte. Und nun hatte Brynn diese ungeheure Macht auf sich und gegen To-gai gelenkt. Ihre einzige Chance bestand darin, den Chezru-Häuptling dort zu treffen, wo er nicht mit einem Schlag rechnete, seine gewaltigen Armeen auf Schritt und Tritt zu verfolgen und sie immer wieder an ihren verwundbarsten Stellen zu treffen, bis die Behreneser endlich einsahen, dass sie sich zu viel aufgebürdet hatten.

Das Lager dieser gewaltigen, hervorragend ausgebildeten und kampfbereiten Streitmacht vor Augen, musste der Mystiker sich ernsthaft fragen, ob Brynn nicht ein wenig zu weit gegangen war. Einen kleinen Rückhalt fand er allerdings im Getuschel der Gefangenen, wann immer das Gespräch auf den Drachen von To-gai kam. Offenbar hatte Brynns Ruhm sich bereits bis hinunter zur Küste herumgesprochen, zumindest unter den To-gai-ru-Sklaven. In jeder eroberten Stadt würde sie auf zahllose Freiwillige treffen, die bereit wären, sich ihrer Armee anzuschließen.

Am nächsten Morgen wälzte sich der gewaltige Tross der behrenesischen Armee bis in Sichtweite der Ostmauer von Dharielle, so nah, dass man Yatol Gryshs Leichnam erkennen konnte, der noch immer vor den inzwischen wieder geschlossenen Toren baumelte. Ab jetzt war Pagonel besonders wachsam; unter den Soldaten befanden sich mehrere Krieger der Chezhou-Lei, wie er an ihren unverwechselbaren Rüstungen erkannt hatte, deren Rangordnung sich beinahe augenblicklich klärte, als ein besonders hoch gewachsener und kräftiger Krieger das Kommando beim Delegieren bestimmter Aufgaben an sich riss. Mit beängstigender Schnelligkeit brachte die Armee ihre Katapulte und Wurfgeschütze in Stellung. Kundschafter zu Pferd verließen das Lager in nördlicher und südlicher Richtung, um die wie ausgestorben daliegende Stadt zu umrunden.

Pagonel fiel auf, dass der Anführer der Chezhou-Lei sich immer wieder an zwei bestimmte Männer wandte – Chezru-Geistliche, nach ihrer Kleidung und der Art, ihr Haar zu tragen –, so als wollte er ihnen seine Pläne erläutern. In einem von ihnen erkannte Pagonel Yatol Gryshs Leibdiener wieder.

Eine Stunde verstrich, dann noch eine, und schließlich kehrten die Kundschafter zurück und berichteten, sie hätten entlang der gesamten Mauer der eroberten Stadt keine Menschenseele gesichtet.

Einer der Chezhou-Lei ritt unter einer Waffenstillstandsfahne bis in die Nähe des Stadttors und rief eine Grußbotschaft auf

Behrenesisch und in der To-gai-ru-Sprache, doch wie erwartet erfolgte aus der verlassenen Stadt Dharielle keine Antwort.

Dies schien den Kommandanten der Chezhou-Lei noch zorniger zu machen. Wutentbrannt stapfte er hinüber zu der Stelle, wo man die To-gai-ru-Sklaven zusammengetrieben hatte, griff sich einen x-beliebigen Mann aus der Gruppe heraus, ehe er sich, den armen Kerl im Schlepptau, mit energischen Schritten wieder entfernte.

Wenige Minuten später schleuderte eines der Katapulte ein lebendiges, schreiendes Geschoss über die Stadtmauer.

Die einzige Reaktion war das aufgeschreckte Kreischen der Aasgeier drinnen in der Stadt.

Pagonel musterte den Kommandanten durchdringend, ehe er sich zu seinen To-gai-ru-Kameraden umdrehte, deren düstere Mienen Bände sprachen.

Schließlich ging der Kommandant der Chezhou-Lei dazu über, einige Befehle zu bellen, worauf seine Armee sich auf ihre vorgeschriebenen Positionen begab. Kurz darauf begannen die Katapulte ein Bombardement mit herkömmlicheren Geschossen aus brennendem Pech und großen Steinen, wohingegen die Wurfgeschütze, deren Speere in den Himmel zeigten, als ob sie jeden Augenblick den Drachen von To-gai erwarteten, sich zunächst noch zurückhielten.

Die Bogenschützen jagten einen Pfeilhagel über die Mauer, doch dann hielten auch sie ihre Pfeile zurück und suchten den Himmel über ihren Köpfen mit den Augen ab.

Schließlich erfolgte der eigentliche Sturmangriff. Hunderte von Reitern jagten unter ohrenbetäubendem Donnern auf die Tore zu, dicht gefolgt von Fußsoldaten, die sich zu geordneten Sicherungsformationen gruppierten. Pagonel wusste, dass es sich um eine Finte handelte, denn die Behreneser würden niemals zuerst mit ihrer Kavallerie angreifen. Und tatsächlich, kaum waren die Reiter unter wüstem Geschrei und Gebrüll in die Nähe der Mauer gelangt, schwenkten sie auch schon nach Süden ab und preschten an der Mauer entlang, so als wollten sie woanders ihren Gegner suchen.

Unterdessen strömten die Fußtruppen, allen voran ein mächtiger Rammbock, vor dem Osttor zusammen.

Es bereitete Pagonel einen Heidenspaß, den wütenden Ausdruck auf dem Gesicht des Chezhou-Lei-Kommandanten zu sehen, als dieser feststellen musste, dass die nun wieder zu Dharyan gewordene Stadt verlassen war.

Schließlich hielt die gesamte Armee, mit Ausnahme der nach Westen entsandten Kundschafter, feierlich in Dharyan Einzug. Sofort wurde damit begonnen, die Stadt zu befestigen und die Sklaven mit Reparaturarbeiten an den ausgebrannten Dächern und dem Beseitigen von Trümmerteilen und Leichen zu beauftragen.

Kurz danach wurde der unbekannte Geistliche mit Namen Merwan Ma, der Pagonel bereits aufgefallen war, vom Kommandanten der Chezhou-Lei zum Gouverneur der Stadt ernannt.

Mehrere Tage verstrichen vollkommen ereignislos, und für Pagonel wurde immer offenkundiger, dass die behrenesische Armee – jedenfalls ihr Hauptteil – nicht lange in Dharyan stationiert bleiben würde. Voller Spannung erwartete der Mystiker die Rückkehr der vorausgeschickten Kundschafter, denn noch immer war unklar, ob Brynns Vorbereitungen für das große Täuschungsmanöver sich ausgezahlt hatten. Sie hatte kurz nach ihrem Abzug aus der Stadt in Richtung Süden eine größere Gruppe von Reitern mit dem Auftrag nach To-gai zurückgeschickt, so viele Landsleute wie möglich zusammenzutrommeln und sie in weitem Bogen, aber in Sichtweite, an mehreren Vorposten-Siedlungen vorbeimarschieren zu lassen, um so den Eindruck zu erwecken, Brynns Armee befände sich auf dem Rückweg nach Westen, um dort in der endlosen Weite der grasbewachsenen Steppe unterzutauchen.

Dabei vertraute sie wieder einmal auf die grenzenlose Überheblichkeit der Behreneser, die zweifellos überzeugt sein würden, die minderwertigen To-gai-ru hielten einen wie auch immer gearteten Krieg gegen die Behreneser niemals durch.

In diesen Tagen des Wartens achtete Pagonel stets darauf, in der Nähe jenes Gebäudes zu arbeiten, das man zur Kommandozentrale Dharyans erkoren hatte und wo sowohl Gouverneur Merwan Ma als auch der Chezhou-Lei-Kommandant Shauntil ihre Audienzen abhielten. Das Gebäude selbst durfte er nicht betreten, jedenfalls nicht offiziell, denn der Zutritt war nur ausgewählten Sklavinnen gestattet. Er freundete sich jedoch mit einigen von ihnen an und stellte auf diese Weise sicher, dass er seine Spionagetätigkeit fortsetzen konnte.

Eines späten Nachmittags kehrte schließlich ein Reiter von der Hochebene zurück und wurde sofort zu einer Audienz bei den Stadtoberen gebracht.

Die zur Überwachung der Arbeit von Pagonel und den anderen abgestellten Posten schienen den To-gai-ru kaum Beachtung zu schenken. Ebenso gespannt auf Neuigkeiten wie er, entfernten sie sich immer weiter von den Sklaven, ohne sich ein einziges Mal nach ihnen umzusehen.

Pagonel stahl sich behutsam zur Seite davon, huschte hinter einen Trümmerhaufen und schlüpfte schließlich in eine schmale Gasse neben dem Gebäude der Kommandozentrale. Nachdem er sich mit einem kurzen Rundblick vergewissert hatte, dass keine Wachposten in der Nähe waren, wurde der Mystiker eins mit seinem Chi, machte seinen Körper leicht und kletterte mühelos an dem Gebäude hinauf, bis er sich neben ein Fenster schieben konnte, von dem aus man den Audienzsaal überblickte, in dem Merwan Ma, Carwan Pestle und mehrere Chezhou-Lei, darunter auch Shauntil, zusammengekommen waren, um sich von dem Kundschafter Bericht erstatten zu lassen.

»Selbstverständlich haben sie Reißaus genommen«, sagte soeben einer der Chezhou-Lei. »Das entspricht genau ihrem feigen Wesen. Sie wussten, dass sie nicht den Hauch einer Chance hatten, Dharyan gegen die Übermacht Jacinthas zu halten, und sind deswegen in ihre Steppe geflohen.«

»Sie haben nur wenige Wochen nach der Eroberung Dharyans Dancala Grysh passiert«, berichtete der Kundschafter, was Pagonel ein bewunderndes Lächeln für Brynns gerissenes Täuschungsmanöver entlockte. »Derzeit könnten sie sich überall im gesamten Steppengebiet aufhalten oder sich sogar aufgelöst haben.«

»Aufgelöst haben sie sich gewiss nicht«, betonte Shauntil. »Sie sind fest entschlossen, ihrer Führerin zu folgen, blindlings und notfalls bis ins Verderben. Das ist typisch für sie.«

»Ich war während Ashwarawus Angriff in der Stadt«, sagte ein anderer Chezhou-Lei. »Shauntils Einschätzung ist vollkommen richtig. Diese To-gai-ru verhalten sich wie ein Rudel Tiere.«

»Wir werden das gesamte Steppengebiet durchkämmen«, verkündete Shauntil. »Und diesen Drachen von To-gai zu fassen bekommen und den To-gai-ru eine äußerst harte Lektion erteilen. Nach unserem Abzug werden nicht mehr genug To-gai-ru-Männer übrig sein, um erneut einen Angriff gegen Behren zu starten.«

Eine unbestimmte Bewegung unten warnte Pagonel, dass er wieder hinunterklettern musste, doch als er dies gerade tun wollte, hörte er, wie Shauntil die anderen Chezhou-Lei, den Kundschafter sowie Carwan Pestle in barschem Ton hinauskomplimentierte und Merwan Ma in bissigem Ton erklärte, er müsse ihn unter vier Augen sprechen.

Pagonel drückte sich an die Außenmauer; das Gespräch wollte er sich auf keinen Fall entgehen lassen. Doch dann sah er einen behrenesischen Soldaten unten durch die Gasse schlendern und wusste, das Risiko, entdeckt zu werden, war zu groß.

Also sprang er ab, ließ sich fünfzehn Fuß tief auf den nichts ahnenden Soldaten fallen, schlang ihm noch im Fallen die Arme um den Kopf und riss seinen Körper herum, so dass dem Mann augenblicklich das Genick brach.

Die beiden landeten auf dem Boden. Pagonel rollte sich mehrmals ab, um die Wucht des Aufpralls abzufangen, dann eilte er zurück, um den Soldaten hinter einen in der Gasse liegenden Trümmerhaufen zu schleifen, wo er ihm die Uniform vom Leib riss, um sie selbst überzuziehen.

Als er wieder beim Fenster anlangte, hatte sich der Audienzsaal bereits geleert. Pagonel balancierte über den schmalen Sims, bis er eine Stelle fand, wo er zum obersten Stockwerk des dreigeschossigen Gebäudes hinaufklettern konnte. Dort angekommen, lockten ihn die Geräusche einer heftigen Auseinandersetzung zum rückwärtigen Teil des Hauses, wo er einen Blick durch das Fenster riskierte.

Merwan Ma lehnte mit erhobenen Händen an einer Wand, einen Ausdruck blanken Entsetzens im Gesicht. Einige Fuß entfernt stand Shauntil, eine tote To-gai-ru-Sklavin hinter sich auf dem Fußboden, in der Hand ein blutverschmiertes Messer, mit dem er den frisch ernannten Gouverneur bedrohte.

»Ihr seid ein Diener des Chezru-Häuptlings!«, schrie Merwan Ma.

Shauntil lächelte bösartig. »Carwan Pestle wird Dharyan regieren, bis unter den Yatols ein passender Ersatz gefunden ist. In der Zwischenzeit werde ich den Titel des Generalgouverneurs dieser Region sowie ganz To-gais übernehmen.«

»Von mir aus kann Pestle den Posten haben!«, rief Merwan Ma bereitwillig. »Ich bin einzig auf Befehl unseres gemeinsamen Oberhauptes hier und verspüre nicht im Entferntesten den Wunsch ...« Er verstummte, als sich ein durchtriebenes, immer boshafteres Lächeln auf dem Gesicht des Chezhou-Lei breit machte.

Draußen vor dem Fenster verzog Pagonel angespannt das Gesicht. Er zweifelte inzwischen nicht mehr daran, dass der Chezru-Häuptling diesen armen Geistlichen aus irgendeinem Grund hierher beordert hatte, um ihn ermorden zu lassen.

»Ich war viele Jahre lang sein ergebener Diener«, flehte Merwan Ma, als der Chezhou-Lei ihm immer näher kam. »Ich bin von ihm ausersehen, die Phase seiner Transzendenz zu überwachen.«

Das letzte Wort endete in einem lauten Keuchen, als Shauntil ihm den Dolch in den Bauch rammte.

»Aber leider, Gouverneur Merwan Ma, wurdet Ihr vorher von einer To-gai-ru-Sklavin ermordet, die ihren Bruder rächen wollte, den Ihr mittels eines Katapults in die Stadt befördert habt«, erklärte der Krieger, bei jedem Wort erneut auf den armen Mann einstechend.

Als Shauntil schließlich von ihm abließ, brach Merwan Ma auf dem Fußboden zusammen.

»O ja, das ist sehr schmerzhaft«, höhnte der Krieger. »Aber ich konnte Euch keinen schnellen Tod bereiten, schließlich wurdet Ihr nicht von einem Chezhou-Lei, sondern von einer armen, vor Zorn rasenden Sklavin umgebracht.« Mit diesen Worten warf Shauntil das Messer zwischen den beiden auf den Boden und wollte Richtung Tür laufen.

Doch dann zögerte er und betrachtete das Blut auf seinem Gewand, ehe er, ohne einen weiteren Gedanken daran zu verschwenden, seine oberste Kleidungsschicht abstreifte und ins Kaminfeuer warf, dessen bereits erlöschende Glut plötzlich wieder neue Nahrung fand.

Er sah sich ein letztes Mal zu Merwan Ma um, dann verließ er das Zimmer.

Geschickt hangelte Pagonel sich an der Außenwand hinunter, landete leichtfüßig unten in der Gasse und eilte sofort hinüber zu dem toten Soldaten; er wusste, Eile war geboten. Er hievte den Mann auf seinen Rücken, kletterte erneut hinauf, stieg diesmal aber durch das offene Fenster ins Zimmer.

Ein leises Stöhnen verriet ihm, dass Merwan Ma noch lebte.

Pagonel schälte den Geistlichen aus seinen blutverschmierten Kleidern und verband die Wunden so schnell es ging, dann zog er Merwan Ma seine eigenen Kleider an und streifte die des Geistlichen dem Soldaten über. Er hob das Messer vom Boden auf und stieß es dem Toten in den Unterleib, ehe er ihn so hinlegte, wie zuvor Merwan Ma gelegen hatte.

Er zerrte ein noch unverbranntes Stück des Umhangs aus der Feuerstelle, hielt es in die Glut und blies darauf, bis es Feuer fing. Dann trug er den brennenden Stofffetzen zu einem zerrissenen Wandteppich neben dem Kamin und zündete ihn an, bis die Flammen sich auf dem trockenen Stoff und dem alten, vertrockneten Holz rasch auszubreiten begannen. Schließlich warf er das noch immer brennende Stück Stoff dem toten Soldaten auf die Brust und fuhr erschrocken zusammen, als das Feuer blitzschnell um sich griff. Tief und gleichmäßig atmend, wuchtete er Merwan Ma anschließend über seine Schultern.

Plötzlich hörte er Stimmen auf der Treppe und gleich darauf einen Ruf: »Feuer!«

Nur ein Jhesta Tu, und nur ein Meister dieses Ordens, hätte dieses Kunststück vollbringen können. Pagonel rannte so schnell er konnte zum Fenster, konzentrierte sich auf sein Zentrum, um seinem Körper magischen Auftrieb zu verschaffen, dann sprang er hindurch und segelte mit einem fünfzehn Fuß weiten Satz über die Gasse hinweg bis auf das gegenüberliegende Dach, das er, kaum langsamer werdend, rasch überquerte. Er sprang abermals ab, landete auf der südlichen Umgrenzungsmauer, von der er sich fünfzehn Fuß tief in den Sand fallen ließ, wo er so lautlos wie möglich landete und in die Knie ging, um den Aufprall für den quer über seinen Schultern liegenden Verwundeten abzufedern.

Dann, als er die Rufe von mindestens einem Soldaten hörte, der ihn – oder irgendetwas – gesehen hatte, legte er Merwan Ma ohne zu zögern der Länge nach vor das Mauerfundament, warf sich daneben und versuchte, so gut es ging, beide Körper mit hektischen Bewegungen unter einer Schicht aus feinem, losem Sand zu verscharren.

Dann vernahm er von oben weitere Rufe, die aber, wie er bald merkte, nicht ihm, sondern dem Feuer galten, das mittlerweile immer rascher um sich griff.

Pagonel lag vollkommen still da und konzentrierte sich auf sein Chi. Er legte seine Hände auf Merwan Mas Wunden, schickte einen Strahl heißer Lebensenergie hindurch und übertrug so seine heilenden Kräfte auf den im Sterben liegenden Geistlichen.

Das Feuer brannte bis in die Nacht, die Straßen hallten wider von den Rufen nach dem »Mörder«. Pagonel hatte keine andere Wahl, als in hilflosem Entsetzen zuzuhören, wie die Behreneser ihre Wut über die Ermordung des neuen Gouverneurs von Dharyan an den anderen To-gai-ru-Sklaven ausließen.

Nach und nach verstummte das Geschrei und wich mitternächtlicher Stille.

Pagonel befreite sich von der Sandschicht und legte Merwan Ma wieder über die Schultern, obwohl er nicht mal sicher war, ob der Mann überhaupt noch lebte.

Dann lief er los, hinein in die Dunkelheit, als einzige Orientierung die Sterne hoch oben über seinem Kopf. Er lief die ganze Nacht und noch den größten Teil des nächsten Tages und machte nur gelegentlich Halt, um dem schwer verletzten Geistlichen mit seinen heilenden Kräften beizustehen.

Am selben Abend machte er sich von neuem auf den Weg. Unermüdlich lief er weiter und hielt erst an, als eine melodische Stimme ihn aufforderte, stehen zu bleiben.

Erst in diesem Augenblick war der Mystiker bereit, sich seine Erschöpfung einzugestehen; kraftlos ließ er sich in den Sand fallen und Merwan Ma neben sich zu Boden gleiten.

»Ein hübsches Mitbringsel«, sagte Belli'mar Juraviel zu ihm, als er einige Zeit später wieder erwachte.

Der Mystiker reckte den Hals und sah den in eine Decke gehüllten Merwan Ma auf der anderen Seite eines kleinen Lagerfeuers liegen; daneben saß Cazzira und etwas abseits im Hintergrund Pherol.

»Das könnte es noch werden«, war alles, was er in diesem Augenblick hervorbrachte, ehe sein Kopf auf die Brust sank und er wieder einschlief. Wenn er eine Chance haben wollte, Merwan Ma über den nächsten Tag zu retten, würde er seine ganze Kraft benötigen.

Der Tag war bereits weit fortgeschritten, als er das nächste Mal aufwachte und sah, dass Cazzira Merwan Ma bewachte.

»Juraviel und Pherol sind schon vor dem Morgengrauen aufgebrochen, um ein Auge auf Dharielle zu halten«, erklärte sie.

»Das mittlerweile wieder Dharyan heißt«, verbesserte Pagonel, dann rappelte er sich mühsam auf und ging hinüber zu dem Verwundeten.

»Esst doch erst einmal etwas«, bot Cazzira ihm an und deutete auf einen kleinen, dampfenden Topf. Pagonel stürzte sich sofort darauf. »Juraviel ist der Meinung, dass die Behreneser schon bald wieder abziehen werden.«

»Schon sehr bald«, bestätigte der Mystiker. »Und zwar nach To-gai hinein, um den Drachen von To-gai und seine Armee zu verfolgen.«

Cazzira musste lachen.

»Und wer ist das?«, fragte sie einen Augenblick später und deutete auf den Verwundeten.

»Sein Name lautet Merwan Ma«, erklärte der Mystiker. »Offenbar ist er ein Diener des Chezru-Häuptlings, der erst zum Gouverneur von Dharyan ernannt und anschließend fast umgebracht wurde – und zwar auf Geheiß eben dieses Chezru-Häuptlings.«

Wie vorherzusehen, machte Cazzira ein verwirrtes Gesicht.

»Ein Chezhou-Lei hat ihn niedergestochen.«

»Vielleicht die Tat eines Verräters?«

Sie hatte die Frage noch nicht ganz ausgesprochen, da schüttelte Pagonel bereits den Kopf. »Diese Leute sind dem Chezru-Häuptling bedingungslos ergeben. Kein Chezhou-Lei würde eine solche Tat aus eigenem Antrieb begehen, nicht, wenn es um einen Mann geht, der dem Chezru Douan derart eng verbunden ist.«

»Aber warum dann?«

»Das ist es, was ich herauszufinden hoffe«, erwiderte der Mystiker und nippte noch einmal an dem Eintopf, ehe er zu Merwan Ma hinüberrutschte und sich sofort wieder in *doyan du cad ray chi* versenkte, den Zustand der »warmen heilenden Hände«.

An diesem Abend kehrten auch Pherol und Belli'mar Juraviel zurück. Sie brachten die erfreuliche Nachricht mit, dass der größte Teil der behrenesischen Armee nach Westen abgezogen war und in diesem Moment die engen Pässe des nach To-gai hinaufführenden Landbruchs erklomm.

»Ich konnte nur mit knapper Not verhindern, dass Pherol sie

attackierte«, gestand der Elf eine Weile später, als Pherol, nach seiner Rückwandlung in seine menschenähnliche Gestalt, den Lagerplatz verlassen hatte, um auf die Jagd zu gehen. »In seinem Innern brodelt eine mörderische Wut. Ich weiß nicht, wie lange wir seinen Zorn noch für unsere Zwecke nutzen können.«

»Weil er die Behreneser so sehr hasst?«, fragte Cazzira.

»Nein, weil es in der Natur dieser Drachen liegt«, warf Pagonel ein. »Das Zerstören liegt ihnen im Blut, und gewöhnlich haben sie es dabei nicht einmal auf etwas Bestimmtes abgesehen. Bemerkenswert, dass ihr beide und Brynn ihn so weit besänftigen konntet, dass er sich bislang zurückhält. Ich fürchte, schon bald werden wir seinen wahren Zorn erleben.«

Belli'mar Juraviel starrte hinaus in die Dunkelheit, wo die Bestie soeben Jagd auf irgendwelche Geschöpfe machte, um sie zu reißen und anschließend zu verschlingen. Ein Frösteln kroch seinen Rücken hinauf.

10. Mit allen zur Verfügung stehenden Mitteln

Schwer atmend, aber ebenso unermüdlich wie die dreihundert To-gai-Ponys neben ihm, kämpfte sich Nesty mühsam durch den tiefen, weichen Sand. Die Finte gegen die befestigte Stadt hatte perfekt funktioniert, und die To-gai-ru hatten im Pfeilhagel der Verteidiger nur geringe Verluste hinnehmen müssen.

Wie vorhergesehen, hatten sich die Tore der Stadt Pruda weit geöffnet, ehe die fliehenden To-gai-ru weit gekommen waren, und die dort stationierte, aus mehreren hundert Mann bestehende Garnisonstruppe war, gefolgt von einer scheinbar ebenso großen Anzahl Bauern, hervorgestürmt, einige zu Pferd, andere auf Kamelen und viele zu Fuß – in den Händen alle nur erdenklichen Waffen, von eleganten Schwertern bis hin zu Farmgerät – und alle geradezu versessen darauf, sich an dem blutigen Gemetzel zu beteiligen.

Brynn führte ihre berittenen Krieger am unteren Rand einer langgezogenen Düne entlang, vollzog dann einen Schwenk um diese herum und ließ kurz anhalten, damit ihre Krieger Pfeile an die Sehnen legen konnten.

Als die ersten behrenesischen Verfolger nahten, spornten die To-gai-ru ihre Pferde erneut zu einem Galopp an, dann drehten sich viele der erfahrenen Steppenreiter, darauf vertrauend, dass ihre Tiere den Weg allein finden würden, im Sattel herum und begannen, ihre Pfeile abzuschießen.

Die behrenesische Verfolgungsjagd kam abrupt zum Erliegen, als sich die vordersten Reihen zu lichten begannen. Deutlich konnten Brynn und ihre Männer die Rufe hören, die zum Rückzug und zur Rückkehr nach Pruda aufforderten. Nachdem sie sich mit einem Blick nach hinten überzeugt hatte, dass die Behreneser die Verfolgung aufgegeben hatten, ließ sie ihre Truppe Halt machen und allmählich umkehren, sorgfältig darauf bedacht, in weitem Bogen Späher vorauszuschicken, die sich davon überzeugen sollten, dass ihre Feinde tatsächlich im Begriff waren, sich in den Schutz der Mauern zurückzuziehen.

Nur würden sie diese Mauern nie erreichen; denn während Brynn und ihre kleine Streitmacht die sie verfolgenden Behreneser in die Wüste hinausgelockt hatten, war der Hauptteil ihrer Armee heimlich nachgerückt und hatte vor den Mauern der Stadt Pruda Stellung bezogen.

Als Brynn und ihre Krieger schließlich zu den sich zurückziehenden Behrenesern aufschlossen, trafen sie die in ihrem Weg jählings gestoppten Truppen bei dem verzweifelten Versuch an, zumindest dem Schein nach eine Abwehrformation zu bilden, denn plötzlich sahen sie sich einer dreifach überlegenen feindlichen Streitmacht gegenüber, die sich zudem aus erfahrenen Veteranen der To-gai-ru zusammensetzte.

Genau auf diesen Verlauf des Geschehens hatte Brynn gehofft: dass die Garnison von Pruda unmittelbar vor den Mauern ihrer Stadt aufgerieben würde, vor den Augen der in der Stadt zurückgebliebenen und völlig verängstigten Verteidiger.

Sie sah, wie die Kommandanten der dem Untergang geweihten behrenesischen Soldaten Kriegsrat hielten, vermutlich um zu klären, ob sie um Gnade bitten sollten.

Doch dazu würde es nicht kommen, nicht hier und nicht in diesem Augenblick.

Noch bevor der Kriegsrat zu irgendwelchen Ergebnissen gelangt war, reckte Brynn ihr legendäres Schwert hoch über den Kopf und gab mit einem gellenden Schlachtruf den Befehl zum Angriff.

Ein gewaltiger Pfeilhagel machte den Anfang, dann begannen die To-gai-ru, den Feind einzukreisen.

»Sie hätten versuchen sollen, die Front mit einem geraden Vorstoß zu durchbrechen, um sich bis zu ihren Toren durchzuschlagen«, wandte sich Brynn an die Krieger in ihrer nächsten Umgebung. »Durch ihre Feigheit haben sie sich auch noch um die letzte Hoffnung gebracht.«

Schon prasselte der nächste Pfeilhagel auf die Behreneser nieder, gefolgt von einem weiteren, ehe schließlich der Sturmangriff erfolgte. Selbst von den behrenesischen Soldaten leistete kaum jemand ernsthaft Widerstand; jeder war viel zu sehr damit beschäftigt, sich irgendwie in Sicherheit zu bringen, irgendwo eine Lücke in den Reihen der To-gai-ru zu finden, um in die Stadt zurückzufliehen.

Einigen wenigen gelang tatsächlich der Durchbruch, doch von der ursprünglich nahezu tausend Mann starken Streitmacht, die, einen triumphalen Sieg vor Augen, Pruda verlassen hatte, lagen schon bald mehr als neunhundert tot oder sterbend im blutdurchtränkten Sand.

Und vor den spärlich bemannten Toren stand nun eine To-gai-ru-Armee von über viertausend Mann.

Merwan Ma schlug blinzelnd die Augen auf und hob rasch die Hand, um sie gegen das gleißend helle Licht der heißen Spätnachmittagssonne zu schützen.

Er bemerkte das Geräusch sofort, trotzdem brauchte er eine Weile, um die Laute ihrem wahren Ursprung zuzuordnen.

Es waren Schreie des Entsetzens.

Der arg mitgenommene Geistliche stützte sich, immer wieder vor Schmerz zusammenzuckend, unter großen Mühen auf seine Ellbogen. Er hatte keine Ahnung, wo er sich befand, konnte aber in der Ferne die weißen Mauern einer behrenesischen, von dunklen Gestalten umschwärmten Stadt erkennen, über der aus zahlreichen Gebäuden dicker, schwarzer Rauch in den Himmel quoll.

Dem Geistlichen schnürte es die Kehle zu.

»Pruda«, sagte eine Stimme neben ihm. Er drehte sich zur Seite und erblickte den Mystiker der Jhesta Tu, seinen Begleiter und Retter.

»Pruda?«, wiederholte Merwan Ma mechanisch, kaum fähig, den Namen über die Lippen zu bringen. »Das größte Künstler- und Gelehrtenzentrum des gesamten Königreichs. Was in aller Welt tun Eure Freunde nur?«

»Sie kämpfen für ihre Freiheit.«

»Pruda ist keine Stadt der Krieger!«

»Das ist nicht zu übersehen«, lautete Pagonels trockener Kommentar.

»Sie dürfen sie auf keinen Fall zerstören«, ereiferte er sich, ehe seine Worte bei dem erfolglosen Versuch, sich aufzurichten, in ein gequältes Stöhnen übergingen und er mit einem leisen Wimmern flach auf dem Rücken landete.

Gleich darauf spürte er Pagonels warme Hände auf seinen Wunden und versuchte, sie zornig wegzuschlagen, obwohl sie ihm spürbar Erleichterung verschafften. »Das sind doch Wilde!«, stieß er wütend hervor. »Gottlose Barbaren!«

»Von denen aber kein Einziger seinen vermeintlichen Verbündeten ermorden würde«, erwiderte der Mystiker, eine Bemerkung, die jeden Widerspruchsversuch Merwan Mas im Keim erstickte.

»Ihr haltet das für Barbarei?«, fragte der Mystiker einen Moment später.

»Wisst Ihr vielleicht eine andere Bezeichnung dafür?«, kam die fassungslose Antwort.

»Haltet Ihr es für eine auch nur annähernd so große Barbarei wie das, was die Abgesandten Eures Chezru-Häuptlings den Steppenvölkern angetan haben?«

Merwan Mas volle Lippen wurden plötzlich überaus schmal.

»Ihr glaubt mir offenbar nicht.«

»Mein Meister ist ein großherziger und kluger Mann«, beharrte der treue Geistliche mit aller Überzeugungskraft, die er aufzubringen vermochte. »Er ist die Stimme Gottes von Behren, er spricht zu Yatol und an seiner statt.«

Pagonel ließ einen Dolch neben den am Boden liegenden Mann fallen. »Dann solltet Ihr vollenden, was er befohlen hat«, erklärte er.

Merwan Mas starrer Blick wanderte vom Dolch zu dem Mystiker. »Wollt Ihr mich provozieren?«

»Euer Gewissen und Euren Glauben, ja, schon möglich«, antwortete Pagonel. »Eure Stimme Gottes wollte Euren Tod, also nehmt den Dolch und bringt zu Ende, was er für Euch vorgesehen hat. Ich verspreche Euch, ich werde nicht versuchen, Euch zu heilen, sobald Ihr den Dolch in Euer Herz gestoßen habt.«

Merwan Ma wandte den Blick ab. »Das war ein Irrtum«, sagte er. »Ein Verräter der Chezhou-Lei.«

»Es gibt keine Verräter unter den Chezhou-Lei«, erwiderte Pagonel. »Das solltet Ihr eigentlich wissen. Dieser Krieger hat auf ausdrücklichen Befehl Eurer Stimme Gottes gehandelt. Ihr solltet umgebracht werden, und der Mord sollte so aussehen, als hätte eine To-gai-ru-Sklavin ihn begangen. Das ist völlig offensichtlich, für mich und für Euch nicht minder.«

»Ihr wisst überhaupt nichts.«

»Nun, ich weiß jedenfalls, dass Ihr jetzt tot in Dharyan liegen würdet, wenn ich Euch nicht fortgeschafft und Eure Verletzungen behandelt hätte.«

»Und deswegen denkt Ihr, ich stünde in Eurer Schuld?«

Der Mystiker lachte und schüttelte den Kopf. »Ich denke, wir haben es hier mit einem Vorfall zu tun, der uns beiden Rätsel aufgibt, den wir aber beide unbedingt begreifen wollen. Es muss einen Grund geben, warum der Chezru-Häuptling euren Tod wollte, und den wüsste ich gerne.«

Merwan Ma wandte erneut den Blick ab.

»Denkt über meine Worte nach und seht der Wahrheit ins Gesicht, Merwan Ma«, fuhr Pagonel fort. »Irgendetwas ist hier aus Eurer Sicht ganz und gar verkehrt. Am Ende glaubt Ihr womöglich noch immer, dass Ihr dem Mann zur Treue verpflichtet seid, der Euren Tod wollte.«

Merwan Ma biss sich auf die Unterlippe und vermied es, Pagonels Blick zu erwidern, und Pagonel, der überzeugt war, dass er bei ihm zumindest Zweifel gesät hatte, ließ es dabei bewenden.

Für den Anfang war das gar nicht mal so schlecht.

Der Mystiker hielt die Hand schützend vor die Augen, blickte hinüber zur Stadt Pruda und wusste, dass die Schlacht vorbei war. Dann wanderte sein Blick nach Süden, wo die beiden Elfen und der Drache warteten, und schlagartig wurde ihm klar, dass Pherol über das rasche und mühelose Ende nicht übermäßig erfreut sein würde, zumal es wieder ohne sein Zutun zustande gekommen war.

»Die Bibliothek von Pruda«, hörte Brynn einen ihrer Soldaten mit unverhohlener Ehrfurcht raunen. Sie selbst empfand im Grunde ganz ähnlich, denn dort, unmittelbar vor ihr, erhob sich dieses prachtvolle Gebäude, das angesehenste und geachtetste Wissenschafts- und Gelehrtenzentrum ganz Behrens, vielleicht sogar der ganzen Welt. In seinem Innern befanden sich endlose Regalreihen voller Schriftrollen und gebundener Bücher, alte wie neue, sowie einige der großartigsten Kunstwerke aus längst vergangenen Zeiten. Hier lagerten die religiösen Schriften Yatols sowie die gesamte Geschichte der behrenesischen Religion, dazu, als Abschriften aus der umfassenden Bibliothek des Klosters St. Mere-Abelle, eine ungeheure Vielzahl von Abhandlungen über die Abellikaner und deren Edelsteine.

Vor ihr lag das Wissen der gesamten zivilisierten Welt.

»Dieses Gebäude darf nicht zerstört werden«, gab sie, einer plötzlichen Eingebung folgend, als Befehl an die Umstehenden aus, denn auf einmal spürte Brynn, welch ungeheure Verantwortung auf ihren Schultern lastete. »Verbreitet überall, dass die Bibliothek auf keinen Fall geschändet werden darf.«

Die Order trug ihr skeptische Blicke ein, aber niemand wagte, nach dem Grund zu fragen. Offenbar war niemand gewillt, den Drachen von To-gai in Zweifel zu ziehen, der sie gerade ein weiteres Mal zu einem großen Sieg geführt hatte.

Fast niemand.

»Es handelt sich in Teilen um einen Tempel Yatols«, erklang hinter ihr eine vertraute Stimme. Sie drehte sich um und sah Pagonel auf sich zukommen.

»Es ist sehr viel mehr als das«, erwiderte Brynn.

Der Mystiker trat neben sie. »Wieso machst du eigentlich einen Unterschied zwischen diesem Gebäude und all den anderen, die auf deinen Befehl zerstört worden sind?«, fragte er.

Brynn sah ihn an und musste schmunzeln. Sie merkte, dass er sie auf die Probe stellen, ihr etwas erklären wollte. Er hatte ihr die Frage mit der ihm eigenen Distanziertheit gestellt, damit sie sich dieselbe Frage stellen und selbst eine Antwort darauf finden konnte.

»Wenn ich dieses Gebäude plündern ließe, würde ich mich vor den Historikern künftiger Jahrhunderte rechtfertigen müssen«, antwortete Brynn nach längerem Zögern. »Denn dann würden sie die to-gaische Rebellion als ein Zeitalter der Finsternis betrachten und nicht als die ruhmvolle Zeit, die sie in Wahrheit ist.«

Ihre Antwort brachte ein Lächeln auf Pagonels Gesicht. »Du überlegst, wie man dich in ferner Zukunft beurteilt, wenn du längst wieder zu Staub geworden bist?«

»Ich möchte lediglich verhindern, dass man die To-gai-ru als wilde Barbaren in Erinnerung behält.«

»Was wieder einmal beweist, wieso du eine große Anführerin bist, meine Liebe«, erwiderte der Mystiker. »Hier steht sehr viel mehr auf dem Spiel als die unmittelbare Befreiung deines Volkes. Was immer du tust, wird einen Ruf begründen, der den To-gai-ru noch in Jahrhunderten anhaften wird.«

»Dann sollen die künftigen Generationen wissen, dass wir als Feinde voller Leidenschaft und zu allem entschlossen sind«, erwiderte Brynn grimmig. »Aber zugleich anständige und ehrenhafte Krieger.«

»Und zu welcher dieser beiden Beschreibungen passt die Hinrichtung Yatol Gryshs?«

Die Frage saß; trotzdem sperrte sich Brynn gegen dieses lähmende Schuldgefühl. »Wir werden die behrenesischen Zivilisten mit aller gebotenen Fairness behandeln – so weit dies möglich ist«, erklärte sie rasch, als sie sah, dass Pagonels Miene sich verfinsterte. Von Dharyan bis Pruda hatten Berichte über Vergewaltigungen und Hinrichtungen die Armee begleitet. Brynn und ihre Helfer taten alles in ihrer Macht Stehende, um das Leid der Zivilbevölkerung so gering wie möglich zu halten, beschritten damit aber einen schmalen Grat. Dort draußen standen ihre Krieger, viele Meilen entfernt von ihrem Zuhause; ständig waren sie in brutale Kämpfe verwickelt, in denen sie dem Tod ins Auge blickten, und wie Brynn hatten die meisten von ihnen mit ansehen müssen, wie Mitglieder ihrer Familie von der behrenesischen Invasionsarmee niedergemetzelt wurden.

Ihre Unterhaltung wurde unterbrochen, als ein untersetzter, drahtiger Behreneser, bekleidet mit dem weißen, fließenden Gewand eines Bibliotheksgelehrten, aus dem Gebäude gestürzt kam und den beiden mit seinem langen, krummen Finger drohte. »Wagt nicht, sie anzurühren!«, rief er, während er auf Brynn zustürmte und sich vor ihr aufbaute. »Kämpft von mir aus, wo und wie Ihr wollt, aber die Bibliothek von Pruda gehört weder Euch noch sonst jemandem! Dies ist ein Ort für die Ewigkeit, und ich werde nicht –«

»Das reicht«, unterbrach ihn Brynn. »Eure Bibliothek wird stehen bleiben.«

»Großartig, wirklich!«, schrie der klein gewachsene, hitzige

Gelehrte. »Würdet Ihr dann bitte wieder abziehen, und zwar sofort!« Er schloss mit einer scheuchenden Handbewegung, doch weder Brynn noch Pagonel rührten sich von der Stelle.

Der Mystiker wandte sich zu Brynn, ebenso wie der Gelehrte; offenbar erwarteten beide ein klärendes Wort von ihr.

Sie stand lange da, biss sich auf die Unterlippe und wog sorgfältig ihre Möglichkeiten ab, ehe sie nachdenklich zu nicken begann. »Durch die Eroberung Prudas bin ich zum Kustos dieser Bibliothek geworden«, erklärte sie an Pagonel gewandt.

Der kleine Gelehrte stieß verächtlich die Luft durch die Nase. »Chezru-Häuptling Douan wird sie schon bald zurückerobern!«, verkündete er.

Brynn rief einige ihrer in der Nähe stehenden Krieger zu sich. »Löst die Bibliothek auf«, wies sie sie an. »Räumt sie aus bis auf die nackten Mauern und schafft das gesamte Inventar aus der Stadt.«

»Was fällt Euch ein?«, empörte sich der klein gewachsene Gelehrte und fing an, völlig außer sich vor ihr herumzutoben. »Das könnt Ihr nicht machen! Ich werde es nicht zulassen.«

Er verstummte abrupt, als Brynns Schwert plötzlich aufblitzte und nach vorne fuhr, bis die Spitze unmittelbar vor dem Kehlkopf des Mannes zum Stillstand kam. »Ihr seid Euch hoffentlich darüber im Klaren, dass Ihr im Begriff seid, mich unter Druck zu setzen«, warnte sie ihn. »Also achtet darauf, in welche Richtung Ihr mich drängt.«

Der Gelehrte wurde blass und wich einen Schritt zurück, doch Brynn folgte ihm, das Schwert fest an seine Kehle gepresst. »Ihr werdet jetzt gehen und Euren Kollegen ausrichten, dass sie uns nicht in die Quere kommen sollen, und nehmt Euch in Acht: Wer auch nur eine einzige Schriftrolle zurückbehält, wird meinen Zorn zu spüren bekommen!«

»Barbarin!«, kreischte der Mann.

»Vergesst das niemals!«, schrie Brynn zurück, die Augen zornig aufgerissen, worauf der klein gewachsene Gelehrte sich mit einem erschrockenen Aufschrei entfernte.

Brynn schob ihr Schwert zurück in die Scheide und wandte sich wieder Pagonel zu.

»Fast hätte ich geglaubt, du würdest ihn tatsächlich töten«, sagte der Mystiker.

Brynn lächelte nur und zuckte mit den Schultern.

»Ich muss dringend in die Bibliothek, bevor deine Krieger ernsthaft mit ihrer Arbeit beginnen. Unser Freund dort drüben«, er deutete mit einem Nicken auf Merwan Ma, der, bewacht von zwei Soldaten, ein kleines Stück abseits saß, »hat mir gegenüber durchblicken lassen, dass sich in Jacintha ungewöhnliche Dinge tun; ich bin allerdings noch nicht dahinter gekommen, um was es sich handeln könnte.«

»Glaubst du, du findest dort drinnen Gründe für den gegenwärtigen Zustand Behrens?«

»Ich denke, sobald ich eine genauere Vorstellung davon habe, was normal ist, werde ich auch das Ungewöhnliche besser verstehen«, erwiderte Pagonel.

Brynn nickte, nicht gewillt, ihm zu widersprechen, zumal sie ziemlich sicher war, dass ihr Mystikerfreund ihr mit seinem Wissensdurst einen nützlichen Dienst erwies. Seine Feinde gut zu kennen, war lebenswichtig – ihr Wissen über Yatol Grysh und die behrenesische Denkweise hatte ihr ermöglicht, ihre Schwäche sowohl bei Dharyan als auch bei Pruda gegen sie einzusetzen, und nun marschierte eine gewaltige behrenesische Armee von nahezu fünfzehntausend Mann auf der Suche nach ihr durch die Steppe.

Sie wusste, Pagonel würde sie nicht enttäuschen.

Er begann, die lange Treppenflucht nach oben steigen, hielt dann aber inne und drehte sich noch einmal um. »Da wäre noch ein weiteres Problem, um das du dich unbedingt kümmern musst. Bevor ich nach Pruda kam, war ich auf einen kurzen Besuch bei Juraviel, Cazzira und Pherol. Sie sind noch immer genau dort, wo du dich von ihnen getrennt hast; ich habe ihnen auch befohlen, dort zu bleiben, aber Pherol ist alles andere als glücklich. Der Drache möchte nicht länger von den Kämpfen ausgeschlossen sein.«

Brynn holte tief Luft, um sich zu beruhigen. Natürlich war sie überaus zufrieden, dass sie Pruda auch ohne die Hilfe des Drachen eingenommen hatte, noch dazu ohne größere Verluste auf Seiten der To-gai-ru. Tatsächlich lebte in der Stadt der Gelehrtenelite eine so große Zahl von To-gai-ru-Sklaven, dass Brynns Armee nach der Schlacht sogar um mehrere hundert Personen angewachsen war. Auch stimmte es sie froh, dass sie nicht gezwungen gewesen war, den fürchterlichen Drachen auf die Einwohner der Stadt loszulassen, wie zuvor in Dharyan. Die Schreie der Menschen, die in heilloser Panik vergeblich vor dem nahenden Pherol durch die engen Gassen geflohen waren, klangen ihr noch immer in den Ohren; es war ein Geräusch, das sie nie wieder hören wollte.

Trotzdem hatte sie vollstes Verständnis für den ernsten Ton des Mystikers und pflichtete ihm von ganzem Herzen bei. Pherol war ein Wesen der Tat, der Zerstörung; eine solche Bestie würde sich in einem Krieg nicht einfach übergehen lassen.

»Wie lange sollen wir eigentlich noch tatenlos hier draußen herumsitzen, während du diese erbärmlichen Menschenwesen in die Schlacht führst?«, begrüßte die ärgerliche Stimme des Drachen Brynn, als sie Nesty in Juraviels und Cazziras Lager traben ließ.

»Hältst du es etwa für eine kluge Idee, unsere stärksten und wirkungsvollsten Waffen ohne zwingenden Grund preiszugeben?«, konterte Brynn in einer Mischung aus Scheinheiligkeit und ungläubigem Staunen.

»Behandle mich nicht wie einen Dummkopf!«, polterte Pherol.

Brynn sah zu den Elfen hinüber, doch deren Mienen ließen keine Unterstützung von ihrer Seite erwarten.

»Unser Freund hier möchte nicht länger tatenlos zusehen«, bemerkte Juraviel.

»Dafür habe ich mein gemütliches Zuhause nicht verlassen!«, fügte Pherol eingeschnappt hinzu.

»Du hast dich bereit erklärt, mir in dieser Angelegenheit zur

Seite zu stehen«, erwiderte Brynn geradeheraus. »Und das bedeutet, dass du dich meinen Entscheidungen zu fügen hast.«

»Meine Geduld hat irgendwann ein Ende.«

Brynn ließ sich von Nestys Rücken gleiten und trat unmittelbar vor den Drachen. »Ich werde dich einsetzen, so wie ich dich brauche, nicht mehr und nicht weniger«, erklärte sie. »Unsere Feinde argwöhnen bereits, dass es dich tatsächlich gibt, was sich als überaus gefährlich erweisen könnte. Du hast die gewaltigen Kriegsmaschinen ja mit eigenen Augen gesehen, die sie über die Straße von Jacintha mitgeschleppt haben.«

Der Drache stieß verächtlich den Atem durch die Nase. »Kinderspielzeug!«

»Gefährliches Spielzeug«, entgegnete Brynn. »Spielzeug, mit dem man dich vom Himmel schießen könnte.« Der Drache machte Anstalten zu widersprechen, doch Brynn war nicht bereit, sich unterbrechen zu lassen. »Du bist hier keineswegs nur unbeteiligter Zuschauer, sondern eine wertvolle Waffe – vielleicht die wertvollste, die ich habe«, erklärte sie ihm. »Aber ohne zwingenden Grund werde ich dich nicht aufs Spiel setzen. Ein Zufallstreffer der Behreneser könnte für mich katastrophale Folgen haben, denn du wirst für weitaus wichtigere Aufgaben gebraucht als für die Eroberung einer nahezu unbefestigten Stadt wie Pruda.«

Die letzte Erklärung schien die Neugier des Drachen zu wecken, denn er neigte interessiert den Kopf zur Seite und, viel wichtiger, er hörte auf, andauernd zu widersprechen.

»Zurzeit durchstreift eine riesige Streitmacht ungehindert das Steppengebiet To-gais«, erläuterte Brynn.

»Gegen die würdest du mich einsetzen?«, fragte der Drache hoffnungsvoll.

»Ich werde mir deine große Schnelligkeit zunutze machen, wie bereits während der Großen Herbstwanderung«, antwortete Brynn. »Ich muss diese Streitmacht im Auge behalten und mit Hilfe deiner Schnelligkeit sicherstellen, dass meine in To-gai stehenden Truppen laufend über ihre Bewegungen unterrichtet werden.«

»Ich soll als Kundschafter eingesetzt werden?«, fragte der Drache empört. »Ich könnte ganz allein eine Stadt dem Erdboden gleichmachen! Ich könnte –«

»Das sollst du auch!«, versprach Brynn. »Sobald die Zeit reif dafür ist. Heute Abend aber benötige ich erst einmal deine Schnelligkeit. Fliege mich nach To-gai, Pherol. Suchen wir Shauntils Armee.«

Einen Moment lang stand Pherol schweigend da und starrte sie an. Schließlich erklärte er sich, fürs Erste scheinbar besänftigt, mit einem Nicken einverstanden.

Kurz nach Einbruch der Dunkelheit spürte Brynn den Wind auf ihrem Gesicht, als sie und der Drache schnell und in großer Höhe über den Landbruch hinweg nach To-gai hineinsegelten, über Entfernungen und Gebiete hinweg, für deren Bewältigung ihre Armee ein bis zwei Wochen gebraucht hätte.

Der Drache stieg so hoch in den Himmel hinauf, dass man die Lichter zahlreicher Dörfer sehen konnte, während weit entfernt im Norden die unzähligen Lagerfeuer eines riesigen Feldlagers sich als gewaltiger Lichtschein abzeichneten.

In diese Richtung lenkte Brynn den Drachen. Je näher sie kamen, desto gewaltigere Ausmaße nahm der Lichtschein an, und erst jetzt, aus dieser großen Höhe, wurde Brynn wirklich bewusst, welch ungeheure Streitmacht man gegen To-gai aufgeboten hatte. Das plötzliche Zögern des Drachen – sein offenkundiges Bedürfnis, noch höher zu steigen – verriet ihr, dass auch Pherol endlich begriffen hatte.

Der Drache drehte seinen Kopf nach hinten und schob sein Gesicht ganz nah an Brynns. »Willst du angreifen?«, fragte er, und zum allerersten Mal glaubte Brynn ein leichtes Beben in seiner sonst so vollen Stimme zu verspüren.

Brynn schüttelte den Kopf; sie versuchte nicht einmal, so laut zu schreien, dass der Drache sie im ohrenbetäubenden Getöse des Windes verstehen konnte.

Kurz darauf erspähte sie etwas weiter nördlich einen zweiten Lichtschein. Sie stieß Pherol an, und als er sich zu ihr umdrehte, zeigte sie mit dem Finger darauf.

Lange bevor der Drache darüber hinwegflog, wusste Brynn, um was es sich bei diesem zweiten Feldlager handelte. Es war eine Gruppe von To-gai-ru-Kriegern, vermutlich eine größere Unterabteilung jener Armee, die sie in dieser Gegend zurückgelassen hatte. Schlagartig wurde Brynn die Situation dort unten klar. Die Behreneser waren den To-gai-ru auf den Fersen und hatten eine heiße Fährte aufgenommen, von der sie nicht mehr ablassen würden.

Brynn ließ den Blick auf der Suche nach einem möglichen Ausweg über die endlose Steppe wandern.

Schließlich erspähte sie eine dritte Gruppe von Lichtern, nicht der Widerschein der Feuer eines Feldlagers, sondern die viel kleineren Lichtpunkte, wie sie für Siedlungen typisch waren, und hatte eine Idee. Sie lenkte Pherol in einer steilen Kurve hinunter zu der ein paar Meilen südwestlich der behrenesischen Armee gelegenen Stelle und setzte zu einem Vorbeiflug an.

Eine Vorposten-Siedlung, erkannte sie jetzt. Vielleicht war sie ursprünglich, bevor die behrenesischen Krieger auf der Bildfläche erschienen waren, das Ziel ihrer Truppen gewesen.

Auf Brynns Drängen landete der Drache ein gutes Stück entfernt. Sie ließ sich von seinem Rücken gleiten und betrachtete starren Blicks die Lichter der kleinen Siedlung. Welche Möglichkeiten sich ihr in diesem Augenblick boten, wusste sie nur zu gut, und sie brauchte sich nicht einmal zu dem Drachen umzudrehen, um zu wissen, wie schauderhaft sie waren.

»Du warst doch verärgert, weil du nicht an der letzten Schlacht teilnehmen durftest«, sagte sie schließlich.

Pherols Kopf schwenkte am Ende seines langen Halses herum und schob sich ganz nah vor ihr Gesicht. Seine Augen wurden zu gefährlich schmalen Schlitzen.

»Das Dorf dort vorne«, erklärte Brynn. »Zerstöre es. Und achte darauf, dass die Flammen so hoch lodern, dass man sie von der behrenesischen Armee aus sehen kann.« Sie spürte, dass ihr Atem in kurzen Stößen ging, als sie geendet hatte. Sie konnte selbst kaum glauben, welchen Befehl – nein, welchen

Freibrief – sie der fürchterlichsten aller Waffen soeben erteilt hatte.

Der Drache drehte langsam den Kopf, um die Siedlung in Augenschein zu nehmen, und gab dabei ein leises, schauderhaftes Knurren von sich.

»Wirst du auf mir reiten?«

»Ich werde hier bleiben«, antwortete sie und kam sich dabei vor wie ein Feigling. Aber was würde es nützen, wenn sie Pherol bei seiner wütenden Attacke begleitete? Würde sie dadurch auch nur einem einzigen Vorposten-Siedler das Leben retten? Wollte sie das überhaupt?

Zumal in diesem Moment alle Grübelei müßig war, denn der Drache hatte nicht einen Augenblick gezögert, sofort seine riesigen Flügel ausgebreitet und sich mit einem mächtigen Satz in die Luft erhoben.

Es dauerte nicht lange, bis Brynn den Drachen zum ersten Mal im Tiefflug über die Vorposten-Siedlung hinwegschießen sah und sein Feueratem eine Schneise der Verwüstung in der Siedlung hinterließ.

Immer wieder stürzte er sich auf das Dorf herab und überzog es mit seinem glühenden Atem, bis die Nacht von den entsetzten Schreien der dem Untergang geweihten Siedler erfüllt war. Zu guter Letzt landete der Drache mitten im Dorf, um sich dort mit Krallen, Zähnen, wild schlagenden Flügeln und peitschendem Schwanz auszutoben.

Brynn sah weg und senkte beschämt den Blick; mit jedem Herzschlag machte sie sich neue Vorwürfe.

Das zerstörerische Treiben nahm seinen Lauf, bis der Lärm mit dem endgültigen Verstummen von immer mehr Stimmen endlich abzuklingen begann und Brynn ein anderes Geräusch gewahrte, das Hufgetrappel galoppierender Pferde.

Sie drehte sich um und sah Pherol elegant neben sich niedergehen, hinter seinem Rücken ein taghell leuchtendes Meer von himmelwärts lodernden Flammen, so hell, dass die behrenesische Armee gar nicht anders konnte, als sie zu bemerken. Die Pferde gehörten wahrscheinlich zu einer Gruppe von berittenen Spähern, einer kleinen und überaus beweglichen Einheit.

Brynn gab dem Drachen ein Zeichen, den Kopf zu senken, damit sie aufsitzen konnte. »Vermutlich waren einige der Soldaten hergekommen, um das Gelände zu erkunden«, erklärte sie im Hinaufklettern. »Ich möchte nicht, dass sie die Zerstörung des Ortes melden.«

Pherol stieß ein tiefes, zorniges Knurren aus, dann hob er wieder ab, und im Nu befand sich Brynn über der brennenden, völlig verwüsteten Ortschaft. Weiter nördlich erblickten die beiden die Silhouetten der behrenesischen Späher.

Brynn reckte ihr Schwert in die Höhe und ließ es in lodernde Flammen aufgehen, als Pherol sich aus großer Höhe in die Tiefe stürzte. Nicht wenige behrenesische Soldaten verfielen in entsetztes Gekreische, andere hingegen schafften es mit knapper Not, ihre Pferde herumzureißen und davonzupreschen.

Doch es nützte alles nichts. Sie waren geradema l zwei Gruppen zu je zwanzig Mann, und kein einziger von ihnen hatte einen Bogen griffbereit zur Hand.

Pherol machte kurzen Prozess mit ihnen.

Wieder in der Weite des nächtlichen Himmels, konnten Brynn und der Drache beobachten, dass überall im behrenesischen Feldlager hektische Betriebsamkeit herrschte. Sie schlossen daraus, dass die Eroberer bereits mit dem Abbrechen ihres Lagers und den Vorbereitungen für die Schlacht begonnen hatten.

»Flieg hoch und etwas seitlich an ihnen vorbei«, wies sie den Drachen an.

»Fallen wir doch einfach über sie her!«

»Nein!«, schrie Brynn. »Kommt nicht in Frage. Jetzt sind sie vorbereitet auf uns, vor allem auf dich. Flieg an ihnen vorbei und setz mich in der Nähe der Streitmacht der To-gai-ru ab.«

Der Drache reagierte mit einem missmutigen Knurren. Brynn konnte deutlich spüren, wie sich sein Körper vor Enttäuschung versteifte, als sie über die behrenesische Armee hinwegflogen. Nichtsdestotrotz beugte sich Pherol ihrem Befehl. Er war nach seinem Zerstörungswerk, das er in dieser düsteren Nacht vollbracht hatte, offenbar etwas übersättigt.

Kaum zwanzig Minuten später betrat Brynn, flankiert von den beiden Posten, die sie am äußersten Rand des to-gai-ruschen Lagers angetroffen hatte, das Camp, um mit den dortigen Kommandanten zu sprechen. Zu ihrer großen Freude erblickte sie unter ihnen den alten Barachuk.

»Uns sind Gerüchte zu Ohren gekommen, dass eine weitere große Stadt gefallen sein soll!«, sagte der alte Mann zitternd vor Aufregung und mit tränenüberströmtem Gesicht, nachdem Brynn und er sich zur Begrüßung stürmisch in die Arme gefallen waren.

»Pruda«, bestätigte Brynn ihm und den vielen anderen, die sich in diesem Moment um sie scharten. »Die Stadt befindet sich zurzeit in unserer Hand; wir werden sie aber wieder aufgeben, genau wie Dharyan.«

»Soll denn dieser Chezru-Häuptling nie einen wirklich dauerhaften Verlust erleiden?«, wollte einer der anderen Männer wissen, ein Hüne von einem Kerl mit finsterer Miene, verschlossenem Blick und einer Unmenge von Narben im Gesicht.

»Das hat er längst«, erwiderte Brynn. »Und es werden noch viele weitere folgen. Unter den Chezhou-Lei, die die Schlacht bei den Feuerbergen und den Kampf um die beiden eroberten Städte überlebt haben, herrschen Chaos und Verwirrung. Er hat Unmengen von Kriegern verloren, außerdem leidet er unter der Last der vielen tausend Flüchtlinge, die von Westen her über die Straßen strömen. Eine Invasionsarmee marschiert ungehindert durch sein Königreich, während seine eigene Armee, eine Streitmacht von ungeheuren Ausmaßen, auf der Jagd nach Phantomen durch die Hochebene von To-gai irrt.« Sie blickte hinter sich nach Süden, wo die Feuer der fernen, zerstörten Vorposten-Siedlung noch immer den nächtlichen Himmel erleuchteten. »Und jetzt auch noch der Verlust einer Vorposten-Siedlung«, schloss Brynn. »Mein Angriff dort dürfte die behrenesische Armee dazu bewogen haben, ihre Marschrichtung zu ändern.«

»Sie sind uns mehrere Tage lang überaus hartnäckig auf den Fersen gewesen«, erklärte Barachuk.

»Dann dürftet ihr jetzt etwas Zeit gewonnen haben, um euren Vorsprung auszubauen.«

»Wie viele Truppen habt Ihr mitgebracht?«, erkundigte sich der Hüne mit dem finsteren Gesicht. »Genug, um gleich hier gegen die behrenesische Armee zu kämpfen und die Geschichte zu Ende zu bringen?«

»Selbst wenn ich meine gesamte Armee mitgebracht hätte, würde ich mich der behrenesischen Streitmacht niemals in einer offenen Feldschlacht stellen«, antwortete Brynn. »Sollen sie ruhig weiter sinnlos durch To-gai irren, während ich ganz Behren mit einer Woge der Verwüstung überziehe. Ich möchte Euch bitten, stets vor ihnen zu bleiben und sie immer weiter nach Nordwesten in die Vorberge des Gebirges zu locken.«

»Und wann sollen endlich wir kämpfen?«

Brynn schüttelte achselzuckend den Kopf. »Mit jedem Tag, den Ihr sie weiter von Behren weglockt, gebt Ihr mir deren zwei, um den Chezru-Häuptling und sein Volk von der Sinnlosigkeit dieses Krieges zu überzeugen. Pruda ist bereits gefallen, und wir haben noch eine ganze Reihe von anderen Städten im Visier.« Sie hatte den Mann beim Sprechen nicht aus den Augen gelassen und sofort gemerkt, dass ihm die Antwort nicht gefiel. Sie konnte das durchaus verstehen; er war ein Krieger und wünschte sich nichts sehnlicher, als endlich gegen die Behreneser in die Schlacht zu ziehen, ganz gleich, wie die Chancen standen. Ein Blick auf die übrigen Männer zeigte Brynn, dass er mit diesem Gefühl nicht alleine zu stehen schien.

»Ihr sollt Eure Schlacht bekommen, mein Freund«, versprach Brynn. »Auf einem Schlachtfeld unserer Wahl und zu einem uns genehmen Zeitpunkt.«

»Das dauert mir zu lange«, erwiderte der Krieger. »Ich will diese verdammten Turbane nicht mehr in meiner Heimat sehen, es sei denn tot im Gras!«

»Ich möchte Euch alle bitten, auf unsere Stärken zu vertrauen – und auf mich«, sagte Brynn eindringlich. »Meine Armee wird mit jeder eroberten Stadt wachsen, wie in Dharyan und Pruda bereits geschehen. Reibt ihre Truppen allmählich auf, bringt sie dazu, dass sie sich danach sehnen, in ihre Heimat zurückzukehren. Schickt, wann immer sich eine Möglichkeit bietet, kleinere Trupps aus, die ihren Tross umgehen und ihre Nachschubkarawanen zerstören. Diese Art der Zermürbungstaktik begünstigt stets die Verteidiger des Heimatlandes. Die behrenesischen Soldaten hassen dieses Land, weil sie es nicht verstehen, und wenn Ihr Euer Geschick und Eure Schnelligkeit einsetzt, wird sich dieser Hass noch verstärken. Sobald ihre Soldaten, vom Hunger getrieben, aufgeben und desertieren, werdet Ihr sehen, wie ihre Zahl immer mehr schrumpft.«

»Nicht einer von ihnen wird To-gai lebend verlassen«, erklärte der finster dreinblickende Hüne.

Brynn ging zu ihm. »Wie lautet Euer Name?«

»Ich bin Tanalk Grenk aus Kayleen Kek«, verkündete er stolz. Als sie den Dorfnamen ihres früheren Stammes hörte, trat Brynn einen Schritt zurück und riss erstaunt die Augen auf. Der Name des Mannes kam ihr ebenfalls bekannt vor.

»Ich bin auch aus Kayleen Kek«, sagte sie, worauf der Mann nickte und an ihr vorbeischaute. Sie drehte sich um und sah Barachuk ebenfalls nicken.

»Ich erinnere mich an Euch«, sagte Tanalk, »obwohl Ihr damals noch ein kleines Mädchen wart. Es freut mich sehr, Euch wiederzusehen.«

Brynn wandte sich wieder um und legte dem hoch gewachsenen Mann die Hand auf die Schulter. »Nehmt Euch den schnellsten und stärksten Vierzigertrupp«, sagte sie zu ihm. »Überfallt mit ihnen die Karawanen. Schlagt zu, wann immer und so brutal Ihr könnt. Ernährt Euch von dem, was das Land hergibt, so wie Ihr es gelernt habt, und lasst die Behreneser ins Leere laufen und verhungern.«

Ein boshaftes Grinsen breitete sich auf dem Gesicht des hoch gewachsenen Mannes aus, während er bedächtig nickte.

Plötzlich hallte aus großer Ferne ein gewaltiges Gebrüll durch die Nacht.

»Ich muss fort«, sagte Brynn. »Ich muss wieder nach Behren und zur Armee meiner Landsleute, die zurzeit in der eroberten Stadt Pruda steht. Ich werde zurückkommen, sobald ich kann. Aber ob Ihr mich nun wiederseht oder nicht, ich möchte Euch bitten, an den alten Sitten und Gebräuchen der To-gai-ru festzuhalten und Euch dem Willen der behrenesischen Eroberer bis zum letzten Atemzug zu widersetzen.«

Rings um sie her erhob sich ein gewaltiger Beifallssturm, begleitet von zahlreichen in den Himmel gereckten Waffen.

Die Jubelrufe klangen ihr trotz des tosenden Windes noch lange in den Ohren, als sie in jener Nacht zurück nach Osten flog, vorbei an der behrenesischen Armee, die ihr Feldlager abgebrochen und den Marsch auf die brennende Siedlung begonnen hatte. Nach einiger Zeit überquerten sie die Abbruchkante der Hochebene und erblickten dahinter weit unter sich die Wüste aus welligem, verwehtem Sand.

Sie war sich der Gefährlichkeit der Situation bewusst, ahnte, dass ihre Anfangserfolge vermutlich die leichtesten gewesen waren, und wusste nur zu gut, dass dieser hoffnungsfrohe Jubel leicht in verzweifelte Hilferufe umschlagen konnte.

Aber das war nicht zu ändern.

Brynn hatte diesen Krieg nicht begonnen – das hatte, vor mehr als einem Jahrzehnt, der Chezru-Häuptling getan. Aber sie war fest entschlossen, ihn, wenn es sein musste, bis zum bitteren Ende auszufechten. Mittlerweile war diese wilde Entschlossenheit ihr einziger Schutz gegen die grauenhaften Bilder und Geräusche aus der dem Untergang geweihten Siedlung.

Aber auch das war nicht zu ändern.

11. Ein Versprechen wird erzwungen

Pagonel traf Brynn bei ihrem morgendlichen Ritual des *Bi'nelle dasada* an, was er recht merkwürdig fand, da er sie ihre Übungen schon seit Wochen nicht mehr hatte ausführen sehen. An diesem Morgen jedoch schien sie mit großem Ernst bei der Sache zu sein; sie gab sich ihren Schritten und Bewegungen mit einem Eifer hin, wie er ihn zuvor bei ihr noch nie beobachtet hatte.

Ihm war sofort klar, dass sie den Schwerttanz als eine Art Schutzschild benutzte, dass sie ihre Gefühle hinter einer Mauer aus Disziplin zu verbergen versuchte.

Er fand ihr Gewand ganz in der Nähe und nahm es mit, als er auf die sich mit tänzerischer Leichtigkeit bewegende Frau zuging.

Als sie ihn bemerkte, warf sie ihm einen verwunderten Blick zu, denn eigentlich hätte er vernünftig genug sein müssen, sie bei diesem Ritual nicht zu stören.

Pagonel jedoch näherte sich ihr weiter mit unbeirrbarem Ernst und warf der unbekleideten jungen Frau das Gewand zu.

Brynn fing es auf und verharrte eine Weile regungslos, das Kleidungsstück in der Hand, den Blick starr auf Pagonel gerichtet. Plötzlich wurde sie sich ihrer Nacktheit in aller Deutlichkeit bewusst und schlang sich das Gewand um den Körper, ohne jedoch den Blick abzuwenden. »Was weißt du, das dich so bekümmert?«, fragte sie.

»Was ich weiß, bekümmert mich nicht«, erwiderte der Mystiker ruhig. »Die Plünderung Prudas ist beendet, die Vorräte sind verpackt, die Kunstschätze sicher versteckt, und eine geheime Fuhre ist gemäß deinen Anordnungen mit dem Truppenkontingent unterwegs hinunter in den Süden, wo so viele Söldner wie möglich angeheuert werden sollen, sogar unter den barbarischen Piraten. Was ich weiß, sagt mir, dass der Krieg einen viel günstigeren Verlauf nimmt, als wir jemals zu hoffen gewagt hätten. Es ist vielmehr, was ich nicht weiß, das mich so bekümmert.«

»Über Merwan Ma?«

»Über Brynn Dharielle.«

Brynn musterte ihn durchdringend, während er sie mit einem kritischen Blick umrundete. »Du kannst dich nicht verstecken, weißt du.«

»Tue ich das?«

Ihr Sarkasmus entlockte Pagonel ein Lächeln, aber sein Blick wurde fast augenblicklich wieder ernst. »Erzähl mir von deiner Rückkehr nach To-gai gestern Nacht«, forderte der Mystiker sie auf.

»Ich fand heraus, dass die behrenesische Armee glaubt, unsere Truppen vor sich herzutreiben, obwohl die gerissenen Befehlshaber der To-gai-ru sie eigentlich immer weiter nach Westen locken«, antwortete Brynn, etwas zu gelassen für Pagonels Geschmack.

»Und deshalb versteckst du dich vor mir, während mir das Licht fehlt, um deine dunklen Seiten auszuleuchten«, sagte der Mystiker. »Aber glaubst du wirklich, beim Schwerttanz vor dir selbst davonlaufen zu können?«

Brynn schnaubte und wies ihn mit einer Handbewegung zurück. »Du redest daher wie ein Narr«, sagte sie und schnaubte erneut.

Aber plötzlich blieb ihr die letzte vorwurfsvolle Bemerkung in der Kehle stecken, und ein stechendes, schmerzhaftes Schuldgefühl überkam sie. Rasch wandte Brynn den Kopf ab und versuchte, ihr erschrockenes Gesicht vor dem Mystiker zu verbergen, doch Pagonel war sofort bei ihr, bog ihr Kinn mit kräftiger Hand nach oben und sah ihr tief in ihre tränenfeuchten Augen.

»Was hast du dort gesehen?«, fragte er mit sanfter Stimme. Brynn versuchte, den Kopf abzuwenden, aber er hatte sie fest im Griff. »Was hast du dort getan?«

»Sie hatten unsere fliehenden Truppen fast schon eingeholt«, stieß die junge Frau plötzlich hervor. »Mit ihrer riesigen

Armee! Barachuk und all die anderen wären in Kürze einfach überrannt worden. Ich musste ihnen einen größeren Vorsprung verschaffen, bis das Gelände für unsere Truppen günstiger wäre.«

»Und da hast du Pherol auf die Behreneser losgelassen«, schloss der Mystiker.

»Nicht auf die Armee«, erwiderte Brynn. »Die wäre selbst für den Drachen viel zu stark gewesen. Aber ganz in der Nähe gab es ein Dorf, eine Vorposten-Siedlung.« Kaum hatte sie geendet, warf sie sich Pagonel in die Arme und vergrub ihr Gesicht an seiner kräftigen Brust.

»Du hast den Lindwurm das Dorf überfallen lassen?«, fragte er und spürte, wie Brynn an seiner Brust nickte. Der Mystiker schob sie auf Armeslänge von sich.

»Pherol hat es bis auf die Grundmauern niedergebrannt. Ich bin sicher, niemand konnte entkommen.«

Pagonels Nicken war eine Mischung aus Verständnis und Mitgefühl. »Ich habe dich einmal gefragt, ob das Ziel den Preis wert ist«, erinnerte er sie. »Sind all die Gräuel des Krieges – jedes Krieges – das Endziel wert, die Befreiung To-gais? Damals hast du dieser Ansicht zugestimmt.«

Brynn zögerte einen Augenblick, um über das Gespräch von damals nachzudenken, über ihre Entschlossenheit, die sie nun schon so lange an den Tag legte, und versuchte sie gegen die bedrückenden Zweifel abzuwägen, die sie mittlerweile von allen Seiten zu bedrängen schienen. »Aber das war, bevor mir mit Pherol diese ungeheure Macht an die Hand gegeben wurde.«

Die Bemerkung enthielt eine Logik, der sich der Mystiker nur schwer entziehen konnte.

»Und doch war es deine Armee und nicht diese Bestie, die die Garnison aus Pruda vollkommen aufgerieben und die Stadt überrannt hat«, gab er zu bedenken. »Auch dabei ist es zu gewaltigen Zerstörungen gekommen. So groß ist der Unterschied nicht.«

»Das war ein gerechter Kampf, Mann gegen Mann«, widersprach Brynn. »Bei der Siedlung dagegen war es … war es einfach ein Gemetzel.«

»Und wie beabsichtigst du das in Zukunft zu verhindern?«, schaltete sich eine melodisch klingende Stimme von der Seite her ein. Die beiden drehten sich um und sahen Juraviel und Cazzira auf sie zukommen.

»Warum sagst du es mir nicht?«, fuhr Brynn ihn ziemlich gereizt an. »Schließlich habe ich dir diese Bestie zu verdanken.«

»Offenbar nimmst du an, ich hätte Pherol zurückhalten können, wenn ich nur gewollt hätte«, erwiderte der Elf ruhig. »Aber als der Drache sich einmal entschlossen hatte, aus seinem dunklen Loch hervorzukommen, stand es nicht mehr in meiner Macht, ihn davon abzubringen. Also habe ich versucht, ihn für die Sache der Freiheit zu gewinnen – das ist doch immerhin etwas.«

»Ist es das?«, fragte Brynn und riss sich von Pagonel los, um sich vor Juraviel aufzubauen. »Wenn wir uns des Drachen bedienen, sind wir dann wirklich noch besser als die Behreneser, die To-gai erobert haben? Oder sind wir am Ende sogar schlimmer, weil wir eine Macht auf sie losgelassen haben, die wir nicht wirklich kontrollieren können?«

»Diese Frage muss sich jeder von uns stellen«, erwiderte Juraviel achselzuckend. »Aber wenn du wirklich eine Antwort darauf suchst, solltest du dir über eins im Klaren sein. Die Bestie ist los, und weder du noch ich können sie zwingen, in ihre finstere Höhle zurückzukehren. Willst du jetzt etwa auch noch gegen Pherol Krieg führen? Wie viele Opfer würde dich das kosten, und welche Auswirkungen hätte das auf dein großes Ziel?«

Brynn drehte sich zu Pagonel um, doch auch der Mystiker wusste darauf nichts zu erwidern.

»Ich konnte die Auferstehung des Drachen nicht verhindern«, fuhr Juraviel fort. »Aber war es nicht besser, dass ich ihn nach Süden geflogen und ihm klar zu verstehen gegeben habe, dass die Chezhou-Lei und nicht die Jhesta Tu seine Feinde sind? Ist es nicht besser, Pherols Zerstörungswut richtet sich gegen die Unterdrücker statt gegen die Unterdrückten?«

Brynn seufzte und sah die beiden Elfen und den Mystiker hilflos an. »Ich habe das Gefühl, die Last der Verantwortung ist zu groß für mich.«

»Aber gerade weil du diese Last mit einem gewissen Mitgefühl trägst, sind die Kunstschätze aus der Bibliothek in Pruda unbeschadet erhalten geblieben«, erklärte Pagonel. »Du hast Pherols Kräfte schließlich nicht wahllos auf die Behreneser losgelassen.«

»Erzähl das den Vorposten-Siedlern aus dem Dorf«, sagte Brynn.

»Und wie viele Dörfer hast du außerdem noch auf dem Weg in den Westen und wieder zurück nach Osten passiert?«, fragte der Mystiker. »Sind sie etwa alle niedergebrannt worden?«

Die Bemerkung nahm Brynn spürbar ein Stück von ihrer Last, daher antwortete sie einfach mit einem Nicken und sagte: »Wie mir dieser Krieg verhasst ist.«

»Mir ist jeder Krieg verhasst«, sagte Pagonel. »Deshalb wiederhole ich die Frage, die du dir immer wieder stellen musst: Ist der Preis für dieses Ziel vertretbar? Ist die Idee eines befreiten To-gai all das Grauen wert, das auf dem Weg dorthin liegt?«

Nach einem kurzen Seitenblick auf Juraviel zuckte Brynn hilflos mit den Schultern. »Ich wünschte, der Lindwurm wäre in seiner Höhle geblieben.«

»Du solltest dir lieber wünschen, dass die Yatols deine Heimat nicht überfallen hätten«, erwiderte der Elf.

»Selbst wenn ich wollte, ich könnte Euch die Marschrouten nicht verraten; mir ist dieses Land ebenso wenig vertraut wie Euch«, erklärte Merwan Ma trotzig, als Pagonel später am selben Tag zu ihm in den hinteren Teil eines Planwagens kletterte, der soeben durch ein ausgetrocknetes Flussbett holperte. Man hatte die gesamte Einwohnerschaft Prudas, die Überlebenden des Sturmangriffs, aus der Stadt und auf die Straße nach Osten getrieben, anschließend war Brynn mit ihrer Armee nach Süden abgeschwenkt und hatte die geräumte Stadt den heißen Wüstenwinden und Aasgeiern überlassen.

»Der Drache von To-gai verlangt nichts von Euch«, erwiderte der Mystiker und ließ sich neben dem noch immer geschwächten Mann nieder. Pagonel langte nach unten, schlug Merwan Mas Hemd zurück und registrierte den allmählich voranschreitenden Heilungsprozess seiner schweren Stichverletzungen mit einem hoffnungsfrohen Nicken.

Zuerst wandte Merwan Ma trotzig den Kopf ab, doch dann überkam ihn eine tiefe Traurigkeit und er begann zu schluchzen.

»Warum hat man Euch hierher geschickt?«, fragte Pagonel. »Wieso hielt die Stimme Gottes Merwan Ma für so gefährlich? In den Büchern, die ich in Pruda fand, habe ich eine ganze Menge über die Vormachtstellung des Chezru-Klerus gelesen, darunter auch ein unvollendetes Nachschlagewerk über den Chezru-Häuptling Yakim Douan, in dem Euer Name erwähnt wurde. An Eurer Ergebenheit gegenüber der Stimme Gottes scheint kein Zweifel zu bestehen.«

»Das sagt Ihr, und trotzdem erwartet Ihr, dass ich ihn an Euch verrate?«, fragte der Geistliche.

»Ich spreche lediglich die Frage aus, die Ihr offenbar Angst habt Euch selbst zu stellen«, erklärte Pagonel. »Tief in Eurem Innern herrscht eine gewaltige und zerstörerische Verwirrung, Merwan Ma. Die Vorstellung, dass Chezru Douan Euch töten lassen wollte, macht Euch eine Heidenangst, aber genau das hat er unbestreitbar versucht. Trotzdem fürchtet Ihr Euch noch immer, diese Fragen zu stellen, also befreie ich Euch von dieser Last.«

»Demnach wollt Ihr mein Herz genauso heilen wie meine Wunden?«, erfolgte die bissige Erwiderung.

»Vielleicht«, sagte der Mystiker vollkommen ernst und unterzog das Narbengeflecht, mit dem Merwan Mas Bauch übersät war, einer weiteren Untersuchung, ehe er an der Rückseite wieder aus dem Wagen kletterte und Merwan Ma mit seinen verstörenden Gedanken allein ließ.

Der Geistliche versuchte seinen Kopf an der Seitenwand der holpernden Kutsche abzustützen, doch seine Wunden ließen eine solche Streckung des Körpers nicht zu, also krümmte er sich stattdessen nach vorn, schlang seine Arme um die angewinkelten Knie und vergrub dort sein Gesicht. Er versuchte Pagonels Worte von sich zu weisen, versuchte sich immer wieder einzureden, dass es Shauntil gewesen sei, der die Rolle des Schurken in diesem Stück übernommen hatte, um durch die Ermordung des Mannes, den der Chezru-Häuptling zum Gouverneur von Dharyan ernannt hatte, selbst nach der Macht zu greifen. Wenn er nur in den Tempel Chom Deiru zurückkehren und die Stimme Gottes informieren könnte, dann würde Shauntil gewiss für seine abscheuliche Tat bestraft werden.

Immer wieder sagte sich Merwan Ma das, obwohl ihm irgendwo in einem verborgenen Winkel seines Verstandes bewusst war, dass er bei einer Rückkehr in den Tempel Chom Deiru unverzüglich hingerichtet werden würde.

Aber warum?

Er zermarterte sich das Gedächtnis nach irgendeinem Vergehen, dessen er sich, und sei es noch so unbeabsichtigt, gegenüber der Stimme Gottes schuldig gemacht hatte. Doch nichts drängte sich auf.

Ein Bild jedoch erschien immer wieder vor ihm, das des blutverschmierten Yakim Douan, der geradezu ängstlich einen Kelch umklammert hielt.

Das war offenbar der Wendepunkt gewesen, aber welches Verbrechen, welche Sünde hatte er in Verbindung mit dem Blutopferkelch begangen? Natürlich wusste er von dessen überraschendem Inhalt, dem Edelstein, aber er hatte keiner Menschenseele davon erzählt und konnte sich wirklich sicher nicht sein, ob an diesem Edelstein etwas Unrechtmäßiges war. Vielleicht handelte es sich ja nur um eine als Zierde gedachte Markierung, damit der vergleichsweise hohe und kunstvoll verzierte Kelch gefüllt werden konnte, ohne dass die Spender über Gebühr zur Ader gelassen wurden.

Daran war schließlich nichts Unstatthaftes. Yatol hatte nicht alle Edelsteine verboten – sondern ausschließlich die Verwendung magischer Steine, wie sie diese abellikanischen Ketzer verwendeten.

Und zumindest einer dieser Ketzer war ein enger persönlicher Freund der Stimme Gottes …

Schließlich ließ Merwan Ma den Kopf doch nach hinten sinken und ignorierte den ziehenden Schmerz in seinem vernarbten Gewebe. Dies alles wollte keinen rechten Sinn ergeben, schien alles nur ein absurder Trick dieses Mystikers der Jhesta Tu zu sein, der die abstoßende Tat eines Schurken unter den Chezhou-Lei irgendwie in einen persönlichen Vorteil umzumünzen versuchte. Und doch, auch wenn er sich mit seinem Verstand und seinen Worten dagegen sträubte, in seinem Herzen schien es unbestreitbar.

Chezru-Häuptling Yakim Douan, seine geliebte Stimme Gottes, jener Mann, dem er während seines gesamten Erwachsenenlebens gedient hatte, hatte den Befehl gegeben, ihn zu ermorden.

Brynn ließ den Blick über die Landschaft wandern, die geschwungenen hellgelben Dünen, die gewaltigen Wellen gleich auf einen Ort von mannigfacher Farbenvielfalt zuzuhalten schienen, wo sich Dattelbäume sanft im heißen Wind wiegten, deren Stämme am Ufer eines langen, schmalen Sees von dichtem Gras umwuchert waren. Der See war von mehreren Reihen kleiner Häuser gesäumt, die sich bis zu einer einzeln stehenden, gedrungen und massiv wirkenden Burg mit verwinkeltem Dach und dunkelbraunen, von Schießscharten durchbrochenen Mauern hinaufzogen.

Drei Wochen hatte sie gebraucht, um ihre Armee hierher zu führen, größtenteils durch menschenleere Sandwüste, da sie keiner für ihre Feinde vorhersehbaren Route folgen wollte. Der Ort war zweifellos ein erfreulicher Anblick, doch den müden, schlachthungrigen To-gai-ru wäre jede menschliche Ansiedlung willkommen gewesen.

»Die Oase Garou«, sagte der neben ihr und Nesty auf seinem Pferd sitzende Pagonel.

»Eine Stadt ganz ohne Mauern«, staunte sie.

»Durchaus typisch für eine Oase«, erläuterte der Mystiker. »Der Ort ist eine Zwischenstation für die Karawanen, die hier eine hohe Abgabe entrichten müssen, um ihre Tiere und sich selbst mit Wasser zu versorgen.«

»Was wir ebenfalls tun werden, allerdings ohne diese Abgabe zu bezahlen.«

»Die Bewohner der Häuser werden bestimmt vor uns in ihre Burg hinaufflüchten«, sagte Pagonel. »Und von dort aus einen Pfeilhagel auf uns herniederprasseln lassen.«

»Dann schleifen wir ihre Burg eben, bevor wir uns mit Wasser versorgen«, entschied Brynn nüchtern und mit einer Kälte, die dem Mystiker nicht entging.

»Nimm dich vor diesem Ort in Acht«, warnte Pagonel. »Die Burgen der behrenesischen Oasen sind die stärksten Festungen des ganzen Landes. Sie brauchen nicht vielen Bewohnern Platz zu bieten – meiner Schätzung nach leben hier nicht mehr als fünfhundert Personen –, trotzdem beherbergen sie riesige Lagerräume voller Reichtümer, da die Abgabe für die Benutzung einer Oase nie gering ausfällt. Sie wurden errichtet, um einer ganzen Armee zu trotzen, und herauslocken wie in Dharyan und Pruda wirst du ihre Bewohner kaum können.«

»Wir werden sehen«, erwiderte Brynn.

Sie fielen wie ein alles vernichtender, den weichen, heißen Sand aufwirbelnder Schwarm in der Oase ein. Anders als bei ihren vorangegangenen Siegen hielt Brynn bei ihrer Attacke auf die Oase Garou keine Truppenteile zurück, sondern ließ ihre gesamte, sich mittlerweile eher auf fünf- als auf viertausend Mann belaufende Streitmacht in einem sich immer enger zusammenziehenden Ring angreifen. Die in den etwas abseits gelegenen Häusern lebenden Behreneser versuchten nicht einmal, sich den To-gai-ru-Scharen entgegenzustemmen, sondern flohen geradewegs in die schützende Burg.

Auch wenn einige niedergeritten wurden, die meisten konnten der to-gai-ruschen Angriffswelle mit knapper Not entkommen. Bereits wenige Augenblicke nach Beginn des Sturmangriffs senkte sich wieder Stille über die Oase; Brynns Armee hatte die letzte Bastion der behrenesischen Verteidiger umzingelt.

Eine einzelne Gruppe von Behrenesern jedoch hatte es nicht hinter die schützenden Mauern geschafft. Vor den Toren der Burg drängelte sich eine durchreisende Karawane, der man den Einlass verwehrt hatte – ohne eine Möglichkeit, zu fliehen oder in Deckung zu gehen.

Doch weder wollte Brynn ihre Soldaten zu nah an die Burg heranführen, noch gestattete sie den To-gai-ru, die in der Falle sitzenden Kaufleute mit ihren Langbögen niederzumachen.

Stattdessen lenkte sie Nesty um die Burg herum zu der betreffenden Seite, nah genug, um mit einigen der in Panik geratenen Behreneser Blickkontakt aufzunehmen. Beim Anblick dieser Frau, denen die übrigen To-gai-ru so viel Ehrerbietung entgegenbrachten, dass sie in ihr unschwer die Anführerin der Armee erkannten, begannen einige von ihnen sofort wieder gegen das Tor zu hämmern.

Brynn hob die Hand und machte den Behrenesern ein Zeichen, näher zu treten; diese zögerten jedoch, während einige von ihnen noch immer gegen das Eisentor pochten.

»Ihr könnt nirgendwohin fliehen«, rief Brynn ihnen zu. »Wenn ihr euch ergebt, wird man eure Kapitulation akzeptieren. Andernfalls werdet ihr auf der Stelle sterben.«

Die schlichten Worte schienen den Willen vieler Kaufleute zu brechen. Sie wechselten verzweifelte Blicke und kamen Brynn schließlich mit erhobenen Händen und unter mehrfachen Verbeugungen entgegen.

In diesem Augenblick erfolgte die erste Salve aus der Burg, ein Pfeilhagel, der in erster Linie Brynn galt. Doch die meisten erreichten gar nicht erst ihr Ziel, und einige senkten sich sogar auf die bemitleidenswerten Kaufleute herab, als diese sich soeben von der Burg entfernten.

Sofort stoben sie in wilder Panik auseinander. Brynn folgte ihrem Beispiel und ließ Nesty mit einem Satz zur Seite davonspringen, aber nicht bevor ein Pfeil ihn in den Vorderlauf traf und dort eine tiefe, klaffende Wunde hinterließ, was zur Folge hatte, dass er sich aufbäumte und die junge Hüterin aus dem Sattel warf.

Mittlerweile flüchteten die behrenesischen Kaufleute in Todesangst vor ihren eigenen Landsleuten. Brynns Krieger fingen sie grob ab und trieben sie zu einer zentralen Sammelstelle, während Brynn, nachdem sie Nesty wieder in ihre Gewalt gebracht hatte, sich in einer Mischung aus Trotz und Entschlossenheit an ihre vorherige Position zurückbegab.

»Ich biete euch trotz dieser Frechheit die gleiche Chance, euch zu ergeben«, rief sie zur Burg hinüber.

»Verschwindet!«, kam die schroffe Antwort. »Ihr habt gegen unsere massiven Mauern keine Chance, und wir werden gewiss nicht hinter ihnen hervorkommen, um mit euch zu kämpfen. Tränkt eure Pferde, wenn ihr wollt; wir können euch nicht daran hindern, aber eure Siegessträhne hat hier ein Ende! Und jetzt verschwindet!«

Brynn reckte ihr Schwert in die Höhe und schickte einen Feuerball an der Klinge entlang in den Himmel. »Ich bin der Drache von To-gai!«, rief sie. »Dharyan ist gefallen. Pruda ist gefallen. Es gibt für euch kein Entrinnen! Ich werde die Mauern der Festung einreißen, hinter denen ihr euch verkrochen habt!«

Die Antwort erfolgte in Gestalt einer weiteren Pfeilsalve, doch da war Brynn längst wieder in Bewegung, um ihr kostbares Pony in Sicherheit zu bringen.

»Tränkt die Pferde und besorgt auf der anderen Seite des Sees frische Vorräte«, wies sie ihre Kommandanten im Vorübereiten an. »Aber lasst das gesamte Umfeld der Burg von Kundschaftern überwachen. Sollten sie tatsächlich einen Fluchtversuch wagen, jagt Ihr sie hinaus in die offene Wüste.«

»Und was wird aus denen?«, fragte ein hoch gewachsener, finster dreinblickender To-gai-ru-Krieger und zeigte hinüber zu den zwanzig gefangenen Kaufleuten und ihren Sklaven, darunter auch einige To-gai-ru.

»Unsere Landsleute werden sich uns anschließen – versorgt sie aus dem Bestand der eingefangenen Tiere mit Pferden«, wies Brynn ihn an. »Die behrenesischen Diener könnt Ihr laufen lassen. Gebt ihnen Pferde und genügend Vorräte mit, damit sie sich bis zur nächsten Ortschaft durchschlagen können. Und was die Kaufleute betrifft ...«

Brynn zögerte und überlegte, wie sich diese unerwarteten Gefangenen am vorteilhaftesten verwenden ließen. »Schickt sie mit dem nächsten Schatztransport nach Süden, der dort unten Söldner anheuern soll. Bestellt den Kommandanten, sie sollen Lösegeld für sie fordern.«

Der Krieger betrachtete sie, wie viele der Umstehenden, mit skeptischer Miene, ein Ausdruck, den Brynn mit einem strengen fragenden Blick beantwortete.

»Wir hatten uns vor langer Zeit darauf geeinigt, keine Gefangenen zu machen«, erklärte der Mann.

Brynn sah hinüber zu den verängstigten, sich unterwürfig gebärdenden Kaufleuten, Männer und Frauen, die völlig verweichlicht waren von einem fast ausnahmslos in dekadentem Luxus verbrachten Leben, in dem ihnen sämtliche Verrichtungen des Alltags von anderen abgenommen wurden.

»Sie werden uns kaum behindern«, entschied sie. »Jetzt, da wir den Krieg immer weiter nach Behren hineintragen und geldgierige Piraten und Söldner anwerben, werden wir noch weit größere Geldbeträge benötigen. Vermutlich werden diese Leute alles dafür geben, ihre zarte Haut zu retten, ganz gleich, wie hoch der Preis für Behren ist.«

»Jawohl, mein Drache«, pflichtete ihr der Krieger bei.

Die Anrede traf Brynn wie ein Schlag. Sie wusste, dass mittlerweile viele dazu übergegangen waren, diese Bezeichnung zu gebrauchen, wenn von ihr die Rede war, aber in Anbetracht dessen, was sie über Pherols im Grunde eher zerstörerisches Wesen wusste, war sie nicht sicher, ob der Titel so schmeichelhaft war wie beabsichtigt.

Die junge Kriegerin, die in der Denkweise der Jhesta Tu unterwiesene Hüterin, sperrte sich gegen diesen Anflug von Schuldgefühlen. Sie hatte den unverschämten Behrenesern soeben unmissverständlich zu verstehen gegeben, dass sie die Mauern um sie herum einzureißen gedachte, und genau das würde sie jetzt tun. Die Festung der Oase Garou war als Bollwerk gegen die schnellsten von Wurfgeschützen geschleuderten Speere, gegen die schwersten Katapultgeschosse und die Urgewalt der magischen Edelsteine errichtet worden, gegen das gewaltigste je von Menschen erdachte Kriegsgerät.

Brynn jedoch stand eine Waffe ganz anderen Kalibers zur Verfügung.

Juraviel und Cazzira wandten die Köpfe, als sie Brynn näher kommen sahen. Die junge Frau saß nicht auf ihrem Pony, sondern ging zu Fuß. Die Elfen hatten gemeinsam mit Pherol eine halbe Meile entfernt von der belagerten Oase im Schutz einer hohen Sanddüne Quartier bezogen, und wie schon beim Sieg vor Pruda und trotz der ungeheuren Verwüstungen, die er in jener einen Nacht unter den Vorposten-Siedlern in To-gai angerichtet hatte, schien der Drache alles andere als begeistert, von den Kämpfen ausgeschlossen zu sein.

Beleidigt bleckte der Drache die Zähne und wich leise knurrend ein Stück zurück, als Brynn sich den beiden Elfen näherte.

»Du hast ja gar nicht versucht, sie herauszulocken«, bemerkte Cazzira. »Ich war überrascht, als ich deine gesamten Truppen wie zu einer offenen Feldschlacht heranstürmen sah.«

»Ihre ganzen Truppen wohl kaum«, kam Pherols bissige Bemerkung aus dem Hintergrund.

»Unterschiedliche Schlachtfelder erfordern unterschiedliche Taktiken«, erklärte Brynn. »Ich wollte, dass sie gezwungen sind, sich in die Burg zurückzuziehen. Das ist geschehen. Jetzt habe ich vor, sie einzureißen.«

Auf dieses Stichwort wandten alle drei die Köpfe und betrachteten Pherol, dessen Interesse plötzlich geweckt schien und der erneut die Zähne bleckte, diesmal aber unverkennbar aus Entzücken.

Brynn trat zwischen die Elfen und wandte sich direkt an den Drachen. »Das wird deine bislang größte Herausforderung werden«, sagte sie.

Der Drache hatte nur ein höhnisches Schnauben für sie übrig, in seiner Mischung aus Fauchen und Knurren ein recht seltsames Geräusch.

»Ich werde dir erlauben, die Festung anzugreifen. Du sollst den Schutzwall durchbrechen, hinter dem sich unsere Feinde verkrochen haben, damit meine Krieger sie anschließend überrennen können«, erläuterte Brynn.

»So hättest du gleich von Anfang an vorgehen sollen«, blaffte Pherol.

»Ich biete dir eine Gelegenheit, genauso wie in jener Nacht vor drei Wochen in To-gai«, erwiderte Brynn, worauf der Drache erneut höhnisch schnaubte.

»Glaubst du etwa, du könntest mich zurückhalten, falls ich mich entscheiden sollte, die Gelegenheit beim Schopf zu packen?«

Brynn ging auf ihn zu, baute sich vor dem Lindwurm auf, der seine echsenhafte, menschenähnliche Gestalt angenommen hatte, und musterte ihn kühl und ohne jede Furcht. Juraviel und Cazzira wechselten hinter ihrem Rücken einen besorgten Blick, ehe sie herbeigeeilt kamen, um der tapferen, offenkundig aber etwas leichtsinnigen Frau beizustehen.

»Ich werde dir erlauben, auch weiterhin in meiner Armee zu dienen, Pherol«, erklärte Brynn standhaft. »Aber dieses Angebot gilt nur unter der Bedingung, dass du aufhörst, dich in To-gai oder Behren herumzutreiben, und sofort in deinen Bau zurückkehrst, wenn ich es verlange.«

Pherols Reaktion – seine unverhohlene Verachtung und die weit aufgerissenen Augen – wirkte wie der Auftakt zu einer jähen, tödlichen Attacke, so unübersehbar, dass Juraviel Brynn einen Schritt nach hinten riss und Cazzira mit den Armen fuchtelnd vor den Drachen sprang, um ihn abzulenken und ihm wenigstens einen Augenblick Zeit zu geben, seinen Angriff noch einmal zu überdenken.

Brynn dagegen zuckte nicht mal mit der Wimper.

»Ich könnte dich gleich hier töten, Menschenfrau!«, brüllte der Drache. »Ich könnte dich auf der Stelle zu Asche verbrennen oder dich mit meinen Pranken in der Luft zerreißen, ohne mich auch nur groß anzustrengen.«

»Wahrscheinlich bräuchtest du dich überhaupt nicht anzustrengen«, gab Brynn ihm Recht. »Aber was hättest du davon? Und welche Nachteile würden dir auf lange Sicht dadurch entstehen?«

Der Drache, offenbar alles andere als überzeugt, verengte seine Reptilienaugen zu bedrohlich schmalen Schlitzen.

»Entweder du willigst ein, oder deine Zeit hier ist zu Ende«, fügte Brynn entschlossen hinzu.

Pherol gab ein langes, leises Knurren von sich.

»Im Übrigen wirst du für deine Dienste reich entlohnt werden«, schaltete sich Juraviel plötzlich ein und stellte sich vor Brynn. »Gleich nach der Befreiung To-gais werden wir eine Karawane mit Schätzen zu deiner Höhle schicken, Reichtümer, die du dir durch deine Dienste ehrlich verdient hast!«

Pherol versuchte seinen zornig funkelnden Blick aufrechtzuerhalten, aber das Angebot war so verlockend, dass eine seiner Brauen verräterisch in die Höhe schnellte.

Brynn dagegen war über dieses Angebot, über Juraviels Einmischung in diese unvermeidliche Auseinandersetzung zwischen ihr und Pherol, weit weniger begeistert. Sie hatte noch einmal über diese schauderhafte Nacht in To-gai nachgedacht und war zu dem Schluss gekommen, dass sie sich entweder die Kontrolle über diese Bestie sichern oder sie ganz aus ihren Diensten entlassen musste. Ein Kompromiss kam für sie nicht in Frage.

»Ein Schatz, der von einer aus fünfhundert Menschensklaven bestehenden Karawane angeliefert wird!«, verlangte Pherol plötzlich, Brynn bei jedem Wort eindringlich musternd.

»Nein!«, entgegnete die junge Frau, und ihr Ton ließ keinen Raum für Zugeständnisse. »Er wird von Freiwilligen angeliefert werden.«

»Außerdem müssen sie mich mit Geschichten unterhalten – und nur wenn ich die Geschichten akzeptabel finde, werde ich mir überlegen, ob ich sie vielleicht nicht verschlinge!«, fügte Pherol hinzu.

»Kommt nicht in Frage!«

Der Drache verfiel in wütendes Gebrüll.

»Wie du willst. Dann sind wir also von jetzt an geschiedene Leute!«, erklärte Brynn und drängte sich an den Elfen vorbei, um sich unmittelbar vor Pherol aufzubauen. »Verbrenn mich von mir aus mit deinem Feueratem – nur sei dir darüber im Klaren, dass du damit sämtliche Völker südlich des Gebirges gegen dich aufbringen wirst. Gemeinsam werden sie dich zur Strecke bringen, denn verglichen mit dem wahren Schrecken eines wilden Drachen wird ihnen der Krieg zwischen Behren und To-gai geradezu belanglos erscheinen. Wie willst du jemals wieder einen Ort finden, wo du in Ruhe schlafen kannst, Pherol? Vergiss nicht, ich kenne den Weg zu deinem Versteck und habe zahlreiche Gewährsleute ausschwärmen lassen, die diese Information an mächtige Feinde weitergeben, falls ich von dir verraten und getötet werde.«

Die Augen des Drachen wurden zu bedrohlich schmalen Schlitzen.

»Eigentlich möchte ich heute Nacht auf deinem Rücken reiten, damit wir beide, als Verbündete, die Festung von Garou schleifen. Aber das werde ich nicht tun, Pherol, solange du mir nicht dein Wort gegeben hast, dass du in deine Höhle zurückkehren und die Menschen nicht länger behelligen wirst, wenn ich dich nicht mehr brauche.«

»Und was bekomme ich von dir als Gegenleistung, Brynn Dharielle, Drache von To-gai?«, fauchte der Lindwurm.

»Reichtümer«, antwortete Brynn mit einem anerkennenden Nicken zu Juraviel. »Kunstvoll gearbeitete Geschmeide, angeliefert von Barden aus To-gai, die für dich singen und dir grandiose Geschichten erzählen werden – ein angemessener Lohn für deinen Dienst an unserer Sache.

Aber eben *unserer* Sache, Pherol, und nicht deiner!«, fügte die junge Hüterin mit grimmiger Entschlossenheit hinzu. »Das ist gewissermaßen die Sicherungsleine, die ich verlange.«

»Die du verlangst?«

»Ganz recht, die ich verlange!«, konterte Brynn mit verblüffender Heftigkeit und weit aufgerissenen Augen, in denen eine Entschlossenheit aufblitzte, die der des Drachen zumindest ebenbürtig schien.

Pherol wich einen Schritt zurück, und einen entsetzlichen Augenblick lang befürchteten Brynn und die beiden Elfen, die Bestie werde über sie herfallen und sie verschlingen. Doch dann erklang das Gelächter des Drachen, ein schallendes, heiseres Gebell.

Das ebenso unvermittelt wieder verstummte, als Pherol Brynns durchdringenden Blick erwiderte. Er bewegte sich mit beängstigender Geschwindigkeit auf sie zu, aber nicht, um sie zu erwürgen oder zu verschlingen; vielmehr ließ er sich vor ihr im Sand auf ein Knie fallen.

»Klettere auf meine Schultern, Drache von To-gai!«, sagte er. »Beweisen wir den Feinden, wie wenig ihre Festungsmauern gegen die Kräfte Phe ... gegen die vereinten Kräfte To-gais auszurichten vermögen!«

»Habe ich dein Wort darauf?«

»Sag mir, wenn ich gehen und mich ausruhen darf. Ich werde dieses Abenteuer allmählich leid.«

Brynn sah hinüber zu Juraviel, der ein ziemlich verblüfftes, letztlich aber zufriedenes Gesicht machte

Die Luft in jener Nacht war vollkommen windstill und von einer klaren, frischen Kälte; tausend Sterne funkelten über dem Wüstensand am Himmel, aber es schien kein Mond, daher war es so dunkel, dass niemand bemerkte, wie einige dieser Sterne für einen Augenblick zu erlöschen schienen, als ein schnell über den Himmel ziehender dunkler Schatten sie für kurze Zeit verdeckte.

Lautlos glitt die junge Hüterin auf dem Rücken dieser gewaltigen, zerstörerischen Bestie der mächtigen Festung entgegen, immer wieder die Lederriemen überprüfend, die sie als behelfsmäßigen Sattel an dem Drachen befestigt hatte.

Pherol klappte seine Flügel ein und schoss wie ein gewaltiger Speer auf den dunkel daliegenden Festungshügel zu. Unmittelbar vor dem Aufprall riss Pherol seinen Körper nach oben, spreizte seine breiten, ledrigen Flügel und landete hart an der Seitenmauer der Festung, wo seine riesigen, krallenbewehrten Füße tiefe Mulden in den weichen Sandstein gruben, was die Burg in so heftige Erschütterungen versetzte, dass sich selbst die Oberfläche des fünfzig Schritte weit entfernten Oasenteichs noch kräuselte.

Sofort wurden im Innern des Gemäuers entsetzte Rufe laut, und als Brynn ihr Schwert in die Höhe reckte und auflodern ließ, griffen ihre die Festung umzingelnden Soldaten diese Rufe auf und stimmten ein gewaltiges Jubel- und Kriegsgeschrei an.

Brynn klammerte sich an den Hals des Drachen, als dieser in Raserei verfiel, seinen riesigen Schwanz gegen die Mauern peitschte und schließlich dazu überging, das Mauerwerk mit seinen Vorderläufen und der Schnauze zu bearbeiten. Ein aus einer nahen Schießscharte abgefeuerter Pfeil prallte wirkungslos von seiner schuppigen Haut ab. Der Drache reagierte, indem er seine Schnauze vor die Maueröffnung schob und eine gewaltige Flammenwolke ins Festungsinnere blies.

Das Geschrei im Innern der Festung wurde immer verzweifelter!

Doch zugleich gab es von drinnen plötzlich energischen Widerstand; von allen Seiten wurden Pfeile abgeschossen, die Luft rings um Pherol und Brynn war voll von ihnen, ehe sie vom dicken Schuppenpanzer des Drachen abgelenkt wurden, um sich gleich darauf in seine ledrigen Flügel zu bohren und dort stecken zu bleiben. Das stachelte den Drachen nur zu noch größerer Raserei an; immer wieder warf er sich gegen die Seitenmauer der Festung, bis das gesamte Gebäude unter der Erschütterung ins Wanken geriet und das mächtige Mauerwerk nachzugeben begann. Immer wieder schlug Pherol wuchtig mit seinem Schwanz zu und nutzte jede sich ihm bietende Maueröffnung, um seinen Feueratem ins Innere zu blasen.

»Das Tor!«, kommandierte Brynn.

Der Drache warf sich noch ein paar Mal wild um sich schlagend gegen das Mauerwerk und bearbeitete es mit seinen Krallen, dann endlich schien er die lauten Rufe der jungen Hüterin zu hören. Er ließ seinen schlangengleichen Hals nach vorn schnellen und grub sein Maul unmittelbar oberhalb des Eisentores in das weiche Gestein; dann ließ er seinem Zorn freien Lauf und fraß sich malmend und beißend durch das bröckelige Mauerwerk, bis seine Zähne ein härteres Material zu fassen bekamen.

Mit einer mächtigen hievenden Bewegung riss Pherol seinen Kopf nach hinten, zerrte das Stück Eisen glatt aus dem bröckeligen Gestein und schleuderte das riesige Tor der Burg Garou durch ein seitliches Verreißen seines Kopfes weit hinaus in die Nacht, wo es mit einem lauten Klatschen im Teich der Oase landete.

Pherol schob seinen Kopf tief unten in die Bresche und füllte den Zugang der Burg mit seinem todbringenden Feuer, ehe er sich weiter seiner Raserei hingab, ein Stück der Ummauerung mit einem wuchtigen Schlag seines Schwanzes zum Einsturz brachte und die hilflos dahinter kauernden Verteidiger mit großen Brocken des Mauerwerks überschüttete.

Aber noch immer feuerten die Behreneser eine Salve nach der anderen ab, in denen sich jetzt auch große, von den Wurfgeschützen geschleuderte Speere befanden.

»Flieg los!«, befahl Brynn dem Drachen.

Doch Pherol drosch immer weiter um sich, schob seinen Kopf in die durch die eingestürzte Mauer entstandene Bresche und packte einen Mann mit seinem riesigen Maul.

Brynn zuckte zusammen, als sie seine Knochen unter dem

Druck der entsetzlichen Kiefer zerbersten hörte; dann plötzlich war der Mann verschwunden, einfach so.

»Flieg endlich los!«, schrie sie erneut. Der Drache wirbelte herum und drosch ein letztes Mal mit seinem Schwanz gegen das bereits angeschlagene Mauerwerk, so dass sich ein noch größerer Brocken herauslöste und ins Burginnere stürzte. Endlich sprang Pherol zu Brynns großer Erleichterung mit einem mächtigen Satz ab, um sie unverzüglich mit mächtigem Flügelschlag weit fortzutragen.

Brynn schloss die Augen und atmete erleichtert auf. Der Drache hatte gehorcht.

Dann öffnete sie die Augen, drehte sich zu der schwer beschädigten Burg um und sah die klaffende Bresche rings um das Tor und die sogar noch größere Lücke etwas weiter seitlich in der Festungsmauer. Aus beiden Öffnungen sowie aus dem Dach quoll dichter Rauch, offenbar von den durch Pherols Feueratem ausgelösten Bränden. Jetzt, da ihre Truppen Brynn mit ihrem in den Himmel gereckten Schwert davonfliegen sahen, begannen sie mit ihrem Sturmangriff.

Als Pherol sie schließlich wieder im Lager bei den beiden Elfen und Nesty absetzte und sie auf ihrem Pferd in die Oase zurückreiten konnte, war die Schlacht längst geschlagen, die Burg eingenommen, und die wenigen Verteidiger, die man am Leben gelassen hatte, waren zu einer kleinen Gruppe zusammengetrieben worden.

Auf diese Gruppe ritt Brynn zu; sie stieg ab und schlenderte zwischen den völlig verängstigten Behrenesern umher. »Gebt ihnen Vorräte mit und lasst sie dann laufen«, befahl sie ihren Kriegern, ehe sie die Gefangenen anwies: »Ihr werdet jetzt gehen und euren Landsleuten vom Untergang der Oase Garou berichten. Erzählt ihnen vom Drachen von To-gai und von dem Schicksal, das sie alle ereilen wird, solange der Chezru-Häuptling sich weigert, To-gai für frei zu erklären. Es gibt keine Burgmauern, die stark genug wären, um mich aufzuhalten.«

Dann entfernte sie sich mit entschlossenen Schritten.

12. Sandsturm

»Aus Alzuth?«, fragte der Chezru-Häuptling in Anspielung auf die nächste Stadt an der Südroute jenseits von Pruda, seiner Einschätzung nach auch das nächste Angriffsziel in den Plänen des Drachen von To-gai. Erst zwei Wochen zuvor hatte ihn die Kunde vom Fall der Stadt Pruda erreicht, daher erwartete er nun, als er hörte, eine Gruppe völlig aufgelöster Männer sei eingetroffen, um die Nachricht von einer weiteren Katastrophe zu überbringen, auch Alzuth sei gefallen.

Sein neuer Leibdiener, ein hagerer und hoch aufgeschossener Geistlicher mit Namen Took, schüttelte zögernd den Kopf. »Aus der Oase Garou, Stimme Gottes«, sagte er mit banger Stimme.

Unter den übrigen Anwesenden im Raum, Yatols, die gekommen waren, um über zunehmende Piratenaktivitäten und andere beunruhigende Ereignisse zu berichten, setzte nervöses Getuschel ein. Der Chezru-Häuptling bedeutete ihnen, Ruhe zu bewahren, obwohl seinem Gesichtsausdruck deutlich anzusehen war, dass die unerwarteten Neuigkeiten auch ihn nicht völlig unberührt ließen. Denn die Oase Garou lag keineswegs auf der direkten Route südlich von Pruda, auf der er den Drachen von To-gai vermutet hatte, sondern weiter landeinwärts und östlich, an der von Jacintha nach Südwesten führenden Straße.

Yakim Douan ließ sich schwer in seinen Sessel zurücksinken, das Gesicht angespannt vor Konzentration.

»Was hat das zu bedeuten, Stimme Gottes?«, wollte Yatol De Hamman mit einem Unterton von Verzweiflung in der Stimme wissen. »Hat der Drache von To-gai etwa die Absicht, Jacintha anzugreifen?«

Wieder machte der Chezru-Häuptling eine beruhigende Handbewegung. »Führt die Abgesandten herein«, wies er Took an, worauf der Mann sich unter mehrfachen Verbeugungen eilig Richtung Tür entfernte und einen Augenblick später mit drei schlammbespritzten Männern wiederkam, von denen Yakim Douan einen, Doyugga Doy, als Botschafter aus Garou wiedererkannte.

»Stimme Gottes«, stieß Doyugga hervor und warf sich der Länge nach vor dem Chezru-Häuptling auf den Boden. »Ich flehe Euch an! Diese Frau ist mächtiger, als sich mit Worten beschreiben lässt! Ihr Pferd vermag sich in einen riesigen Drachen zu verwandeln, der Feuer speien kann, genau wie sie! Und diese Barbaren gehorchen ihr ohne Rücksicht auf ihr eigenes Leben! Sie haben völlig den Verstand verloren, Stimme Gottes! Völlig, sage ich!«

»Die Oase wurde überrannt?«, erkundigte sich Yakim Douan ruhig.

»Vernichtet!«, erwiderte der Mann. »Wie ein Sandsturm sind sie über uns hinweggefegt. Ich glaube sogar, sie waren Sand, von Magie verwandelter Sand, herangeweht von gewaltigen Winden! Mein Meister, Yatol möge ihn beschützen, hat sämtliche Dorfbewohner in die Burg bringen lassen, soweit es deren Fassungsvermögen zuließ, doch dann hat die Anführerin der Rus ihr Pferd in einen Drachen verwandelt und unsere Mauern zum Einsturz gebracht! Unmittelbar darauf kamen ihre Krieger mit dem Wind im Rücken herangestürmt, zahlreich wie Sandkörner.«

Unter den anderen Yatols entspannen sich nervöse Unterhaltungen, immer wieder unterbrochen von Ausrufen wie »Drachen« oder »Sandsturm«. Yakim Douan selbst dagegen zeigte sich weit weniger beeindruckt, er kannte diese Geschichten bereits zur Genüge. Es war mehr oder weniger immer das Gleiche – in jedem Krieg, der in den letzten paar Jahrhunderten geführt worden war, übertrieben die Geflohenen die Stärke des Feindes, und sei es nur, um jede Schuld von sich zu weisen, die sie sonst allein dafür, dass sie geflüchtet waren, hätten auf sich nehmen müssen.

Nichtsdestotrotz war Douan sich darüber im Klaren, dass er die Gefahr ernst nehmen musste, auch wenn er bezweifelte, dass die To-gai-ru auch nur die geringste Chance besaßen, dem mächtigen Jacintha ernsthaft Schaden zuzufügen; nicht einmal dann, wenn alle ihre Stämme sich zu einer einzigen Armee zusammenschließen würden.

Blieb allerdings die Geschichte mit diesem Drachen …

»Ihr habt den Lindwurm mit eigenen Augen gesehen?«, fragte er Doyugga, worauf der Mann heftig nickte.

»Er war so groß wie ein mehrstöckiges Hause, Stimme Gottes! Sein Atem war Feuer, sein Schwanz der reinste Donnerschlag! Er hat sich mit seinen Krallen ins Mauerwerk gewühlt, als wäre es aus Lehm. Meinen Freund Yuzeth, Yatol möge ihn beschützen, hat er neben mir ins Freie gezerrt, mit seinen riesigen Kiefern zermalmt und dann hinuntergeschluckt! Ich habe es selbst gesehen, Stimme Gottes! Mit meinen eigenen Augen!«

Er zitterte am ganzen Körper und schluchzte unkontrolliert, während er seine Geschichte erzählte, deshalb winkte Yakim Douan zwei Wachen herbei und wies sie an, ihn aufzuheben und aus dem Saal zu schaffen.

»Wo befindet sich eigentlich Yatol Tohen Bardoh?«, wandte sich der Chezru-Häuptling an seinen Leibdiener.

»Er marschiert zurzeit in nördlicher Richtung entlang des Landbruchs und sollte in wenigen Tagen Dharyan erreichen, Stimme Gottes.«

»Wollt Ihr ihn etwa auch nach To-gai schicken?«, warf Yatol De Hamman ein, und erst als Yakim Douan ihn daraufhin mit einem bedrohlich stechenden Blick fixierte, schien ihm zu dämmern, dass er sich im Ton vergriffen hatte. Die Tatsache, dass Shauntil und fünfzehntausend Krieger aus Jacintha durch die scheinbar menschenleere Steppe To-gais irrten, während diese junge Rebellenführerin, dieser Drache von To-gai, in ganz Behren eine Schneise der Verwüstung hinterließ, drückte Yakim Douan schwer auf den Magen; wer sich von den Yatol-Priestern in sarkastischem Ton zu diesem Thema äußerte, musste daher durchaus damit rechnen, schon bald draußen vor dem Chezru-Tempel am Genick zu baumeln.

Genau das rief Yakim Douans strenger Blick dem leicht aufmüpfigen und zornigen De Hamman ins Gedächtnis.

»Benachrichtigt Gouverneur Pestle. Er soll Yatol Bardoh mitsamt seinen Truppen sofort nach Osten Richtung Jacintha abdrehen lassen«, ordnete der Chezru-Häuptling an, was sofort ärgerliches Geraune unter den versammelten Yatols auslöste, denn die meisten von ihnen herrschten über Städte in den Westprovinzen des Landes und waren somit darauf angewiesen, dass die derzeit unter der Führung des gefürchteten Bardoh stehenden Streitkräfte sie vor dem Drachen von To-gai beschützten.

»Sie wollen uns zu einer sinnlosen Verfolgungsjagd quer durch die Wüste verleiten, aber Yatol wird mir den Weg zu ihnen weisen, damit diese unangenehme Geschichte ein für alle Mal beendet werden kann«, fügte Yakim Douan hinzu, um sie wieder zu beruhigen, und richtete sein zorniges Funkeln auf De Hamman, ehe dieser ein Wort hervorbringen konnte. »Wolltet Ihr soeben anmerken, Yatol habe mich in die Irre geführt, als er mich Shauntil nach To-gai schicken ließ?«, fragte er.

Der Mann erbleichte. »Aber nicht doch, Stimme Gottes. Ich würde niemals –«

»Verschont mich mit Euren dreisten Lügen, Yatol De Hamman«, fiel Douan ihm ins Wort. »Ich verstehe Eure Ängste nur zu gut.«

»Würdet Ihr in unserer heiklen Lage stecken, würdet Ihr ganz ähnlich empfinden«, versuchte Yatol De Hamman sich zu rechtfertigen. »Die von Yatol Peridan verhätschelten Piraten haben sich mit den unrechtmäßig erworbenen Reichtümern des Drachen von To-gai bestechen lassen und attackieren jetzt gnadenlos meine gesamte Küste.«

»Gewiss nicht«, erwiderte der Chezru-Häuptling. »An Euer Stelle würde ich nach wie vor auf Yatol vertrauen und voller Zuversicht darauf hoffen, dass diesem Drachen von Togai bald die hinterlistigen Winkelzüge und das Glück ausgehen. Ich werde diese Frau aufspüren und sie mitsamt ihrer Rebellentruppe vernichten. Und sollte tatsächlich ein Drache, eine dieser legendären Riesenbestien, an ihrer Seite kämpfen, dann werde ich auch ihn vernichten. Was für eine prächtige Trophäe wird sein Schädel an meiner Wand abgeben!«

Das rief bei den versammelten Yatol-Priestern erregtes Gemurmel und sogar verhaltenes Lachen hervor, was Douan jedoch sofort mit einem herrischen Blick auf Yatol De Hamman unterband. »Und wenn ich mit dieser Frau und ihren Rebellen fertig bin, werde ich Yatol Tohen Bardoh tatsächlich nach To-gai entsenden, wo er sich mit Chezhou-Lei Shauntil zusammentun soll, um die aufrührerischen To-gai-ru für all den Ärger zu bestrafen, den sie mir bereitet haben.«

Am nächsten Tag traf ein Bericht aus dem Süden Behrens ein, eine Bande von Rebellen habe eine kleine Siedlung überfallen und sei unmittelbar darauf von den lokalen Streitkräften des Yatols gestellt und gefangen genommen worden. Einer der dingfest gemachten Plünderer, hieß es, habe sich zum Drachen von To-gai bekannt und außerdem einen Geldbeutel mit Münzen bei sich getragen, die den Stempel Prudas trugen.

Einige Tage später erschien ein Gesandter aus Avaru Eesa, der Stadt Yatol Bardohs, mit der Nachricht, bei einigen bekannten Kaufmannsfamilien seien Lösegeldforderungen eingegangen, als Gegenleistung für die Freilassung einer Gruppe von Kaufleuten, die bei Garou in Gefangenschaft geraten waren, nachdem man ihnen in der Burg den Einlass verwehrt hatte.

»Findet Doyugga Doy und stellt fest, ob es wirklich den Tatsachen entspricht, dass man einer Gruppe von Kaufleuten bei ihrem Besuch in der Oase Garou während eines Überfalls den Einlass zur Festung verwehrt hat«, wies Douan Took an.

»Ich kehre zurück, sobald ich die Antwort habe, Stimme Gottes«, erwiderte Took beflissen und ließ eine ganze Serie seiner lächerlichen Verbeugungen folgen. Wenn er ihn so betrachtete, fiel Yakim Douan als Vergleich nur ein betrunkener Storch ein. Wie vermisste er in solchen Momenten doch Merwan Ma!

»Das wird nicht nötig sein«, sagte er zu seinem Diener. »Fragt ihn einfach und wartet Doyuggas Antwort ab.«

»Und wenn es stimmt?«

»Bezichtigt Ihr ihn des Verbrechens der Feigheit und lasst ihn auf dem Marktplatz aufhängen, und zwar öffentlich«, erklärte Yakim Douan. »Dies ist keine Zeit für Feiglinge, mein junger Freund. Ich werde nicht dulden, dass sie weiterleben.«

»Sehr wohl, Stimme Gottes«, erwiderte der sichtlich erschütterte Geistliche, ehe er sich mit einer erneuten Reihe grotesker Verbeugungen rückwärts aus dem Saal entfernte.

Douan, froh, endlich allein zu sein , ließ sich schwer nach hinten sinken und stieß einen verzweifelten Seufzer aus. Dieser Drache war auf dem besten Weg, ihm ernsthafte Probleme zu bereiten. Sie – wenn es denn tatsächlich eine Frau war – attackierte mit wildem Ungestüm und fand immer wieder genau die richtige Taktik, um jedes ihrer Ziele zu erobern. Douan hatte den ganzen Vormittag mit einigen seiner Chezhou-Lei verbracht und war die Berichte der jeweiligen Schlachtverläufe durchgegangen. In einem Punkt waren sie sich alle einig: dieser Drache von To-gai war ein überaus gerissener Gegner.

Zwei Wochen war es jetzt her, dass die Oase Garou gefallen war, und das bedeutete, dass der Drache von To-gai jetzt, in diesem Augenblick, die Stadt Jacintha womöglich bereits in der Wüste vor sich liegen sah.

Aus diesem Grund hatte Yakim Douan seine Chezhou-Lei mit dem Auftrag losgeschickt, sämtliche Garnisonstruppen zusammenzuziehen und noch vor dem Eintreffen Yatol Tohen Bardohs und seiner fünfzehntausend Mann einen Schutzring um Jacintha zu errichten. Er ging davon aus, dass viele der auswärts residierenden Yatols, aus Angst, er könnte sich auf ihre Kosten schützen, schon in Kürze jammernd eine Audienz verlangen würden – wobei De Hamman gewiss von allen am lautesten schreien würde, aber das war leider nicht zu ändern. Jacintha würde er gewiss nicht fallen lassen!

Zwar konnte Yakim Douan sich dank der Sicherheitsmaßnahmen für seine Person und für die Stadt Jacintha geborgen fühlen, trotzdem sah er ein, dass er dieser Rebellin nicht gestatten durfte, ihren Verwüstungsfeldzug quer durch die äußeren Provinzen fortzusetzen. Bislang war es seinen Kundschaftern jedoch nicht gelungen, sie aufzuspüren.

Am nächsten Tag traf die Kunde vom Fall einer weiteren Stadt ein, der zwischen den Oasen Garou und Dahdah gelegenen Ortschaft Teramen.

Yakim Douan drängte sich mit dem frisch eingetroffenen Yatol Tohen Bardoh sowie einigen seiner Chezhou-Lei-Heerführer dicht um eine große Karte; die Wahl dieses jüngsten Ziels hatte alle einigermaßen überrascht.

»Aber es ergibt durchaus einen Sinn, Stimme Gottes«, räumte einer schließlich ein. »Von Teramen aus kann der Drache von To-gai sich mit frischen Vorräten versorgen, ehe er einen Angriff gegen die nordöstlich gelegene Oase Dahdah führt oder sogar kehrtmacht und nach Nordwesten marschiert, um Dharyan innerhalb einer Woche ein zweites Mal anzugreifen.«

Yakim Douan ließ angesichts dieser düsteren Aussichten seinen Kopf kraftlos nach vorne sinken. Hatte er Yatol Bardoh nicht soeben mit fünfzehntausend Soldaten aus Dharyan abgezogen?

»Ich werde in Gewaltmärschen nach Dharyan zurückeilen, Stimme Gottes«, bot Yatol Bardoh mit einem zornig blitzenden Funkeln in seinen dunklen Augen an, ein Mann von beinahe sechzig Jahren, aber in ausgezeichneter körperlicher Verfassung.

»Zur Oase Dahdah«, korrigierte Yakim Douan. »Sobald Ihr dort angekommen seid, werdet Ihr Eure Truppen aufteilen; ein Kontingent wird im Eilmarsch gegen Dharyan vorrücken, während das andere dem Drachen von To-gai sämtliche Fluchtwege nach Süden abschneidet. Greift sie Dahdah an, geht sie Euch in die Falle; versucht sie es aber stattdessen in Dharyan, drängt ihr sie nach Norden in die Berge oder aber wieder zurück in die Steppen To-gais, wo Eure Truppen und die von Shauntil sie in die Zange nehmen und aufreiben können.«

»Sehr wohl, Stimme Gottes«, antwortete er und stürmte, begleitet vom lauten Hallen seiner harten Sohlen auf dem rosaweißen Marmor, aus dem Saal.

»Da sie in beiden Fällen vor uns eintreffen wird, wäre es möglich, dass sie noch den einen oder anderen Sieg erringt«, erklärte Yakim Douan seinen Heerführern. »Aber danach gehört sie mir.«

Alle schienen sehr zufrieden mit sich selbst.

Doch als Yatol Bardoh und seine Truppen in der Oase Dahdah eintrafen, fanden sie den Ort vollkommen still und friedlich vor. Die in Gewaltmärschen über die nach Westen führende Straße vorausgeeilten Truppen wurden in Dharyan von dem gänzlich unversehrten Gouverneur Carwan Pestle mit schmetternden Hörnern empfangen, und die Soldaten, die über die nach Südwesten führende Straße geeilt waren, gelangten zum Fuß des Landbruchs, ohne auch nur eine Spur der Invasionsarmee aus To-gai gesehen zu haben.

Wenige Wochen darauf, der Sommer des Jahres des Herrn 843 ging bereits mit Riesenschritten in den Herbst über, verließ eine aus zahlreichen Schiffen bestehende Flotte, größtenteils behrenesische Piraten, unter dem Namen »Abellikanische Abrechnung« den Hafen von Entel mit Kurs auf den offenen Mirianischen Ozean. Diese Flotte, an Bord Aydrian Wyndon, Brynn Dharielles Freund aus alten Zeiten, war unterwegs zu einer fernen Insel, die, Gerüchten zufolge, mit Millionen kostbarer Edelsteine übersät war. Am selben Tag gingen bei Yakim Douan in Jacintha die ersten Berichte von Flüchtlingsströmen ein, die sich, in endlosen Trecks aus der im *Süden* gelegenen, eroberten Stadt Alzuth kommend, über die Straße schoben.

»Sie haben sich tapfer geschlagen«, sagte Pagonel zu Brynn, als er sie ein Stück außerhalb der eroberten Stadt Alzuth einholte. Der Ort war vollständig geplündert und niedergebrannt und sämtliche überlebenden Behreneser waren über die nach Nordosten führende Straße aus der Stadt gejagt worden.

Der Kampf um Alzuth hatte sich als die bislang härteste Schlacht entpuppt. Brynn hatte ihre Taktik aus Ködern und überfallartigen Angriffen aus dem Hinterhalt angewandt, und tatsächlich: wieder war ein Trupp aus dem Tor hervorgestürmt und hatte versucht, ihre fliehenden Soldaten zu verfolgen.

Doch dann war eine zweite Streitmacht, der ersten zahlenmäßig weit überlegen, hinterhergeeilt und hatte sich in den Kampf gestürzt, als Brynns Hauptstreitmacht noch mit der Verfolgertruppe aus Alzuth beschäftigt war. Zwar hatten die zu allem entschlossenen To-gai-ru den Sieg davongetragen, aber mehrere Hundert von ihnen waren draußen in der Wüste gefallen, so dass Brynn sich genötigt gesehen hatte, bei ihrem eigentlichen Angriff auf die Stadt ein weiteres Mal Pherol einzusetzen.

Und so war Alzuth gefallen. Es war ein weiterer großer Sieg für den Drachen von To-gai, der umso größer schien, da ihre Anhänger sehen konnten, dass ihre Kriegslist der Unberechenbarkeit noch immer funktionierte und Tausende behrenesischer Soldaten auf die viel weiter nördlich gelegene Straße gelockt hatte, weit entfernt vom eigentlichen Schauplatz der Schlacht. Solange Pherol die To-gai-ru mit Vorräten versorgte, waren sie an Beweglichkeit nicht zu überbieten, und ihre Marschroute war nicht berechenbar.

Aber noch immer belief sich ihre Truppenstärke auf gerade mal fünftausend Mann, weshalb eine Stadt wie das auf eine Abwehrschlacht vorbereitete Alzuth sich als äußerst schwieriger Gegner erwiesen hatte.

»Die Behreneser haben ihre Heime tapfer verteidigt«, musste Brynn ihm Recht geben. Der Mystiker nickte.

»Der Chezru-Häuptling wird wahrscheinlich schon bald zu einem Vorstoß nach Süden ansetzen«, sagte er. »Sowie zu einem weiteren von Jacintha aus in südwestlicher Richtung. Meiner Einschätzung nach wird er schon bald einsehen, dass er sich keine Hoffnungen machen kann, Euch auszutricksen.«

»Meine Krieger sind erschöpft und abgekämpft«, gab Brynn

zu bedenken. »Viele haben Verletzungen erlitten und brauchen dringend Ruhe – auch wenn sie nur zu gern darauf verzichten, sobald ich ihnen eine Stadt zeige, die es zu erobern gilt.«

Wieder nickte Pagonel. Das entsprach durchaus den Tatsachen. Fast jeder To-gai-ru-Krieger war irgendwann einmal verwundet worden, und viele Pferde hatten Narben davongetragen.

»Wir sollten nach Süden abschwenken und eine Ruhepause einlegen«, entschied Brynn. »Vielleicht in der Gegend rings um die Feuerberge. Wir ruhen uns aus und kurieren unsere Verletzungen, und anschließend wird Behren wie eine unbeschriebene Schiefertafel sein, die nur darauf wartet, dass wir unser nächstes Zeichen auf ihr hinterlassen.«

»Die Behreneser werden niemals Ruhe finden, solange du dafür sorgst, dass der Strom aus Geld und Wertgegenständen für die Söldner und Piraten nicht abreißt«, erwiderte Pagonel. »Allerdings könnte der Aufschub dem Chezru-Häuptling Gelegenheit geben, seine durch To-gai irrenden Truppen abzuziehen.«

»Es sei denn, wir machen ihn glauben, wir seien in die Steppe zurückgekehrt«, entgegnete Brynn mit einem boshaften Grinsen. »Ich werde Pherol dorthin mitnehmen und ein paar Vorposten-Siedlungen dem Erdboden gleichmachen. Vielleicht gelingt es uns, weitere Truppen des Chezru-Häuptlings in die offene Steppe hinauszulocken. Wenn sie dort der Winter überrascht, dürfte ihnen das schwer zu schaffen machen.«

Der Mystiker nickte, um gleich darauf zwei winzigen Gestalten zuzuwinken, die sich ihnen zu Fuß näherten.

Brynns Freude war echt, zumal ihr erst in diesem Moment bewusst wurde, dass sie schon seit mehreren Tagen nicht mehr mit Juraviel und Cazzira gesprochen hatte.

»Ein wundervoller Morgen«, begrüßte sie der Elf. »Pherol hat uns allerdings gewarnt, dass sich im Westen ein Sandsturm zusammenbraut.«

»Und wo steckt Pherol?«, fragte Brynn und sah sich nach allen Seiten um.

»Wasser holen«, antwortete Cazzira.

»Wir haben doch bereits mehr Wasser als nötig aus Alzuth mitgebracht«, sagte Brynn. Ein Hauch von Argwohn hatte sich in ihre Stimme eingeschlichen. Sie hatte den Drachen seit dem Fall von Alzuth nicht mehr zu Gesicht bekommen, und auch die Elfen hatte sie in den letzten Tagen kaum gesehen.

»Vielleicht hat er ein paar Nomaden entdeckt, die er fressen kann«, erklärte Juraviel trocken, und als Brynn ihn daraufhin sichtlich bestürzt ansah, zuckte er mit den Schultern. »Das ist halt seine Natur.«

»Er wird sich in seine Höhle zurückziehen, wenn ich es ihm befehle«, sagte Brynn. »Er hat mir sein Wort darauf gegeben.«

»Und auf das Wort eines Drachen ist Verlass«, versicherte ihr Juraviel. »Aber hat er dir auch sein Wort gegeben, sich nicht gleich bei der erstbesten Gelegenheit aus dem Staub zu machen und unsere Feinde anzugreifen?«

Brynn schüttelte den Kopf. »Das ist das nächste Versprechen, das ich mir von ihm holen werde.«

»Du solltest Pherol nicht an eine zu kurze Leine nehmen«, warnte Cazzira. »Seine Neugier und Einsamkeit haben ihn ein paar Zugeständnisse machen lassen, aber im Grunde entspricht das nicht dem Wesen dieser Bestien. Zumal sich Pherol durchaus bewusst ist, dass du ihn ebenso dringend brauchst wie er dich – vielleicht sogar mehr, einmal als entscheidende Kraft in schwierigen Schlachten, aber auch, um deine Armee mit ausreichend Nachschub zu versorgen, damit sie sich ungehindert in der Wüste bewegen kann. Der Drache weiß, wie wertvoll er für dich ist, auch wenn ihm seine Rolle als Nachschublieferant nicht sonderlich behagt. Wenn du den Bogen überspannst, wird er seinen Wert gegen dich ausspielen, davon kannst du ausgehen.«

Es war ein guter Rat, wusste Brynn.

»Es geht das Gerücht, dass wir die Kämpfe eine Zeit lang unterbrechen werden«, sagte Juraviel.

Brynn nickte. »Wir sind alle erschöpft, und die meisten sind verwundet. Es wird Zeit für eine Ruhepause. Einmal unserer

Gesundheit zuliebe, aber auch, um unsere Feinde zusätzlich zu verunsichern. Sollen sie sich ruhig durch die Winterstürme und den Schnee in der Steppe kämpfen, während wir uns für eine neue Offensive im Frühjahr rüsten.«

Juraviel und Cazzira wechselten einen Blick, der Brynn ein wenig deplatziert vorkam.

»Was ist?«, fragte sie gereizt.

»Vielleicht wäre die Kampfpause die geeignete Gelegenheit für mich und Cazzira, uns aus Behren zu verabschieden«, antwortete Juraviel. »Wir sind in diesem Krieg inzwischen doch nicht mehr als Beobachter, denn mittlerweile hast du mehr Macht über Pherol als wir. Cazzira sehnt sich nach Tymwyvenne, und, offen gestanden, ich auch. Oben im Norden erwartet uns ein anderes Abenteuer, das für unsere beiden Völker sehr viel dringlicher ist.«

Die unerwartete Ankündigung ließ Brynn innerlich zusammenzucken, und für einen Augenblick überkam sie echte Panik. Wie sollte sie diesen Krieg ohne Belli'mar Juraviels Rat weiterführen? Obwohl sie in letzterZeit immer seltener mit ihm sprach, hatte sie es stets als überaus beruhigend empfunden, zu wissen, dass er im Notfall für sie da war. Sie sah zu ihrem menschlichen Begleiter hinüber, mit der stummen Bitte, sich einzumischen und die beiden von ihrem Entschluss abzubringen. Doch schon dieser flüchtige Blick genügte, um ihr klarzumachen, dass mittlerweile er und nicht Juraviel ihr eigentlicher Berater war.

Zumal sie auch Verständnis hatte für ihren Wunsch fortzugehen, denn in dem Land nördlich des Gebirges erwartete sie bestimmt ein großes Abenteuer. Brynn zweifelte nicht daran, dass diese beiden geistig einander so verbundenen Elfen, die sich in Denkweise und Wesen so ähnlich waren, einen Weg finden würden, ihre beiden Völker wieder zu vereinen. Wie viel stärker würde Lady Dassleronds Position sein, wenn sie die Macht und Freundschaft Tymwyvennes hinter sich wüsste, sollte der Makel des geflügelten Dämons die Touel'alfar tatsächlich zwingen, Andur'Blough Inninness zu verlassen.

In diesem Augenblick wurde Brynn zum allerersten Mal bewusst, dass ihre Reise nach To-gai durch die Entdeckung der Doc'alfar – aus Sicht der Touel'alfar – einiges an Bedeutung verloren hatte. Als ihr aufging, dass er sich gleich nach Verlassen des Drachenverstecks nach Norden statt nach Süden hätte wenden können, sah sie Juraviel erst etwas erstaunt, dann aber voller Anerkennung an.

»Was wirst du Lady Dasslerond über meine Anstrengungen hier erzählen?«, fragte sie ihn.

»Ich werde ihr berichten, dass du deine Sache erstaunlich gut gemacht hast«, antwortete der Elf ohne zu zögern. »Ich werde ihr berichten, wenn es Brynn Dharielle nicht gelingt, To-gai zu befreien, dann ist Behren ein zu mächtiger Gegner, den To-gai nicht abschütteln kann. Niemand hätte die Rebellion erfolgreicher auf den Weg bringen können. Wie du dich auch entschieden hast, deine Entscheidung war stets richtig, angefangen bei der Irreführung der behrenesischen Streitkräfte, über die Überlistung der Gouverneure jeder einzelnen ummauerten Stadt, bis hin zur Verpflichtung der Söldner und Piraten im Süden und Osten. Selbst was du getan hast, um Pherol zu kontrollieren und für deine Ziele einzuspannen, übertrifft alle meine Erwartungen.«

Brynn nahm all diese Komplimente unter dem ernsten Vorbehalt entgegen, dass sie Juraviel, ihrem vielleicht besten Freund, lediglich dazu dienten, ihm den Abschied zu erleichtern.

»Die Geschichte ist noch nicht zu Ende«, erwiderte sie. »Was aber, so oder so, im Laufe des nächsten Jahres geschehen dürfte. Findest du nicht auch, es wäre deine Pflicht, bis zum Ende auszuhalten?«

Juraviel zögerte kurz und starrte einen Moment blicklos geradeaus; das musste er erst einmal verdauen. »Würdest du denn wollen, dass ich bleibe?«, fragte er mit so schlichtem Ernst, dass Brynn augenblicklich sicher war, wenn sie bejahte, würde er tatsächlich bleiben.

Gleichzeitig weckte die Aufrichtigkeit der Frage in ihr ein

echtes Verantwortungsgefühl. Sie wusste nur zu gut, welche Empfindungen Juraviel bewegten, denn eine Rückkehr nach Tymwyvenne und, im Anschluss daran, gemeinsam mit der Doc'alfar nach Andur'Blough Inninness konnte für die Elfen die gleiche Bedeutung haben wie die Kämpfe in Behren für die To-gai-ru. Benahm sie sich unter diesen Umständen wie eine verantwortungsbewusste Freundin, wenn sie Juraviel zum Bleiben drängte?

»Wenn der Krieg zu Ende ist und wir gesiegt haben, werde ich Boten in das Gebiet bei Tymwyvenne schicken, die dich genauestens darüber unterrichten werden, was in der Zwischenzeit hier passiert ist«, bot sie an und lächelte. »Aber nur, wenn mir Cazzira verspricht, dass meine Boten nicht für die Armee der Tylwyn Doc angeworben werden.«

Sowohl die beiden Elfen als auch Brynn mussten herzhaft darüber lachen, nur Pagonel schaute einen nach dem anderen fragend an.

»Ich erkläre es dir ein andermal«, versprach Brynn dem Jhesta Tu.

»Aber erst, wenn ich sehr weit fort bin«, sagte Cazzira, worauf die drei sofort wieder zu lachen anfingen.

Danach unterhielten sie sich noch eine Weile über die Abenteuer, die sie nach To-gai geführt hatten, wobei sie sich ein ums andere Mal versicherten, dass sie einander eines Tages wiedersehen würden. Schließlich ging Juraviel auf Brynn zu und ergriff ihre Hände.

»Es gibt einige in meinem Volk, die bezweifeln, ob es klug ist, Hüter auszubilden«, erklärte er. »Tun sie es, erzählen wir ihnen von Mather, von Andacanavar, der noch immer durch die Wildnis Alpinadors streift, und von Elbryan, dem Nachtvogel, der die Welt vor dem geflügelten Dämon rettete. Wenn die Zweifler sich jetzt zu Wort melden, wird man sie an Brynn Dharielle erinnern, den Drachen von To-gai, der sein Volk von der Unterdrückung durch die Behreneser befreite.«

»Noch sind die To-gai-ru nicht befreit«, erinnerte ihn Brynn.

»Aber das werden sie sein, und zwar schon bald«, erwiderte Juraviel.

Brynn beugte sich ein wenig vor und gab ihrem lieben Freund einen Kuss auf die Wange, ehe die beiden sich in die Arme fielen und mehr als nur eine Träne über ihre sonnengebräunten Wangen rollte.

»Lassen wir die Armee über die Straße nach Süden marschieren«, sagte sie nach einer Weile. »Anschließend fliege ich dich zum Fuß der Berge, damit du auf dem Weg nach Tymwyvenne ein wenig Zeit gewinnst.«

Im selben Augenblick hörten sie, wie jemand Brynn von weitem rief; einer ihrer Kommandanten brauchte ihre Hilfe. Sie löste sich von Juraviel und wischte sich die Tränen aus dem Gesicht, dann drückte sie ein letztes Mal seine Hand, ehe sie sich zusammen mit Pagonel entfernte.

»Der Abschied von ihr fällt dir schwerer als erwartet«, sagte Cazzira zu Juraviel, als sie alleine waren.

»Ich wusste, dass es nicht leicht werden würde. Als ich Brynn kennen lernte, hatte ich gerade einen lieben Freund verloren – Nachtvogel. Damals hatte ich Angst, ich würde die Leere, die er in meinem Innern hinterlassen hatte, nie mehr füllen können. Ich vermisse ihn noch immer und werde es immer tun, aber Brynn Dharielle hat mir wieder beigebracht zu lächeln. Dank ihr ist mir einmal mehr bewusst geworden, warum wir die Hüter ausbilden und wie viel Gutes sie in der Welt bewirken können.«

Cazzira trat ganz dicht neben ihn, ergriff seine Hand und drückte sie sanft. Juraviel bedachte sie mit einem dankbaren Blick, der aber rasch einer ernsteren und sorgenvolleren Miene wich.

»Glaubst du, sie wird diesen Krieg gewinnen?«, fragte der Touel'alfar.

»Ich vermag die Stärke ihrer Gegner nicht wirklich einzuschätzen«, erwiderte Cazzira. »Aber Pagonel kann es; und ich glaube, er ist überzeugt, dass sie am Ende den Sieg davontragen wird.«

»Offenbar haben diese Menschen dich überrascht«, bemerkte Juraviel.

»Deswegen bedaure ich auch unseren Brauch, sie dem Torfmoor zu übergeben«, gestand Cazzira. »In den Augen meines Volkes waren sie nie etwas Besseres als die Goblins. Mir war gar nicht bewusst, dass sie zu solcher Loyalität fähig sind, so bereit, sich für ihre Prinzipien aufzuopfern.«

»Tymwyvenne wird sich in den nächsten Jahren sehr verändern.«

»Tymwyvenne hat sich längst verändert«, erwiderte Cazzira. »Das beweist allein schon die Tatsache, dass du – und vor allem Brynn – noch atmest!«

Juraviel, der Brynn und Pagonel noch immer nachsah, nickte nur.

»Habt Ihr das Rätsel schon gelöst, warum Euer Chezru-Häuptling Euch ermorden lassen wollte?«, fragte Pagonel, als er am selben Abend an einem geschützten Plätzchen etwas abseits des eigentlichen Feldlagers der To-gai-ru mit Merwan Ma zusammensaß.

Merwan Ma sah ihn an und konnte sich ein Kichern nicht verkneifen. Immer wieder dieselbe Frage, tagein, tagaus. »Ihr seid ein sehr geduldiger Mensch«, sagte er.

»Ich möchte Euch lediglich genügend Zeit lassen, die Wahrheit erst zu akzeptieren, wenn Ihr so weit seid«, erwiderte der Mystiker. »Ich glaube, eines nicht mehr fernen Tages werdet Ihr es mir verraten. Denn Ihr werdet einsehen, dass ich für eine gerechte Sache kämpfe.«

»Gerecht?«, entgegnete der Geistliche spöttisch. »Ihr bezeichnet die Zerstörung ganzer Städte als gerecht? Ihr glaubt, es hat etwas mit Gerechtigkeit zu tun, wenn das Blut tausender von Menschen im Wüstensand vergossen wird?«

»Das ist bedauerlich, lässt sich oft aber nicht vermeiden«, antwortete der Mystiker kühl, ehe er seinen Tornister hervorholte und seinem Gefangenen etwas zu essen reichte. »Glaubt Ihr vielleicht, die To-gai-ru hätten eine andere Möglichkeit, sich von der Gewaltherrschaft Eures ehemaligen Meisters zu befreien? Oder haltet Ihr seine Gewaltherrschaft etwa für gerecht?«

»Chezru-Häuptling Yakim Douan ist die Stimme Gottes«, beharrte Merwan Ma und weigerte sich, das Essen anzunehmen. »Seine Entscheidungen gehen auf Eingebungen zurück, auf göttliche Eingebungen. Seine Eroberung To-gais hatte zum Ziel, den To-gai-ru eine bessere Lebensweise aufzuzeigen, und obwohl dies anfänglich sehr schmerzlich gewesen sein mag ...«

»Die Eroberung To-gais hatte einzig das Ziel, seinen geldgierigen Yatols die Taschen zu füllen«, unterbrach ihn Pagonel. »Und seine Macht auszuweiten; obwohl er diesen Entschluss, dank Brynns Feldzug, mittlerweile bedauern dürfte.«

»Ihr wisst überhaupt nichts.«

»Ich weiß, was ich sehe, und was ich bei Eurer Stimme Gottes gesehen habe, ist nichts weiter als blankes Machtstreben und Opportunismus.«

»Weil Ihr nicht begreifen wollt, dass er mit Yatols Stimme spricht!«

Pagonel zog sein Messer und ließ es in der Hand herumschnellen, so dass der Griff auf Merwan Ma zeigte. »Ihr wisst, was Yatol Eure Person betreffend angeordnet hat«, sagte er trocken.

»Ich weiß nichts dergleichen«, erwiderte Merwan Ma trotzig. »Ich weiß, was ein Schurke von den Chezhou-Lei zu tun versucht hat, und ich bin dankbar, dass Ihr mir das Leben gerettet habt. Darüber hinaus habe ich nur Eure Schlussfolgerungen, dass diese Tat in irgendeinem Zusammenhang mit meinem Meister steht.«

»Meine Schlussfolgerungen und Eure Erinnerung«, sagte Pagonel. »Denn Ihr wisst mehr, als Ihr zugeben wollt. Ihr wisst etwas, vermutlich sogar über den Chezru-Häuptling selbst, das dieser offenbar für gefährlich hält. Leugnet es, so viel Ihr wollt – mir gegenüber, denn Euch selbst könnt Ihr nichts vormachen. Wenn Ihr das Verbrechen dieses Chezhou-Lei und meine Argumente im Licht Eurer Erinnerung betrachtet, werdet Ihr feststellen, dass ich Recht habe!«

»Ich werde Yatol nicht verraten, so sehr Ihr auch versucht, mir das Wort im Mund herumzudrehen!«

Statt einer Antwort erhob sich Pagonel lächelnd und ließ die Speisen neben dem verstörten jungen Mann liegen. »Wir ziehen noch diese Nacht weiter. Ihr solltet also etwas essen, und zwar reichlich.«

»Zur nächsten Stadt, um alle, die dort leben, im Namen der Gerechtigkeit umzubringen?«, fragte ihn der Geistliche mit beißendem Sarkasmus.

»Nein, zu den Feuerbergen, um unsere Verletzungen auszukurieren und die winterlichen Sandstürme auszusitzen«, erwiderte der Mystiker, und sofort erschien ein Ausdruck des Entsetzens auf Merwan Mas freundlichem Gesicht.

»Zum Kloster der Jhesta Tu!«, entfuhr es ihm.

»Ganz in die Nähe. Allerdings werden, wenn überhaupt, nur sehr wenige die Wolkenfeste zu Gesicht bekommen.«

»Mir wird dieses Schicksal wohl kaum erspart bleiben«, sagte Merwan Ma, eine Bemerkung, die Pagonel mit einem leicht verwirrten Gesicht quittierte. »Damit Ihr Eure uralten Foltertechniken bei mir anwenden könnt, um die gewünschten Informationen zu bekommen«, erklärte der Geistliche.

»Uralte Foltertechniken?«

»Ich weiß alles über Euren Orden, über Eure Methode, einem Menschen die Haut vom Leib zu reißen, ohne ihn zu töten, damit er am ganzen Körper grauenhafte Höllenqualen leidet! Ich kenne Eure Rituale, bei denen Ihr Blut von Neugeborenen und Feinden trinkt. Ihr glaubt vielleicht, weil Ihr Euch in den Bergen weit unten im Süden versteckt, hätte die Welt die Gräueltaten der Jhesta Tu vergessen, doch da täuscht Ihr Euch, das kann ich Euch versichern!«

Pagonels aufrichtige Heiterkeit milderte seine Erregung ein wenig. »Ihr kennt die Geschichten, die die Chezhou-Lei und die Yatol-Priester verbreiten, weil sie befürchten, wenn ihre Untertanen die Wahrheit über die Jhesta Tu erführen, würden diese nicht mehr so verhasst sein. Dabei sind sie auf diesen Hass dringend angewiesen, begreift Ihr nicht? Ohne einen verhassten Feind, ohne eine Bedrohung von außen, wäre es ein sehr viel schwierigeres Unterfangen, ein ganzes Volk zu unterdrücken.«

Merwan Ma schien alles andere als überzeugt.

»Ja, Ihr werdet die Wolkenfeste besuchen, Merwan Ma«, fuhr Pagonel fort. »Und sei es nur, weil ich möchte, dass Ihr die Wahrheit über die Jhesta Tu aus eigener Anschauung kennen lernt.«

»Warum ist Euch das so wichtig?«

»Weil ich vermute, dass Ihr intelligent genug seid, die Wahrheit zu erkennen – über meinen Orden und so manches andere«, erwiderte Pagonel, dann beugte er sich vor und gab dem Mann einen aufmunternden Klaps auf die Schulter. »Ich werde Euch jetzt mit Euren Gedanken und Euren Erinnerungen alleine lassen, mein Freund«, sagte er und ging davon.

Zurück blieb ein todunglücklicher Merwan Ma, der seinen Kopf in die Hände sinken ließ und sich einfach nur wünschte, alle Sorgen, Erinnerungen und zukünftigen Probleme zu vergessen. Pagonels letztes Wort jedoch, das Wort *Freund*, klang dem bedauernswerten Geistlichen noch sehr lange in den Ohren.

Es hatte einmal eine Zeit gegeben, da hatte er Yakim Douan für seinen Freund gehalten.

»Ihr habt drei Pferde in den Staub geritten, nur um mir mitzuteilen, dass Yatol Bardoh Euch nicht, wie von mir angeordnet, nach Jacintha zurückbegleiten wird?«, fuhr Yakim Douan den bemitleidenswerten, am ganzen Körper zitternden Boten an.

»Yatol Bardoh hat mich beauftragt, Euch seine Erwiderung so schnell wie möglich zu übermitteln, Stimme Gottes«, stammelte der Mann.

»Seine Erwiderung?«, stieß Douan fassungslos hervor. »Wie kommt Ihr – oder er – darauf, er hätte das Recht, mir irgendetwas zu erwidern? Er hat zu tun, was ich befehle, verstanden?«

»Ja, Stimme Gottes!«

Yakim Douan funkelte den Mann einen Moment lang bedrohlich an und beobachtete genüsslich, wie er sich unter seinem vernichtenden Blick wand, ehe er eine angewiderte Miene aufsetzte und dem Mann bedeutete, sich zu entfernen. »Reitet von mir aus noch fünf weitere Pferde in den Staub, wenn es nicht anders geht, aber findet Euren Yatol und richtet ihm aus, die Stimme Gottes sei alles andere als amüsiert und werde von nun an jeden seiner Schritte genauestens überwachen.«

»Ja, Stimme Gottes«, wiederholte der bebende Mann mehrfach, sich auf seinem Rückzug bei jedem einzelnen Schritt verbeugend.

Anschließend winkte Yakim Douan auch alle anderen aus dem Raum und ließ sich zutiefst verzweifelt in seinen Sessel fallen. Da der Drache von To-gai nirgends zu finden war, hatte er Yatol Bardoh mitsamt seinen fünfzehntausend Mann in die unmittelbare Umgebung Jacinthas zurückbeordert, um Verteidigungsstellungen gegen diesen überaus unangenehmen Gegner einzurichten. Doch dann war Bardohs Bote erschienen, um ihn davon zu unterrichten, dass der gute Mann nach Avaru Eesa, seiner Heimatstadt, abgeschwenkt sei und seine Soldaten mitgenommen habe, angeblich, um bei der Sicherung der entlegeneren Landstriche Behrens mitzuhelfen, die offenkundig besonders gern vom Drachen von To-gai heimgesucht wurden.

Aber Yakim Douan lebte bereits seit vielen Jahrhunderten und wusste, dass es sich bei dem Schwenk nach Süden in Wahrheit um ein taktisches Militärmanöver handelte. Offenbar wollte Yatol Bardoh diese krisengeschüttelten Zeiten dazu benutzen, seine eigene Stellung zu verbessern. Jetzt, da Grysh nicht mehr unter den Lebenden weilte, war Bardoh vermutlich der zweitmächtigste Mann in ganz Behren, erst recht, solange er fünfzehntausend Soldaten des Chezru-Häuptlings Yakim Douan unter seinem Befehl hatte.

Beide Männer wussten, dass die in den Randgebieten gelegenen Städte nicht sonderlich glücklich über den engen Befestigungsring um Jacintha und die Nachbarstädte waren, denn sie fühlten sich mit ihrer Angst allein gelassen. Daher konnte Bardoh nun die Rolle ihres Retters übernehmen, und wenn sich Douan, womöglich unter dem Vorwand eines Befehls von Yatol selbst, offen gegen ihn stellte, würde er riskieren, dass die Menschen in den Randgebieten des Landes ihm die Gefolgschaft aufkündigten. Ihrer Religion nach waren sie Chezru, aber die nüchternen Erfordernisse des Überlebenskampfes waren oft stärker als religiöse Dogmen.

Offenbar sah Yatol Bardoh jetzt also seine Chance, sich bei den Städten im Süden und Westen einen besseren Stand zu verschaffen. Wer vermochte angesichts der Tatsache, dass Yakim Douan verhältnismäßig offen davon gesprochen hatte, seine Phase der Transzendenz könne sich noch mehrere Jahre hinziehen, schon zu sagen, wie mächtig dieser Mann tatsächlich zu werden hoffte?

Yakim Douan holte tief Luft und versuchte seine Fassung wiederzugewinnen. Er musste über die unmittelbare Gegenwart hinausblicken, musste sehen, was nach dem Drachen von To-gai kommen würde. Die Frau würde ohnehin in Kürze niedergeworfen werden, aber die Unverschämtheit Yatol Bardohs zwang ihn, über die Phase seiner Transzendenz hinauszudenken. Er musste unbedingt einen Weg finden, den Mann versöhnlich zu stimmen, sein Ego, seine Gier nach Macht und Ruhm zufrieden zu stellen, und anschließend dafür sorgen, dass er sich an die Gebote der Transzendenz hielt.

Sonst war vielleicht alles verloren.

»Verflucht sollst du sein, Drache von To-gai!«, stieß Yakim Douan plötzlich hervor und ließ seine Faust auf die Lehne seines Sessels niedersausen.

Im selben Moment hörte er neben sich ein Geräusch und fuhr so schnell herum, dass er den Geistlichen Took dabei ertappte, wie er ihn mit großen Augen anstarrte.

»Was gibt es?«, herrschte er ihn an.

»Ich wollte Euch nur davon unterrichten, dass der Bote Yatol Bardohs bereits wieder unterwegs ist, Stimme Gottes«, stammelte Took. »Er reitet auf dem schnellsten Weg über die Weststraße zur Oase Dahdah und anschließend nach Dharyan.«

»Verschwindet«, befahl Douan und machte eine matte Handbewegung.

Took zog sich unter zahlreichen Verbeugungen zurück.

Yakim Douan machte sich in Gedanken eine Notiz, dass er seinen neuen Leibdiener am Morgen würde hinrichten lassen müssen, weil er ihm nachspioniert hatte.

Ein verzweifeltes Grunzen ausstoßend, fuhr der Chezru-Häuptling sich mit der Hand durch sein lichter werdendes Haar. Der Einfall veranschaulichte einmal mehr, wie absurd seine ganze Situation geworden, wie sehr sie außer Kontrolle geraten war. Wie sehr vermisste er doch Merwan Ma!

Er dachte noch einmal über seinen Befehl nach, den Mann hinrichten zu lassen, und einen winzigen Augenblick lang empfand er so etwas wie Reue bei der Vorstellung, dass sein treuer und tüchtiger Leibdiener tot im Sand bei Dharyan begraben lag. Mittlerweile konnte er nicht mehr umhin, sich die außergewöhnliche Befähigung Merwan Mas einzugestehen.

Und Yakim Douan wusste nur zu gut, dass er es ohne einen durch und durch fähigen und absolut loyalen Leibdiener an seiner Seite nicht riskieren konnte, in die Phase seiner Transzendenz einzutreten.

13. Ein Winter voller Unzufriedenheit

»Ich bin sicher, irgendwann werde ich mit Grausen an diesen Tag zurückdenken und mir Vorwürfe machen, weil ich euch habe gehen lassen«, sagte Brynn zu Juraviel und Cazzira. Die drei befanden sich inzwischen wieder in To-gai, hoch oben im Norden des Landes, am Eingang zum Pfad der sternenlosen

Nacht in den Vorbergen des Großen Gürtels. Hinter ihnen streckte Pherol seine mächtigen, ledrigen Schwingen und stieß gelegentlich sein Gebrüll in den eisigen Winterwind.

»Die Entscheidung lag nicht in deiner Hand«, erwiderte Juraviel. »Du hättest gar nichts daran ändern können, selbst wenn du gewollt hättest.«

»Belli'mar Juraviel hätte mir wirklich nicht geholfen, selbst wenn ich ihn darum gebeten hätte?«, fragte Brynn mit keckem Augenaufschlag und im Tonfall tiefster Gekränktheit. Sie klang fast wie das verlorene kleine Mädchen, das damals nach Andur'Blough Inninness gekommen war.

Alle drei mussten herzlich darüber lachen.

»Natürlich hätte er«, sagte Cazzira. »Belli'mar Juraviel, das hat er mir selbst erzählt, steht bei seinem Volk in dem Ruf, alles, was *n'Touel'alfar* ist, mehr zu mögen als das, was Touel'alfar ist, und den Ruf hat er sich wirklich verdient.«

»Nur, wenn du die Doc'alfar auch als *n'Touel'alfar* betrachtest!«, antwortete Juraviel seiner Freundin und Geliebten mit einem Augenzwinkern, was die drei zu nur noch ausgelasseneren Gelächter bewog.

Doch diese Heiterkeit war nicht von Dauer, denn eigentlich waren die drei hier, um voneinander Abschied zu nehmen. Juraviel und Cazzira waren im Begriff, sich von Brynn und ihrer Mission zu trennen, um ihren eigenen Zielen nachzugehen, die nun, da Brynns Feldzug in vollem Gange war, für ihre jeweiligen Völker vorrangiger schienen. In diesem Augenblick schien vieles darauf hinzudeuten, dass Brynn Dharielle ihren Freund Belli'mar Juraviel nicht wiedersehen würde.

Sie beide wussten das, doch keiner traute sich, diese Möglichkeit laut auszusprechen. Stattdessen nahmen sie gemeinsam eine letzte Mahlzeit ein und unterhielten sich dabei über alte Zeiten. Meist waren es Juraviel und Brynn, die Cazzira von ihren gemeinsamen Abenteuern in Andur'Blough Inninness erzählten, unter anderem auch jene Episode, als Brynn einen Hirsch mit duftenden Kräutern angelockt hatte, zum Beweis, dass sie das scheue Wild mit der Hand berühren konnte – wodurch die Prüfung ihrer Anschleichkunst und ihres Gespürs für die Natur zu einer Demonstration ihres Charmes geriet. Es war bei weitem nicht die einzige Geschichte, die Juraviel über Brynns Talent zu erzählen wusste, ihn und die übrigen Touel'alfar zur Verzweiflung zu treiben, indem sie ihre Absichten geschickt unterlief und trotzdem die ihr gestellten Aufgaben mit Bravour erfüllte.

Später am selben Nachmittag, das Tageslicht begann bereits zu schwinden, umarmte man sich, vergoss einige Tränen, täuschte ein paar hoffnungsfrohe Worte über ein künftiges Wiedersehen aus und beteuerte einander, dass allen am Ende Erfolg beschieden sein werde. Dann tauchten die beiden Elfen in die noch tiefere Finsternis des Pfades der sternenlosen Nacht ein, und plötzlich kam sich Brynn sehr alleine vor.

Sie schlang die Arme gegen den kalten Winterwind um ihren Körper und erinnerte sich, dass Pagonel unten im Süden bei den Feuerbergen, in der Wolkenfeste auf sie wartete. Gleichwohl gelang es ihr nicht, den Blick von der tiefschwarzen Öffnung des unterirdischen Ganges zu lösen. Das Gefühl von Einsamkeit, Leere und Angst schien überwältigend.

Hinter ihr brüllte Pherol.

»Fliegen wir noch heute Nacht zurück nach Süden?«, erkundigte sich der Drache nach einer Weile, als Brynn noch immer dastand, den Blick in den Tunnel gerichtet.

Dabei war sie in Gedanken gar nicht mehr bei den beiden Elfen, sondern versuchte, sich über ihre weitergehenden Pläne klar zu werden. Vergangene Nacht, auf der letzten Etappe ihrer Reise hierher in den Norden, hatten sie mehrere große Feldlager der behrenesischen Armee erspäht, die sich noch immer durch die Steppen To-gais schleppte. Brynn war froh, dass der Winter die Behreneser noch in To-gai eingeholt hatte. Sie war überzeugt, das tückische Wetter würde ihre Moral untergraben, vielleicht sogar ihre Truppen dezimieren. Sie überlegte bereits, ob sie eine Möglichkeit suchen sollte, das Elend der Soldaten zu verlängern und sie noch tiefer ins Land zu locken.

Sie drehte sich zu Pherol um. »Nein«, antwortete sie. »Meine Truppen ruhen sich aus und brauchen uns im Augenblick nicht. Vielleicht sollten wir beide, du und ich, uns ein wenig in To-gai amüsieren.«

Der Drache sah sie fragend an. »Amüsieren?«

»Du hast doch schon immer kämpfen wollen, Pherol – viel öfter, als ich es dir erlaubt habe. Vielleicht wäre dies der geeignete Moment, dir endlich deinen Willen zu lassen.«

Der Drache verzog voller Ungeduld die Lippen, denen, begleitet von feinen, kleinen Rauchwölkchen, ein leises Knurren entwich.

»Nutzen wir die heutige Nacht und alle weiteren, die nötig sind, und fliegen hinunter, um so viel wie möglich über die Lage in To-gai in Erfahrung zu bringen. Schließlich müssen wir wissen, wie wir unsere Feinde möglichst hart treffen können.«

Das eben noch so boshafte Grinsen des Drachen erlosch fast völlig. »Wir sollen Monate damit vergeuden, irgendwelche Informationen zusammenzutragen?«, fragte er, erkennbar nicht begeistert.

»Tage«, beruhigte ihn Brynn. »Nur ein paar Tage. Ich sehne mich ebenso sehr nach Kampf wie du. Schließlich steht in meinem Land eine feindliche Armee, die meinen Landsleuten das Leben zur Hölle macht.«

»Wir werden sie hinausjagen!«, ereiferte sich Pherol.

»Im Gegenteil«, widersprach Brynn. »Wir werden *ihnen* das Leben zur Hölle machen und sie immer wieder an den Flanken attackieren, aber vor allem werden wir dafür sorgen, dass sie das Land nicht verlassen.«

Das trug ihr abermals einen fragenden Blick ein, den Brynn jedoch mit einem zuversichtlichen Lächeln beantwortete. Allmählich begann der Plan in ihrem Kopf feste Gestalt anzunehmen.

In jener ersten Nacht sowie der darauf folgenden hielt Brynn den Drachen solange in der Luft, wie sie den eisigen Wind ertragen konnte, und machte sich ein genaues Bild vom

Aufmarsch und von der Verteilung der behrenesischen Streitkräfte. Sie verfügten über mehrere Feldlager, und außerdem war deutlich zu sehen, dass die Armee auch eine Reihe von Siedlungen als Lagerplatz benutzte. Darüber hinaus standen sie längst nicht so weit westlich wie bei Brynns letztem Zusammenstoß mit ihnen. Vermutlich hatten ihre To-gai-Truppen sie in einer wilden Verfolgungsjagd bis in den Nordwesten gelockt; aus irgendeinem Grund waren sie jetzt aber wieder umgekehrt.

Auch handelte es sich nicht um feste Winterlager, denn in der zweiten Nacht fiel ihr auf, dass die am weitesten westlich stehenden Truppenteile im Wechsel mit ihren behrenesischen Kameraden nach Osten vorgerückt waren. Brynn musste die Truppenbewegungen in der dritten Nacht gar nicht erst sehen, um zu wissen, dass sich das Muster wiederholen würde; offenbar handelte es sich um einen geordneten, hervorragend abgesicherten Rückzug bis zum Landbruch, möglicherweise sogar bis hinter die Grenze Behrens und nach Dharyan.

Sie war nicht wirklich überrascht.

In der dritten Nacht am Himmel entdeckten Brynn und Pherol weiter südwestlich ein weiteres, noch größeres Feldlager. Nachdem sie erkannt hatte, um was es sich handelte, ließ Brynn sich von dem Drachen ein Stück abseits absetzen und begab sich zu Fuß dorthin. An der Lagergrenze begrüßte sie die To-gai-ru-Posten.

Sie schienen sie fast augenblicklich wiederzuerkennen, doch erst als sie ihr Schwert zog und sein magisches Feuer entfachte, breitete sich ein wahrhaft strahlendes Lächeln auf ihren Gesichtern aus, und sie geleiteten sie mit großem Trara ins Lager.

Bereits auf ihrem Weg durch das riesige Lager bekam Brynns anfängliche Freude über die Entdeckung ihrer Landsleute einen ersten Dämpfer, denn dies war längst nicht mehr die Truppe kampfbereiter Soldaten, die sie noch bei ihrem letzten Besuch vorgefunden hatte. Oder zumindest war die Truppe mittlerweile um ein Vielfaches angewachsen. Während die vorherige Kriegerschar sich auf etwa zweitausend

Mann belaufen hatte, wies dieser bunt zusammengewürfelte Haufen bestimmt das Zehnfache auf. Meist waren es jedoch gar keine Krieger, sondern sehr alte oder sehr junge Männer sowie Mütter mit kleinen Kindern. Brynn sprang sofort ins Auge, dass es ihnen nicht gut ging. Erst jetzt wurde ihr in aller Deutlichkeit bewusst, wie sehr ihre Landsleute in der Heimat unter dem Krieg litten. Sie hatten im Zuge der Großen Herbstwanderung ihre Siedlungen verlassen, aber in diesem erzwungenen bunten Gemisch aus sämtlichen alten Stämmen war es ihnen bislang unmöglich gewesen, sich wieder auf die alte Lebensweise zu besinnen.

In einem Zelt für die Anführer, unter ihnen auch der alte Barachuk, erhielt Brynn rasch Antwort auf ihre Fragen.

»Die Behreneser horten sämtliche Lebensmittel, sie schlachten alle Elche und alles Rotwild ab, und was sie nicht mitnehmen können, lassen sie einfach zum Verfaulen in der Steppe liegen«, berichtete ein Mann, den Brynn sofort wiedererkannte: Tanalk Grenk von ihrem alten Stamm, den Kayleen Kek. »Sie legen riesige Vorratslager in den Vorposten-Siedlungen an, die sie aufs Strengste bewachen.«

»Außerdem suchen sie uns noch immer«, fügte eine andere Anführerin hinzu, eine grimmig dreinblickende Frau, die nicht viel älter sein konnte als Brynn. »Wenn wir uns bei einem Überfall auf eine ihrer Siedlungen zu erkennen geben, legen sie einen weiten, sich allmählich zusammenziehenden Ring um uns.«

»Wir haben bereits mehrere kleine Gefechte sowie eine große Zahl von Kriegern verloren«, erklärte Tanalk. »Wir verfügen über fünftausend kampfbereite Krieger, aber wir können trotzdem nicht darauf hoffen, diese Abertausenden von Behrenesern zu besiegen. Zumal unsere Verantwortung mit der wachsenden Zahl von Kriegern beträchtlich zugenommen hat.«

»Zurzeit sind wir nicht in der Lage, überhaupt gegen sie zu kämpfen!«, warf ein Dritter sichtlich verärgert ein. »Wir können weder unsere Waffen reparieren noch unsere Köcher auffüllen! Unsere Pferde stehen kurz vor dem Verhungern, und bei uns sieht es nicht anders aus!«

Brynn ließ sich durch die schlechten Nachrichten nicht aus der Ruhe bringen. Bis zu diesem Augenblick hatte sie das Verwirrspiel um die riesige Armee des Chezru-Häuptlings als Segen betrachtet, der es ihr erlaubte, sich nach Belieben im Westen Behrens auszutoben, doch jetzt dämmerte ihr die brutale Wahrheit. Sie musste sich ernstlich fragen, ob es nicht ein gewaltiger Fehler gewesen war, die Große Herbstwanderung auszurufen. Wäre dem in To-gai zurückgebliebenen Teil ihres Volkes mit einem Fortbestehen der Besetzung durch die Behreneser nicht besser gedient gewesen, selbst wenn Brynns Armee es dadurch in Behren sehr viel schwerer gehabt hätte?

»Auch der Winter wird sich uns nicht von seiner freundlichen Seite zeigen«, schaltete sich eine weitere Stimme ein, worauf zustimmendes Gemurmel einsetzte.

»Wir haben in Behren große Siege errungen«, sagte sie, wenn auch nur, um die Reaktion zu testen. Und die fiel positiver aus als erhofft, was vor allem Barachuk zu verdanken war, der einen Hochruf auf Brynn Dharielle, den Drachen von To-gai, ausbrachte. Tanalk, der sich bei den Leuten offenbar großen Respekt verdient hatte, stimmte begeistert ein. Dass diese geplagten Menschen noch immer hinter ihr standen – trotz der grauenhaften Zustände, die ihre Rebellion ihnen zumutete –, berührte sie zutiefst und ließ Brynn auf der Stelle im Stillen geloben, die Menschen in dieser schwierigen Jahreszeit nicht im Stich zu lassen.

»Morgen Abend komme ich wieder zu euch«, versprach sie. »Wir werden einen Weg finden, die Vorräte aufzustocken und eure Kampfbereitschaft zu stärken. Und wir werden eine Möglichkeit finden, den Behrenesern einen entscheidenden Schlag zu versetzen und die Überreste ihrer vormals so mächtigen Armee aus To-gai zu verjagen!«

Die düstere Reaktion überraschte sie.

»Sie sind sehr stark«, sagte Tanalk Grenk mit gedämpfter Stimme.

»Und wo werden wir uns diesmal verstecken?«, fragte Pherol sie mit beißendem Sarkasmus, als sie nach ihrem Besuch im Feldlager zu ihm zurückkehrte.

Brynn antwortete nicht sofort, sondern ging stattdessen hinüber zu dem gewaltigen Berg aus Netzstricken und großen Fellen, der neben dem Drachen auf der Erde lag. Sie hatte Pherol bei ihrer Rückkehr zu den Feuerbergen wie üblich einsetzen und ihn Nachschub beschaffen lassen wollen. Wie sich jetzt herausstellte, war das keine schlechte Idee gewesen.

»Verstecken?«, erwiderte sie ungläubig. »Wir haben noch mehrere Stunden Zeit, bis es hell wird. Warum sollten wir uns also verstecken?«

Der Drache sah sie fragend an.

»Suchen wir uns eine Siedlung, die wir dem Erdboden gleichmachen können«, erklärte sie grimmig, und der Drache verzog seine Lippen zu einem boshaften Grinsen.

Einem großen Raubvogel gleich stießen sie aus dem Himmel herab, mitten ins Zentrum einer kleinen Vorposten-Siedlung. Die ersten warnenden Vorzeichen, der plötzliche Luftzug und das Schlagen der ledrigen Flügel, kamen für die Behreneser, die noch auf den Beinen waren und sich in der Nähe der Angriffszone aufhielten, bereits zu spät; sie konnten gerade noch den Kopf heben und ihrem Schicksal ins Auge blicken, ehe der Drache sie mit seinem todbringenden Feuerhauch überzog.

Kurz bevor Pherol abdrehte und wieder höher stieg, verharrte er noch einen Sekundenbruchteil in der Schwebe, gerade lange genug, dass Brynn ins Dorf hinunterspringen und in den Schatten untertauchen konnte. Diesmal würde sie sich nicht mit einer Zuschauerrolle zufrieden geben.

Es wurde Alarm geschlagen, und zwei Posten in der Nähe des Tores rissen ihre Bögen hoch. Aber Pherol, mit seinem schnappenden Maul und seinen peitschenden Flügeln, war im Nu bei ihnen, und kurz darauf waren die beiden Posten tot und das Tor zertrümmert. Sofort stieg der Drache wieder in den nächtlichen Himmel auf, wo er in großer Höhe und außer

Sichtweite kreiste, um seinen nächsten Anflugwinkel anzuvisieren.

Brynn huschte von Schatten zu Schatten, lauschte auf die Geräusche der aus dem Schlaf hochschreckenden Ortschaft und versuchte die Schreie einzuordnen. Sie presste ihren Rücken gegen die Außenwand einer Hütte, gleich neben der Eingangstür, und als diese geöffnet wurde und ein Mann nach draußen eilte, drehte sich die Hüterin um und schlug mit voller Wucht zu. Der Hieb ließ ihn zurück nach drinnen taumeln und der Länge nach zu Boden gehen.

Unmittelbar hinter ihm trat ein zweiter Mann aus dem Dunkel, möglicherweise ein Sohn oder Bruder. Er stieß einen Schrei aus und versuchte mit einer unbeholfenen Bewegung, seine Axt zur Abwehr hochzureißen.

Doch Brynn sprang über den am Boden liegenden, sterbenden Mann hinweg und trieb dem zweiten Kerl ihr Schwert mitten ins Herz.

Dann machte die Hüterin kehrt, war im Nu wieder im Freien und lief ins Dorf. Dabei ließ sie den zentralen Dorfplatz allerdings links liegen, wo riesige Flammen in den Nachthimmel züngelten und auf dem es von verängstigt durcheinander laufenden Siedlern nur so wimmelte.

Sie bog in eine Gasse zwischen zwei länglichen Gebäuden ein, die sie sofort als Lagerschuppen identifizierte. Brynn hielt ihr Schwert in die Höhe und ließ dessen Klinge einmal kurz auflodern; es war das vorher abgesprochene Signal an Pherol, um die Stelle zu markieren, die er unbedingt verschonen sollte.

Kaum war sie um die rückwärtige Ecke des Gebäudes gebogen, drehte Brynn sich noch einmal um und sah drei Männer, die in ihre Richtung gelaufen kamen. Im Vertrauen darauf, dass sie sie nicht bemerkt hatten, zog sie sich mit dem Schwert in der Hand wieder hinter das Eck zurück und lauschte auf die näher kommenden Schritte und ihre aufgeregten Stimmen.

Unmittelbar vor ihnen trat Brynn aus ihrem Versteck, erstach den Mann zur Linken und brachte den Rechten zu Fall. Ein schneller Schritt und eine Körperdrehung, und sie hatte ihr Schwert aus dem Verwundeten herausgerissen und schloss ihre perfekt ausbalancierte Körperdrehung mit einem wuchtigen Seitenhieb gegen den dritten Mann ab. Brynn zuckte zusammen, als der Vorposten-Siedler schreiend zusammenbrach und sein abgehackter Arm zu Boden fiel.

Plötzlich hörte Brynn, dass sie von hinten angegriffen wurde. Rein instinktiv riss sie ihr Schwert waagrecht über den Kopf und blockte den senkrechten Hieb des Mannes ab, den sie zu Fall gebracht hatte. Mit einer schnellen Körperdrehung schlitzte sie ihm den Unterleib auf, ehe sie seine kraftlose Gegenwehr mit einem gezielten Stoß nach vorn überwand und ihm ihr Schwert in die Brust bohrte. Sie zog es sofort zurück und stieß erneut zu, diesmal in den Hals. Er lag noch nicht auf dem Boden, da war Brynn bereits wieder im Schatten der Gasse untergetaucht.

Unmittelbar darauf stieß Pherol zu seinem zweiten verheerenden Überflug herab, und eine Häuserreihe auf der anderen Seite der Siedlung ging in Flammen auf.

Als Brynn am anderen Ende der schmalen Gasse wieder ins Freie trat, war in der dem Untergang geweihten Ortschaft längst jeder Anschein von Ordnung zusammengebrochen. Überall liefen Siedler schreiend und weinend durcheinander; viele stürzten sich Hals über Kopf von der Ummauerung oder rannten durch das zertrümmerte Tor, um in ihrer Verzweiflung in die bitterkalte, dunkle Nacht hinauszufliehen.

Brynn bemerkte zwei weitere Gestalten, die in ihre Richtung gelaufen kamen; deren Blick war jedoch nach hinten auf den Drachen gerichtet, der nahe der rückwärtigen Befestigungsmauer gelandet war und sich zurzeit damit beschäftigte, die Siedler dutzendweise hinzumetzeln. Als der zweite von ihnen wieder nach vorne schaute, lag sein Begleiter bereits tödlich getroffen neben ihm am Boden, und er sah nur noch Brynns Schwert auf seine Brust zurasen.

Er brach neben seinem Gefährten zusammen.

Das Ganze war im Nu vorbei. Auf einmal schien der größtenteils in Flammen stehende Ort menschenleer zu sein. Brynn und der Drache verzichteten auf eine Verfolgung der Bewohner, denn die Flüchtenden sollten den ebenso plötzlichen wie verheerenden Angriff bezeugen können. Der Drache, nach seiner Attacke noch immer im Zustand äußerster Erregung, musste erst wieder an diese Taktik erinnert werden, fügte sich zu Brynns Überraschung aber und verließ sogleich die Siedlung – nicht etwa, um die flüchtenden Behreneser zu verfolgen, sondern um die Netzstricke und Felle zu holen. Kurz darauf gesellte er sich bei den Lagerhäusern wieder zu Brynn.

Als die beiden schließlich wieder in den Nachthimmel aufstiegen, sahen sie bereits die Fackeln der nächst gelegenen Abteilung der gewaltigen behrenesischen Armee, die in gestrecktem Galopp auf die brennende Vorposten-Siedlung zupreschte.

Es kostete Brynn eine Menge Zeit und Geduld, Pherol zu überreden, seinen Kurs Richtung Südwesten beizubehalten.

Unmittelbar vor Tagesanbruch kehrte Brynn zu Fuß in das Feldlager der To-gai-ru zurück. Sie bat die Posten am Rand des Lagers, sie hinaus in die Dunkelheit zu begleiten, wo sie ein kolossaler Berg von Lebensmitteln und anderen Vorräten erwartete.

»Davon wird es noch mehr geben«, versprach sie mit grimmiger Entschlossenheit. »Und zwar jede Nacht. Aber Ihr müsst aufmerksam Ausschau halten, denn die behrenesische Armee wird bei ihrem Versuch, Euch und mich zu finden, sehr schnell marschieren. Ihr müsst ihnen stets ein Stück voraus bleiben; ich werde Euch finden und laufend mit Lebensmitteln versorgen.«

Damit war sie verschwunden. Und wieder einmal war die Legende des Drachen von To-gai um eine kleine Episode bereichert worden.

Während der nächsten Wochen überfielen Brynn und Pherol in rascher Folge eine Siedlung nach der anderen, wobei sie ihre Angriffe kreuz und quer über das ganze Land verteilten, um jeden organisierten Versuch der behrenesischen Armee, ihnen eine Falle zu stellen, von vornherein zu vereiteln. Wie versprochen, kehrte Brynn häufig in das Winterlager der To-gai-ru zurück, um ihnen die erbeuteten Vorräte zu bringen. So kam es, dass die To-gai-ru zusehends kräftiger wurden, während die Behreneser einem Phantom nachjagten und dabei scharenweise ihr Leben ließen. Gleichzeitig machte in ganz To-gai und Behren das Wort die Runde, der Drache von To-gai sei mitsamt seiner Armee in die Steppen seines Heimatlandes zurückgekehrt.

Im Westen Behrens nahm man die Neuigkeit mit gemischten Gefühlen, im Großen und Ganzen aber eher erleichtert als mit Sorge auf. Zwar marschierte Brynn inzwischen wieder ungehindert durch die Steppe und die Behreneser wurden in großer Zahl hingemetzelt, aber wenigstens, so dachte man allgemein, weilte sie nicht mehr in Behren, wo die Armee sie weder hatte finden noch vernichten können, während die eigenen Städte allesamt verwundbar schienen.

In Avaru Eesa nahm Yatol Bardoh die Neuigkeit zum Anlass, sich damit zu brüsten, er und seine Soldaten hätten den Drachen von To-gai vertrieben; immer wieder spickte er seine langatmigen Ansprachen mit dem Versprechen, er werde seine Truppen im Frühjahr erneut in Marsch setzen und dem Drachen von To-gai ein für alle Mal ein Ende bereiten.

Viele Sklaven in Avaru Eesa schnappten diese Prahlereien auf und verbreiteten sie auch außerhalb der Stadt, so dass sie schließlich auch Pagonel und der to-gai-ruschen Armee zu Ohren kamen, die sicher und geborgen auf den mitten in den Feuerbergen liegenden Feldern überwinterten.

14. Blitzschnell angreifen

»Ihm steht eine gewaltige Armee zur Verfügung«, erinnerte Pagonel Brynn. Weiter oben im Norden entließen die winterlichen Schneefälle das Land allmählich aus ihrem unbarmherzigen Griff, während hier unten, in der Nähe der Feuerberge, tagsüber eine fast schon unangenehme Hitze herrschte. »Yatol Bardoh prahlt, weil er sich in Sicherheit wähnt.«

Brynn ließ den Blick über ihre mittlerweile sechstausend Mann starke Armee wandern. Die Männer waren voller Ungeduld, das wusste sie; sie konnten es kaum erwarten, wieder aufzubrechen und gegen die nächste behrenesische Stadt zu marschieren, die ihrem Ansturm nicht gewachsen sein würde. Selbst Brynn, die den gesamten Winter über an zahllosen Gefechten beteiligt gewesen war, sehnte sich nach einer großen Schlacht Mann gegen Mann, Armee gegen Armee.

»Glaubst du, dieser Schurke Bardoh wird tatsächlich ausrücken und sich, wie angekündigt, an unsere Verfolgung machen?«, fragte sie.

Pagonel zuckte nichts sagend mit den Schultern.

»Was meinst du, sollten wir ihn vielleicht aus seiner Stadt herauslocken?«

Wieder zuckte Pagonel mit den Schultern, dann musterte er Brynn mit durchdringendem Blick. »Selbst wenn es dir gelänge, wäre es Wahnsinn, gegen eine solche Armee zu kämpfen, die ebenso gewaltig ist wie das Heer, das derzeit in To-gai steht. Und was diesen Yatol Bardoh betrifft ...«

Er unterbrach sich, als Brynn angewidert auf den Boden spuckte.

»... so soll es sich angeblich um einen hervorragenden militärischen Anführer handeln«, beendete der Mystiker den Satz.

»Er ist ein mörderischer Bastard und sonst gar nichts«, sagte Brynn. »Und noch bevor diese Geschichte zu Ende ist, werde ich mir seinen Kopf holen.«

Pagonels Verwirrung nahm noch zu. »Du willst alles aufs Spiel setzen, nur um gegen diesen Mann zu kämpfen?«

Brynns unerbittlicher Gesichtsausdruck war keine Antwort auf seine Frage, und einen Moment lang befürchtete der Mystiker, Brynn hätte tatsächlich genau das vor.

»Ich werde dafür sorgen, dass er aus Avaru Eesa abzieht, und ihn anschließend in die behrenesische Wüste locken«, erklärte Brynn. »Aber nicht zu weit; ich will, dass er den Rauch der Flammen sieht, wenn ich seine Stadt niederbrenne.«

So entschlossen und grimmig hatte Pagonel die junge Hüterin nie erlebt.

Brynn enthielt sich jeder weiteren Bemerkung, stattdessen verließ sie das Lager und begab sich durch einen langen und steinigen Hohlweg zu der Stelle, wo Pherol wartete. Während der Wintermonate waren der Drache und sie bereits mehrere Male an diesen Ort zurückgekehrt, doch dies war ihr kürzester Aufenthalt, denn noch in derselben Nacht, nach einem Aufenthalt von nur wenigen Stunden bei ihren Streitkräften, war der Drache von To-gai wieder in der Luft und im Eiltempo unterwegs nach Norden.

Lange Zeit hielten sie sich entlang des Landbruchs, wobei Brynn sich sorgfältig das Gelände einprägte, während bereits ein Plan Gestalt annahm.

Ja, sie würde Yatol Tohen Bardoh aus seinem Domizil locken und dafür sorgen, dass er hier oben festsaß und hilflos zusehen musste, wie sein Wohnsitz niederbrannte.

Sie traf Tanalk Grenk und ihre to-gai-ruschen Streitkräfte noch genau an derselben Stelle an, wo sie sie zurückgelassen hatte. Diese waren nicht wenig überrascht, als sie ihnen den Befehl gab, sich aufzuteilen; eine Gruppe der kampfstärksten Krieger sollte nach Südosten reiten, während die übrigen, als Eskorte für all jene, die mittlerweile kampfuntauglich waren, sich auf schnellstem Weg in die Südlande zurückziehen sollten.

»Jetzt, da das Wetter endlich umschlägt, werdet ihr Gelegenheit bekommen zu kämpfen«, erklärte Brynn den Truppen, die sie begleiten würden, und erntete damit zu gleichen Teilen besorgtes Gemurmel und erwartungsfroh strahlende Gesichter. Schließlich wussten die To-gai-ru um die zahlenmäßige Überlegenheit der gegen sie aufgebotenen behrenesischen Streitkräfte.

»Wir werden blitzschnell zuschlagen und uns gleich darauf wieder zurückziehen«, erläuterte Brynn. »Auf diese Weise locken wir unsere Feinde in Richtung Behren, an den Rand des Hochplateaus.«

»Und bis nach Behren hinein?«, wollte ein Soldat wissen.

»Wir werden sie zu einer Stelle locken, von wo es keinen klar erkennbaren Weg hinunter nach Behren gibt«, antwortete Brynn. »Wo sie uns, vor dem Abgrund des Landbruchs, in der Falle wähnen und vermutlich auch Verbündete für einen Schlag gegen uns finden werden.«

Wieder ging ein Raunen durch die versammelte Kriegerschar, doch Brynn, deren Selbstsicherheit mit jedem Moment wuchs, lächelte bloß.

Damit nahmen die Ereignisse ihren Lauf. Die neueste Armee der To-gai-ru, zweitausend Mann stark, überrannte eine aufreizend nah an der zur Hilflosigkeit verdammten behrenesischen Armee gelegene Vorposten-Siedlung, und bereits eine Woche später fiel noch eine zweite, ein gutes Stück südöstlich der ersten Ortschaft. Als Brynn in der Nacht nach dem zweiten Überfall auf Pherols Rücken ihre Runde machte, bemerkte sie, dass die behrenesische Armee weiter nach Süden abgeschwenkt war; des Weiteren erspähte sie eine Reihe von Kurieren, die sich in östlicher Richtung von der Hauptstreitmacht entfernten. Die Feinde wussten offenbar genau, wo sie sich befanden, und waren mit dem Gelände bestens vertraut.

Vor allem darauf zählte sie.

Während dieser Zeit führte sie ein strenges Regiment und hielt Pherol an der kurzen Leine. Sie war nicht gewillt, ihn ihren Feinden häufiger als nötig zu zeigen, denn letztendlich ging es ausschließlich darum, dass er seine Fähigkeiten nach besten Kräften in den Dienst ihrer Armee stellte. Allerdings flog sie bis hinunter in den Süden des Landes, zu den Feuerbergen, um Pagonel den Auftrag zu erteilen, mit dem Vormarsch auf Avaru Eesa zu beginnen.

Zwei Tage später wurde eine behrenesische Nachschubkarawane überfallen und niedergemacht; und während die Verfolgung der to-gai-ruschen Truppen weiter ihren Lauf nahm, verbreitete sich die Kunde bis nach Behren, der Drachen von To-gai sei zwar in die Steppe zurückgekehrt, aber bereits im Begriff, sich wieder auf behrenesisches Gebiet durchzuschlagen.

Bis in das Gebiet unmittelbar westlich von Avaru Eesa und Yatol Bardoh.

Gleich am darauf folgenden Tag begann der Abmarsch der Truppen aus Bardohs Heimatstadt. Sie bewegten sich auf einen Pass zu, der den ruhmsüchtigen Yatol und seine fünfzehntausend Mann nördlich von Brynns Position in die Hochebene To-gais führen würde, während die zweite Armee unter der Führung von Chezhou-Lei Shauntil sie mit Eilmärschen in einem Bogen weiter südlich umging. An diesem speziellen Berührungspunkt der beiden Königreiche waren die Verbindungsrouten zwischen Hochplateau und Wüste dünn gesät; für die Behreneser stand somit fest, dass dem Drachen von To-gai ein Fehler unterlaufen sein musste, zumal der bereits in einer Woche dort eintreffende Yatol Bardoh ihr am Nordpass zuvorkommen würde, zu einem Zeitpunkt, da Shauntil ihr den Weg nach Westen und Süden bereits abgeschnitten haben würde.

Unterdessen setzten Brynns in To-gai stationierte Truppen ihre Flucht unbeirrbar Richtung Osten fort, scheinbar genau zwischen die beiden Kiefer des mächtigen behrenesischen Heeres.

Bis sie sich, zwei Tage später, schließlich in die Enge getrieben sahen. Die Felsklippen des Landbruchs versperrten ihnen den Weg nach Osten und die beiden sie verfolgenden Armeen den Weg nach Süden und Westen.

»Lasst eure Feuer heute Nacht hell brennen«, wies Brynn ihre Krieger an.

»Denn morgen ziehen wir in die Schlacht und werden dabei unser Leben verlieren!«, rief ein Soldat, doch offenbar schien diese schaurige Möglichkeit weder ihm noch einem der anderen etwas auszumachen.

»Denn morgen werden wir zu unserem Ritt quer duch die Sandwüste Behrens aufbrechen«, berichtigte ihn Brynn und wies über den Rand der Klippe. »Und zwar genau dort unten.« Sie schloss mit einem lauten Pfiff, worauf der riesige Drache Pherol über dem Rand der Felsenklippe erschien und immer höher in den Himmel stieg, unter sich eine riesige, mit dicken Tauen an seinen Krallen befestigte Plattform.

Gleich den wirbelnden Stürmen aus Sand flog der gewaltige Sturmtrupp des Drachen von To-gai über die offene Wüste dahin. Yatol Bardoh und Chezhou-Lei Shauntil schafften es nicht einmal mehr, ihre Truppen aus der Steppe wieder hinunter in den hellgelben Sand der behrenesischen Wüste marschieren zu lassen, als Avaru Eesa bereits in Sichtweite vor Brynn und ihren zweitausend Kriegern lag.

Sie warf einen besorgten Blick nach Süden, denn auf ihrem Rundflug mit dem Drachen vergangene Nacht hatte sie gesehen, dass Pagonel mit dem Hauptteil ihrer Truppen noch mehrere Tage entfernt war. Wartete sie deren Eintreffen ab, würde der Überfall auf Avaru Eesa erst kurz vor Yatol Bardohs Heimkehr stattfinden können, und anschließend wären sie gezwungen, die Behreneser gefährlich dicht auf den Fersen, ohne jede Ordnung zu fliehen.

Andererseits war Avaru Eesa jenes Beutestück, das sie sich um keinen Preis entgehen lassen wollte – dafür hatte sich die Ermordung ihrer Eltern durch Yatol Bardoh zu tief in ihr Bewusstsein eingegraben.

In dieser Nacht griff sie zusammen mit Pherol an, überflog die Stadt im Tiefflug, setzte Gebäude in Brand, zerstörte Verteidigungsanlagen, warf große Katapulte um und verbrannte viele der in der Stadt zurückgebliebenen Soldaten, die aus ihren Stellungen hervorkamen, um sich ihnen entgegenzuwerfen.

Schließlich wandte sich Brynn aus großer Höhe an sie und riet ihnen eindringlich, Avaru Eesa zu verlassen, da sie sonst vernichtet würden. »Flieht über die Oststraße!«, rief sie. »Ich beanspruche diese Stadt im Namen To-gais! Verschwindet!«

Die Antwort erfolgte in Gestalt einer Pfeilsalve, die Brynn zwang, sich eng an Pherols Rücken zu schmiegen, und den Drachen in seiner Wut über die lästigen Nadelstiche zu einer Tirade lautstarker Verwünschungen veranlasste.

»Vernichte sie«, befahl Brynn. Der bis aufs Blut gereizte Drache war nur zu bereit, ihrem Wunsch nachzukommen. Er faltete seine Flügel ein und ließ sich in einen Sturzflug fallen, der ihn, bereits wieder in der Waagrechten, genau über die Gruppe der Bogenschützen hinwegschießen ließ.

Als Pherol die behrenesischen Linien hinter sich gelassen hatte, waren viele unter seinem feurigen Atem verbrannt und andere von seinen Flügeln erschlagen worden, außerdem hielt er zwei kreischende Männer gepackt, einen in jeder Klaue. Sofort stiegen er und Brynn wieder auf zu ihrer ursprünglichen Position hoch über der Stadt, wo Brynn ihre Warnung wiederholte: Wer sich weigerte, die Stadt zu verlassen, würde am nächsten Tag darin ums Leben kommen.

Um ihrer Warnung Nachdruck zu verleihen, ließ Pherol die beiden Männer anschließend nacheinander fallen.

Im Morgengrauen des nächsten Tages bestürmten Brynn und ihre zweitausend Mann, unterstützt durch den von Norden her angreifenden Pherol, das Westtor von Avaru Eesa, stießen dort aber nur auf geringen Widerstand. Als Brynn kurze Zeit später die eroberte Stadt betrat und den hohen Turm erklomm, der den Ostteil der Stadtmauer sicherte, konnte sie in der Ferne die Behreneser erkennen, die vor der Wucht des Angriffs in wilder Panik Richtung Osten flohen.

Gegen Ende desselben Tages kehrten Brynns Kundschafter zurück und berichteten, dass Yatol Bardoh und seine Truppen sich im Norden vom Hochplateau näherten, während Chezhou-Lei Shauntil und seine Soldaten über die nach Süden führende Straße heranrückten.

»Die Plünderung der Stadt wird noch vor dem Morgengrauen abgeschlossen sein, so dass wir in die offene Wüste fliehen können«, sagte einer ihrer Kommandanten.

Brynn schüttelte den Kopf. »Plündert die Stadt und vergrabt sämtliche Vorräte und Wertgegenstände irgendwo draußen im Sand«, pflichtete sie ihm teilweise bei. »Aber wir werden den Teufel tun und fliehen – diesmal nicht.«

Das trug ihr manch überraschten Blick seitens der umstehenden Armeeführer ein. Sie alle waren sich nur zu deutlich des Umstands bewusst, dass an die dreißigtausend behrenesische Krieger sich in Kürze von zwei Seiten bei Avaru Eesa treffen würden.

»Pagonel ist nicht mehr weit«, versuchte sie die Männer zu beruhigen.

»Trotzdem werden wir zahlenmäßig hoffnungslos unterlegen sein«, warf einer der Männer ein.

»Nur, wenn wir sie als geschlossene Armee beziehungsweise als zwei Hälften einer Armee angreifen«, erwiderte Brynn. Das Grinsen auf ihrem Gesicht wurde immer breiter, als ihr eine weitere Möglichkeit einfiel, wie sie den Chezru-Häuptling und seine marodierenden Leute, vor allem aber Yatol Tohen Bardoh, an ihrer empfindlichsten Stelle treffen konnte.

»Woher wollt Ihr das wissen?«, fragte sie eine To-gai-ru-Frau.

»Zu Pferd sind wir schneller als sie; wir können ihnen entkommen«, antwortete Brynn. Sie richtete ihren Blick nach Westen, zu der fernen Höhenlinie, die das Hochplateau To-gais markierte. Wenn die Armeen im Norden und Süden durch die engen Pässe aus der Steppe herunterstiegen, dann standen die Chancen tatsächlich nicht schlecht, dass sie und Pherol sie in einer leicht verwundbaren Position abfangen konnten.

Sie nickte entschlossen, als ihr dämmerte, dass der Kampf an diesem Tag für sie noch nicht beendet war. Ohnehin musste sie sich noch heute mit Pherol auf den Weg machen, um Pagonel über seine genaue Rolle in der bevorstehenden riskanten Schlacht zu unterrichten.

»Gleich westlich von uns hat eine große Gruppe behrenesischer Flüchtlinge ihr Lager aufgeschlagen«, berichtete kurz darauf eine weitere Kundschafterin, worauf der unmittelbar neben der Frau stehende Tanalk Grenk ein leises, zorniges Knurren von sich gab, das selbst bei Pherol kaum bedrohlicher hätte klingen können.

»Lasst sie in Frieden«, sagte Brynn. Es war ein Befehl, der sich an die Gruppe ihrer manchmal etwas ungestümen Kommandanten richtete. »Sollen sie Yatol Bardoh ruhig über unsere ungefähre Stärke unterrichten.«

»Damit er Avaru Eesa, den sicheren Sieg vor Augen, einfach überrennen kann?«, fragte ein anderer.

»Damit er Avaru Eesa umzingelt, um zu verhindern, dass irgendjemand die Stadt verlassen kann.«

»Euer Riesendrache wird uns kaum alle rechtzeitig nach der gleichen Methode ausfliegen können, mit der er uns vom Hochplateau heruntergebracht hat«, erwiderte jemand mit sorgenvoller Stimme.

Doch Brynns Lächeln wurde nur noch breiter; sie fand, dass es endlich an der Zeit war, etwas zu riskieren und einen Teil der behrenesischen Soldaten in eine offene Feldschlacht zu verwickeln.

Als sich die Abenddämmerung über die Steppe senkte und die Wüste hinter ihnen bereits im Dunkeln lag, entdeckten Brynn und Pherol die endlose Reihe von Fackeln, die sich über einen schmalen, geröllübersäten Weg vom Hochplateau Togais hinunter in die behrenesische Ebene wand.

»Vermutlich will er die ganze Nacht durchmarschieren, in der Hoffnung, uns auf diese Weise einzuholen«, schrie Brynn dem Drachen zu. »Dieser Bastard Bardoh ist wütend, und diese Wut wird ihm zum Verhängnis werden!«

Pherol verstärkte seinen Flügelschlag, so dass sie, in weitem Bogen von Norden her kommend, in rasendem Tempo am Rand des Hochplateaus dahinjagten.

Brynn lenkte den Drachen genau über die endlose, schmale Marschkolonne. Die Riesenbestie legte sich in die Kurve, glitt Feuer speiend über sie hinweg und verbrannte jeden Behreneser, der nicht fliehen oder sich hinter einem Felsen in Sicherheit bringen konnte. Pherols peitschender Schwanz zertrümmerte das Felsgestein und schleuderte zahllose Männer in den Tod.

Die völlig überraschten Behreneser brauchten viel zu lange, um ihre Bogenschützen oben am Rand des Landbruchs in Stellung zu bringen. Wer mitten auf dem schmalen Pfad erwischt wurde, fand kaum Zeit, in Deckung zu gehen oder Hals über Kopf zu den bereits unten im Wüstensand eingerichteten massiven Verteidigungsstellungen hinunterzuhasten.

In dieser Phase der Verwirrung und des Chaos schlugen Brynn und Pherol mehrfach und mit brutaler Härte zu. Als die Verteidigung sich schließlich zu organisieren begann, Pfeilsalven den Himmel füllten und die gewaltigen Wurfgeschütze ihre tödlichen Geschosse vorbereiteten, lenkte Brynn den Drachen von der Hochebene fort und rief aus vollem Hals hinunter zu den Soldaten: »Avaru Eesa gehört mir!«

Dann schossen sie und Pherol in südlicher Richtung davon, immer entlang der Abbruchkante des Hochplateaus, und wiederholten ihr zerstörerisches Werk bei der zweiten behrenesischen Streitmacht, den Truppen Shauntils. Die Armee unter dem forschen Kommando des gewieften Chezhou-Lei hatte sich jedoch erheblich schneller organisiert und konnte Brynn und Pherol rasch wieder verjagen, ohne dass großer Schaden entstanden wäre und mehr als ein paar vereinzelte Behreneser ihr Leben verloren hätten.

Die junge Hüterin und der Drachen flogen in südlicher Richtung, ehe sie nach Osten abschwenkten, bis allmählich die fernen Lichter der Streitmacht Pagonels in Sicht kamen.

Dort angekommen, setzte der Drachen Brynn ein Stück außerhalb des Lagers ab, worauf die Hüterin ihren Verbündeten einen Besuch abstattete.

»Der Plan erscheint mir ziemlich tollkühn«, erklärte Pagonel, nachdem die Versammlung der Kommandanten sich aufgelöst hatte, damit die Kriegerin und ihr Freund unter vier Augen miteinander sprechen konnten.

»Was immer wir tun, wird zwangsläufig immer tollkühner, jetzt, da die Verfolger sich immer besser organisieren«, erwiderte Brynn. »Chezru-Häuptling Douan wird uns sogar noch sehr viel mehr Truppen auf den Hals hetzen. Ich bin sicher, eine dritte und schließlich auch noch eine vierte Streitmacht wird von Jacintha aus losmarschieren, und irgendwann werden sie uns stellen. Jede einzelne von ihnen wäre imstande, uns vernichtend zu schlagen oder zumindest bis zur Handlungsunfähigkeit zu schwächen.«

Pagonel nickte grimmig. »Du hast von Anfang an gewusst, dass du die Behreneser selbst dann nicht mit Gewalt würdest besiegen können, wenn du ganz To-gai hinter dir scharst.«

Nun war es an Brynn, mit düsterer Miene zu nicken. »Jetzt, da Avaru Eesa gefallen ist, wird Yatol Bardoh in Gewaltmärschen bis vor die zerstörten Tore eilen. Versetzen wir ihm also einen weiteren Stich – und ich bete zu Joek, dass ich dort endlich Gelegenheit erhalte, meine Klinge in das Blut dieses verfluchten Bardoh zu tauchen.«

»Selbst wenn du dafür den großen Krieg aufgeben müsstest, den du vom Zaun gebrochen hast?«

Die Frage ließ Brynn stutzen und setzte ihrem Übereifer einen Dämpfer auf. Sie sah sich genötigt, ihr gegenwärtiges Vorgehen noch einmal zu überdenken.

»Der Plan wird funktionieren«, beharrte sie.

»Musst du unbedingt dieses Risiko eingehen?«

»Es erscheint vertretbar und wird uns außerdem große Vorteile verschaffen.«

»Wirklich große?«

»Ausreichend große«, erwiderte Brynn. »Je mehr Truppen des Chezru-Häuptlings wir aus Jacintha herausziehen, desto schwerer wird uns in Zukunft jeder Sieg fallen. Wir sollten sie daher nehmen, wie sie kommen. Pherol und ich haben auf dem Weg hierher behrenesische Truppen angegriffen, die sich auf dem Rückzug aus To-gai befinden. Viele haben wir nicht töten können, vielleicht gerade mal hundert, aber ich könnte mir denken, dass jetzt noch sehr viel mehr den Wunsch verspüren, aus der Armee zu desertieren. Ihre Toten wurden vollkommen sinnlos geopfert, sie konnten nicht einen Gegner töten, konnten sich nicht rächen. Das ist das Frustrierendste überhaupt, was einem Krieger passieren kann.«

Der Mystiker stimmte ihr mit einem Nicken zu. »Wenn Chezhou-Lei Shauntil sich tatsächlich so ausschließlich auf den Marsch nach Avaru Eesa konzentriert, wie du annimmst, wird er uns vermutlich gar nicht bemerken.«

»Und dann könnte mein Plan …«

»… den Behrenesern tatsächlich einen weiteren empfindlichen Schlag versetzen«, musste Pagonel zugeben. »Aber wir stünden unter enormem Zeitdruck und müssten uns sehr beeilen, noch dazu mit einer wütenden Armee unmittelbar im Nacken.«

»Dank Pherol können wir uns mit Vorräten versorgen, was ihnen verwehrt ist«, beharrte Brynn. »Außerdem sind To-gairu zu Pferd schneller als Behreneser. Wie lange wollen sie uns denn verfolgen? Wie schnell werden wir wieder einen ausreichend großen Vorsprung haben, um eine weitere Stadt in Schutt und Asche zu legen?«

»Wie lange würde es dauern, bis Chezru-Häuptling Douan dir weitere dreißigtausend Mann auf den Hals hetzt?«

Die Frage hatte etwas Ernüchterndes. Brynn wusste nur zu gut, dass Douan ohne weiteres dazu fähig wäre.

Trotzdem nickte sie bloß; mit dieser Möglichkeit hatte sie sich längst abgefunden. »Du weißt, was du zu tun hast und wann?«

»Wir werden dort sein«, versprach Pagonel.

Brynn lächelte und gab ihm einen Kuss auf die Wange.

Kurz darauf waren sie und Pherol bereits wieder auf dem Weg zurück in den Norden. Auf dem Rückflug verzichtete Brynn auf einen Angriff gegen Shauntils Truppen, nachdem sie sich mit einer Reihe von Vorbeiflügen davon überzeugen konnte, dass der Chezhou-Lei-Krieger seine Armee darauf eingestellt hatte, unverzüglich und mit großer Härte zurückzuschlagen. Aber der weniger gut vorbereiteten Armee Yatol Bardohs versetzten sie einen weiteren Schlag; sie stießen aus großer Höhe auf sie herab und zersprengten die letzten Reihen der vom Hochplateau herabsteigenden Soldaten, da Bardoh es offenbar nicht einmal für nötig gehalten hatte, seine bereits unten angekommenen Truppen zusammenzuhalten, um den Nachzüglern Deckung zu geben. Stattdessen hatte er sie ohne Umschweife in Richtung Avaru Eesa reiten lassen.

Pherol machte sich genüsslich über das bereits geschwächte Ende der behrenesischen Marschkolonne her, wodurch sich die Zahl ihrer vernichteten Gegner in dieser Nacht mehr als verdoppelte. Zu ihrer großen Zufriedenheit sah Brynn die behrenesischen Krieger in Scharen ihre vorgeschriebene Marschroute verlassen und, offenbar aus Bardohs Armee desertierend, in nördliche und südliche Richtung fliehen.

Darin lag ihre Stärke, die Stärke To-gais, erkannte die junge Hüterin. Weder sie noch ihre Kommandanten hätten jemals einen so großen Teil der eigenen Leute zurückgelassen, nur um ein Ziel zu erreichen. Yatol Bardoh dagegen waren seine Krieger, außer als Mittel zur Durchsetzung seiner Ziele, vollkommen gleichgültig. Brynn wusste nur zu gut, dass die Ablehnung dieser zum Scheitern verurteilten Einstellung unter ihren Kriegern großen Beifall fand.

15. Die Kriegslist des Drachen

Brynn stand auf der westlichen Mauer von Avaru Eesa, den Blick in die Wüste gerichtet, auf eine noch ferne Wolke aufgewühlten Sandes. Zum wiederholten Mal fragte sie sich, ob ihre Entscheidung richtig gewesen war, hier auszuharren und ihren Gegner noch einmal zu attackieren, bevor sie wieder in der Wüste untertauchte. War es der Hass auf Yatol Bardoh, der sie dazu trieb? Hoffte sie auf eine Gelegenheit, die Ermordung ihrer Eltern zu rächen? Und wenn ja, ging sie mit der Suche nach dieser Gelegenheit nicht ein viel zu großes Wagnis ein?

Die Hoffnung, dass Pagonel, wie abgesprochen, rechtzeitig mit dem Hauptteil ihrer Armee eintreffen würde, machte ihr wieder Mut. Unter dieser Voraussetzung, und solange ihre Vermutung über Bardohs Reaktion auf den Verlust von Avaru Eesa sich als korrekt erwies, schien das Vorhaben nicht mehr ganz so waghalsig.

Gedankenverloren stand sie auf der Mauer und grübelte über diese Dinge nach, als sie Besuch von einem Gefährten erhielt, mit dem sie überhaupt nicht gerechnet hatte. Brynn fuhr erschrocken herum, denn sie hatte Pherol schon längere Zeit nicht mehr in seiner Gestalt als Echsenmann gesehen. Ihr fiel sofort auf, dass der Drache leicht hinkte.

»Ihre Pfeile haben dir offenbar zu schaffen gemacht«, stellte sie fest.

»Es bedarf schwererer Geschütze als Pfeile, um einen Pherol vom Himmel zu holen«, beruhigte sie der Drache.

Brynn nickte und wandte sich wieder der Sandwolke zu. »Unsere Feinde«, sagte sie.

»Unsere?«

Die junge Hüterin drehte sich um und musterte den Drachen. Seine Bemerkung überraschte sie, auch wenn sie bei genauerem Nachdenken durchaus verständlich war, denn im Grunde schien es Pherol völlig egal zu sein, wen oder was er vernichtete.

»Ich werde dich schon bald bitten müssen, dich noch einmal ihrem Pfeilhagel auszusetzen«, sagte sie. »Ich brauche dich, um Yatol Bardoh davon zu überzeugen, dass wir nach Osten zu fliehen versuchen.«

Der Drache nickte abwesend, als ginge ihn das alles nichts an.

»Ich habe die Absicht, seine Truppen um die Stadt herumzulocken«, setzte Brynn zu einer Erklärung an, doch dann hielt sie inne, als sie merkte, dass der Drache ihr gar nicht zuhörte. »Das alles interessiert dich überhaupt nicht, hab ich Recht?«

Pherols Blick verengte sich, während er sie eingehend musterte.

»Du machst eigentlich gar keinen Unterschied zwischen uns – zwischen mir und meinem Volk und den Behrenesern, stimmt's?«

Der Drache blinzelte, zeigte ansonsten aber keine Reaktion.

»Hätte ein Verbündeter der Behreneser dich in deiner Höhle gefunden, würdest du jetzt statt für mich auf ihrer Seite kämpfen, hab ich Recht?«

Wieder dieses Blinzeln.

»Oder ist es eher so, dass du gar nicht für mich kämpfst?« Brynn dachte einen Moment darüber nach. »Im Grunde kämpfst du nur für dich selbst und für nichts und niemanden sonst. Ich habe dir ein Angebot gemacht, das du für annehmbar hieltest, also sind es eben die behrenesischen Soldaten, die in deinen Flammen verglühen.« Sie unterbrach sich, sah den Drachen durchdringend an und wartete, bis sie seine volle Aufmerksamkeit hatte. »Verstehst du eigentlich nicht, warum ich diesen Krieg führe?«

»Ich begreife die Kriege der Menschen nicht, und es liegt mir nichts daran, sie zu begreifen«, antwortete der Drache nach einer Weile. »Du kämpfst für deine Freiheit.« Er zuckte so übertrieben mit den Schultern, dass sein Kopf fast zwischen seinen mächtigen, muskulösen Schultern zu verschwinden schien. »Mir kommt es unsinnig vor, dass Menschen sich überhaupt gegenseitig unterwerfen wollen. Ihr seid eine merkwürdige Rasse – und eine mindere, nach allem, was ich gesehen habe.«

Jetzt war es an Brynn, ihn scharf anzusehen.

»Du hältst mich für ein Geschöpf, das aus reinem Mutwillen zerstört, und bis zu einem gewissen Grad hast du damit sogar Recht«, fuhr der Drache fort. »Die Lebewesen, die in die Zielrichtung meiner Flammen geraten, interessieren mich nicht, es ist das Feuerspeien selbst, das ich so aufregend finde. Vor allem die Menschen sind mir vollkommen egal.«

Seine Äußerung vermochte sie nicht recht zu überzeugen. Brynn spürte, dass im Ton des Drachen noch etwas anderes mitschwang, eine kaum merkliche Anspielung.

»Behreneser, To-gai-ru ... im Grunde seid ihr doch alle gleich. Kein Drache käme auf die Idee, einen anderen Drachen zu versklaven.«

»Wenn dich also ein behrenesischer Spitzel aufgespürt hätte, wäre es gut möglich, dass du jetzt mich aus der Luft angreifen würdest«, erwiderte Brynn, und wieder zuckte der Drache bloß mit den Schultern, als sei dies im Grunde ohne Bedeutung.

»Du solltest für dein großes Glück dankbar sein«, sagte er. »Oder nenn es von mir aus die Gerechtigkeit des Schicksals, wenn dir dabei wohler ist. Offenbar sind die Götter deinem Freiheitskampf wohlgesonnen.«

Brynn wandte sich von ihm ab. »Es besteht sehr wohl ein Unterschied«, erklärte sie mit zusammengebissenen Zähnen. »Was sie uns angetan haben und was wir jetzt zu erreichen versuchen, ist bei weitem nicht das Gleiche.«

»Natürlich.«

»Die To-gai-ru haben nie versucht, Behren zu erobern«, hielt Brynn seinem Sarkasmus entgegen.

»Weil sie zu keinem Zeitpunkt dazu in der Lage waren«, stellte Pherol sofort klar. »Nur wenn man über die nötige Macht verfügt, kann man das ethische Verhalten seines Volkes richtig beurteilen.«

Brynn wollte widersprechen, suchte nach Worten, um die Logik des Drachen zu widerlegen, aber es wollte ihr nicht recht gelingen. Hätte ihr Volk sich in der Rolle des Eroberers tatsächlich anders verhalten? Waren sie nach ihrem ersten großen Sieg, als Dharyan überrannt worden war, anders aufgetreten? Bis zu ihrem Eingreifen hatten die Behreneser oftmals die gleichen Ungerechtigkeiten ertragen müssen, die sie zuvor den To-gai-ru angetan hatten.

Aber sie hatte eingegriffen. Das durfte Brynn in diesem Augenblick der Unsicherheit nicht vergessen, da ausgerechnet Pherol ihre Schuldgefühle ans Licht brachte, während Bardoh und dreißigtausend behrenesische Krieger im Anmarsch waren, um sie und ihre vergleichsweise unbedeutende Armee zu vernichten.

»Für jemanden ohne jede Menschenkenntnis bist du ein ziemlich guter Beobachter«, sagte Brynn.

Pherol ließ ein polterndes Lachen hören. »Das liegt daran, dass ich die Dinge objektiv betrachte.«

Brynn drehte sich wieder zu ihm um und fixierte ihn mit ernstem Blick. »Wirst du noch einmal für mich fliegen, trotz der Bogenschützen?«

Der Drache setzte ein scheußliches Grinsen auf. »Aber mit Vergnügen.«

Der Sturm fegte über den vom Wind aufgepeitschten Sand heran, dreißigtausend Mann stark, angeführt von Reitern mit mächtigen Krummsäbeln, wie die meisten behrenesischen Krieger sie bevorzugten. Der Angriff erfolgte am Westtor von Avaru Eesa, und für einen kurzen Augenblick schien Brynn aller Mut zu verlassen, denn sie befürchtete, Yatol Bardoh könnte alle Vorsicht vergessen und seine eroberte Stadt einfach überrennen.

Doch dann schwenkten die Reiter rechts und links zur Seite ab, und ihre Pferde galoppierten donnernd um Avaru Eesa herum, um die weitläufige Stadt einzukreisen. Auf diese Weise gelangten die behrenesischen Soldaten nach und nach mit der für eine hervorragend ausgebildete Armee charakteristischen Disziplin auf die ihnen zugewiesenen Positionen. Am späten Nachmittag waren Brynn und ihre Armee vollends umzingelt; die feindlichen Formationen hatten sich zusammengezogen wie die Schlaufe eines Henkerstricks, und auch die verheerenden Kriegsmaschinen waren in Stellung gebracht worden.

Kurz nach Anbruch der Dämmerung begann das Bombardement. Pechgeschosse flogen in weitem Bogen heran, um die Mauern zu zertrümmern, und versprühten ihr flüssiges Feuer über die ganze Stadt.

Brynns Krieger überließen die daraus entstehenden Feuersbrünste sich selbst, denn sie hatten nicht die Absicht, Yatol Bardohs Stadt über jene Straßenzüge und Gebäude hinaus zu retten, die sie für ihre Verteidigung benötigten.

Wenig später erfolgte der erste Ansturm; Infanterie, die Schilde dicht nebeneinander, rückte von allen Seiten gegen die Stadt vor.

Brynn wusste, Bardoh würde versuchen, sie aus der Reserve zu locken, um zu sehen, mit welcher Feuerkraft ihre Krieger ihm zu antworten imstande wären. Also enttäuschte sie ihn nicht. Sie bemannte die Mauern, insbesondere die im Osten, mit Bogenschützen, und erwiderte den Ansturm mit einer dichten Folge von Pfeilsalven.

Schließlich ließ sie sich auf Pherols Rücken aus der Stadt hinaustragen, überflog zuerst die Südflanke und sprengte dort die verängstigten Behreneser auseinander, ehe sie nach Osten abschwenkte, wo die Angriffsformation fast augenblicklich auseinander brach und sich Deckung suchend hinter den eigenen Bogenschützen in Sicherheit zu bringen versuchte.

Brynn riss den Drachen in eine scharfe Kurve, lenkte ihn in schnellem Flug über die Stadt hinweg und weiter nach Westen, wo sie unmittelbar über die überraschte behrenesische Infanterie und die Kavalleriereserve hinwegflog, die große Mühe hatte, die scheuenden Pferde zu beruhigen, bis sie schließlich mitten in einen Pfeilhagel hineingeriet, den ihnen die behrenesischen Bogenschützen entgegenschleuderten.

Pherol stürzte sich mit wildem Ungestüm auf die Kriegsmaschinen, setzte ein Katapult in Brand, legte sich gleich darauf in eine steile Kurve und verharrte neben einem zweiten in der Luft, um dessen Stützkonstruktion mit seinem mächtigen Schwanz zu zertrümmern.

»Flieg!«, schrie Brynn auf ihn ein. »Flieg endlich los, Pherol!«

Doch der Drache war viel zu aufgebracht, um ihre Worte

überhaupt zu hören, daher war seine Überraschung perfekt, als sich der Speer einer Wurfmaschine hart in seine Flanke bohrte und ihn vom Himmel holte.

Ein triumphaler Jubelschrei ging durch die Reihen der behrenesischen Krieger, die sofort mit ihren im Schein der Flammen blitzenden Lanzen auf ihn zustürzten.

»Auf!«, kommandierte Brynn. »Auf und zurück in die Stadt!«

Der Drache fuhr herum und stürzte sich mitten unter die heranstürmenden Soldaten. Er musste einen brutalen Hieb nach dem anderen einstecken, zugleich aber verbreitete er mit seinen mächtigen Krallen und mahlenden Kiefern Tod und Verderben unter ihnen, wischte mehrere mit seinen mächtigen Flügeln zur Seite und schleuderte andere mit seinem todbringenden Schwanz weit von sich.

Noch immer bedrängte ihn Brynn, endlich wieder aufzusteigen, denn mittlerweile stürmten immer mehr behrenesische Soldaten mit geradezu draufgängerischem Mut herbei.

In diesen wenigen Minuten wuchs Brynns Respekt für ihre Gegner beträchtlich.

Zu Brynns großer Erleichterung hob der Drache schließlich ab und machte sich unter kraftvollem Schlagen seiner Riesenflügel daran, zum Westtor von Avaru Eesa zurückzufliegen. Die beiden landeten unmittelbar hinter dem Tor im Innenhof. Brynn sprang sofort vom Rücken des Drachen, um seine schwerste Verletzung in Augenschein zu nehmen, wo ihn der von einer Wurfmaschine abgefeuerte Speer getroffen hatte – und erschrak, allerdings mehr über ihre eigenen Gedanken als über die Wunde, denn einen kurzen Augenblick lang hatte sie sich der Hoffnung hingegeben, sie würde sich als tödlich erweisen. Denn wenn dies alles endlich vorbei war, ganz gleich, ob To-gai dann befreit sein würde oder nicht, würde sie sich der Tatsache stellen müssen, dass sie maßgeblich daran beteiligt gewesen war, einen Drachen auf die Welt loszulassen. Sie hatte sich zwar von Pherol das nötige Versprechen geben lassen, wusste aber nicht, ob er sich daran halten würde.

»Wie schlimm ist es?«, fragte sie den Drachen und ging um ihn herum, um ihm direkt ins Gesicht zu sehen.

Pherol griff knurrend mit seinem Vorderlauf nach dem Geschoss und zog es heraus, stellte sich, ein trotziges Gebrüll ausstoßend, auf die Hinterbeine und schleuderte den blutverschmierten Speer hinaus in die Wüste, mitten unter die Behreneser draußen vor dem Tor, die noch immer damit beschäftigt waren, wieder auf die Beine zu kommen.

Kurz darauf hörte man ein Geräusch wie von zerbrechenden Knochen, als Pherols Umwandlung in seine Gestalt als Zweibeiner einsetzte. Die To-gai-ru-Krieger in seiner unmittelbaren Umgebung erbleichten und zogen sich so weit wie möglich zurück.

Brynn jedoch harrte aus und blieb vor dem Drachen stehen; sie war ihm dankbar für das Opfer, das er an diesem Abend gebracht hatte. Es war ein notwendiges Opfer gewesen, ein Opfer, das den Sturmangriff der Behreneser in einen schnellen Rückzug verwandelt hatte.

Schon riefen die Beobachtungsposten auf den Mauern hinunter, der Angriff sei auf allen Seiten zum Erliegen gekommen und der Feind habe sich auf den weit vor der Stadt liegenden Belagerungsring zurückgezogen und dort mit der Errichtung eines Lagers begonnen.

»Morgen früh werde ich dich noch einmal brauchen«, flüsterte Brynn dem Drachen zu. »Sobald Pagonel eintrifft.«

Der Drache knurrte und nickte dann.

Brynn holte einmal tief Luft und entfernte sich. Im Stillen verwünschte sie sich wegen ihrer kurzen Anwandlung von Eigensucht, als sie gehofft hatte, der Drache wäre tödlich getroffen.

Nein, so leicht würde es ihr nicht gemacht werden; das durfte auch nicht sein, wenn sie To-gai und ihre eigenen Träume nicht verraten wollte.

Für Brynn und ihre Gefährten hätte der Zeitpunkt nicht besser gewählt sein können. Bei strahlend klarem Himmel brach soeben der Morgen über Avaru Eesa an, als auch der behrenesische Sturmangriff begann und der Belagerungsring sich plötzlich zusammenzuziehen schien. Im selben Augenblick sah Brynn jenseits der am weitesten westlich heranstürmenden Gruppe von Behrenesern das Aufblitzen eines Leuchtzeichens, das ihr Pagonels Eintreffen ankündigte.

»Zur Ostmauer!«, rief sie, und schon eilte über die Hälfte ihrer Krieger in diese Richtung und schoss Pfeile auf die heranstürmenden Behreneser ab, obwohl diese für ein wirkungsvolles Sperrfeuer noch viel zu weit entfernt waren. Geduckt hinter die Ummauerung, befestigten die Krieger ihre Helme an Stangen, um so den Eindruck zu erwecken, sie seien fest entschlossen, die Mauer zu halten.

Anschließend verließen sie ihre Stellungen und liefen zu ihren wartenden Pferden, die man im westlichen Innenhof der Wallanlagen vor den Toren zusammengetrieben hatte.

Unterdessen begab sich Brynn zu Pherol und schickte den Drachen in östlicher Richtung aus der Stadt, wo er die Behreneser aus der Luft attackieren sollte. Als die behrenesische Angriffsformation kurz darauf auseinander stob, wurde das Osttor von Avaru Eesa weit aufgestoßen, und eine riesige Herde von Pferden stürmte daraus hervor.

Reiterlose Pferde, die man den behrenesischen Truppen abgenommen hatte.

Auf ihrem Beobachtungsposten auf der Westmauer schöpfte Brynn neue Hoffnung, als sie sah, wie die behrenesischen Truppen Richtung Westen abzudrehen begannen. Yatol Bardoh hatte einen Ausbruch vorhergesehen und ihn nach der Attacke des Drachen logischerweise auf der Ostseite der Stadt erwartet.

Was Yatol Bardoh jedoch nicht wusste, war, dass eine zweite To-gai-ru-Streitmacht von der dreifachen Stärke der von ihm in der Stadt eingeschlossenen Truppen sich unmittelbar westlich von ihm befand.

Die Westtore der Stadt wurden weit aufgestoßen, und heraus stürmten Brynn und ihre zweitausend Krieger und hielten entschlossen auf die behrenesische Hauptstreitmacht im Westen der Stadt zu.

Unmittelbar darauf erklangen die Schlachtrufe und das Donnern der Hufe der zweiten, von Westen her angreifenden To-gai-ru-Streitmacht, die auf dieselben feindlichen Stellungen zuhielt.

In die Zange genommen, sprengten die behrenesischen Truppen auseinander, bemüht, irgendeine Form der Verteidigung zu organisieren.

Brynn, das Schwert lichterloh in Flammen, unter sich den auf das leiseste Kommando reagierenden und, wenn nötig, improvisierenden Nesty, trieb ihre Krieger mit voller Wucht zwischen die Behreneser; die To-gai-ru fegten durch sie hindurch wie ein von einem kräftigen Wind getragener Heuschreckenschwarm, trieben die behrenesischen Reihen auseinander und zwangen die Soldaten, sich zur Seite zu werfen, wenn sie nicht niedergetrampelt werden wollten.

Doch sie hielten nicht etwa an, um den Gegner in einen Kampf Mann gegen Mann zu verwickeln, sondern setzten ihren Sturmlauf fort, bis sie sich mit der größeren, mit ähnlich brutaler Wirkung von Westen nach Osten vordringenden Streitmacht vereinigten.

Kurz darauf drehten sie wie auf ein Kommando nach Norden ab, preschten im gestreckten Galopp in die offene Sandwüste hinein und ließen die überraschten und verwirrten Behreneser weit hinter sich zurück.

Als der Hauptteil von Yatol Bardohs Truppen schließlich die Westfront erreichte, waren Brynn und ihre Krieger nur noch eine Staubwolke am nördlichen Horizont.

Zurück blieb ein vom Blut zahlloser Behreneser, aber auch einer nicht geringen Zahl von To-gai-ru getränktes Schlachtfeld. Aber der Ausfall hatte funktioniert. In einem überfallartigen Gefecht, das zehnmal so viele Behreneser wie To-gai-ru das Leben gekostet hatte, hatten sie der behrenesischen Kampfmoral einen weiteren empfindlichen Schlag versetzt.

Zu guter Letzt erschien auch noch Pherol. So als wollte er

Yatol Bardoh in noch tiefere Verlegenheit stürzen, ließ er eine aus Hunderten von Pfeilen bestehende Salve über sich ergehen, jagte über die behrenesischen Heerscharen hinweg und bestrich ihre Reihen mit einem Schwall todbringender Flammen, wobei es ihm sogar gelang, einen behrenesischen Krieger mit seinen wild um sich greifenden Krallen mitzureißen.

Dann war auch der Drache verschwunden und entfernte sich mit schnellem, kräftigem Flügelschlag in Richtung Norden.

Von seiner Stellung im Osten von Avaru Eesa kommend, wo er den Ausbruch erwartet hatte, traf Chezhou-Lei Shauntil erst auf dem eigentlichen Schlachtfeld ein, als Brynn und ihre Mitstreiter, unter ihnen auch Pherol, längst abgezogen waren. Der Krieger fand seinen Kommandanten auf die Trümmer eines Katapults gestützt, den leeren Blick auf die im Norden aufsteigende Staubwolke gerichtet. Plötzlich sah man ihm jedes einzelne seiner sechzig Lebensjahre an.

»Yatol«, begrüßte ihn der Krieger und machte eine zackige Verbeugung.

Yatol Bardoh drehte den Kopf langsam in seine Richtung, um ihn anzusehen, wandte ihn dann aber gleich wieder nach Norden, das Gesicht erstarrt zu einer Maske blanken Entsetzens.

»Verfolgt sie und bringt sie zur Strecke«, sagte er kraftlos.

»Sie ist wie eine lästige Mücke, Yatol«, erwiderte Shauntil. »Sie umschwirrt uns, während wir vergeblich nach ihr schlagen, aber ihre Stiche sind nicht tödlich. Bis jetzt haben wir sie verfehlt, aber schon ein einziger Treffer ...«

»Verfolgt sie und bringt sie zur Strecke.«

»Sehr wohl, Yatol. Sie ist eine raffinierte Gegnerin, und bislang ist ihr noch kein Fehler unterlaufen. Dank ihrer perfekt ausgeklügelten Taktik hat sie bislang zwar überleben können, aber echten Schaden konnte sie uns damit nicht zufügen. Ihr erster Fehler wird zugleich ihr letzter sein.«

»Verfolgt sie und bringt sie zur Strecke.«

»Wird erledigt, Yatol«, versicherte ihm Shauntil. »Wir lernen mit jedem ihrer Schachzüge ein wenig mehr über sie. Der Drache ermöglicht es ihr, sich frei in der Wüste zu bewegen, denn er versorgt sie mit Nachschub und dient ihr manchmal womöglich sogar als Transportmittel. Anders ist nicht zu erklären, wie sie unserer Umklammerung an der Abbruchkante des Hochplateaus entkommen konnte. Mittlerweile kennen wir aber auch die Grenzen dieser Bestie. Erst heute wäre sie um ein Haar vernichtet worden; zudem sind alle Städte zunehmend besser darauf vorbereitet, sich wirksam gegen den Drachen zu wehren, falls er sich dort blicken lassen sollte. Ist er erst ausgeschaltet, sind diese Frau und ihre Armeen am Ende.«

Yatol Bardoh drehte den Kopf abermals in seine Richtung und musterte den Chezhou-Lei mit einem derart kalten und entschlossenen Blick, wie ihn der Krieger bei diesem Mann noch nie beobachtet hatte – demselben Mann, der in den Jahren seiner Schreckensherrschaft über To-gai Hunderte von Menschen ermordet und die das gesamte Gebiet überblickende Felsenklippe mit den gekreuzigten Leichen von einhundert To-gai-Frauen gesäumt hatte.

Langsam und ohne innere Regung wiederholte Yatol Bardoh: »Verfolgt sie und bringt sie zur Strecke.«

16. Ein Frevel kommt ans Licht

»Ihnen ist heiß und sie haben Durst«, erstattete Chezhou-Lei Shauntil Yatol Bardoh Bericht, als die beiden zusammen mit einer großen Gruppe anderer Krieger auf die zerstörten Überreste einer Nachschubkarawane hinunterblickten. Einen vollen Monat seit der Rückeroberung von Avaru Eesa jagten sie Brynn nun schon in dem Bewusstsein durch die Wüste, sie nicht einholen zu können, also hatten sie weiterhin versucht, ihr wenigstens gedanklich einen Schritt voraus zu sein.

Trotzdem war es ihr irgendwie gelungen, sich hinter sie zurückfallen zu lassen und die ihnen am dichtesten nachfolgende Nachschubkarawane abzufangen – und das in dieser Woche nun schon zum zweiten Mal.

»Offenbar verfügt sie über eine kleinere Unterabteilung, die in dieser Gegend operiert«, erklärte Yatol Bardoh. »Ihre Hauptstreitmacht dient lediglich dazu, uns weiter in eine bestimmte Richtung zu locken, während einige zwischen den Dünen verborgene Splittertruppen unsere Nachschubwege kappen sollen.«

»Die Karawanen sind schwer bewaffnet und werden hervorragend bewacht«, wagte Shauntil einzuwenden, was ihm einen finsteren Blick seines deprimiert wirkenden Meisters eintrug.

»Gegen Bestien wie diesen Drachen?«, blaffte Yatol Bardoh, worauf der Chezhou-Lei sich wegen seines offenkundig unsinnigen Gedankens schuldbewusst verneigte.

»Wir müssen unsere Marschkolonne bei der Verfolgung breieter fächern«, sagte Bardoh gedankenversunken; Shauntil hatte den Eindruck, dass er eher laut nachdachte, als dass seine Bemerkung direkt an ihn gerichtet war. »Richtig, sobald wir den Eindruck haben, dass wir in ihrer Nähe sind, schicken wir unsere Angriffsspitzen weit voraus und lassen die übrigen Truppen auf der rechten oder linken Flanke nachrücken. Oder wir teilen uns auf und bilden zwei Flanken, um sie einzukreisen, wie schon bei Avaru Eesa. Diesmal allerdings, ohne dass unsere Truppen durch Mauern voneinander getrennt wären!« Er hatte kaum geendet, als er auch schon fragend zu Shauntil hinübersah, doch anstatt ihm zuzustimmen, schüttelte der Chezhou-Lei nur den Kopf.

Dann besann er sich und nahm Haltung an. Er war nicht bereit, irgendeine Kritik zu äußern, ohne dass der Yatol ihn ausdrücklich um seine Meinung gebeten hätte.

»Ein gewagtes Manöver«, fügte Bardoh hinzu. Trotz seiner Diszipliniertheit konnte Shauntil sich einen missbilligenden Gesichtsausdruck nicht verkneifen.

»Raus mit der Sprache, sagt schon, wie Ihr darüber denkt!«, fuhr ihn der Yatol an.

»Gewagte Manöver machen mir Angst bei einem Gegner, der offenbar vom Glück verfolgt ist und sich als so gewieft entpuppt hat wie dieser Drache von To-gai«, gestand der Krieger. »Wir müssen Ausdauer und Geduld beweisen und jede Stadt, durch die wir kommen, mit Waffen bestücken und entsprechend vorbereiten. Selbst wenn wir durch Zermürbung und die Sicherung der Städte eintausend Mann verlören, würde das auf unsere gewaltige Armee keine verheerenden Auswirkungen haben, zumal wir die Leute im Bedarfsfall gewiss ersetzen könnten. Den Drachen von To-gai dagegen trifft jeder Verlust schwer, denn in diesem Land, das nicht ihr Zuhause ist, dürfte die Frau nur schwer Ersatz finden.«

»Ihre Armee hat starken Zulauf durch befreite Sklaven«, erinnerte ihn Yatol Bardoh. »Das haben wir bei ihrem Ausbruch aus meiner Stadt deutlich zu spüren bekommen.«

»Richtig, aber das war noch zu Beginn des Krieges, in Dharyan und Pruda, den beiden Städten mit dem größten Sklavenanteil. Aber mittlerweile, da sie tagein, tagaus durch die Wüstenhitze marschieren, dürften selbst diesen ehemaligen Sklaven die ersten Zweifel an ihrem Entschluss gekommen sein , sich der Frau anzuschließen. Ihr Leben unter behrenesischer Herrschaft war mit Sicherheit angenehmer als die Schinderei, die sie jetzt ertragen müssen, auch wenn der Drache sie offenbar mit Nachschub versorgt.«

»Verlangt Ihr etwa, ganz Behren soll sich hinter Mauern verkriechen, so dass diese Barbarin sich ungehindert in unserem Land bewegen kann?«, fragte der Yatol verärgert.

Shauntil straffte die Schultern, als wäre er geohrfeigt worden. »Mitnichten, Yatol!«, antwortete er. »Auf gar keinen Fall. Ich möchte nur sichergehen, dass uns kein Fehler unterläuft und der Drache von To-gai nicht noch weitere eindrucksvolle Siege erringt. Der Zeitfaktor ist, denke ich, auf unserer Seite. Es war ein schwerer Irrtum, diese Frau zu unterschätzen, der bis zum heutigen Tag noch kein einziger Fehler unterlaufen ist. Aber das wird zweifellos irgendwann geschehen.«

»Und der erste Fehler wird auch ihr letzter sein«, fügte Yatol Bardoh augenblicklich hinzu. »Aber nur, wenn wir in unmittelbarer Nähe sind, bereit, beim ersten Anzeichen von Schwäche sofort zuzuschlagen. Ich werde Behren von ihr befreien, Shauntil, und ich bin fest entschlossen, sie vor den Augen eines dankbaren Publikums eigenhändig hinzurichten. Und Ihr werdet derjenige sein, der sie mir bringt, koste es, was es wolle. Haben wir uns verstanden?«

»Jawohl, Yatol.«

Bardoh nickte und warf einen letzten Blick hinunter auf die zerstörte Karawane, ehe er sich mit einer angewiderten Handbewegung entfernte.

Shauntil entspannte sich sofort und stieß einen verzweifelten Seufzer aus. Bardoh, so viel stand für ihn fest, war im Begriff, dem Drachen von To-gai geradewegs in die Hände zu spielen.

Aber er war ein Chezhou-Lei und hatte einen feierlichen Eid darauf geschworen, den Befehlen der Yatols zu gehorchen.

Drei Wochen später wiederholte sich die Szene mit nahezu dem gleichen Wortlaut, als der Yatol und der Krieger in dem Wüstengebiet östlich der Stadt Pruda auf die Überreste einer weiteren zerstörten Karawane hinunterblickten.

Yakim Douan ließ den Kopf in die Hände sinken und raufte sich sein schütter werdendes Haar. Er musste seine gesamte Selbstbeherrschung aufbieten, um nicht laut aufzuschreien.

Avaru Eesa. Nicht genug, dass der Drache von To-gai Avaru Eesa erobert hatte, es war ihm gleich darauf auch noch gelungen, den Belagerungsring von Yatol Bardoh zu durchbrechen und zu entkommen!

Und nun zogen Bardoh und Shauntil mit über fünfundzwanzigtausend Mann durch die menschenleere Wüste und versuchten, diese Frau einzuholen, die sich ihnen ein ums andere Mal wie ein Spuk entzog, derweil die behrenesischen Heerscharen die Geschäfte jeder Stadt und Oase plünderten, in deren Nähe sie gerieten, und die Vorräte wagenladungsweise fortschleppten.

Douan war sich der Gefahren dieses Spiels bewusst. Jeder Tag, den die To-gai-ru nicht von ihren Häschern eingeholt wurden, war ganz nach ihrem Geschmack und machte sie noch dreister, während die Entschlossenheit seiner gewaltigen Armee mit jedem Tag dieser brutalen Hitze zwangsläufig geringer wurde.

»Ich werde sie alle miteinander nach To-gai schicken und dafür sorgen, dass auf ihrem Marsch nichts als verbrannte Erde zurückbleibt«, sagte er laut an seinen neuen Leibdiener gewandt, den elften seit Merwan Mas Weggang. Der schmächtige junge Mann verhielt sich weisungsgemäß. Er nickte weder, noch wagte er etwas zu erwidern. Er war da, um zuzuhören, mehr nicht. »Ja, das wird den Drachen von To-gai zwingen, in die Steppe zurückzukehren, um in einem letzten, verzweifelten Versuch wenigstens noch ein Stück seiner Heimat zu retten!«

Kaum hatte er geendet, schüttelte der Chezru-Häuptling den Kopf und gab ein missmutiges Knurren von sich. Das Gleiche hatte er bereits mit Shauntil versucht, und bereits der hatte kaum noch etwas vorgefunden, das er hätte verbrennen, hatte kaum noch To-gai-ru angetroffen, unter denen er hätte aufräumen können.

»Yatol möge sie verdammen!«, fluchte er und erhob sich so schnell, dass sein Leibdiener mit verängstigt aufgerissenen Augen zurückschreckte. Douan musterte ihn mit unverhohlenem Abscheu und brüllte: »Raus mit Euch, Idiot!«, ehe er ihn mit einer Handbewegung davonscheuchte. Der junge Mann überschlug sich förmlich, als er unter mehrfachen Verbeugungen den Raum verließ.

Allerdings nur, um kurz darauf mit einer Gruppe Abgesandter aus verschiedenen Bezirken Behrens zurückzukehren, größtenteils aus dem Süden und Westen. Einer, gesandt von Yatol De Hamman, beklagte sich über die zunehmenden Aktivitäten der Piraten und machte ausdrücklich Yatol Peridan dafür verantwortlich, weil er diese Kriminellen duldete. Ein anderer, von Peridan geschickt, berichtete von Söldnern, die

die kleineren, abseits gelegenen Ortschaften seines Bezirks überfielen – Söldner, die vom Drachen von To-gai angeheuert worden waren und möglicherweise, wie er in seinem Bericht durchblicken ließ, von Yatol De Hamman unterstützt wurden.

Yakim Douan wusste, was es hieß, dass all diese Gesandten gleichzeitig vorsprachen. Ihr Auftritt kam einem gemeinschaftlichen, an eine Revolte grenzenden Protest gleich, eine Revolte, die das innere Gefüge Behrens zu bedrohen begann.

»Ihr alle werdet zu Euren Yatols zurückkehren, und zwar umgehend«, wies er sie an, nachdem er sie hatte ausreden lassen. »Bestellt Euren Yatols, sie sollen sich schnellstmöglich auf den Weg nach Jacintha machen, damit ich sie über meine Pläne zur Befreiung von diesem Drachen von To-gai unterrichten kann. Versichert ihnen, ich hätte mir ihre Erklärungen und Befürchtungen in vollem Umfang angehört, und dass sie, sobald wir das Blatt im Kampf gegen die To-gai-ru wenden – was unmittelbar bevorsteht, versichere ich Euch –, Gelegenheit erhalten werden, sich an all denen zu rächen, die ihnen Leid zugefügt haben. Und Ihr«, warnte er die Gesandten von De Hamman und Peridan, »Ihr werdet Euren Meistern bestellen, dass ich nicht erfreut bin über ihre Äußerungen – und Yatol natürlich auch nicht. Wenn wir bereits anfangen, untereinander zu streiten, machen wir den Drachen von To-gai nur zu einem noch weit gefährlicheren Gegner!«

Als die Gesandten kurz darauf den Raum verließen, dämmerte Yakim Douan, dass er vermutlich gut daran täte, schon bald mit dem versprochenen Plan zur Vertreibung des Drachen von To-gai aufzuwarten.

Ehrfurchtsvoll, beinahe ängstlich, nahm Yakim Douan den heiligen Kelch im Zeremoniensaal des Tempels Chom Deiru mit zitternden Fingern und trockenen Lippen in die Hand. Dabei sah er sich, eingedenk des bedauerlichen Zwischenfalls, der ihn seinen geschätzten Leibdiener und Freund, Merwan Ma, gekostet hatte, mehrfach um.

Nach der Abreise der Gesandten der verschiedenen Yatols

hatte Douan mehrere Tage damit verbracht, bei völliger Dunkelheit dazusitzen und über das alles überschattende Problem des Drachen von To-gai zu meditieren. Er befürchtete eigentlich nicht, dass diese Frau Behren oder auch nur Jacintha überrennen könnte. Yatol Bardohs Berichten zufolge belief sich ihre Armee bestenfalls auf ungefähr zehntausend Mann; im Notfall vermochte bereits Jacintha allein das Fünffache dieser Zahl aufzubieten. Nichtsdestotrotz hatte sich die Rebellin zu einer großen Sorge für den Chezru-Häuptling entwickelt. Mit ihren Mätzchen gefährdete diese Frau die traditionell ohnehin brüchigen Bündnisse zwischen seinen Yatols, und ihre Eroberung dreier behrenesischer Städte hatte dazu geführt, dass Tausende von Flüchtlingen die Straßen bevölkerten.

Darüber hinaus hatte er ihretwegen Merwan Ma verloren, des weiteren Yatol Grysh sowie den Kaliit der Chezhou-Lei und eine große Anzahl seiner Krieger.

Und als wäre es nicht bereits schlimm genug, dass er nicht einmal mehr daran denken konnte, seine Phase der Transzendenz einzuleiten, dämmerte ihm nun auch noch, dass die Befürchtung einer Revolte unter seinen Untertanen keineswegs unbegründet war.

Diesen erschreckenden Gedanken im Sinn, betrachtete er den Kelch und wusste, dass er ein gewaltiges Risiko einging. Monatelang hatte er sich des Hämatits bedient, um seinen alternden Körper bei Kräften zu halten, und selbst während dieser kurzen Trancezustände hatte er stets befürchten müssen, ertappt zu werden. Diese Heimlichtuerei machte ihm eine Heidenangst.

Doch dann war Meister Mackaront aus Entel eingetroffen und hatte Yakim Douans Vermutung bestätigt: Auch die Abellikaner-Mönche bedienten sich gelegentlich des Hämatits, des Seelensteins, um ihre Körperhülle zu verlassen und als Geister große Entfernungen zurückzulegen. Der ehrwürdige Vater Markwart, hatte Mackaront ihm berichtet, habe es in dieser Methode zu besonders großer Meisterschaft gebracht.

Natürlich wusste Douan von der Geistwanderung; er selbst hatte sie schon gegen seine Feinde in Jacintha eingesetzt und gelegentlich auch, um auf Besuch in der Stadt weilende Yatols auszuspionieren. Er hatte sie benutzt, um Yatol Thei'a'hu zum Verrat an Yatol Bardoh zu verleiten. Dies hier jedoch ging sehr viel weiter.

Er plante, sich in dieser Nacht weit aus Jacintha forttragen zu lassen, hinaus in die offene Wüste, um dort möglicherweise den Drachen von To-gai und seine so schwer greifbare Armee aufzuspüren. Seinen neuesten Leibdiener – nie konnte er sich den Namen des Mannes merken! – hatte er bereits angewiesen, eine Kette von Signalgebern bis zu Yatol Bardoh und Shauntil einzurichten, und erklärt, er wolle um göttliche Führung ersuchen, um sie bei ihrer Suche zu unterstützen.

Jetzt musste er den Drachen von To-gai nur noch finden.

In seinem Privatgemach, hinter sicher verriegelter Tür, unternahm Yakim Douan die ersten zögernden Schritte, um in die Schwindel erregenden Tiefen des Hämatits vorzudringen. Mit Hilfe der darin enthaltenen Magie gelang es ihm, Körper und Geist voneinander zu trennen, und kurz darauf schwebte sein Geist mühelos über die Stadt hinweg zum Westtor.

Dort hielt er inne. Noch nie zuvor hatte er Jacintha auf diese Weise verlassen.

Ehe seine Selbstzweifel überhand nehmen konnten, ließ der Chezru-Häuptling sich in die offene Wüste hinaustragen; schnell und gleichsam wie befreit schwebte sein Geist dahin. Er eilte Richtung Westen, vorbei an der Oase Dahdah, ehe er nach Süden abschwenkte, da sich der Drachen von To-gai, den jüngsten Berichten Yatol Bardohs zufolge, angeblich irgendwo östlich der Stadt Pruda befand.

Er konnte kaum glauben, welch ungeheure Entfernung er in jener Nacht auf dem direkten Weg von Dallabad nach Pruda und anschließend wieder zurück nach Nordosten, nach Jacintha, zurücklegte, trotzdem gelang es ihm nicht, irgendeinen Hinweis auf den derzeitigen Aufenthaltsort dieser Frau und ihrer Armee zu entdecken. Zu seiner ungeheuren Erleichterung stellte er bei der Rückkehr in seinen Körper fest, dass alles in Ordnung war und offenbar niemand in Chom Deiru auf den Gedanken gekommen war, in jener Nacht sei etwas Anstößiges geschehen.

Daher wiederholte er seinen Ausflug in der darauf folgenden Nacht, diesmal allerdings weiter unten im Süden und weniger westlich.

Gleich der erste, noch ferne Blick verriet ihm, dass das vor ihm liegende Lager den To-gai-ru gehörte und nicht Yatol Bardoh.

»Pruda ist erneut von Truppen besetzt und für den Fall, dass unser Drache sich dort zeigen sollte, bestimmt mit Hilfe zahlreicher Speere schleudernder Wurfgeschütze gesichert worden«, berichtete ein Kundschafter Brynn am selben Abend.

Die junge Hüterin nickte; diese Neuigkeiten vermochten sie schwerlich zu überraschen. Ihre behrenesischen Verfolger waren beim Versuch, sie zu fassen, nicht gerade vom Glück verfolgt, mit der Aufrüstung sämtlicher in der Nähe liegenden Städte gegen etwaige Angriffe kam Yatol Bardoh jedoch gut voran.

»Bestimmt sind sie auch über unsere übliche Taktik unterrichtet worden«, sagte Pagonel zu ihr, nachdem der Kundschafter sie allein gelassen hatte. »Was könnten wir unternehmen, um auch künftige Schlachtfelder nach unseren Bedürfnissen zu gestalten?«

Brynn zuckte mit den Schultern; sie wusste selbst keine Antwort darauf. »Pherol wird bereits wieder unruhig«, bemerkte sie. Sie hatte fast jeden Abend mit dem Drachen gesprochen. »Wie viele Wochen ist es jetzt her, dass er an einer größeren Schlacht beteiligt war?«

»Du hast ihm doch bei der Vernichtung der Karawanen freie Hand gelassen.«

»Das sind wohl kaum die großen Abenteuer, nach denen er sich sehnt.«

Pagonel sah sie eindringlich an. »Halte an deiner Linie fest«, riet er. »So miserabel unsere Situation auch sein mag, so sehr wir unter der Hitze leiden, unseren Verfolgern geht es noch viel schlechter. Locken wir Yatol Bardoh quer durch die glühend heiße Wüste Behrens und schlagen wir zu, wann immer sich eine Gelegenheit bietet.«

Er hatte völlig Recht, erkannte Brynn. Umzukehren und sich auf einen offenen Kampf mit der sie verfolgenden behrenesischen Armee einzulassen, war einfach unmöglich, auch wenn sie einen Drachen zur Verfügung hatten. Pherol war auf der Flucht vor Bardoh ziemlich schwer verwundet worden, und zu ihrer Überraschung hatte Brynn erfahren, dass die Verletzungen des Drachen alles andere als rasch verheilten. So sehr sich der Drache danach sehnte zu kämpfen, Brynn wusste, dass sie äußerste Vorsicht walten lassen musste und ihn nur im äußersten Notfall einsetzen durfte.

»Mit deinen Ratschlägen gibst du mir immer wieder neue Kraft«, sagte sie zu Pagonel und strich ihm mit der Hand sanft über Kopf und Nacken. »Wir werden unseren Kurs beibehalten und Yatol Bardoh in den Glutofen der Sandwüste locken. Sobald es Winter wird, ziehen wir uns leise und unauffällig in die Steppe zurück, um uns gleich im nächsten Frühjahr jede einzelne Vorposten-Siedlung vorzunehmen.«

»Und wenn die behrenesische Armee in To-gai einfällt, um uns daran zu hindern?«

»Werden wir noch einmal Behren selbst angreifen«, erwiderte Brynn. »Wir werden ihnen einen Nadelstich nach dem anderen versetzen – mehr können wir ohnehin nicht tun – und darauf hoffen, dass der Chezru-Häuptling endlich zu der Einsicht gelangt, dass seine Gebietsausweitung bis in die Steppe To-gais hinein ein aussichtsloses –«

Plötzlich brach sie ab, ihr Gesicht erstarrte zu einem seltsam verwirrten Ausdruck, und sie kniff mehrfach die Augen zusammen.

»Brynn?«, fragte Pagonel besorgt und trat zu ihr.

Ihre Attacke kam völlig unerwartet. Ihre Faust schoss auf seine Brust zu, doch der hervorragend trainierte Jhesta Tu hob blitzschnell die Hand und lenkte den Schlag sachte zur Seite ab.

Sie schlug sofort wieder zu, und gleich darauf noch einmal, ehe sie plötzlich wild um sich zu schlagen begann, und Pagonel bemerkte, dass ihr Angriff gar nicht ihm galt, sondern sich gegen einen unsichtbaren Feind richtete, einen Dämon in ihrem Innern!

»Brynn!«, schrie er mehrmals hintereinander, bis er endlich eine Gelegenheit fand, sie zu packen und zu Boden zu reißen. »Was ist denn los, Brynn? So red schon!«

Unverständliche, beinahe animalische Laute drangen über ihre Lippen; dabei warf sie sich so heftig von einer Seite zur anderen, dass sie den Jhesta Tu beinahe abgeworfen hätte.

Dann, auf einmal, lag sie vollkommen still da und sah Pagonel an, das Gesicht zu einer Maske der Verwirrung erstarrt.

»Was war denn das?«, wollte er wissen, als er merkte, dass die Gefahr vorüber war.

Brynn schüttelte den Kopf. »Da war ... noch jemand anders ...«, stammelte sie und warf den Kopf hin und her, unfähig zu begreifen, was soeben geschehen war. Sie wollte gerade zu einer ausführlicheren Erklärung ansetzen, als die beiden einen Schrei aus dem Nachbarzelt vernahmen, wo Pagonel den gefangenen Merwan Ma angebunden hatte.

»Noch jemand anders?«, fragte Pagonel und half Brynn aufzustehen.

»Er hat ... in mich hineingesehen, durch meine Augen.«

Als die beiden in Merwan Mas Zelt schlüpften, kauerte der Geistliche vor Entsetzen zitternd in einer Ecke und wisperte immer wieder die Worte »Stimme Gottes« vor sich hin.

»Stimme Gottes?« Brynn sah Pagonel fragend an.

»Der Chezru-Häuptling«, antwortete der Mystiker und wandte sich an Merwan Ma. »Habt Ihr ihn gesehen?«

Der Geistliche, noch immer am ganzen Körper zitternd, schüttelte mehrmals den Kopf.

Brynn und Pagonel sahen erst sich an, dann wieder den am Boden liegenden Mann.

»Er hat ihn gesehen«, stellte Brynn fest. »Der Chezru-Häuptling ist hier gewesen, zumindest als Geist.« Ihr Blick ging zurück zu Pagonel. »Aber wie ist das möglich?«

»Mit einem Edelstein«, erwiderte der Mystiker. »Einem Hämatit.« Er hatte Merwan Ma beim Sprechen weiterhin angesehen und bemerkt, dass dessen Augen sich ein wenig weiter öffneten – ein kaum merklicher, aber verräterischer Hinweis.

»Was wisst Ihr darüber?«, fragte der Mystiker den Gefangenen.

Merwan Ma drehte den Kopf weg.

»In der Chezru-Religion ist der Gebrauch von Edelsteinmagie strikt verboten«, erklärte der Mystiker Brynn, die daraufhin nickte; dieser Umstand war ihr bekannt. »Und doch gibt es keine andere Möglichkeit, wie der Chezru-Häuptling uns hier besucht haben könnte. Die Jhesta Tu wissen, wie man den eigenen Körper verlässt, aber das ist ein wohl gehütetes Geheimnis, und nur die größten Meister sind imstande, sich in diesen Zustand zu versetzen ... Und doch war Yakim Douan hier draußen, nicht wahr, Merwan Ma?«, fügte Pagonel hinzu. »Er hat erst Brynn und dann Euch heimgesucht. Ihr habt ihn zweifelsfrei erkannt.«

»Ihr wisst nichts!«, schrie der Geistliche, warf sich herum und vergrub sein Gesicht in der Zeltplane. »Überhaupt nichts!«

Brynn und Pagonel sahen sich an.

»Lass uns bitte allein«, sagte der Mystiker leise zu ihr. »Ich glaube, allmählich beginnt das Bild sich zu klären. Unser Freund hier weiß etwas – deshalb wollte der Chezru-Häuptling ihn töten lassen –, und dieses Etwas steht möglicherweise im Zusammenhang mit der Überraschung, die wir heute Nacht erlebt haben.«

»Der Chezru-Häuptling benutzt einen Edelstein?«, fragte Brynn entgeistert, war aber viel zu aufgeregt, um ihre Stimme so weit zu senken, dass Merwan Ma sie nicht hören konnte. Er veränderte seine Position und gab ein leises Wimmern von sich.

Pagonel schüttelte den Kopf und zuckte dann mit den Schultern. »Wenn das stimmt, dürfte er kaum wollen, dass jemand davon erfährt.«

»War es so bedrohlich für Douan, dass er diesen Mann deswegen umbringen lassen wollte?«

»Schon möglich«, antwortete der Mystiker.

Brynn verließ das Zelt, und Pagonel kniete sich neben Merwan Ma hin. Er packte den Mann bei den Schultern und begann ihn herumzudrehen, doch Merwan Ma riss sich los und drehte sich wieder zurück.

Also packte Pagonel ihn erneut und zog ihn gewaltsam herum. »Ich habe Euch gegenüber mehr Geduld gezeigt, als Ihr verdient«, sagte er unverblümt. »Ihr seid heute Nacht von einem Geist heimgesucht worden, einem Geist, den Ihr als Eure Stimme Gottes erkannt habt.«

»Das ist nicht wahr!«

»Doch! Und jetzt werdet Ihr mir erzählen, warum Chezru-Häuptling Douan Euren Tod wollte! Vielleicht, weil Ihr sein Geheimnis kennt? Dass er einen Seelenstein besitzt?«

Der Mann wurde blass, ohne jedoch etwas zu erwidern. Pagonel genügte das als Antwort; er sah darin einen eindeutigen Beweis, dass er soeben auf etwas gestoßen war, auf etwas überaus Wichtiges. Dennoch wollte ihm der tiefere Sinn nicht einleuchten. Yakim Douan hielt sich bereits seit Jahrzehnten ungefährdet an der Macht, denn selbstverständlich würde es kein Yatol wagen, ihm seine Position streitig zu machen. Die strenge Hierarchie ihrer Religion ließ keinen Raum für diese Art von Meinungsverschiedenheiten. Warum also sollte Yakim Douan unter diesen Voraussetzungen überhaupt Verwendung für einen Seelenstein haben? Möglicherweise hatte er, verzweifelt wie er war, die Abellikaner bei seiner Suche nach der to-gai-ruschen Armee um Hilfe gebeten. In Pagonels Augen wäre das durchaus verständlich, lieferte aber nur zum Teil eine Erklärung. Denn wenn ihnen tatsächlich die Stimme Gottes als Geist erschienen war, dann konnte dies unmöglich die erste Liebäugelei des Mannes mit einem solchen Edelstein gewesen sein. Selbst unter Verwendung eines Hämatits bedurfte es jahrelangen Trainings, um auch nur eine kurze Geistwanderung zu unternehmen, und das galt erst recht für die nahezu vollständige Inbesitznahme, die er bei Brynn beobachtet hatte. Nein, das ergab keinen Sinn.

»Wir werden die ganze Nacht hier sitzen, und wenn nötig auch noch den morgigen Tag«, sagte Pagonel zu Merwan Ma. »Ich werde die Wahrheit herausfinden. Mir ist unbegreiflich, warum Ihr diesen Mann, der Euch nach dem Leben trachtete, auch noch in Schutz nehmt.«

»Es war dieser Chezhou-Lei, nicht die Stimme Gottes!«, schrie Merwan Ma, doch bei den letzten Worten ließ seine Stimme bereits jede Kraft und Überzeugungsfähigkeit vermissen, und er brach schluchzend zusammen.

Pagonel lehnte sich zurück und überließ ihn eine Weile sich selbst, während er noch einmal versuchte, ein wenig Klarheit in diese beunruhigenden Neuigkeiten zu bringen.

Als Yakim Douan in Jacintha wieder in seine körperliche Hülle zurückschlüpfte, tat er dies mit gemischten Gefühlen. Er hatte diese Frau – Brynn, hatte er jemand sie nennen hören – ausfindig gemacht und obendrein ihre Bande plündernder Rebellen. Jetzt konnte er Yatol Bardoh zu ihr leiten und den Drachen von To-gai ein für alle Mal vernichten.

Aber merkwürdigerweise hatte er auch Merwan Ma gesehen – er war bei dieser Frau und ihrem Begleiter von den Jhesta Tu. Merwan Ma! Douan hatte ihn für tot und begraben, für ermordet, verbrannt und in Dharyan verscharrt gehalten! Welche Folgen mochte das für ihn haben? Wie gefährlich konnte Merwan Ma ihm persönlich werden?

Im Grunde genommen gar nicht, entschied er. Er würde unter seinen Truppen die Nachricht verbreiten lassen, dass der Mann ein Verräter sei und ihre Feinde durch die Wüste führte. Er würde eine ansehnliche Belohnung auf die Ergreifung Merwan Mas aussetzen – nein, nicht auf seine Ergreifung, sondern auf seinen Kopf!

Ja, das war die Lösung.

Mit hastigen Schritten eilte Douan durch den Tempel Chom Deiru zurück in den kreisrunden Saal und stellte den Kelch wieder an seinen Platz. Dann ging er los und machte sich auf die Suche nach seinem Leibdiener – wenn er sich doch nur an den Namen dieses jungen Tölpels erinnern könnte! –, um bekannt zu geben, er habe die Stimme Yatols vernommen, und Yatol werde ihnen ihre Feinde ans Messer liefern.

»Demnach hat Eure Stimme Gottes die Abellikaner überredet, ihm bei der Suche nach uns zu helfen«, sagte Pagonel am nächsten Tag zu Merwan Ma, nachdem er mehr als die halbe Nacht damit zugebracht hatte, den Mann einem ausführlichen Verhör zu unterziehen.

Der Geistliche schüttelte den Kopf.

»Es ist kein Geheimnis, dass er mit dem Abt aus Entel befreundet ist, Abt ...«

»Abt Olin«, sagte Merwan Ma. Es waren seit Stunden die ersten Worte, die er von sich gegeben hatte. »Sehr richtig, mein lieber Jhesta Tu, die Stimme Gottes ist mit Abt Olin aus Entel gut bekannt, aber er hat nie ein Interesse daran gezeigt, sich mit Hilfe der Abellikaner Edelsteine zu verschaffen. Schließlich sind es gerade diese Edelsteine, die zwischen uns stehen ...«

»Aber er muss zumindest einen dieser Steine in seinem Besitz haben, und zwar einen sehr mächtigen, wenn er mit seiner Hilfe so weit außerhalb der Stadt auf Geistwanderung gehen kann.«

»Ihr glaubt sehr viel zu wissen.«

»Umfassendes Wissen ist der Weg der Jhesta Tu, Merwan Ma«, erwiderte Pagonel. »Wir sind über die To-gai-ru und Behreneser bestens informiert. Wir kennen das Wort Yatols und wissen von St. Abelle. Wir besitzen genaue Kenntnis über die Edelsteine und ihre Eigenschaften. Ich habe selbst schon einen Hämatit benutzt, um meinen Körper zu verlassen.«

»Sie sind ein Sakrileg.«

Pagonel lachte ihm ins Gesicht. »Für die Jhesta Tu sind sie

nichts weiter als Werkzeuge, mein junger Freund. Wie übrigens auch Feuer. Einige betrachten sie als ein Geschenk Gottes, andere wiederum benutzen sie als Beleg für die Überlegenheit ihrer Religion, indem sie ihnen entsagen.«

Merwan Ma blickte zur Seite.

»Und doch besitzt Eure Stimme Gottes einen, hab ich Recht?«, hakte Pagonel nach und ging um ihn herum, um sein Gesicht ganz nah an den jungen Mann heranzuschieben. »Gebt es zu. Deswegen wollte er Euch töten lassen – es war Yakim Douan, der den Befehl dazu gegeben hat, nicht irgendein Schurke von den Chezhou-Lei, der nach der Macht in Dharyan greifen wollte. Warum sollte ein Chezhou-Lei-Krieger überhaupt eine Machtposition anstreben? Sie sind Krieger, keine Gouverneure! Sie sind –«

»Ja, er besitzt einen Stein!«, brüllte Merwan Ma, ehe er entsetzt über seine eigenen Worte zurückschreckte und keuchend dasaß.

»Einen Hämatit?«

Der Geistliche nickte stumm.

»Ihr habt ihn gesehen, und Yakim Douan weiß, dass Ihr von seiner Existenz wisst?«

Er nickte erneut.

»Und aus diesem Grund wollte er Euch umbringen lassen«, erkannte der Mystiker. »Euer Wissen um seinen ... Vertrauensbruch machte ihm Angst; und zwar sehr große, wie mir scheint.«

»Er befindet sich im Innern des heiligen Kelches«, gestand Merwan Ma düster. »Ein frevlerischer Seelenstein der Abellikaner, eingelassen in den Chezru-Kelch, der im Saal der Ewigkeit aufbewahrt wird.«

»In dem Kelch, in dem das Blut der für das Blutopfer Auserwählten gesammelt wird?«, fragte Pagonel.

»Er ist eine der wichtigsten Reliquien im Tempel Chom Deiru«, erwiderte Merwan Ma, hob die Hände, streifte die Ärmel hoch und zeigte dem Mystiker das Narbengeflecht auf seinem Handgelenk.

»Und Ihr habt den Hämatit im Kelch entdeckt?«

Der Geistliche nickte. »Und dann sah ich die Stimme Gottes mit dem Kelch in der Hand«, erklärte er kopfschüttelnd, sein Gesicht erfüllt von Entsetzen, als ihn die Erinnerung an diesen grauenhaften Augenblick einholte.

»Er weiß, dass Ihr ihn gesehen habt?«

»Ja.«

»Und kurz darauf wurdet Ihr nach Dharyan geschickt, um dort als Gouverneur zu dienen«, sagte der Mystiker, und auf einmal begann sich das Bild zusammenzufügen. Pagonel hatte sogar das sichere Gefühl, dass es dabei um sehr viel mehr ging als nur um die Stimme Gottes, die sich eines Seelensteins bediente.

17. Auf der Flucht

Die Nachricht verließ Jacintha in Gestalt einer Reihe von blinkenden Lichtreflexen auf einer blank polierten Metallscheibe und wanderte auf diese Weise über eine lange Strecke von einem Signalgeber zum nächsten. Am Nachmittag desselben Tages hatte das Signal bereits die Oase Dahdah hinter sich gelassen und wanderte weiter, jetzt mehr in südlicher als westlicher Richtung.

Zwei Tage darauf traf die Nachricht des Chezru-Häuptlings bei Yatol Bardoh und Shauntil ein. Die beiden Männer standen über eine große Karte gebeugt und versuchten mit Hilfe von Douans Angaben den genauen Aufenthaltsort des Drachen von To-gai und seiner Truppen – oder doch zumindest die Position seines Feldlagers vor zwei Tagen – zu bestimmen.

»Wir werden alle zwei oder drei Tage neue Informationen erhalten«, erläuterte Shauntil soeben seinem Oberbefehlshaber. »Nicht mehr lange, und wir kennen das Bewegungsmuster dieser Frau und können jeden ihrer Züge vorhersehen. Wenn wir unsere Truppen nach hier und hier verlegen« – er zeigte auf zwei Kartenpunkte und deutete mit dem Finger einen Schwenk südlich und anschließend etwas östlich jener Stelle an, die in der Nachricht angegeben worden war –, »könnten wir sofort damit beginnen, ihre Bewegungsmöglichkeiten einzuschränken.«

»Und sie zwingen, weiter nach Norden oder wieder zurück nach Westen zu marschieren«, bemerkte der Yatol.

»Nach Norden bis zu der Straße, wo sich uns weitere Soldaten aus Jacintha anschließen könnten, um die To-gai-ru einzukreisen«, fuhr der Chezhou-Lei fort. »Und im Westen zurück in die Steppe. Ich denke, das Beste wäre, sie ganz aus Behren hinauszudrängen.«

»In der Steppe wird sie aber schwerer aufzuspüren und zu vernichten sein.«

»Aber dafür wäre Behren wieder sicher und die Bevölkerung ruhig gestellt – was meiner Meinung nach Chezru-Häuptling Douans vorrangiges Ziel sein dürfte.«

»Maßt Euch nicht an, den Willen der Stimme Gottes zu kennen!«, blaffte Yatol Bardoh, hielt sich dann aber zurück, aus Angst, seine plötzliche Erregtheit könnte zu viel über seine wahren Gedanken verraten. Denn Yatol Bardoh wünschte bei der Befreiung Behrens von dieser To-gai-ru-Hexe weder irgendeine Unterstützung aus Jacintha, noch war ihm daran gelegen, den Pöbel ruhig zu stellen. Bardoh wusste nur zu gut, dass Aufruhr und Unruhe ihm die Gelegenheit boten, seine Position zu festigen, und je größer sein Anteil an der Beseitigung des Drachen von To-gai wäre, desto mehr Macht und Einfluss würde er im ganzen Königreich erlangen. Vor allem benötigte er diesen entscheidenden Sieg jetzt gleich, schon wegen seiner Schande durch den Verlust von Avaru Eesa an dieses Weibsstück. Die Stadt war zwar mittlerweile wieder fest in behrenesischer Hand, aber die Narben, die der Angriff des Drachen von To-gai hinterlassen hatte, waren längst noch nicht verheilt.

Daher reagierte er ein wenig unschlüssig auf diese neuerliche Unterstützung, die laut Bekunden seines Meisters, des

Chezru-Häuptlings, auf dessen direkte Verbindung zu Yatol zurückging. Gewiss, Bardoh war hocherfreut über die Informationen, die er dringend benötigte, um seine Widersacherin endlich einzuholen, andererseits stieß es ihm übel auf, dass die Hilfe ausgerechnet aus Jacintha kam und somit seinen Ruhm schmälern würde.

»Wenn wir diesen Drachen von To-gai nicht bald fassen, könnte es geschehen, dass das Volk uns für Versager hält, Yatol Bardoh«, wagte Shauntil leise einzuwerfen, so leise, dass nur der Yatol selbst ihn hören konnte – und nicht die anderen Kommandanten im Kartenraum.

Bardoh richtete sich auf und musterte den scharfsichtigen Krieger, als wollte er ihn mit seinem Blick durchbohren, beruhigte sich dann aber rasch und pflichtete ihm sogar mit einem Nicken bei. Die Warnung war nicht völlig unberechtigt.

»Beginnen wir also endlich damit, diese Hexe in die Enge zu treiben«, sagte er.

»Sie haben offenbar gewusst, dass wir die Absicht hatten, Richtung Süden zu marschieren«, sagte Brynn zu Pagonel. Von einer hohen Sanddüne aus konnten die beiden die fernen Lichter eines langgestreckten behrenesischen Feldlagers erkennen, das sich quer durch die Wüste zog.

»Ihre Marschkolonne ist weit auseinander gezogen«, fuhr sie fort. »Wir könnten einen Durchbruch riskieren.«

»Und würden dabei nur noch mehr Krieger verlieren.«

»Wir würden viel mehr Männer töten, als wir selbst verlören.«

»Aber sie können selbst viel größere Verluste ohne Weiteres verkraften«, erinnerte sie der Mystiker. »Unsere Verfolger legen es doch geradezu darauf an, Kämpfe, selbst kleinere Scharmützel, zu provozieren. Sie bleiben uns beharrlich auf den Fersen und versuchen unsere Reihen mit einer Zermürbungstaktik zu lichten. Wir befinden uns hier nicht in der Steppe. Du weißt zwar, dass wir für deine Heimat kämpfen, aber allein schon unsere Anwesenheit hier zwingt die gesamte behrenesische Bevölkerung, ebenso zu denken. Selbst wenn wir durchbrechen und bei eigenen Verlusten von nur einhundert Mann eintausend Männer töten, wird es noch immer Yatol Bardoh sein, der sich am Ende durchgesetzt hat – und nicht du.«

»Dann müssen wir also in forschem Tempo weiterreiten«, sagte Brynn entschlossen. »Scheinbar werden unsere Möglichkeiten immer rarer, deshalb müssen wir die Augen offen halten und versuchen, jede einzelne zu erkennen und zu nutzen.«

Obwohl Pagonel nickte, wollte es ihm nicht recht gelingen, den Ausdruck der Verbitterung von seinem Gesicht zu vertreiben. Er wusste nur zu gut, was hier vor sich ging; jetzt, da der Chezru-Häuptling einen Seelenstein benutzte, um die Position der To-gai-ru festzustellen und an die sie verfolgende Armee weiterzugeben, war Brynns größter Vorteil dahin: ihre Unberechenbarkeit.

Brynn und er hatten über die Möglichkeit gesprochen, ihre Armee in mehrere voneinander unabhängige und beweglichere Einheiten aufzuspalten. Der Gedanke war jedoch rasch als undurchführbar fallen gelassen worden, denn wie sollten sie so viele Unterabteilungen mit Nachschub versorgen? Außerdem wäre eine kleinere Streitmacht kaum in der Lage, eine Stadt einzunehmen, und Behren war nun mal ein Königreich der großen Städte und kein Flickenteppich aus kleinen Enklaven.

Pagonel verzichtete in diesem Augenblick darauf, seine Befürchtungen offen auszusprechen; er wusste, Brynn war sich ohnehin längst darüber im Klaren, dass sie und ihre Truppen vermutlich schon in Kürze wieder durch die Steppen To-gais ziehen würden.

Doch selbst dort würde man sie wirkungsvoll verfolgen.

Pherols Gesichtsausdruck verriet Brynn, dass er an ihren aufmunternden Worten nur mäßig interessiert war. Sie hatte ihn aufgesucht, um ihm die Notwendigkeit ihres andauernden

Rückzugs zu erläutern und ihn zu bitten, sich häufiger auf den Weg zu machen und die nötigen Vorräte herbeizuschaffen, damit Ross und Reiter bei Käften blieben und stets fluchtbereit waren.

»Wieso greifst du sie nicht an?«, wollte der Drache wissen. »Schlagen wir unsere Feinde gleich hier und jetzt in die Flucht, damit dieser Unfug endlich ein Ende hat!«

»Du kannst dich ja selbst kaum auf den Beinen halten«, erwiderte Brynn, worauf der Drache, dessen Verletzungen ihm noch immer zu schaffen machten, wütend knurrte.

»Es wäre nicht der richtige Moment«, erklärte Brynn.

»Eine günstigere Gelegenheit wird sich wohl kaum ergeben«, konterte Pherol. »Sie verfolgen uns, so als würdest du ihnen selbst befehlen, wohin sie marschieren sollen.«

Brynn vermochte die Richtigkeit seiner Beobachtung nicht abzustreiten, also versuchte sie es auch gar nicht erst. Sie hatte nicht die Absicht, dem Drachen vom Geist Yakim Douans zu erzählen. Pagonel hatte ihr versichert, der Chezru-Häuptling könne den Stein unmöglich zum Schaden einer Bestie von der Größe Pherols einsetzen. Schon der Versuch, sich eines so mächtigen Drachen wie Pherol zu bemächtigen, würde den Mann vermutlich umbringen. Trotzdem hatten Pagonel und Brynn sich darauf verständigt, dass sie nun, da das Kriegsglück im Begriff war, sich gegen sie zu wenden, und sie den Drachen häufiger für alltägliche Aufgaben benötigten, ein wachsames Auge auf Pherol halten mussten.

»Unsere Feinde werden auch künftig Fehler machen, und diese Fehler werden wir auch künftig zu nutzen wissen«, erklärte Brynn wenig überzeugend.

Wieder gab Pherol ein leises Knurren von sich.

»Ich brauche dich. To-gai braucht dich, jetzt mehr als je zuvor«, sagte Brynn. »Nimm dir jede Nacht, wenn du auf Vorratssuche gehst, ein wenig Zeit, sammle zwei große Felsbrocken ein und wirf sie aus großer Höhe, außer Reichweite der großen Speerwerfer, über unseren Feinden ab.«

Sie wusste, dass sie ihm wenigstens ein bisschen Spaß lassen musste, auch wenn sie sich darüber im Klaren war, dass solche Extratouren ihnen vermutlich wenig einbringen würden. Felsbrocken auf eine brennende Stadt zu werfen, war eine Sache, aber ein Ziel von der Größe eines ausgedehnten Feldlagers wirkungsvoll zu treffen, war eher eine Frage des Glücks als der Geschicklichkeit. Und sollte der Drache im Zuge seines Bombardements in Hitze geraten und anzugreifen versuchen, würden die Behreneser ihn mit allen Mitteln bekämpfen.

Brynn wusste nur zu gut, dass ihr im Falle des Verlusts von Pherol, des einzigen verlässlichen Nachschublieferanten ihrer Armee, nur zwei Alternativen blieben: Entweder musste sie es, gegen eine überwältigende Übermacht, zur Entscheidungsschlacht kommen lassen, oder sie musste in die Steppe To-gais zurückkehren und ihre Truppen in kleine, plündernde Banden aufspalten, von denen viele, das wusste sie, die Kämpfe schon bald einstellen würden.

An jenem Abend begab sich Brynn erst spät und obendrein voller Sorge und erschöpft zur Ruhe, so erschöpft, dass es ihr trotz allem gelang, ein wenig Schlaf zu finden, auch wenn er leicht und unruhig war.

Das sollte sich als Glück erweisen.

Es war etwas, das Pagonel nicht oft versuchte, denn es war beschwerlich und beunruhigend und machte ihn überaus verwundbar. Nichtsdestotrotz hielt der Mystiker es für wichtig, mit ihrem Gegner auf gleicher Augenhöhe zu bleiben und die Aktionen der Behreneser ebenso auszuspionieren, wie es der Chezru-Häuptling bei den To-gai-ru tat.

Der Mystiker wurde eins mit seinem Zentrum und konzentrierte sich ganz auf sein Chi, seine Lebensenergie. Dann ließ er diese Energie aus seiner körperlichen Hülle ins Freie entweichen und blickte auf sich selbst hinunter, wie er mit übereinander geschlagenen Beinen allein in seinem winzigen Zelt hockte, die Hände mit den Handflächen nach oben auf den Knien, das Gesicht ein Ausdruck vollkommener Gelöstheit.

Langsam befreite sich Pagonel aus seinem entspannten Körper und begab sich zur Außenwand seines Zeltes, ehe er, langsam höher steigend, durch das Zeltdach nach oben schwebte, sich umschaute und den Blick dann über das still daliegende Feldlager schweifen ließ.

Er bemerkte eine Gestalt, die aus dem Zelt unmittelbar neben seinem hervorgekrochen kam. Im ersten Moment dachte er sich nichts dabei, dann erkannte er plötzlich, dass sie sich zielstrebig fortbewegte, aber nicht in Richtung auf Pagonels Zelt, wie er zuerst angenommen hatte, sondern zum Zelt von Brynn Dharielle.

Auch das sollte sich als Glück erweisen.

Die schattenhafte Gestalt schlüpfte lautlos durch die Zeltöffnung und ließ sie gerade weit genug offen, um sich in der Dunkelheit drinnen zurechtzufinden.

Dort lag Brynn, zusammengerollt unter einer Decke, und da neben ihr lag ihr legendäres Schwert, Flammentänzer.

Die Gestalt schob sich behutsam näher heran und streckte die Hand nach der Waffe aus.

Brynn, in unruhigen Träumen gefangen, bekam von alldem nichts mit. Doch dann schob sich ein Gesicht in ihre Träume, das Gesicht eines vertrauten Menschen, das Bild Pagonels, der sich direkt an sie wandte.

Steh auf!, beschwor sie der Geist im Tonfall äußerster Dringlichkeit, ein leiser, aber umso eindringlicherer Ruf, der sie vor einer unmittelbaren Gefahr warnen wollte.

Noch bevor ihre Augen aufgingen, war die junge Hüterin bereits in Bewegung, rollte sich nach vorne ab und kam auf die Beine.

Sie sah das Blinken von Metall, auf dem sich der matte Feuerschein von draußen widerspiegelte, und reagierte instinktiv; blitzschnell schlug sie ihren Arm seitlich nach unten und drehte sich zur Seite, um ihre Hüfte aus der Gefahrenzone zu bringen.

Trotzdem wurde sie leicht am Unterarm getroffen, aber die Verletzung war nicht schwer und konnte sie nicht daran hindern, sich von der Seitenwand des Zeltes zu lösen, um sich, während der Angreifer die Klinge zurückzog und sofort wieder in Position brachte, etwas mehr Bewegungsfreiheit zu verschaffen.

Der Schwertstoß erfolgte schnell und war tief angesetzt, aber nicht sonderlich gekonnt; das Zurückziehen des Schwertes vor dem neuerlichen Angriff ließ Brynn genügend Zeit, um auszuweichen und sich nicht nur zu schützen, sondern auch ihren Konter vorzubereiten. Mit einem Hechtsprung-Überschlag setzte sie knapp über die Klinge hinweg und rammte dem Mann die Füße gegen seine Schultern. Er versuchte noch, sein Schwert hochzureißen, doch hinter der Bewegung lag keine Kraft.

Brynn war in diesem Augenblick nur froh, dass der Kerl nicht wusste, wie man ihr Schwert in Flammen setzte.

Noch im Fallen schlang sie dem Mann die Beine um den Hals und schleuderte ihn mit einer schnellen Körperdrehung zur Seite, wo er kopfüber in die Seitenwand des Zeltes torkelte.

Sie war blitzschnell bei ihm, und als er versuchte, sich umzudrehen und mit dem Schwert auf sie loszugehen, schob Brynn sich nach vorn, so nah, dass die Klinge ihr nicht gefährlich werden konnte. Mit der Schulter drängte sie ihn zurück zum Zeltausgang und brachte ihn endgültig aus dem Gleichgewicht. Dann ergriff sie seinen Schwertarm, krallte ihre kräftigen Finger in die Muskeln seines Unterarms und raubte ihm damit alle Kraft, während sie mit ihrer anderen Hand das Heft des Schwertes packte.

Bereits im Fallen und wegen seiner starken Schmerzen hatte er gegen die kräftige Frau keine Chance. Sie riss ihm das Schwert aus der Hand, trat einen Schritt zur Seite und senkte die Schwertspitze zum Ausholen hinter ihren Rücken.

Sie wollte gerade zum tödlichen Hieb ansetzen, als die Zeltöffnung weit aufgerissen wurde und Pagonel rief: »Töte ihn nicht!«

Brynn hielt mitten im Schlag inne und fuhr herum; als der Mann hinter ihrem Rücken sich wieder sammelte, rammte sie ihm einen Ellbogen ins Gesicht und streckte ihn nieder. Dann brachte sie das Schwert in Position, so dass die tödliche Spitze auf den hilflos Daliegenden gerichtet war.

Pagonel schob sich mit einer Fackel in der Hand ins Zelt, und Brynn erkannte ihren Angreifer als Merwan Ma.

Sie sah verwirrt zu Pagonel; angeblich hatten er und dieser Mann sich doch geeinigt – und zwar so gründlich, dass Brynn alle Wachsamkeit gegenüber ihrem Gefangenen aufgegeben hatte.

»Das war nicht Merwan Ma!«, beantwortete Pagonel ihren verwirrten, wütenden Blick.

Der Mystiker ließ sich vor dem schluchzenden Mann auf die Knie fallen. »Das wart Ihr nicht, hab ich Recht?«, fragte er.

Merwan Ma winkte ihn fort.

»Raus mit der Sprache!«, beharrte der Mystiker, packte ihn bei den Schultern und zog ihn zu sich hoch. »Es war der Chezru-Häuptling, nicht wahr? Er ist mit Hilfe seines Seelensteins hierher gekommen, um in Euren Körper zu schlüpfen. So redet schon! Die Stimme Gottes hat sich Eures Körpers bemächtigt. Sie hat Euren freien Willen herausgedrängt und durch ihren eigenen ersetzt.«

In diesem Moment brach der Geistliche vollends zusammen; er ließ sich zu Boden sinken und bedeckte seinen Kopf mit den Händen.

»Was hat das zu bedeuten?«, wollte Brynn wissen.

»Es bedeutet, dass Merwan Ma endlich seine Lebenslüge eingesehen hat«, antwortete Pagonel. »Was sich hier heute Nacht zugetragen hat, ist ein für die Chezru-Religion absolut nicht hinnehmbarer Vorgang, dabei war es der Chezru-Häuptling selbst, der dieses grauenhafte Verbrechen an Merwan Ma verübt hat.« Er sah auf den schluchzenden Mann hinunter. »Und das hat er jetzt erkannt.«

»Lass ihn in Ketten legen und unter Bewachung stellen«, befahl Brynn.

»Die Gefahr dürfte weitgehend ausgestanden sein«, erwiderte der Mystiker.

»Aber was ist morgen?«

Sie hatte noch nicht zu Ende gesprochen, als Pagonel bereits den Kopf schüttelte; offenbar hatte er diese Frage erwartet. »Es ist nicht so einfach, sich eines Körpers zu bemächtigen, nicht einmal für die im Umgang mit dem Seelenstein äußerst geschickten Abellikaner-Mönche. In seinem verwirrten Zustand hatte Merwan Ma der Stimme Gottes eine Möglichkeit gegeben, in seinen Geist einzudringen. Aber nun hat er die Wahrheit erkannt und wird wachsamer sein; außerdem werde ich ihm zeigen, wie man sich gegen diese Übergriffe wehrt.«

Nachdem Brynn mit einem Nicken ihr Einverständnis bekundet hatte, half der Mystiker Merwan Ma wieder auf die Beine und geleitete den Mann nach draußen und wieder zurück in sein eigenes Zelt. Er gab ihm ein paar Verhaltensmaßregeln und erklärte ihm einige geistige Übungen, mit denen er sich gegen den Übergriff des fremden Geistes wehren konnte, sollte dieser noch einmal zurückkommen. Dann beorderte er eine Doppelwache vor das Zelt des Geistlichen und kehrte in sein eigenes zurück, um über diese jüngsten beunruhigenden Entwicklungen nachzudenken.

Dort in der Dunkelheit, versunken in seine geistigen Betrachtungen, dachte Pagonel noch einmal über die glückliche Fügung nach, dank derer eine Katastrophe gerade noch hatte verhindert werden können. Er überlegte, welche Gründe sich für Merwan Mas völliges Unvermögen anführen ließen, den ihn bedrängenden Geist abzuwehren. Denn Pagonel hätte nicht die gringste Mühe gehabt, Yakim Douan zurückzuweisen, und Brynn hätte dafür höchstens ein paar Sekunden benötigt.

Dazu war nicht mehr als ein wenig geistige Disziplin erforderlich sowie die Einsicht, dass eine solche Tat ein übles Verbrechen war.

Pagonel schlug die Augen auf, den Blick starr nach vorn gerichtet, und sah die Erklärung plötzlich vor sich. Sie war so einfach und fundamental, dass das einzig Überraschende an dieser Erkenntnis der Umstand war, dass er nicht schon früher darauf gekommen war – und Merwan Ma offensichtlich auch nicht. Er löste sich aus seiner Meditationshaltung und eilte nach draußen, vorbei an den Wachen vor Merwan Mas Zelt, und traf den Mann mit leerem, hoffnungslosem Blick auf dem Boden sitzend an.

»Erzählt mir von der Transzendenz«, bat ihn der Mystiker.

Brynn bediente sich aller Tricks, die ihr oder ihren Kommandanten einfielen. Sie fingen Blinkzeichen ab und schleusten eigene in die Signalstrecken ein, so dass sie ihre hartnäckigen Verfolger mehrmals von ihrem Kurs abbringen konnten.

Als sich wieder einmal eine dieser günstigen Gelegenheiten bot – sie marschierten gerade ungehindert über die Nordstraße, die Dharyan mit der Oase Dahdah verband –, beschloss die junge Hüterin, sich noch weiter nach Norden in die Vorberge des Großen Gürtels zu begeben, da ihre Krieger dort mehr Ruhe und mehr Vorräte für sich und ihre Tiere finden würden. Außerdem, so der Gedanke, würde es dem Chezru-Häuptling zwischen den schroffen Felsen und Schluchten der steilen Vorberge erheblich schwerer fallen, ihr Lager aufzuspüren, sollte er sie dort tatsächlich suchen.

Auf diese Weise gelang es ihnen, als der Sommer des Jahres des Herrn 844 nach abellikanischer Zeitrechnung in den Herbst überging und Brynns Aufstieg zur Anführerin des togai-ruschen Rebellenaufstands sich zum zweiten Mal jährte, ihre Verfolger Shauntil und Yatol Bardoh mehrere Wochen lang abzuschütteln.

»Es waren zwei erfolgreiche Jahre«, sagte Brynn zu Pagonel und einigen anderen, als sie eines Abends am Lagerfeuer zusammensaßen. »Wir haben Behren hart zugesetzt, härter, als jeder Einzelne von uns zu hoffen gewagt hätte.«

»Es waren gerade mal anderthalb gute Jahre«, erwiderte der ewig unzufriedene Tanalk Grenk. »Und jetzt verkriechen wir uns, während die Turbane die Schlinge um unseren Hals immer enger ziehen.«

Brynn vermochte dem nur wenig entgegenzusetzen. Sie

hatten den Sommer über ein paar unbedeutende Scharmützel gewonnen, meist gegen Nachschubkarawanen, aber die Siege waren selten und weit gestreut gewesen und stets mit dem Wissen einhergegangen, dass Yatol Bardoh und Shauntil mitsamt ihren Heerscharen nicht weit hinter ihnen waren.

»Wir müssen erneut zuschlagen, und zwar mit allergrößter Härte!«, fuhr der Krieger fort, stand auf und klopfte sich den Staub von seinen Kniehosen. Er lief unruhig vor dem Feuer auf und ab und sah in die kühlen, klaren Augen seiner kampferprobten Gefährten. »Verdienen wir uns noch einmal den Ruhm einer siegreichen Schlacht! Behren soll wieder unter dem Donnern der Hufe unseres Sturmangriffs erzittern!«

»Und wo, wenn ich fragen darf?«, erwiderte Brynn, womit sie seinen prahlerischen Auftritt ein wenig untergrub und das aufgeregt beifällige Gemurmel verstummen ließ, das mittlerweile eingesetzt hatte. Sie erhob sich ebenfalls und ging nachdenklich auf und ab. »Die Eroberung einer Stadt würde uns mehr Zeit kosten, als unsere Verfolger uns zugestehen. Und umzudrehen und sich der Verfolgerstreitmacht im offenen Kampf zu stellen, wäre blanker Wahnsinn.«

»Dann lasst uns nach To-gai marschieren«, schlug ein anderer Mann vor. »Sollen die Behreneser uns durch ein Land jagen, das wir kennen, nicht sie.«

Wieder setzte das Gemurmel ein, und Brynn schloss die Augen. Genau das hatte sie befürchtet, als der Krieg allmählich immer mehr zum Erliegen gekommen war. Sie und Pagonel hatten diesen kritischen Punkt ein ums andere Mal durchdiskutiert und waren jedes Mal, wenn sie eine Rückkehr nach To-gai in Betracht zogen, zu dem gleichen bitteren Ergebnis gekommen: Eine solche Umkehr würde das Ende des gesamten Feldzugs bedeuten. Denn in To-gai würden sich ihre Krieger sehr schnell anderen wichtigen Aufgaben zuwenden, und wenn der Druck, eine Entscheidung herbeizuführen, erst von Chezru-Häuptling Douan genommen war, würde der Zermürbungskrieg sich endgültig zu ihrem Nachteil auswirken. Irrte die Armee erst durch To-gai und nicht mehr durch Behren, hätten die Behreneser erst recht keinen Grund mehr, sich um einen Frieden zu bemühen.

An jenem Abend am Lagerfeuer konnte keine Einigung erzielt werden, so dass Brynn frustriert und voller Sorge in ihr Zelt zurückkehrte. Sie war gerade erst in ihren üblichen, unruhigen Schlaf gesunken, als ein Ruf sie weckte. Sofort stürzte sie nach draußen und schloss sich mehreren anderen an, unter ihnen Pagonel, die auf einem nahen Kamm standen, den Blick starr gen Süden gerichtet, wo man die Feuer eines gewaltigen Feldlagers sehen konnte.

»Damit beginnt die Verfolgungsjagd wieder von vorn«, murmelte einer der Krieger und entfernte sich.

»Douan hat uns gefunden«, sagte Pagonel.

»Gibt es denn keine Möglichkeit, sich vor seinen Geisteraugen zu verstecken?«, wollte Brynn wissen.

Der Mystiker drehte sich zu ihr um und schüttelte den Kopf. »Wir können wahrscheinlich verhindern, dass er von jemandem Besitz ergreift, aber sobald er seinen Körper verlassen hat, ist er sehr schnell und kann hoch genug schweben, um sich den nötigen Überblick zu verschaffen. Er wird uns finden, selbst wenn wir überhaupt keine Lagerfeuer mehr anzünden oder sie in tiefen Feuergruben oder im Schatten von Felsüberhängen oder Höhlen verstecken.«

»Lass Kundschafter nach allen Seiten ausschwärmen«, wies Brynn ihn an. »Wir werden erst einmal nach Westen abdrehen und unsere Schnelligkeit ausnutzen, um die Verfolger abzuschütteln.«

»Zurück nach To-gai.«

»Es sieht ganz so aus.«

»Ihr glaubt also, wenn sie erst in ihre Heimat zurückgekehrt ist, wird ihr Aufstand ins Stocken geraten?«, fragte Merwan Ma wenig später Pagonel, als die beiden alleine an einem niedrig brennenden Lagerfeuer saßen, denn hier oben wehte bereits ein eisig kalter Winterwind.

»Es stand nie wirklich günstig für sie«, erwiderte der Mystiker. »Im Grunde habe ich nie geglaubt, dass sie eine echte Chance hatte, To-gai aus dem brutalen Würgegriff Behrens zu befreien, es sei denn, der Chezru-Häuptling und seine Yatols würden endlich einsehen, dass das Land die Mühe nicht wert ist, die man aufbringen muss, um es zu besetzen.«

»Aber das muss ihr doch ebenfalls klar gewesen sein«, sagte der Geistliche. Pagonel nickte.

»Wir alle haben von Anfang an erwartet, dabei ums Leben zu kommen, und so wird es vermutlich auch geschehen.«

»Warum habt Ihr es dann überhaupt versucht?«

Pagonel sah ihn an, als sei die Frage an sich schon absurd, mit einem Gesichtsausdruck, der Merwan Ma alle Antworten lieferte, die er wissen musste.

»Für Brynn ist eine Welt zusammengebrochen«, sagte Pagonel, dann hielt er inne, sah Merwan Ma an und wartete darauf, dass dieser seinen strengen Blick erwiderte. »Und das Gleiche gilt für Euch.«

Merwan Ma lehnte sich zurück, verschränkte die Arme vor seiner schmächtigen Brust und ließ diese Erkenntnis auf sich einwirken. Er wusste, Pagonel hatte Recht, er wusste, dass sein Leben in jenem einen Augenblick zerstört worden war, als er den Chezru-Häuptling bei der verbotenen, geradezu ketzerischen Tat der Benutzung eines Hämatits ertappt hatte. Mittlerweile war Merwan Ma, dem auserwählten Leibdiener der Stimme Gottes, die tiefere Bedeutung all dessen ebenso bewusst geworden wie dem Mystiker. Merwan Ma hatte das Eindringen Yakim Douans deutlich gespürt und gemerkt, dass die Stimme Gottes seinen Geist fast vollständig aus seinem Körper gedrängt hatte, um sich seiner Körperhülle zu bemächtigen, so als ob es seine eigene sei. Wenn er imstande war, das mit einem erwachsenen, intelligenten Mann zu machen, was konnte er dann einem ahnungslosen Ungeborenen im Mutterleib antun?

»Ich werde nicht mit Brynn nach Westen gehen«, riss Pagonel ihn unvermittelt aus seinen Gedanken.

»Sondern nach Süden, zu den Feuerbergen?«

»Nach Osten, nach Jacintha.«

Merwan Ma riss erschrocken die Augen auf. »Dort werdet Ihr getötet. Man wird Euch dort nicht einmal anhören!«

»Es geht hier um mehr als um mein Leben.«

»Das sagt Ihr einfach so?«

»Allerdings.«

Merwan Ma ließ sich wieder nach hinten sinken und bedachte diesen außergewöhnlichen Mann mit einem festen Blick. »Und was soll aus mir werden?«

»Ich werde Brynn bitten, Euch freizulassen«, erwiderte Pagonel. »Sie wird bestimmt nichts dagegen einzuwenden haben. Solltet Ihr Euch entscheiden, nach Süden zu gehen, zu den Feuerbergen, werde ich Euch die entsprechenden Parolen und Kennworte verraten, die Euch eine sichere Aufnahme in der Wolkenfeste garantieren. Welchen Weg Ihr auch wählt, die Entscheidung liegt allein bei Euch.«

Merwan Ma sah ihn noch immer durchdringend an und versuchte zu ergründen, ob sich hinter seinen Worten ein Hintergedanke verbarg. »Die Entscheidung über meinen Weg mag bei mir liegen, aber insgeheim hofft Ihr doch, dass ich Euch nach Jacintha begleite.«

Pagonel lächelte.

»Mich würde man dort ebenfalls umbringen«, sagte Merwan Ma, eine Bemerkung, der der Mystiker nicht widersprechen mochte.

Achselzuckend bedachte Merwan Ma ihn mit dem vielleicht ersten aufrichtigen Lächeln, seit sie sich vor so langer Zeit kennen gelernt hatten.

Am nächsten Tag standen die beiden reisefertig vor Brynn, und Pagonel sagte: »Meine Liebe und mein Respekt werden dich stets begleiten. Ich weiß, wie immer du dich auch entscheidest, es wird das Richtige sein.« Er nahm sie in die Arme und gab ihr einen Kuss auf die Wange. »Möge dir das Glück stets hold sein, Brynn Dharielle. Solltest du dein Zuhause in To-gai nicht mehr wiederfinden, so erwartet dich ein neues in der Wolkenfeste.«

»Ich werde hoffentlich in der Erde To-gais begraben«, erwiderte die junge Hüterin voller Ingrimm. Ihr Ton verriet dem Mystiker, dass sie sich des nahen Endes ihres Krieges sehr wohl bewusst war. Gelang es ihrer Streitmacht nicht, die Behreneser zu überlisten, waren ihre Aussichten auf einen Sieg gleich null.

»Nach dir werden andere kommen«, sagte Pagonel. »Und sie werden den Namen Brynn Dharielle, Drache von To-gai, benutzen, um ihren Anhängern Mut zu machen. Der Kampf um die Befreiung To-gais wird nicht mit dir enden, selbst dann nicht, wenn du scheitern solltest.«

»Und du wirst Uneinigkeit unter den Chezru säen, damit Yakim Douan endlich begreift, dass seine Macht zu schwinden beginnt«, erwiderte Brynn.

»Wer weiß, in der nun gar nicht mehr so fernen Phase der Transzendenz wird sich vielleicht ein anderer der Sache Brynn Dharielles annehmen und sich derselben Taktik bedienen; wie will Behren sich dann dagegen wehren?«, sagte Merwan Ma, woraufhin die beiden anderen ihn mit völlig verblüffter Miene ansahen, ehe sie zu lachen anfingen.

»Das sind die Gedankentricks der Jhesta Tu, mit denen ich ihn meinem Willen unterworfen habe«, erklärte Pagonel scherzhaft. Merwan Ma musste sich erst mit einem raschen, von Panik erfüllten Seitenblick vergewissern, dass der Mystiker tatsächlich nur gescherzt hatte, ehe er in ihr Gelächter einstimmen konnte.

Und so nahmen sie Abschied voneinander. Brynn führte ihre Reiter nach Westen, und Pagonel und Merwan Ma traten, noch gut zwei Wochen von Jacintha entfernt, ihre weite Reise über die Straße nach Osten an.

18. In der Defensive

»Sie ist Richtung Westen gezogen«, informierte Shauntil Yatol Bardoh, als am Morgen die Nachrichten aus Jacintha eintrafen.

»Die Berge waren ihre letzte Zuflucht«, folgerte der Yatol.

»Nun, da wir sie wiedergefunden haben, hat sie keinen Bewegungsspielraum mehr. Sie flieht zurück in ihre Heimat.« Der Yatol wandte sich um, um den Krieger anzusehen, und ließ ein boshaftes Lachen hören. »Lasst unsere Truppen vorrücken; sie sollen sämtliche Pässe nach To-gai abriegeln.«

Der Chezhou-Lei-Krieger machte ein verwirrtes Gesicht. »Wir haben nicht die geringste Chance, mit den To-gai-ru auf ihren hervorragenden Hengsten Schritt zu halten.«

»Wir werden ein Stück hinter ihnen zurückbleiben«, erläuterte der Yatol. »Schickt unsere bereits westlich von hier stehenden Einheiten los, damit sie die Pässe versperren. Und lasst sie die großen Wurfgeschütze in Verteidigungsposition aufstellen, für den Fall, dass der Drache sich dort blicken lässt.«

Shauntils Gesichtsausdruck blieb unverändert. »Die einzigen Truppen, die wir nahe genug am Landbruch stehen haben, sind die, die Ihr eigentlich in den Norden nach Dharyan abkommandiert habt, Yatol.«

Der Mann nickte.

»Wenn sie nach Osten abschwenken, ist die Stadt ohne jeden Schutz.«

»Und auf diese Weise könnte der Drache von To-gai seinen letzten Sieg erringen«, erwiderte Yatol Bardoh. »Aber danach gehört diese Frau mitsamt ihrer Rebellentruppe uns. Dort sitzt sie in der Falle, so als würde sie geradezu darauf warten, abgeschlachtet zu werden. Seht mich nicht so an!«, fauchte er, als der Zweifel in Shauntils Gesicht noch ausgeprägter wurde. »Wir müssen stets im Blick behalten, was uns den größeren Vorteil bringt. Sollte Dharyan ein weiteres Mal geplündert werden, kann man es wieder aufbauen, aber wenn wir dem Drachen von To-gai eine vernichtende Niederlage beibringen, dann wird niemand mehr da sein, der seinen Platz einnehmen könnte.«

Der Chezhou-Lei-Krieger nahm Haltung an. »Jawohl, Yatol«, erwiderte er, mittlerweile selbst beinahe von der Klugheit der Überlegungen Yatol Bardohs überzeugt. Sollte es ihnen tatsächlich gelingen, sich des Drachen von To-gai ein für alle Mal zu entledigen, schien dieser Preis, die Stadt Dharyan, dafür nicht übermäßig hoch.

»Wenn sie mich mit einem Diener von den Rus erwischen, zerreißen sie mich in der Luft«, wandte sich Merwan Ma in der Oase Dahdah mit erregter Stimme an eine Gruppe von Soldaten. In der Ortschaft wimmelte es nur so von Truppen der Garnison aus Jacintha, derweil mehrere Tausend weitere die Weststraße entlang marschierten, um sich Yatol Bardoh und Shauntil zur endgültigen Niederwerfung des Drachen von To-gai anzuschließen.

Pagonel, der hinter dem Geistlichen stand, hielt den Kopf gesenkt, seine nur zum Schein gefesselten Hände eng an den Körper gepresst.

»Dann wäre es wohl am besten, Ihr überlasst Euren Diener uns, und zwar gleich jetzt«, sagte einer der Posten und wandte sich lachend zu seinen Kameraden um, ehe er fortfuhr: »Damit wir ihn mit dem Katapult mitten unter die Feinde schleudern können.«

Daraufhin brachen alle in schallendes Gelächter aus, auch Merwan Ma, obwohl der Geistliche alles andere als erfreut war über die brutale Erinnerung an diesen schaurigen Anblick.

Zwei der Soldaten traten auf Pagonel zu.

»Kommt nicht in Frage!«, schrie Merwan Ma sie an. Die beiden blieben tatsächlich stehen und musterten ihn mit durchdringendem Blick.

»Er wird für den Dienst beim Chezru-Häuptling gebraucht«, erklärte der Soldat, der unmittelbar vor dem Geistlichen stand. »Weigert Ihr Euch etwa?«

»Ich bin ein Chezru-Geistlicher!«, erwiderte Merwan Ma. »Ein ehemaliger Diener von Chezru Yakim Douan.«

»Was Ihr nicht sagt!«

»Ihr wagt es, mich der Lüge zu bezichtigen?«, entgegnete Merwan Ma, nicht bereit, auch nur einen Zoll zurückzuweichen. »Ich könnte Euch den Namen jedes Chezru im Tempel nennen. Ich komme soeben zurück aus Dharyan, von Carwan Pestle, meinem Freund und Glaubensbruder, um die Rückeroberung der Stadt zu melden. Und Ihr wagt es, an meinem Wort zu zweifeln, Soldat? Wollt Ihr Euch etwa den Zorn von Chezru Douan und seinen Chezhou-Lei zuziehen?«

Der Mann wurde blass und trat einen Schritt zurück, und Merwan Ma geleitete Pagonel entschlossenen Schrittes und mit finsterer Miene an der Gruppe vorbei quer durch die Oase und auf der anderen Seite wieder hinaus, ehe er sich wieder über die Oststraße auf den Weg nach Jacintha begab.

Den ganzen Tag über passierten sie endlose Soldatenkolonnen, die anrückten, um bei der endgültigen Niederwerfung des Drachen von To-gai dabei zu sein.

»Ihr seid meinetwegen vorhin ein großes Risiko eingegangen«, sagte Pagonel zu Merwan Ma, als sie an jenem Abend unter sich waren.

»Ich habe Euretwegen überhaupt nichts riskiert«, erwiderte der Geistliche.

»Hättet Ihr mich an sie ausgeliefert, wärt Ihr mich auf der Stelle los gewesen«, widersprach der Mystiker. »Möglicherweise hättet Ihr damit in den Augen des Chezru-Häuptlings sogar Euren Fehler wieder gutgemacht.«

»Meinen Fehler wieder gutgemacht?«, wiederholte Merwan Ma mit einem verächtlichen Schnauben. »Ich weiß ja nicht einmal, wer überhaupt noch berechtigt wäre, eine solche Absolution zu erteilen. Wir hatten uns darauf geeinigt, Dahdah zu durchqueren, und ich habe Euch mein Wort gegeben.«

»Manch einem wäre die eigene Rettung mehr wert als ein Versprechen, insbesondere gegenüber einem Feind, dessen Gefangener er ist.«

»Empfindet Ihr Euch so?«

Der Mystiker zuckte mit den Schultern.

»Angenommen ich beschließe, mich jetzt von Euch zu trennen. Würdet Ihr versuchen, mich zurückzuhalten?«, fragte Merwan Ma.

»Nein.«

Nachdem dieser Punkt geklärt war, lehnte sich der Geistliche zufrieden zurück.

»Aber Ihr werdet Euch nicht von mir trennen, Merwan Ma«, fuhr Pagonel fort. »Denn mittlerweile habt Ihr begriffen, worum es tatsächlich geht, und deshalb ist diese Reise nach Jacintha inzwischen genauso Eure Angelegenheit wie meine.«

»Eher mehr«, erwiderte der Geistliche mit einer von so großer Entschlossenheit erfüllten Stimme, wie Pagonel es noch nie bei ihm gehört hatte. »Ihr sprecht von Rettung, und das war auch die Verheißung Yatols. Aber was bedeutet diese Verheißung schon, wenn alles andere Lüge ist?«

»Ihr wisst doch gar nicht, ob alles andere Lüge ist.«

»Ich weiß, dass der Vorgang der Transzendenz das alles entscheidende Wunder ist, das die Chezru-Religion im Innersten zusammenhält«, erklärte der Geistliche. »Wer einmal Zeuge des Wunders des mit einem voll entwickelten Bewusstsein und allem Wissen gesegneten Kindes geworden ist, wird für immer zutiefst berührt sein. Diese Menschen sehen ihrem Tod mit Freuden entgegen, denn sie wissen, dass Yatol allmächtig ist und über sie wacht.«

Pagonel bemerkte eine wachsende Unsicherheit in der Stimme des Mannes, als dieser weitersprach.

»Aber wenn selbst der Chezru-Häuptling, die Stimme des Gottes Yatol, nicht daran glauben mag, wie können wir es dann? Und worin zeigt sich die einigende Kraft Yatols, wenn dieses Wunder gar nicht existiert?«

Pagonel wusste weder eine Antwort darauf, noch hatte er ein Wort des Trostes für Merwan Ma. Denn wenn sie richtig vermuteten, wenn der Chezru-Häuptling nichts weiter war als stets derselbe Geist, der sich immer wieder, durch die Jahrhunderte, der körperlichen Hülle ungeborener Kinder bemächtigte, welchen Schluss sollte man dann daraus ziehen?

»Wenn wir dies alles hinter uns haben, solltet Ihr in die Wolkenfeste kommen, mein Freund«, bot er ihm stattdessen an. »Dort werdet Ihr herausfinden, wer Ihr wirklich seid. Dort werdet Ihr das vergängliche Wesen des Körpers und die ewige Kraft der Seele begreifen lernen.«

Merwan Ma lächelte, konnte sich eines weiteren Schnaubens aber nicht enthalten. »Wir werden dies niemals hinter uns haben, mein Freund«, erwiderte er. Es war das erste Mal, dass er Pagonel so genannt hatte. »Wir werden zwar in die Festung Chom Deiru hineinmarschieren, die sich Tempel schimpft, aber wir werden sie nicht wieder verlassen.«

»Dann brechen wir eben durch ihre erbärmlichen Reihen!«, verkündete Tanalk Grenk mit der für ihn so typischen aufbrausenden Art.

»Nur um aufgehalten, verwundet und anschließend wiederum verfolgt zu werden?«, warf ein anderer ein. So ging es in einem fort rings um das Lagerfeuer, wo Brynn und ihre Kommandanten sich versammelt hatten. Während der letzten drei Tage waren die Berichte der Kundschafter eingetroffen, aus denen eindeutig hervorging, dass die Behreneser den genauen Standort von Brynns Truppen sowie ihre Marschrichtung kannten. Die Behreneser schienen eine Schlacht erzwingen zu wollen. Sie hatten ihre riesige Armee in drei Untergruppen aufgeteilt, die kleinste drüben im Osten – auch wenn in den Berichten von einer weiteren großen Streitmacht die Rede war, die über die Straße von Jacintha heranrückte –, die größte unten im Süden, die in Eilmärschen versuchte, mit Brynn Schritt zu halten. Eine weitere Armee stand im Westen, die Verteidigungsstellungen parallel zum Landbruchsockel errichtete und sämtliche bekannten Pässe abriegelte.

»Wir könnten nach Westen reiten und den Drachen benutzen, um hinauf in die Steppe zu gelangen«, warf einer der weiblichen Kommandanten ein.

»Aber dabei würden viele gefangen werden, ehe der Drache sie abtransportieren könnte«, widersprach Grenk, der offenbar auf eine Entscheidungsschlacht brannte. »Dafür ist der Feind schon viel zu nah und seine Entschlossenheit zu groß.«

»Die meisten würden jedenfalls entkommen«, konterte die

Kommandantin. »Die Übrigen, mich selbst eingeschlossen, würden kehrtmachen und die Behreneser bis zum bitteren Ende aufzuhalten versuchen.«

Es gab viele, die diese starken und entschlossenen Worte mit beifälligem Nicken kommentierten, doch Brynn gehörte nicht zu ihnen. Sie hatte eben erst wieder eine Nacht damit verbracht, mit Pherol zu streiten. Der Lindwurm wurde mit jedem Tag unruhiger und brannte ebenso darauf zu kämpfen wie Tanalk Grenk, wenn auch offenkundig aus anderen Motiven. Pherol war diese ständigen Rückzugsmanöver schon lange leid, und Brynn bezweifelte, dass er bei einem Manöver helfen würde, dessen einziger Zweck darin bestand zu fliehen. Wahrscheinlicher war, dass sie sich bis zum Landbruchsockel zurückziehen würden, wo Pherol sie dann zwingen würde, umzudrehen und auf der Stelle gegen ihre behrenesischen Verfolger zu kämpfen, wie immer die Schlacht auch ausgehen mochte.

»Hinauf in die Steppe und wohin dann?«, wandte sich die junge Hüterin an alle. »Selbst wenn es uns diesmal noch gelingt, ihnen zu entkommen, was hätten wir davon?«

»Dann kämpft gegen sie!«, rief Tanalk Grenk. »Jetzt auf der Stelle!«

»Oder aber aus einer Position heraus, die sich halten ließe und wo wir wenigstens die Möglichkeit hätten, ihnen erhebliche Verluste zuzufügen«, überlegte Brynn.

»Ich werde sofort Kundschafter losschicken, die sich auf die Suche nach einer solchen Stelle machen sollen!«, erwiderte der Mann voller Eifer.

»Eine wüsste ich bereits«, sagte die Hüterin, worauf die Augen aller sich ihr zuwandten und sie schweigend auf eine Erklärung warteten.

Sie richtete den Blick mit grimmiger Miene nach Südwesten. »Wir könnten uns hinter die Mauern von Dharielle zurückziehen und von dort aus gegen sie kämpfen.«

»Ihr meint Dharyan.«

»Nein«, erwiderte Brynn mit festem Blick, das Gesicht angespannt, die Stimme vollkommen ruhig. »Ich meine Dhariel-le.«

Bereits am nächsten Tag lag die Stadt in Sichtweite vor ihnen, und die To-gai-ru formierten sich auf der im Nordosten der Stadt gelegenen Anhöhe.

»Der Drache ist zurückgekehrt«, sagte Pauche, der neue Garnisonskommandant von Dharyan, als er mit Carwan Pestle auf der Stadtmauer stand, den Blick nach Nordosten gerichtet, wo die Reihen der feindlichen Soldaten sich oben auf dem Kamm zu formieren begannen.

»Aber wo ist Yatol Bardoh?«, erwiderte Pestle. »Und wo Chezhou-Lei Shauntil?«

»Sie befinden sich mehrere Tage hinter ihnen«, antwortete Pauche. »Bis zu ihrem Eintreffen werden wir die Stellung halten.«

»Sie werden uns in höchstens einem Tag überrannt haben«, widersprach Pestle. »Der Drache von To-gai wird uns noch heute Nacht heimsuchen und mit Feuer und Tod überziehen, verlasst Euch darauf. Und morgen früh werden wir ihren anrennenden Horden kaum noch etwas entgegenzusetzen haben.« Carwan Pestle schloss die Augen und rief sich die erste vernichtende Niederlage Dharyans in Erinnerung, rief sich ins Gedächtnis, mit welcher Leichtigkeit der Drache von To-gai die Stadt damals überrannt hatte, nachdem die Zwanzigerkarrees aus Jacintha in den Tod hinausgelockt worden waren. Und jetzt, nach dem Abzug der Soldaten zur Abriegelung der nach To-gai hinaufführenden Pässe im Westen, war die in Dharyan stehende Garnison zahlenmäßig nicht einmal halb so stark wie damals! Zudem ließen alle Berichte vermuten, dass die Armee des Drachen von To-gai inzwischen doppelt so groß war wie die Truppen, die Dharyan damals überrannt hatten.

»Lasst mir ein Pferd satteln«, befahl Pestle.

Pauche rührte sich nicht von der Stelle, sondern sah den Mann nur verwundert an.

»Sofort!«, drängte Pestle. »Ein schnelles Pferd, und außerdem eine Unterhändlerflagge.«

»Ihr wollt gehen und mit ihr verhandeln?«

»Ich werde zu ihr reiten, um uns allen das Leben zu retten.«

Der Mann machte noch immer keine Anstalten, sich zu rühren, und der verwunderte Ausdruck auf seinem Gesicht verwandelte sich in Ärger.

»Sofort, sage ich!«, kommandierte Pestle. »Ich bin der Gouverneur von Dharyan. Die Entscheidung darüber, wie hier zu verfahren ist, liegt allein bei mir. Jetzt geht und beschafft mir ein Pferd und eine Unterhändlerflagge, oder ich lasse Euch ablösen!«

»Gouverneur Carwan Pestle«, erwiderte Pauche mit einer steifen Verbeugung, »wir sind durchaus imstande, gegen sie zu kämpfen. Wir können die Mauern halten, bis Yatol Bardoh mit seinem Heer eintrifft.«

»Ihr begreift offenbar nicht, über welch ungeheure Kräfte dieser Drache verfügt. Die Bestie wird Dharyan in einer einzigen Nacht in Flammen aufgehen lassen und unsere Verteidigungsanlagen zerstören. Anschließend werden wir krepieren, und zwar alle miteinander.« Kaum hatte er geendet, schob sich das Bild des unter dem Osttor hängenden Yatol Grysh vor sein inneres Auge, und er konnte nicht umhin, sich selbst an dessen Stelle vorzustellen, was mittlerweile unausweichlich schien.

Kurz darauf ritt er durch besagtes Tor und lenkte sein Pferd in gestrecktem Galopp auf die fernen Linien der Feinde zu.

Dort angekommen, nahm er all seinen Mut zusammen und rief: »Ich möchte den Drachen von To-gai sprechen.«

Eine zierliche Frau ließ ihr kräftiges, weiß geschecktes Pony aus der geschlossenen Formation ausscheren und lenkte es vor Pestles sehr viel größeres Pferd. »Wir sind uns bereits begegnet«, begrüßte ihn Brynn. »Ihr wart der Diener von Yatol Grysh, hab ich Recht?«

Carwan Pestle holte tief Luft. »Ich bin der Geistliche Carwan Pestle, der derzeitige Gouverneur von Dharyan.«

»Dharielle«, berichtigte Brynn. »Im Übrigen habe ich keinen Gouverneur ernannt.«

Pestle spürte, wie ihm der Schweiß auf die Stirn trat. Er wusste, dass er am ganzen Leib zitterte und dass man es seiner Stimme anmerken würde. Er holte erneut tief Luft und versuchte, seine Erwiderung so beherrscht wie möglich vorzubringen. »Chezru-Häuptling Douan hat die Stadt in seinem Namen wieder in Besitz genommen. Er war es auch, der mich als Gouverneur eingesetzt hat.«

»Nach dem Ableben des unglücklichen Merwan Ma, zweifellos«, erwiderte die junge Hüterin.

Pestle riss erschrocken die Augen auf. Woher konnte sie das wissen?

»Ihr erhebt also im Namen Eures Chezru-Häuptlings Anspruch auf die Stadt«, fuhr Brynn nach einer kurzen Pause fort. »Und verweigert mir in seinem Namen den Zutritt?«

»Ich bin hier, um über einen Kompromiss zu verhandeln.«

»Ihr wolltet sagen, über Eure Kapitulation.«

Carwan Pestle veränderte verlegen seine Position im Sattel. »Ich stelle allerdings einige Bedingungen.«

»Euren eigenen Kopf betreffend?«

Pestle hielt inne und holte abermals tief Luft, um sich zu beruhigen. »Wir haben nicht die Absicht, noch einmal gegen Euch zu kämpfen«, erklärte er schließlich.

»Dann ergebt Euch«, erfolgte Brynns unnachgiebige Erwiderung.

»Ich verlange Garantien für die Sicherheit meiner Leute«, sagte Carwan Pestle, der sich plötzlich gestärkt fühlte, als ihm bewusst wurde, dass er nichts mehr zu verlieren hatte, dass er im Grunde bereits alles verloren hatte.

Unterdessen begannen hinter Brynns Rücken zahlreiche Gespräche unter den To-gai-ru, und viele zornige Stimmen meldeten sich zu Wort. Brynn hob die Hand, und kurz darauf verstummte das Stimmengewirr.

»Wenn ich Euch und Euren Kriegern freies Geleit zusichere, werdet Ihr zweifellos sofort kehrtmachen und erneut gegen mich in den Krieg ziehen, sobald Eure Freunde eingetroffen sind«, erklärte Brynn. »So ist es doch, oder?«

»Das werden wir gewiss nicht tun.«

Seine feierliche Erklärung bewirkte ein neuerliches Aufflackern der erregten Diskussionen, die Brynn jedoch durch ein abermaliges Heben ihrer Hand unterband.

»Darauf kann ich mich nicht verlassen«, erwiderte sie. »Alle sehr alten und sehr jungen Bewohner dürfen abziehen, und wenn man uns die Stadt kampflos überlässt, wird man Euch selbst und Eure Krieger als Kriegsgefangene betrachten und entsprechend human behandeln. Meine Stadt verfügt doch über ein Gefängnis, oder etwa nicht?«

»Ein recht großes sogar«, antwortete Pestle. »Groß genug, um die zweihundert Mann der städtischen Garnisonstruppen aufzunehmen.«

»Gut. Dann reitet zurück und veranlasst, dass die Tore geöffnet werden«, sagte Brynn. »Und seid gewarnt, Gouverneur Pestle, sollte dies ein Trick sein, werde ich jeden Mann, jede Frau und jedes Kind in Dharielle niedermetzeln und Euch ebenso aufknüpfen lassen wie Yatol Grysh!«

Der Mann neigte sein Haupt, dann ließ er sein Pferd wenden und ritt zurück in die Stadt. Kurz darauf sah man eine lange Reihe von Flüchtlingen die Stadt verlassen.

Wenig später führte Brynn ihre Truppen in die Stadt und gab ihr erneut den Namen Dharielle. Die achttausend Krieger, die sie mitgebracht hatte, gingen sofort ans Werk und teilten die zurückgebliebenen Gefangenen in mögliche Kombattanten und offenkundige Zivilisten ein, ehe sie letztere durch das Osttor aus der Stadt geleiteten. Anschließend begann man mit den Vorbereitungen für die Verteidigung der Stadt: Katapulte und Wurfgeschütze wurden instandgesetzt, Öl wurde auf die Mauern geschleppt, wo es erhitzt und auf die Angreifer gegossen werden sollte; außerdem wurden unzählige Pfeilköcher aufgestellt.

Brynn und Pherol verfolgten all diese Vorbereitungen mit grimmiger Entschlossenheit.

»Nimm an den Kämpfen teil, solange du willst, aber anschließend möchte ich, dass du in dein Heim in den Bergen zurückkehrst«, sagte Brynn an den Drachen gewandt.

»Du hast mir Barden versprochen, die mir unendlich viele Geschichten erzählen, sowie eine ganze Karawane voller Schätze«, erinnerte sie der Drache.

»Und wenn ich kann, werde ich dieses Versprechen auch halten.«

Pherol schnaubte, wobei kleine Flammenwolken durch seine Nüstern entwichen.

»Wenn es dir lieber ist, kannst du auch gleich aufbrechen«, sagte Brynn.

»Ich hätte jederzeit gehen können, wenn mir danach zumute gewesen wäre. Aber ich habe mich entschieden zu bleiben, und das werde ich auch jetzt tun. Dies verspricht die größte Schlacht von allen zu werden, von der die Barden noch lange singen werden. Besser, ich nehme daran teil, damit die Lieder denen, die sie in künftigen Jahrhunderten hören werden, angenehmer in den Ohren klingen.«

Seine plötzliche Begeisterung zauberte ein Lächeln auf Brynns Gesicht. »Ich werde dir in der Schlacht keine Befehle erteilen«, sagte sie. »Ich verlasse mich darauf, dass du die verwundbarsten Stellen in den feindlichen Linien von alleine findest.«

Pherol, sichtlich erfreut, knurrte grinsend.

Vier Tage später verdunkelte sich der Horizont rings um Dharyan unter den aufmarschierenden Heerscharen von Yatol Bardoh und Shauntil.

»Die anrückenden Truppen sind uns fast um das Vierfache überlegen«, bemerkte einer der Kommandanten, nachdem die Anführer der To-gai-ru sich am Turm des Haupttors eingefunden hatten, um den nahenden Ansturm in Augenschein zu nehmen.

Brynns Erwiderung war ebenso knapp wie treffend. »Dann wird jeder von uns eben fünf töten müssen.«

Noch in derselben Nacht wurde Dharielle unter Beschuss

genommen. Batterien von Katapulten schleuderten brennende Pechkugeln in den nächtlichen Himmel, bis sie im Innern der Stadt zerplatzten und alles in ihrer unmittelbaren Umgebung in Brand setzten. Die To-gai-ru antworteten ihrerseits mit Feuer, nur waren die Steppennomaden nicht an derartigen Waffen ausgebildet und ihre Ziele weiter gestreut, so dass sie im Gegenzug nur geringen Schaden anzurichten vermochten.

Pherol dagegen stieg auf, um anzugreifen, musste aber schon kurze Zeit später, offenbar von tausend Pfeilen getroffen, wieder umkehren.

All dies beobachtete Brynn mit wachsender Besorgnis. Diesmal waren die Behreneser auf sie vorbereitet; diesmal konnten sie nicht vom Schlachtfeld fliehen.

Es war der Ort, an dem ihr großer Traum zu Ende gehen würde. Die To-gai-ru würden viele Jahre brauchen, um sich von diesen ungeheuren Verlusten zu erholen.

Aber so sei es, entschied sie, als sie sich an Pagonels Worte erinnerte. Die Legende dieser Schlacht würde weiterexistieren und in zukünftigen Zeiten den Keim des Widerstands nähren. Jetzt aber war Brynn erst einmal entschlossen, den Behrenesern in dieser Schlacht einen hohen Blutzoll abzuverlangen.

Seite an Seite mit ihren unermüdlichen Kriegern versuchte sie die Flammen einzudämmen und die Bereitschaft aller für den großen Sturmangriff aufrechtzuerhlten, der sehr wahrscheinlich kurz nach der Morgendämmerung erfolgen würde.

19. Bis zum bitteren Ende

Die Westseite Dharyans lag noch in frühmorgendlicher Dunkelheit, als der Sturmangriff begann und der gewaltige Ring aus behrenesischen Kriegern sich um die Stadt zusammenzog. Die To-gai-ru reagierten mit der für sie typischen grimmigen Entschlossenheit und ließen von den Mauern einen tödlichen Pfeilhagel auf die Angreifer niederprasseln. Doch die

Behreneser, zahlenmäßig viel zu stark, um sich zurückdrängen zu lassen, rückten weiter vor und warfen sich im Namen Yatols und ihres geliebten Chezru-Häuptlings Reihe um Reihe den todbringenden Salven entgegen.

Als Brynn durch den Innenhof der Wallanlage eilte, um die Südmauer zu verteidigen, begegnete sie dort Pherol, der in seiner Echsenmanngestalt dastand und das Geschehen ringsum mit einem wütenden Knurren verfolgte. »Ist dies nun das Ende?«, fragte er.

»Ich weiß es nicht«, antwortete Brynn.

»Wirst du hier sterben?«

»Wenn es mir so vorherbestimmt ist. Aber wenn, dann wird meine Klinge von Behreneser-Blut getränkt sein!« Sie machte Anstalten, sich zu entfernen, aber der Drache packte sie bei der Schulter und zog sie jählings zurück.

»Das genügt dir, Menschenfrau? Du kannst dich damit abfinden, hier zu sterben, nur weil du dich im Recht weißt?«

»Ich würde lieber weiterleben«, erwiderte Brynn mit einem gequälten Lächeln. »Und ich bete, dass wir den Sieg davontragen oder wenigstens durchhalten.«

»Und wenn nicht?«

Brynn wusste darauf nichts zu erwidern und reckte stolz ihr Kinn vor.

»Ich hoffe, du überlebst«, sagte Pherol, ehe er sie losließ. Brynn blieb noch einen Augenblick stehen und starrte ihn an, bis die Rufe oben auf der Mauer ihr verrieten, dass jeden Moment mit einem Durchbruch zu rechnen war.

Sie lief zu einer Leiter und hastete hinauf zur Brustwehr, wo bereits immer mehr Feinde über die Mauer geklettert kamen. Brynns Schwert erwachte lodernd zum Leben. Mit dem Ausruf »Für To-gai!« auf den Lippen zwängte sie sich zwischen ihren Mitstreitern hindurch und stürzte sich auf die behrenesischen Angreifer. Das lichterloh brennende Schwert zwang die Invasoren, ein kleines Stück zurückzuweichen, und diese kurze Unsicherheit genügte Brynn, um eine Lücke in ihre Reihen zu schlagen.

An der Spitze eines keilförmigen Stoßtrupps kämpfend brach sie durch, stieß einen Mann mit der Schulter von der Brüstungsmauer und stach einem zweiten in den Unterleib. Kaum hatte sie das Schwert wieder herausgezogen, ließ sie sich auf die Knie fallen und fuhr herum; ein behrenesisches Schwert sirrte wirkungslos über ihren Kopf hinweg.

Ein Schwertschlag gegen seine Knie machte den Mann kampfunfähig, dann hatte Brynn die Enterleitern erreicht, wo sie einen weiteren Angreifer mit einem Stoß ins Gesicht nach hinten taumeln ließ. Im Fallen stieß er gegen seinen Hintermann, und während der noch darum kämpfte, das Gleichgewicht zu wahren, geriet die Leiter in Bewegung und begann, von der Mauer wegzukippen.

Brynn sprang auf die Mauerbrüstung und stieß die Leiter mit einem kräftigen Fußtritt endgültig nach hinten.

Als ihr von unten eine Serie von Pfeilen entgegenschwirrte, drehte sie sich rasch zur Seite, riss ihren pulsierenden Pauri-Schild hoch und wehrte die meisten von ihnen ab; einer jedoch streifte sie hart an der Wade und hinterließ dort eine brennende Wunde.

Sie ließ sich davon nicht beirren, sprang wieder herunter und drängte eine zweite, in Auflösung begriffene Gruppe von Angreifern zurück, bis die Bresche wieder geschlossen war.

Pherol verfolgte dies alles mit aufrichtiger Bewunderung. Pötzlich verstand er viel besser, was Belli'mar Juraviel ihm über den Wert der Menschen erzählt hatte.

»Ich hoffe, du überlebst«, sagte er noch einmal leise in Richtung Brynn, obwohl sie ihn gewiss nicht hören konnte; dann konzentrierte er sich auf sein Zentrum und setzte damit die Verwandlung in die eher seinem Naturell entsprechende, Furcht erregende Riesengestalt in Gang.

Unmittelbar darauf glitt er über das Osttor, über die Front sich duckender Behreneser hinweg. Nur wenige von ihnen schafften es, ihre Bögen zu vereinzelten, kraftlosen Schüssen hochzureißen.

In rasendem Tempo rammte der Drache eines der Katapulte, schlug dessen Besatzung in die Flucht und zertrümmerte die Kriegsmaschine. Dann erblickte er einen Mann, der hektisch versuchte, die Abwehr zu organisieren, einen Krieger in der Rüstung der Chezhou-Lei. Sofort schoss es herab, drängte sich zwischen den Kommandanten und seine Krieger und musste einen wuchtigen Schwerthieb des Mannes hinnehmen, ehe er es ihm mit einer raschen Bewegung seiner Kralle zehnfach heimzahlte, die den Mann fast zerriss.

Nachdem mehrere andere ebenfalls zu Boden gegangen waren, hob Pherol wieder ab und ließ sich von seinen mächtigen Schwingen immer höher in die Lüfte tragen. Seine überfallartige Attacke hatte den gesamten Sturmangriff vor der Ostmauer zum Erliegen gebracht und den Verteidigern im Innern der Stadt Gelegenheit gegeben, sich von dort zurückzuziehen und andere verwundbare Stellen zu verstärken, denn jetzt gingen die Behreneser dazu über, sich unter lauten Rufen wieder dem Lindwurm zuzuwenden. Plötzlich nahmen die auf Pherol zielenden Pfeilsalven wieder zu, doch der Drache stürzte sich mit Gebrüll hindurch, attackierte von neuem und legte ein weiteres Katapult in Trümmer.

Ein Wurfgeschützbolzen verfehlte ihn nur knapp, doch der Drache ließ sich nicht beirren, stieß seinen Feueratem aus und ließ sowohl das Wurfgeschütz als auch dessen Besatzung in Flammen aufgehen.

Er ließ sich von seinen Schwingen hoch hinauftragen, stieß sofort wieder herab und strich im Tiefflug über eine behrenesische Kavallerieeinheit hinweg, die er auf seinem Weg zu einem weiteren Katapult zum größten Teil aus dem Sattel warf. Unmittelbar darauf ging der Drache erneut in Steigflug, drehte bei und blieb für den Bruchteil einer Sekunde in der Luft stehen, um seinen Feueratem zu sammeln.

Genau darauf hatte die Besatzung eines Wurfgeschützes nur gewartet.

Der Feuerschwall des Drachen kam, um gleich darauf abrupt abzubrechen, als sich der schwere Speer in seine Flanke bohrte und einen Knochen am Flügelansatz zertrümmerte.

Mit einem ohrenbetäubenden Kreischen, das jeden in der Nähe mit Taubheit schlug, fiel Pherol Richtung Boden und stürzte auf dem Rücken in den Sand.

Sofort fielen die behrenesischen Soldaten in Scharen über ihn her; Bögen sirrten, Schwerter droschen auf ihn ein, doch der Drache verschaffte sich, wie von Sinnen um sich schlagend, wieder Luft. Mit seinem mächtigen Schwanz wischte er die Männer dutzendweise zur Seite, schlug seine Krallen in ihre Körper und riss ihr Fleisch in Fetzen, während sein wild um sich schnappendes Maul die Soldaten in Stücke biss.

Trotzdem war er in gewaltige Bedrängnis geraten, und dessen war er sich bewusst. Bald wurden seine ungestüm rudernden Bewegungen zielgerichteter. Es gelang ihm, sich herumzuwälzen und wieder auf die Beine zu kommen, und einen Moment später hielt er auf die Stadtmauer von Dharyan zu. Kurz bevor er sie erreicht hatte, sprang er ab, streifte hart die Mauerkante und landete Hals über Kopf im Innenhof.

Brynn stand oben auf der Mauer und feuerte ihn an; kaum hatte er sie passiert, trieb sie die behrenesischen Verfolger gemeinsam mit ihren Bogenschützen zurück.

»Das Westtor!«, erklang ein entsetzter Ruf. Brynn fuhr herum. Sie hörte die von Schmerz und Wut erfüllten Schreie und wusste sofort, die Stadt würde verloren sein, wenn es den Behrenesern gelänge, am Westtor durchzubrechen.

Dabei hatte sie nicht den Hauch einer Chance, rechtzeitig dorthin zu gelangen.

Mittlerweile war ihr tapferster Krieger jedoch wieder auf den Beinen. Mit seinen Krallen jedes Hindernis beiseite räumend wühlte er sich einen Weg durch die Straßen, während das Blut seiner noch frischen Wunden das Pflaster hinter ihm mit einem roten, schmierigen Film überzog.

Pherol erreichte den Innenhof vor dem Westtor im selben Moment, als dieses nachzugeben begann. Die To-gai-ru sahen ihn kommen und gaben sofort den Weg frei.

Das Tor zerbarst, und eine wahre Flut von Behrenesern ergoss sich in die Stadt.

Aber nur für einen kurzen Augenblick, denn Sekunden später waren sie nicht mehr am Leben, verglüht im Feuerhauch des Drachen. Einer lebenden Barrikade gleich, harrte Pherol an dieser Stelle für den Rest des Angriffs aus.

Unterdessen eilte Brynn hinter ihm auf den Mauern von einer Stellung zur nächsten, machte den Verteidigern Mut und unterstützte sie nach Kräften mit ihren beiden todbringenden Waffen, ihrem Schwert und ihrem Bogen.

Wenig später zog sich die behrenesische Armee zurück. Dharyan hatte am ersten Tag standgehalten.

Trotzdem wollte in der Stadt nur gedämpfter Jubel aufkommen, denn viele To-gai-ru lagen tot auf den Mauern. Zwar waren mehrere Tausend Behreneser gefallen, doch als sie einen Blick auf den schwer angeschlagenen Drachen warf, sah sich Brynn nicht in der Lage, für sich irgendeine Art von Sieg zu beanspruchen. Sie hatten sich behauptet, und das war ein kleiner Erfolg. Mehr aber auch nicht.

Sie hatten es Pherol zu verdanken, dass das Sperrfeuer der Katapulte in der darauf folgenden Nacht geringer ausfiel. Trotzdem brachen wiederum mehrere riesige Feuersbrünste aus, die die erschöpften Männer und Frauen zwangen, sie zu bekämpfen – und das alles in der sicheren Gewissheit, dass der Feind bereits im Morgengrauen erneut angreifen würde.

Pagonel und Merwan Ma hatten so gut wie keine Schwierigkeiten, nach Jacintha hineinzukommen, denn überall in der Stadt herrschte ein dichtes Gedränge hektisch durcheinander laufender Menschen, die versuchten, alle möglichen Arten von Waren an den Mann zu bringen oder zu erstehen. Sämtliche breiten Hauptstraßen wurden von marschierenden Soldaten mit Beschlag belegt, die einen äußerst entschlossenen und grimmigen Eindruck machten.

»Sieht fast so aus, als hätten Brynns Erfolge sich herumgesprochen, wenn die Auswirkungen bis in das Herz Behrens reichen«, sagte Pagonel zu Merwan Ma. Der Mystiker spielte noch immer seine Rolle als Sklave des Geistlichen.

»Viele dieser Einheiten stammen aus anderen Bezirken und weilen nur auf Besuch in der Stadt«, erklärte Merwan Ma. »Ich habe die Wimpel von Yatol De Hamman und Yatol Peridan gesehen, von Yatol Shie-guvra und –«

»Soll das heißen, die Yatols haben sich hier zu einer Versammlung eingefunden?«

Merwan Ma nickte. »Das wäre normalerweise der Grund dafür, dass es in der Stadt von Garnisonstruppen nur so wimmelt«, erklärte er. »Aber wer vermag das in diesen merkwürdigen Zeiten schon mit Gewissheit zu sagen?«

»Könntet Ihr es vielleicht in Erfahrung bringen?«

Der Geistliche nickte und schob sich quer über den überfüllten Platz zu einem Händler, der Körbe voller Datteln feilbot. Dort angekommen, beugte er sich vor und sprach leise mit dem Mann, dann nickte er, griff in seinen Beutel und holte ein paar Münzen hervor, die ihm Pagonel überlassen hatte.

Der Händler nahm das Bestechungsgeld mit einem Lächeln entgegen, dann beugte er sich vor und redete lange auf Merwan Ma ein.

»Die Yatols befinden sich zurzeit tatsächlich in Jacintha«, erstattete der Geistliche Pagonel einige Minuten später Bericht. »Offenbar sind sie alles andere als glücklich über den sich in die Länge ziehenden Krieg. Brynns Bestrebungen, Söldner und Piraten anzuheuern, haben die alten Rivalitäten zwischen einigen der Yatols wieder aufleben lassen, insbesondere zwischen den konkurrierenden Händlern entlang der Küste. Die Yatols sind verärgert, weil so viele Soldaten aus den umstrittenen Gebieten im Osten abgezogen und in den Westen des Landes entsandt worden sind, um sich dort an Yatol Bardohs Hetzjagd auf Brynn zu beteiligen.«

Pagonel nickte und dachte über die Worte nach. Zu gern hätte er schon früher von diesen internen Streitereien gewusst, viel früher, als noch die Möglichkeit bestand, Nutzen daraus zu ziehen.

»Außerdem gibt es etwas Neues aus dem Westen des Landes«, fuhr Merwan Ma fort, dessen Stimme plötzlich einen grimmigen Unterton bekam. »Brynn hat Dharyan zurückerobert.«

Pagonel nickte; er ahnte, was als Nächstes kommen würde.

»Zurzeit rückt Yatol Bardoh gegen die Stadt vor, um Brynn einzukreisen und zu vernichten«, fuhr der Geistliche fort. »Wahrscheinlich haben die Kämpfe längst begonnen.«

Pagonel brauchte einen Moment, um die Information zu verdauen, dann holte er tief Luft, um sich zu sammeln, und sah seinen Gefährten eindringlich an. »Für das, was wir im Augenblick vorhaben, ist das nicht von Belang.« Als er geendet hatte, sah der Mystiker quer über die Straße zu einem großen Gebäude, dem größten in der Stadt, das auf einem von wunderschönen Gärten und Brunnen gesäumten Hügel stand.

»Der Tempel Chom Deiru«, erklärte Merwan Ma. »Er wird mit Sicherheit schwer bewacht – das wird er eigentlich immer, aber ich würde vermuten, dass man jetzt, da eine so große Anspannung herrscht, die Bewachung noch verstärkt hat.«

»Aber Ihr könntet mich hineinbringen«, dachte der Mystiker laut nach.

»Welchen Sinn sollte das haben?«

»Die Wahrheit ans Licht zu bringen.«

»Eine Wahrheit, die unser beider Ende bedeuten könnte.« Merwan Ma brach unvermittelt ab, als er den unerschrockenen Blick bemerkte, mit dem ihn Pagonel ansah, so als wollte dieser ihn an alles erinnern, was er in letzter Zeit hinzugelernt hatte.

»Ich werde Euch hineinbringen«, sagte er schließlich mit fester Stimme. »Oder es zumindest versuchen.«

Der Mystiker nickte, und Merwan Ma übernahm die Führung, als sie die Stadt durchquerten, bis sie am Fuß des Tempelhügels an das erste Wachhaus gelangten, das sie passieren mussten, was ihnen jedoch ohne größere Schwierigkeiten gelang, da Merwan Ma sämtliche für diesen ersten Kontrollpunkt benötigten Passwörter kannte. Kurz darauf hatten die beiden den Hügel erklommen und stiegen die Stufen des eigentlichen Tempels hinauf, bis sie durch das große, überwölbte Portal von Chom Deiru traten.

Unmittelbar dahinter kreuzte ein Wächterpaar seine Speere vor dem Eingang und befahl ihnen, stehen zu bleiben.

»Ich komme soeben aus dem Westen des Landes«, erklärte Merwan Ma, ehe er die übliche Losung aufsagte: »Selbst mit ihrem Untergang kann sich die Sonne dem Blick des Chezru nicht entziehen.«

Es war die für jeden zurückkehrenden Kundschafter gebräuchliche Wendung. Trotzdem entging Merwan Ma nicht, dass einer der Wächter seine Miene vollkommener Gelassenheit für einen winzigen Moment ablegte, so als blitze eine Art Wiedererkennen in seinen Augen auf.

»Euer Name lautet?«, fragte er.

»Ich bin ...« Der Geistliche zögerte; plötzlich glaubte er zu spüren, dass hier etwas ganz und gar nicht stimmte. Der Wächter war ihm völlig unbekannt, trotzdem konnte er sich des Gefühls nicht erwehren, dass der Mann ihn noch aus seiner Zeit als Douans Leibdiener kannte.

»Ich bitte um Vergebung, Gouverneur Pestle«, mischte sich Pagonel hinter seinem Rücken plötzlich ein. »Ich hätte mich viel früher darum kümmern müssen, dass Euer Kommen gebührend angekündigt wird.«

Die beiden Wächter wechselten einen Blick, und schließlich zog sich einer von ihnen hinter die Tür zurück.

Eine gewisse Zeit verstrich, während der das Schweigen immer unbehaglicher wurde. Schließlich wurde die Tür einen Spaltbreit geöffnet, der Wächter streckte seinen Kopf heraus und raunte seinem Kameraden leise etwas zu.

»Willkommen in Chom Deiru, Gouverneur Carwan Pestle«, sagte der andere Wächter auf einmal, nachdem sein Kamerad abermals hinter der Tür verschwunden war. »Man wird Euer Kommen dem Chezru-Häuptling ankündigen, wann immer Ihr dies wünscht.« Als er geendet hatte, trat er zur Seite, zog die Tür auf und bedeutete den beiden Männern einzutreten.

Merwan Ma hätte bereits im Moment des Eintretens tot sein

müssen, und so wäre es gewiss auch gekommen, hätte der Mystiker sich aufgrund seiner hervorragend trainierten Reflexe nicht von hinten gegen seine Beine geworfen, ihn zu Fall gebracht und so dafür gesorgt, dass der Speer des zweiten Wächters sein Ziel verfehlte.

Im Nu war Pagonel wieder auf den Beinen und fuhr herum, so dass er dem Speerträger genau gegenüberstand. Er warf sich nach vorne, sprang ab und rammte dem Wächter seinen Fuß mit voller Wucht ins Gesicht.

Der Mann taumelte ächzend zurück.

Pagonel landete leichtfüßig, fuhr blitzschnell herum und sah, wie sich der Wächter von draußen auf Merwan Ma stürzen wollte, während der benommene Geistliche mit dem Rücken zu ihm wieder vom Boden hochzukommen versuchte.

Die Speerspitze schoss vor, doch ein kurzer, gut gezielter Handkantenschlag des Mystikers machte dem ein Ende und zerbrach die Waffe in zwei Teile.

Pagonel packte den gebrochenen Schaft mit der linken Hand, trat einen Schritt vor und machte eine Rückwärtsdrehung, riss seinen rechten Ellbogen hoch und schlug ihn dem Mann ins Gesicht. Der Wächter fiel wie ein Stein zu Boden, versuchte aber sofort wieder auf die Beine zu kommen. Vergeblich. Pagonel zertrümmerte ihm mit seinen gestreckten Fingern den Kehlkopf.

Im nächsten Moment lief der Mystiker bereits zu Merwan Ma, riss ihn auf die Füße und zog ihn hinter sich her. Aus beiden Seitenkorridoren drangen hallende Geräusche, vermutlich andere Wächter, die herbeigeeilt kamen, um nachzusehen, was der Tumult zu bedeuten hatte.

»Wohin jetzt?«, fragte der Mystiker.

Der entsetzte Gesichtsausdruck Merwan Mas sprach Bände. »Ich muss unbedingt in den Saal der Ewigkeit«, erklärte der Geistliche. »Aber das ist ein weiter Weg, zumal das Geschrei unserer Verfolger jede Menge Wachen in die vor uns liegenden Flure locken dürfte!«

Der Mystiker blieb stehen, sah sich um und betrachtete die

breiten Korridore und mächtigen Säulen. »Welche Richtung führt zum Saal der Ewigkeit?«

Merwan Ma blickte durch den Vorraum und die große, dahinter liegende Halle und deutete auf eine ferne Treppe ganz am anderen Ende. »Dort hinauf, und dann durch eine Reihe von Fluren.«

Pagonel nahm den noch unbeschädigten Speer von dem zu Boden gegangenen Wächter an sich und versetzte ihm, als er Anstalten machte, sich zu rühren, einen heftigen Schlag. »Geht jetzt. Ich beschäftige unterdessen die Wächter.«

Merwan Ma zögerte lange, den Blick fest auf den Mystiker gerichtet, dann legte er Pagonel die Hand auf die Schulter. »Ich würde Euch gern noch eine Menge sagen«, begann er zögernd.

Pagonel hob die Hand und schnitt ihm das Wort ab. »Zum Unterhalten haben wir später noch Zeit genug«, sagte er mit einem Lächeln, obwohl weder er noch Merwan Ma damit rechneten, jemals wieder miteinander zu sprechen.

Dann lief der Mystiker los, hinein in die größere Halle, wo er sich sofort zur rechten Seite hin orientierte. Als ihn kurz darauf ein Wächter erspähte und dies mit einem lauten Ruf kundtat, schleuderte er ihm den Speer aus großer Entfernung mitten in die Brust.

Merwan Ma verschmolz hinter einer Säule mit der Wand, während das Chaos wuchs und immer mehr Wächter und Dienstboten hektisch durcheinander zu laufen begannen. Schließlich wandte sich der Geistliche nach links, wo er sich an der Wand entlang schob, bis er die Treppe erreichte. Dort musste er sich erneut in die Schatten zurückziehen, als eine Gruppe von Wächtern, unter ihnen ein Chezhou-Lei-Krieger, die Treppe heruntergelaufen kam und unmittelbar an ihm vorüberhastete, um die Verfolgung eines Eindringlings aufzunehmen, dessen Rufe mittlerweile aus größerer Entfernung zu kommen schienen.

Kaum waren sie vorbei, eilte er die Stufen hoch und atmete erleichtert auf, als er vom Treppenhaus in die Flure im ersten

Stock des Palastes hinüberwechseln konnte. Dort rannte er weiter durch die eigentlich vertrauten, jetzt aber merkwürdig fremd wirkenden Flure, vorbei an Räumlichkeiten, in denen er einst zu Hause gewesen war, die ihm jetzt aber düster und bedrohlich vorkamen.

Pagonel lief unermüdlich weiter, seinen Verfolgern stets einen Schritt voraus, auch wenn er nur zu genau wusste, dass ihre Zahl mit jedem kreuzenden Flur wuchs. Als er in einen überwölbten Korridor einbog, wäre er um ein Haar zwei völlig verdutzten Wächtern in die Arme gelaufen.

Sie nahmen unter lautem Geschrei die Verfolgung auf, doch Pagonel überraschte sie ein zweites Mal, indem er jählings stehen blieb, herumwirbelte, über ihre vorgehaltenen Speere hinwegsprang und sie mit einem Doppeltritt nach rechts und links zu Boden streckte.

Unmittelbar hinter ihnen folgte ein weiterer Wächter, ein riesiges Krummschwert in der Hand. Der Mystiker packte sein Handgelenk, drückte seinen Arm zur Seite, trat unmittelbar vor ihn und versetzte ihm drei kurze, aber vernichtende Schläge gegen die Brust. Der Mann versuchte noch mehrmals keuchend Luft zu holen, bevor er in sich zusammenzusinken begann, doch Pagonel packte ihn bei seinem Waffenrock und riss ihn wieder auf die Füße, ehe er ihn unmittelbar vor zwei heranstürmenden Soldaten zu Boden warf. Die Angreifer gerieten zwar nicht ins Stolpern, trotzdem hielt der Mann sie auf und lenkte sie für einen kurzen Moment ab.

Lange genug, dass der Mystiker sie mit einem kräftigen Satz über ihre Schwerter hinweg anspringen und mit einer Kombination aus Fußtritten und Faustschlägen bearbeiten konnte.

Als sie zurücktaumelten, setzte Pagonel nicht etwa nach, sondern machte kehrt und rannte den prachtvollen, überwölbten Flur entlang, bis er merkte, dass ihm eine größere Gruppe dicht auf den Fersen war. Er drehte sich um, um sie genauer in Augenschein zu nehmen, und erblickte mitten unter ihnen einen Chezhou-Lei-Krieger. Gesenkten Kopfes lief er weiter; mit dieser Gruppe würde er es nicht aufnehmen können. Ein Chezhou-Lei allein war problematisch genug, aber wenn ihm noch mehrere Wächter zur Seite standen, würde der Kampf für ihn gewiss kein günstiges Ende nehmen.

Der Flur krümmte sich in einem weiten Bogen. Nach einer Weile gelangte Pagonel zu der Annahme, dass er um einen riesigen Saal herumlief, während die Verfolger ihm noch immer ebenso hartnäckig wie dicht auf den Fersen waren und zu allem Überfluss auch noch laufend Zuwachs aus den Seitengängen links von ihm erhielten. Der Gang vor ihm beschrieb noch immer einen weiten Bogen nach rechts. Allmählich wurde es eng für ihn, und dessen war er sich bewusst. Die einzigen Flure, in die er jetzt noch hätte einbiegen können, lagen linker Hand, und dort wimmelte es nur so von Feinden.

Pagonel blieb stehen und drehte sich zur Wand, betastete sie mit den Fingern und fühlte die Körnung des Steins. Er konzentrierte sich auf seine Körpermitte, blendete die Rufe hinter sich und auf der linken Seite aus, fand sein Chi und ließ es aufsteigen, bis er ihm folgen und spinnengleich an der Wand hinaufkrabbeln konnte. Als er sich dem oberen Rand näherte – unter ihm liefen soeben einige nichts ahnende Wächter vorbei –, vernahm der Mystiker lautes Streiten und Stimmengewirr aus dem Innern des riesigen, kreisrunden Saals.

Noch ehe er dazu kam, irgendwelche Betrachtungen darüber anzustellen, verriet ihm ein lauter Ruf von unten, dass man ihn entdeckt hatte. Mittlerweile dreißig Fuß über dem Boden, bewegte er sich schneller an der Wand entlang.

Ein Pfeil verfehlte ihn nur knapp und prallte von der Wand ab.

»Schafft mehr Bogenschützen her!«, hörte man den Chezhou-Lei brüllen. »Schießt diesen lästigen Kerl von der Wand!«

Pagonel riskierte einen kurzen Blick nach unten und erwog, sich auf die Meute fallen zu lassen und wenigstens den Chezhou-Lei zu töten, bevor man ihn niedermetzelte. Aber dann wurde ihm bewusst, wie sinnlos das im Grunde wäre. Sollte er etwa aus Gehässigkeit töten oder aus Zorn?

Das entsprach nicht dem Geist der Jhesta Tu. Tatsächlich gab es für Pagonel in dieser Situation nichts zu gewinnen, wenn er sich auf die Behreneser fallen ließe, weder für ihn selbst noch für Merwan Ma oder die Ziele Brynns oder To-gais.

»Euer Chezru-Häuptling ist ein Betrüger«, rief er hinunter. »Er besitzt einen Seelenstein der Abellikaner und benutzt ihn auch!«

Die Antwort erfolgte in Form eines Pfeils, der sich tief in seine Wade bohrte und ihn fast den Halt hätte verlieren lassen.

Ächzend zog er sich höher hinauf, näher unter die Decke. Erst jetzt bemerkte er, dass die Wand, an die er sich klammerte, nicht durchgehend vom Fußboden bis zur Decke reichte, sondern unmittelbar vor ihrem oberen Ende eine umlaufende Nische aufwies. Im hinteren Bereich dieser Nische stieß er auf ein Gitter, das Ausblick auf einen weiten, kreisrunden Saal voller Sitzreihen mit aufgebracht untereinander diskutierenden Yatols gewährte.

Er wusste, lange würde er hier nicht sicher sein, denn die Nische war nicht tief. Die Bogenschützen unten im Korridor brauchten nur einen Schritt zurückzutreten, und schon würden sie ihn sehen.

Er tat den beunruhigenden Gedanken unverzüglich als wenig hilfreich ab, packte die Gitterstäbe und ließ sein Chi in seine Hände fließen, bis seine Handflächen heiß wurden – heißer als damals, als er seine Heiltechniken bei Brynn und Merwan Ma angewendet hatte.

Er konzentrierte sich noch stärker auf seine Lebensenergie und ließ sie in seine Finger strömen, bis diese sich weiter aufheizten. Aber nicht etwa, um sie dort zu speichern – seine Hände wären dabei verglüht –, sondern um sie durch seine Finger in das Metall der Gitterstäbe fließen zu lassen, diese zu erhitzen und biegsam zu machen.

Ohne die quälende Hitze weiter zu beachten, begann Pagonel mit aller Kraft zu ziehen.

Ein Pfeil schwirrte in die Nische und wurde von der Decke abgelenkt, ehe er mit kaum verminderter Wucht gegen den Mystiker prallte. Er vermochte Pagonels Konzentration nicht zu beeinträchtigen. Als das Metall unter seinen magischen Händen fast schon glühte, gelang es ihm, zwei der Stäbe Stück für Stück auseinander zu biegen, bis die Lücke groß genug war, um hindurchzuschlüpfen.

Er zwängte sich auf den Sims oberhalb des riesigen Audienzsaals und schob sich vor bis zur Kante. Kaum hatte er seine Aufmerksamkeit auf die Versammlung unter ihm gerichtet, da erkannte er auch schon, dass es Yakim Douan persönlich war, der soeben das Wort an die Yatols richtete, von einem Podium auf der anderen Seite aus, zu dem eine breite, ausladende Treppe hinaufführte. Die Sitzplätze, etwa eintausend an der Zahl, waren zu einem Halbkreis angeordnet, aber nur die vordersten waren besetzt.

Pagonel musterte den Saal aufmerksam, obwohl er wusste, dass ihm nicht mehr viel Zeit blieb, denn just in diesem Augenblick erteilte der Chezhou-Lei den Wachen mit lauter Stimme den Befehl zur Erstürmung des Audienzsaals, um den Chezru-Häuptling zu beschützen.

Pagonel zog sich über den Rand und sprang, ließ sich die dreißig Fuß bis zum Boden fallen und landete mühelos in einer die Wucht des Aufpralls dämpfenden Rolle. Sofort schwenkten alle Köpfe in seine Richtung herum. Eine Gruppe von Wachen, hinter dem Podium postiert, auf dem Yakim Douan saß, stürzte vor und nahm vor ihrem geliebten Chezru-Häuptling Aufstellung.

»Ein Jhesta Tu!«, kreischte einer der ganz in der Nähe sitzenden Yatols, und sofort begannen die anderen aufgeregt tuschelnd vor Pagonel zurückzuweichen.

»Was hat diese dreiste Störung zu bedeuten?«, brüllte Yakim Douan. »Wer seid Ihr, dass Ihr es wagt, diesen heiligen Ort zu entweihen?«

»Ich bin Pagonel aus der Wolkenfeste der Jhesta Tu, Chezru-Häuptling Douan«, stellte der Mystiker sich mit einer Verbeugung vor. »Ein Mann, der bestens über Euch im Bilde ist, Yakim Douan! Denn ich kenne das Geheimnis der Transzendenz!«

Niemandem im Saal entging der überraschte Ausdruck großäugigen Entsetzens, der sich auf Yakim Douans Gesicht abzeichnete. Aber bevor jemand Gelegenheit fand, nach dem Grund dafür zu fragen, wurden die mächtigen Flügeltüren des Audienzsaals aufgestoßen, und ein Trupp Soldaten stürmte herein, um sich sofort entschlossen auf Pagonel zu stürzen.

»Ich habe Euch bei der Benutzung Eures Seelensteins beobachtet, Yakim Douan!«, rief der Mystiker.

»Der Mann ist ein Verrückter und ein Lügner!«, brüllte Yakim Douan. »Tötet ihn auf der Stelle!«

Pagonel tauchte erst unter einem, dann einem zweiten auf ihn geschleuderten Speer hinweg und hechtete in eine Vorwärtsrolle, um einer Gruppe von drei Kriegern auszuweichen, die im Begriff waren, sich auf ihn zu werfen. Er kam wieder hoch, trat mit gestrecktem Bein nach hinten aus und brachte einen ins Straucheln, doch als die beiden anderen ihm daraufhin zu nahe kamen, musste er abrupt ein Stück zurückweichen. Er lief hinter die Sitzreihen, sprang auf eine Lehne und rannte von Stuhllehne zu Stuhllehne weiter. Dabei wahrte er so geschickt das Gleichgewicht, dass nicht ein einziger der Stühle zu kippen begann.

Instinktiv duckte er sich; ein Pfeil zerteilte die Luft über seinem Kopf. Sofort duckte er sich erneut, gleich darauf noch einmal und änderte die Richtung, als die Wachen, die sich stets zwischen ihm und dem Chezru-Häuptling zu befinden schienen, ihn in die Enge zu treiben versuchten. Lange würde er das nicht durchhalten, zumal es unmöglich war, auch nur in die Nähe des Mannes zu gelangen, also blieb er, noch immer auf einer Stuhllehne balancierend, unvermittelt stehen und rief mit lauter Stimme: »Ihr seid auf Geistwanderung gegangen, Yakim Douan! So habt Ihr den Drachen von To-gai gefunden! Nacht für Nacht zieht Ihr los und begebt Euch auf die Suche nach dieser jungen Frau, was Euch völlig unmöglich wäre, besäßet Ihr nicht einen Edelstein –«

Er brach unvermittelt ab, als ein Pfeil sich in seine Seite bohrte. Unmittelbar darauf traf ihn ein zweiter Pfeil an der Hüfte. Er versuchte noch, sich mit einem Sprung in Sicherheit zu bringen, seine Konzentration aufrechtzuerhalten, doch ein weiterer Treffer, der vorübergehend seine Schulter lähmte, brachte ihn zu Fall, und er schlug inmitten eines Haufens von Stühlen hart auf den Boden.

»Erledigt ihn!«, hörte er Yakim Douan brüllen, dann plötzlich kam es ihm so vor, als sei der Chezru-Häuptling sehr weit weg.

Sie blutete aus einem Dutzend Wunden, und eines ihrer Augen, wo eine von ihrem Pauri-Schild abgerutschte Keule sie getroffen hatte, war zugeschwollen. Trotzdem zeigte Brynn keinerlei Anzeichen von Ermüdung, als sie auf der Stadtmauer entlang lief und ihren Kriegern mit Rufen nach einem freien Togai Mut zusprach, während ein Feind nach dem anderen ihrem überaus gekonnten Umgang mit dem flammenden Schwert zum Opfer fiel. Ihr Sturmlauf über die Stadtmauer war mittlerweile so gefürchtet, dass die Behreneser schon bei ihrem bloßen Anblick ängstlich zurückwichen und einige sogar wieder über die Brüstung zurückkletterten, hinaus aus der Stadt. Was ihren wilden Attacken natürlich eine noch durchschlagendere Wirkung verlieh.

Unterdessen eilte Pherol von Tor zu Tor, von Mauer zu Mauer und unterstützte die Verteidigungsbemühungen mit tödlichen Feuerstößen. An einer Stelle hatte man eine Bresche in die Ostmauer geschlagen, so dass Hunderte von behrenesichen Kriegern in die Stadt einfielen, ein Großteil von ihnen mit der Absicht, die Tore weit aufzustoßen, damit ihre Kavallerie den Innenhof der Wallanlagen überrennen konnte.

Allein Pherol war es zu verdanken, dass dieser Angriff zum Erliegen kam. Durch Reihen von Soldaten watend, ließ er die härtesten Hiebe mit geradezu stoischem Gleichmut über sich ergehen, denn er kannte nur ein einziges Ziel: er musste jeden vernichten, der beabsichtigte, die Tore zu öffnen.

Die Tore hielten stand, und als Brynn die Abwehrbemühungen auf der Brüstung verstärkte und der Drache dazu überging, die Feinde in den Straßen zu attackieren, gelang es kurze Zeit darauf, die bereits über die Mauer in die Stadt gekletterten Behreneser vom Rest der Angreifer zu isolieren.

Der Angriff der Behreneser zog sich über den ganzen Tag hin. Immer wieder wurden sie zurückgedrängt, und als er schließlich zu Ende war, waren Tausende von ihnen gefallen. Doch auch eine große Zahl von To-gai-ru war getötet worden, und als der Belagerungsring um Dharyan sich wieder schloss, hatte Brynn erneut Schwierigkeiten, diesen Ausgang der Schlacht als Sieg zu betrachten.

Schlimmer noch, schon in derselben Nacht traf eine weitere Garnison aus Jacintha mit fünftausend zusätzlichen Soldaten ein, um die Gefallenen zu ersetzen.

Von Westen her, das wusste Brynn, war eine solche Unterstützung nicht zu erwarten.

Der Mystiker lag auf dem Fußboden und wusste, mit jeder Sekunde, die verstrich, kamen seine Feinde näher. Er drang in seine Lebensenergie vor, fand den Energiestrang zwischen Stirn und Schritt, das Zentrum seiner Kraft, seines Chi. Dann blendete er die vielfältigen Schmerzen aus und verbannte sie aus seinem Bewusstsein.

Er hörte die Soldaten über sich stehen. Es waren mindestens zwei, die sich soeben herabbeugten, um ihn zu erledigen.

In einer plötzlichen Aufwallung schierer Kraft schwang er sich zur Seite und sprang auf, mitten zwischen seine Angreifer, und sah statt der vermuteten zwei deren drei vor sich.

Er trat zuerst nach vorne aus, dann nach beiden Seiten, landete leichtfüßig, sprang sofort wieder ab und schien vor dem einen Soldaten, der noch immer stand, sowie dem zweiten, der angeschlagen, aber noch nicht am Boden war, in der Luft zu schweben.

Ein Tritt nach rechts und nach links machte mit den beiden kurzen Prozess, bevor Pagonel in perfektem Gleichgewicht auf der Lehne eines noch stehenden Stuhles landete und seine Flucht fortsetzte.

Selbst ein weiterer Pfeiltreffer vermochte ihn nicht von seinem Kurs abzubringen. Unbeirrbar setzte er seinen Weg um die mittlerweile in Deckung gegangene Schar erstaunt dreinblickender Yatols fort.

»Ihr müsst mich anhören!«, schrie Pagonel. »Euret-, nicht meinetwegen! Der Chezru-Häuptling besitzt einen Seelenstein, einen Hämatit der Abellikaner! Was er über die Zeit der Transzendenz verbreitet, sind nichts als Lügen. Transzendenz ist nichts weiter als –«

Er verstummte unvermittelt, als ein Chezhou-Lei-Krieger vor ihm aus dem Boden zu wachsen schien und ihm das Ende eines dicken Lanzenschafts in den Unterleib rammte.

»Transzendenz ist nichts weiter als die Inbesitznahme eines Neugeborenen«, rief er noch im Fallen, während ein zweiter brutaler Schlag ihn traf und schließlich noch ein dritter, als er bereits hilflos am Boden lag.

Wenige Augenblicke später fühlte er Hände, die ihn bei den Armen packten und auf die Beine rissen, sah sich aber außerstande, auch nur den geringsten Widerstand zu leisten. Als er abermals versuchte, ein Wort hervorzubringen, trug ihm das einen wuchtigen Stoß in die Magengrube und einen Schlag quer übers Gesicht ein.

»Sieh an!«, hörte er den Chezru-Häuptling schreien. »Vor uns steht der Mörder von Chezhou-Lei Dahmed Blie!«

»Was sagt Ihr zu seinen Anschuldigungen, Stimme Gottes?«, rief jemand mit leicht vorwurfsvollem Unterton.

»Diese Heiden wissen den Visionen Yatols nichts entgegenzusetzen!«, brüllte Douan. »Sie wollen uns von innen heraus zerstören, da ihre erbärmlichen Versuche, uns auf andere Weise zu vernichten, elendiglich gescheitert sind! Und jetzt ist dieser Mann tot, und sie haben ihre Verbindung zu den Jhesta Tu verloren. Ein weiterer Schlag gegen die Armee dieses jämmerlichen Drachen von To-gai!«

Als sich daraufhin rings um Yakim Douan Beifall erhob,

hatte Pagonel nicht mehr die Kraft, ihm etwas entgegenzusetzen. Also konzentrierte er sich auf seine Körpermitte und versuchte noch einmal, seine ganze Lebensenergie zusammenzunehmen, um wenigstens halbwegs bei Bewusstsein zu bleiben.

Er bekam gerade noch mit, wie der Chezhou-Lei-Krieger sich mit der Frage an den Chezru-Häuptling wandte, ob der Gefangene öffentlich gehängt oder verbrannt werden solle, und war keineswegs überrascht, als der Chezru-Häuptling seinem Krieger den Befehl gab, Pagonel auf der Stelle umzubringen.

Dabei war der Mystiker nicht einmal ansatzweise in der Lage, einen Schlag abzuwehren. Er versuchte, die Augen aufzureißen, wollte dem Mann in die Augen sehen, der seinem Leben ein Ende machen würde.

»Augenblick!«, rief jemand aus dem Hintergrund. »Ihr seid ein wenig vorschnell mit Eurem Urteil!«

Pagonel öffnete die Augen und sah Merwan Ma die lange Treppe hinter Yakim Douan herunterkommen, einen prunkvoll verzierten Kelch in der Hand.

Yakim Douan hatte größte Mühe, seine stoische Gelassenheit zu bewahren, als er den verräterischen Geistlichen mit dem Kelch in der Hand die Stufen hinuntereilen sah, der sein Verderben sein könnte. Er brauchte einen Augenblick, bis er sich wieder so weit gefasst hatte, dass er den Versuch wagen konnte, die drohende Katastrophe noch mit einer schauspielerischen Glanzleistung abzuwenden. Doch leider tat ihm Merwan Ma nicht den Gefallen, in diesem Augenblick still zu sein.

»Er hat den Stein versteckt – und das schon viele Jahrhunderte!« Damit griff er in den blutverschmierten Pokal und förderte den Edelstein zu Tage, ehe er den Zeremonienkelch zur Seite schleuderte. »Hier drin!«

Ein entsetzter Aufschrei ging durch die Reihen der Yatols, doch Yakim Douan behielt die Ruhe und machte ein Handzeichen zu einer seitlich stehenden Gruppe von Bogenschützen.

»Es ist alles eine einzige Lüge!«, ereiferte sich Merwan Ma.

»Die Transzendenz ist nichts weiter als ein Trick und kein Wunder.« Kaum hatte er geendet, entwich die Luft aus seinen Lungen, als ihn ein Pfeil nach dem anderen durchbohrte.

Ohne zu wissen, wie ihm geschah und warum, saß er plötzlich auf dem Boden und wiederholte immer wieder dieselben Worte: »Eine Lüge ...«

Dann stand auf einmal Yakim Douan vor ihm und streckte die Hand nach ihm aus.

»Stimme Gottes«, keuchte der verwirrte, sterbende Mann.

Douan nahm ihm den Hämatit ab und entfernte sich.

»Diese Gerissenheit!«, rief der Chezru-Häuptling mit lauter Stimme. »Seht nur, welch ein Netz von Intrigen unsere Feinde um uns herum gesponnen haben! Dafür solltet Ihr ihnen Respekt zollen, Freunde!«

»War das nicht Merwan Ma, Euer ehemaliger Leibdiener?«, wollte einer der zu Besuch in der Stadt weilenden Yatols wissen.

»Allerdings«, rief Mado Wadon, der viele Jahre lang an der Seite Merwan Mas gedient hatte.

»Der Mann hat uns offenkundig an unsere Feinde verraten«, fiel ihm Douan augenblicklich ins Wort.

»Aber er wurde doch in Dharyan ermordet!«, rief ein anderer.

Yakim Douan lächelte unbeirrt weiter und blieb ruhig. Er wusste, es würde nicht einfach sein, sich aus der Geschichte herauszuwinden, war sich aber auch bewusst, dass jeder Aufschub sich vorteilhaft für ihn auswirken würde. Schon in Kürze würden sie mit Berichten vom Sturz des Drachen von Togai überschwemmt werden, und dann würde sein Volk gewiss ein offeneres Ohr für die Erklärungen haben, die er vorzubringen hatte.

»Es handelt sich in der Tat um ein verwirrendes Rätsel«, sagte er. »Das wir aber aufklären werden, das versichere ich Euch.«

»Und was hat es nun mit diesem Stein auf sich?«, fragte Mado Wadon.

Yakim Douan fixierte den Mann, jenen Yatol, der ohne den Vorgang der Transzendenz unzweifelhaft sein Nachfolger werden würde, mit einem hasserfüllten Blick. »Das ist ein Edelstein, ein Hämatit, wenn ich mich nicht irre.«

»Den die Abellikaner als Seelenstein bezeichnen?«, rief ein anderer mit unverkennbarem Argwohn in der Stimme.

»Ja, selbstverständlich«, sagte Douan. »Sonst wäre ihr kleines Komplott ja sinnlos gewesen. Gleich morgen früh werde ich Meister Mackaront aus Entel herbitten und ihm den Stein als Geschenk überreichen.«

Es war für Pagonel sehr schmerzlich, Merwan Ma auf der Treppe zusammenbrechen und regungslos liegen bleiben zu sehen und zu wissen, dass sein Freund tot war.

Die Krieger, die ihn festhielten, wie auch der Chezhou-Lei, der dazu ausersehen war, ihm den Todesstoß zu versetzen, hatten ihren Griff ein wenig gelockert, während sie sprachlos und mit starrer Miene die überraschenden Ereignisse verfolgten, die sich rings um sie zutrugen.

Pagonel versuchte ihre Reaktionen so gut wie irgend möglich abzuschätzen. Er vernahm das Stimmengewirr der Yatols, hörte deutlich den Zweifel heraus, der in ihren Worten, ihrem Getuschel, mitschwang, aber er hörte auch die unablässigen Beteuerungen Yakim Douans in einer mittlerweile einseitig gewordenen Debatte.

Aber wenigstens hatten er und Merwan Ma das erreicht, was sie sich vorgenommen hatten, und dafür war er dankbar. Sie hatten Zweifel gesät; vielleicht würde die Saat Wurzeln schlagen und aufgehen und der Tyrannenherrschaft Douans ein Ende machen.

Pagonel blieb jetzt nur noch eins zu tun.

Er konzentrierte sich erneut, nahm seine Kraft zusammen, versammelte jede Unze seiner Lebensenergie in einem einzigen, in sich ruhenden Punkt und wappnete sich für die Entladung.

Behutsam streckte er seine Fühler aus, in der Hoffnung, der

Chezhou-Lei würde noch warten und ihm jenen winzigen Augenblick zugestehen, den er benötigte.

Schon spürte er, wie die Verbindung zu dem Hämatit hergestellt wurde, den Yakim Douan in der Hand hielt.

»Ich muss unseren Feinden allerdings Respekt zollen für ihre gerissene Kriegslist«, sagte Douan soeben lachend.

Pagonel nahm seine ganze Lebensenergie zusammen, schlug die Augen auf, ließ seine Arme in einem unvermittelten Bewegungsausbruch kreisen und schickte den Energieball zur anderen Seite hinüber, wo dieser sich des Hämatits bemächtigte, tief in ihn eindrang und ihn mit der reinen, unverfälschten Energie des Chi überflutete.

Den Jhesta Tu waren die Geheimnisse der Edelsteine bereits seit geraumer Zeit bekannt. Schon früh hatten sie herausgefunden, dass die in ihnen enthaltene Energie im Wesentlichen dieselbe Energie war, die auch ihr Chi ausmachte, dieselbe Energie, die das gesamte Universum durchdrang. Die Kraft eines Edelsteins hing von der in seinem Innern enthaltenen Energie ab, und diese Energie war endlich.

Der Hämatit drüben auf der anderen Seite des Saales zerplatzte, seine Splitter stoben auseinander, trafen den überraschten Yakim Douan und warfen ihn zu Boden.

Erste Stimmen wurden laut, die den Tod des Mystikers forderten. Doch bevor der Chezhou-Lei dieser Forderung nachkommen konnte, schrie Mado Wadon ihn an, er solle den Gefangenen am Leben lassen und ihn ins Verlies bringen.

Andere Wachen erhielten Befehl, den verwundeten Douan fortzutragen und auf ein bequemes Lager zu betten. Der Chezru-Häuptling, noch halb bei Bewusstsein, leistete ihnen anfangs heftigen Widerstand und versuchte verzweifelt, Splitter seines kostbaren Seelensteins aufzuklauben, irgendein größeres Stück des verzauberten Steins, das es ihm erlauben würde, sich in ihn zu versenken.

»Stimme Gottes?«, fragte jemand schlicht. Als er den Kopf hob, sah er Mado Wadon und einige andere, unter ihnen Yatol De Hamman, ungläubig auf ihn herabschauen.

»Er könnte noch einmal explodieren«, versuchte er sich wenig überzeugend zu rechtfertigen.

»Gewiss, Stimme Gottes«, sagte Mado Wadon. »Geht jetzt mit den Soldaten. Ihr seid verletzt, und wir haben nun erst einmal dafür zu sorgen, dass Chom Deiru wieder sicher ist.«

Yakim Douan nickte mehrfach und versuchte, irgendeine Täuschungsstrategie zu entwickeln, die er verfolgen konnte, um das Risiko möglichst gering zu halten. Außerdem musste er natürlich unbedingt einen Weg finden, einen neuen Seelenstein in seinen Besitz zu bringen. Olin würde ihm gewiss helfen. Ja, und anschließend würde er ihn die nächsten Jahre geheim halten, bis alles sich wieder beruhigt hatte, bis er so weit wiederhergestellt war, um einen neuen Versuch der Transzendenz zu wagen.

Natürlich würde all das in vierzig oder fünfzig Jahren keine Rolle mehr spielen, wenn sämtliche Zeugen des heutigen Tages das Zeitliche gesegnet hatten und längst unter der Erde lagen und kein Mensch sich mehr an Merwan Mas Namen erinnerte!

Dieser Narr Merwan Ma!

Wenig später lag die Stimme Gottes irgendwo in Chom Deiru bequem in einem Bett, während draußen vor der Tür Posten Wache hielten. Seine Verletzungen, kaum mehr als ein paar harmlose Schnittwunden und Blutergüsse, waren längst nicht so schwer wie befürchtet, und die ersten Yatols, die gekommen waren, um ihm ihre Aufwartung zu machen, hatten ihr großes Bedauern darüber ausgesprochen, dass derart üble Verschwörer wie Merwan Ma und dieser Jhesta Tu überhaupt in den Palast hatten eindringen können.

»Wo befindet sich dieser Jhesta Tu zurzeit?«, fragte Douan Mado Wadon.

»Er ist tot, Stimme Gottes«, erwiderte der Yatol. »So wie Ihr es befohlen habt. Obwohl es für uns alle eine große Freude gewesen wäre, ihn in aller Öffentlichkeit vor dem Palast verbrennen zu sehen.«

»Zu gefährlich«, sagte Douan.

»Selbstverständlich, Stimme Gottes«, erwiderte Mado Wadon mit einer Verbeugung. »Ruht Euch jetzt etwas aus. Soeben erreichen uns die ersten Berichte von der Schlacht um Dharyan.«

»Der Drache ist gefallen?«, fragte Douan und richtete sich erwartungsvoll auf.

»Noch nicht, Stimme Gottes«, antwortete der Yatol. »Aber lange kann es nicht mehr dauern. Es gibt keinen Ort mehr, wohin er noch fliehen könnte.«

Von dieser Vorstellung ermutigt, ließ Yakim Douan sich entspannt zurücksinken.

Zum dritten Mal schon griffen sie an, und zum dritten Mal wurden sie zurückgeworfen.

»Ihr könnt unsere Krieger nicht ohne Unterlass gegen die Stadtmauern anrennen lassen«, erkühnte sich ein zorniger Chezhou-Lei Shauntil zu dem vor Wut schäumenden Yatol Bardoh nach dem dritten Rückzug zu sagen.

»Dharyan hätte längst fallen müssen!«, entgegnete der Yatol.

»Zugegeben. Aber immerhin wird diese Stadt vom Feueratem eines Riesendrachen beschützt«, erklärte Shauntil. »Außerdem dürfen wir die Stärke dieser Frau nicht unterschätzen. Meine Krieger behaupten, sie sei von Dämonen besessen. Jeder Durchbruch stößt sofort auf erbitterten Widerstand ihres Feuerschwerts.«

Yatol Bardoh ließ seine geballte Faust auf den kleinen Tisch vor ihm niedersausen und stieß ihn damit zu Boden. »Ich werde diese Stadt erobern!« Er sah hoch zu Shauntil. »Ihr werdet mir Dharyan übergeben, und zwar schon sehr bald!«

»Wenn wir unsere Angriffe fortsetzen, immer wieder zurückgeworfen werden und dabei jedes Mal Hunderte von Toten vor den Mauern zurücklassen, werdet Ihr irgendwann feststellen, dass sich unsere Reihen nicht nur wegen der ungeheuren Verluste lichten, Yatol«, erklärte der Chezhou-Lei unverblümt.

»Sollen wir Dharyan etwa aufgeben?«, kam die ungläubige Erwiderung.

»Wir können uns Nachschub beschaffen. Sie kann das nicht, jetzt, da ihr Drache schwer getroffen ist – und das ist er, allen Berichten zufolge.«

Yatol Bardohs Gesichtsausdruck zeigte auf einmal neugieriges Interesse. »Was sagt Ihr da?«

»Belagert sie«, schlug Shauntil vor. »Ein Ausbruch kommt für sie auf keinen Fall in Frage. Außerhalb der Stadtmauern und Befestigungsanlagen würde ihre Armee in kürzester Zeit vernichtend geschlagen werden. Errichtet einen festen Belagerungsring um die Stadt und schaut in aller Ruhe zu, wie die Rus ihre Pferde verspeisen.«

Yatol Bardoh ließ ein amüsiertes Lachen von vollendeter Bosheit hören. »Das würde ihnen sicher nicht gefallen.«

»Belagert sie, wenn Ihr meinen Rat hören wollt«, wiederholte Shauntil. »Verlangt ihre bedingungslose Kapitulation, dann hängt die Hexe mitsamt ihren Kommandanten auf, tötet den Drachen und jagt den kümmerlichen Rest zurück in die Steppe.«

Yatol Bardoh sah den Mann unschlüssig an. »Oder aber wir erklären dies zur Bedingung für die Annahme ihrer Kapitulation«, sagte er hinterhältig. »Und wenn die Frau erst tot ist und der Drache vernichtet, jagen wir die übrigen Rus über die Straße nach Westen und bringen sie dort einen nach dem anderen um.«

Dem ehrenhaften Krieger Shauntil behagte der Plan nicht sonderlich, aber er unterließ es, dem Yatol zu widersprechen. »Ich werde dafür sorgen, dass unsere Verteidigung darauf vorbereitet ist, jeden Ausbruchsversuch zurückzuwerfen«, versicherte er seinem Herrn. »Ich werde die Katapulte instand setzen lassen, damit wir sofort wieder mit dem Beschuss beginnen können.«

»Was immer ihnen schadet, wird mir stets eine große Freude sein«, erwiderte der Yatol.

Kurz darauf näherte sich ein einzelner Reiter dem Osttor

der Stadt Dharyan, erklärte die Stadt für belagert und verlangte die bedingungslose Kapitulation des Drachen von To-gai.

Als Brynn den Aufruf hörte, überhäuften sämtliche To-gairu in ihrer Nähe den Mann mit wüsten Beschimpfungen. Schulterklopfend versicherten sie ihrer tapferen Anführerin, eher bis zum letzten Mann kämpfen zu wollen, als ihr zu erlauben, einer Kapitulation zuzustimmen.

Brynn wusste die Unterstützung durchaus zu schätzen, andererseits war sie sich des Ernstes der Lage vollkommen bewusst. Sie sah sich um und fragte sich, wie lange diese Unterstützung wohl Bestand haben würde, fragte sich, wie groß diese Entschlossenheit noch sein würde, wenn die ersten Mägen vor Hunger zu knurren begannen.

Yatol Peridan, einen argwöhnischen Ausdruck im Gesicht, begegnete Yatol Mado Wadon, als dieser soeben aus dem zu den Verliesen führenden Treppenschacht hervorkam.

»Wie ich höre, habt Ihr dem Chezru-Häuptling berichtet, der Jhesta Tu sei tot«, sagte er.

»Ist er auch.«

»Ihr kommt doch gerade von ihm. Was bildet Ihr Euch –«

»Fandet Ihr seine Behauptungen nicht auch überaus faszinierend?«

Peridan blieb so abrupt stehen, als wäre er geohrfeigt worden, und sah sich genötigt, Mado Wadon nickend Recht zu geben. »Als Erklärung führt der Chezru-Häuptling an, es sei eine List gewesen, eine sehr clevere.«

»Mein Onkel war ein Yatol, hier in Jacintha; das ist jetzt schon viele Jahre her«, sagte Mado Wadon. »Er hat mir oft vom Wunder der Transzendenz erzählt, von dem mit erstaunlichen Gaben gesegneten Säugling, der die Verse der Lehren Yatols in einer klaren und verständlichen Sprache zitieren konnte und der instinktiv über den jeweiligen Zustand des Königreichs Bescheid zu wissen schien.« Er musterte Peridan mit einem viel sagenden Blick. »So als wäre er im Besitz der Weisheit fortgeschrittenen Alters.«

Peridan wich zurück.

»Sind inzwischen noch weitere Yatols eingetroffen?«, fragte Mado Wadon.

»Wie Ihr es angeordnet habt«, antwortete Peridan.

Der oberste Yatol Chom Deirus nickte.

Später am darauf folgenden Tag traf sich Mado Wadon mit den zu Besuch im Tempel weilenden Yatols, gab seine Verdachtsmomente kund und erinnerte sie noch einmal an Merwan Mas wirre, aber unwiderlegte Äußerungen. Der Mann war schließlich zum Gouverneur von Dharyan ernannt und kurz darauf, den Berichten zufolge, von einer To-gai-ru-Sklavin ermordet worden. Wieso hätte er sich, in Anbetracht all der Ehren, die man ihm zuteil werden ließ, auf die Seite des offenkundigen Verlierers schlagen sollen?

Mado Wadon hatte an jenem Morgen mit Pagonel gesprochen und sich dessen Version der Geschichte angehört, eine Version, die durchaus einen Sinn ergab.

Nach der kurzen Unterredung führte Mado Wadon sämtliche auf Besuch im Tempel weilende Yatols, dreiundzwanzig an der Zahl, in das Schlafgemach, wo Yakim Douan sich bereits auf dem Weg der Besserung befand.

»Der Drache?«, fragte Douan sofort.

»Yatol Bardoh setzt seinen Kampf unermüdlich fort«, antwortete der etwas abseits stehende Yatol De Hamman.

»Ich habe den Kelch mitgebracht, Stimme Gottes«, erklärte Mado Wadon. »Es ist zwar noch nie vorgekommen, dass die Zeremonie ausgesetzt wurde, aber wir sind der festen Überzeugung, dass sich alles wieder in Ordnung bringen lässt.«

»Sehr gut«, sagte Douan. »Reinigt den Kelch und befreit ihn von allen Spuren, die der von diesem Verräter Merwan Ma dort eingesetzte Edelstein der Abellikaner hinterlassen hat.«

»Selbstverständlich, Stimme Gottes. Das ist bereits geschehen.«

»Anschließend beratet Euch mit den Gelehrten und legt die geeigneten Rituale zur Wiederherstellung des entweihten Kelches fest.«

»Sehr wohl, Stimme Gottes«, erwiderte Mado Wadon vollkommen ruhig, ganz Herr der Situation. »Aus genau diesem Grund haben wir Euch aufgesucht.«

Yakim Douan sah ihn fragend an.

»Wart Ihr es nicht selbst, der die Kelchzeremonie im Saal der Ewigkeit ins Leben gerufen hat?«

Yakim Douan bedachte ihn mit einem verwirrten Blick. »Was soll dieser Unsinn?«, fragte er. »Die Zeremonie wurde bereits vor Jahrhunderten festgelegt …« Er unterbrach sich und bekam große Augen, als Mado Wadon den anderen Gegenstand des rituellen Bestecks zum Vorschein brachte, ein scharfes Zeremonienmesser.

»Was soll dieser Unsinn?«, wiederholte die Stimme Gottes, obwohl er dem Gesicht des Yatols deutlich ansah, welche Niedertracht nun folgen würde.

»Wartet! Augenblick!«, flehte er. »Das ist doch Wahnsinn! Ich habe den wahren Weg Yatols erkannt! Ich könnte Euch den Weg zu ewigem Leben weisen!«

»Mit Hilfe eines Edelsteins?«, fragte Mado Wadon und wartete.

»Ja!«

Mado Wadon machte einen Schritt nach vorn und stieß Yakim Douan das Messer in die Brust, dann trat er zurück und reichte es weiter an den nächsten Yatol. Und so ging es reihum, bis alle dreiundzwanzig auf den alten Mann eingestochen hatten.

Yakim Douan lag noch lange da und klammerte sich verbissen an den letzten Funken Leben.

»Es gibt keinen Edelstein, Stimme Gottes. Nichts, was Eurem Geist helfen könnte, sich seinem Schicksal zu entziehen«, sagte Mado Wadon und beugte sich über ihn, damit sein Gesicht das Letzte war, was Yakim Douan in seinem Leben sah.

»Sakrileg«, flüsterte Douan.

»Mag sein«, erwiderte Mado Wadon. »Wir werden die Ankunft des gesegneten Kindes abwarten; es wird uns über unsere Torheit aufklären.«

Mit letzter Kraft versuchte Yakim Douan, noch etwas zu erwidern, aber er konnte nicht. Kurz darauf verlor er das Bewusstsein, während sein Blut sich in einer immer größer werdenden Lache unter seinem Körper ausbreitete.

Einige Zeit später verließen die Yatols in einer feierlichen Prozession den Raum, und Mado Wadon gab den Wachen den Befehl, die Glocken von Chom Deiru zu schlagen, das Trauergeläut.

Epilog

»Ich habe die Herrschaft in Jacintha übernommen, wie in den Lehren Yatols vorgeschrieben«, erklärte Mado Wadon später an diesem schicksalsträchtigen Tag vor einigen der einflussreicheren Yatols.

»Aber Ihr seid nicht der Chezru-Häuptling!«, beharrte Yatol Peridan. Peridan hatte dies alles mit gemischten Gefühlen verfolgt. Er hatte Mado Wadons Auffassung zugestimmt, dass Douan in Anbetracht der Enthüllungen sterben müsse, aber die Folgen dieses Vorgehens waren für ihn nicht gerade günstig. Mado Wadon war ein Freund von De Hamman.

»Ich bin es nicht, noch gebe ich vor, es zu sein!«, erwiderte Mado Wadon seelenruhig. »Wir alle, jeder Einzelne von uns, sind Brüder in der bedeutenderen Sache Yatols, in der jedem von uns sein eigenes Verantwortungsgebiet zufällt. Das meinige ist jetzt Jacintha.«

Er erwähnte es nicht ausdrücklich, aber allgemein galt die Auffassung, dass die Herrschaft über Jacintha gleichzusetzen war mit der Herrschaft über die Truppenverbände, und das war mehr Macht, als drei andere Yatols zusammen aufweisen konnten.

Aber so war es tatsächlich in den Lehren Yatols festgelegt.

Nach zahllosen Reden, in denen die Solidarität und das gemeinsame Ziel der Erneuerung beschworen wurden, ging man einige Zeit später auseinander. Aus all diesen wortreichen Erklärungen war allerdings unterschwellig und unverkennbar eine Atmosphäre des Argwohns und allgemeiner Besorgnis herauszuhören gewesen. Unter dem Chezru-Häuptling hatten die Yatols als Garanten für die Einigkeit des Königreichs Behren gegolten, aber die religiöse Herrschaft über die zahllosen unterschiedlichen Stämme war stets ein dünnes Band gewesen.

Kurz darau passte Yatol De Hamman Mado Wadon alleine ab.

»Peridan wird sich schon in Kürze gegen mich stellen«, erklärte der Mann. »Jetzt, da die Garnison aus Jacintha noch in Dharyan gebunden ist, wird er wissen, dass sein Augenblick gekommen ist – jetzt oder nie.«

»Ich habe Yatol Peridan zu verstehen gegeben, dass es an der Zeit sei, Vorsicht walten zu lassen.«

»Er wird Eure Warnung nicht beachten«, beharrte De Hamman. »Chezru Douan hat mir viele meiner Soldaten entzogen, um sie in den Westen des Landes zu schicken. Peridan weiß, dass ich unterbesetzt bin, und wird die Gelegenheit beim Schopf ergreifen.«

Mado Wadon stieß einen tiefen Seufzer aus; es fiel ihm schwer, dem nicht zu widersprechen. Er wusste, dass die kommenden Wochen für Behren recht schwierig werden würden, und ging davon aus, dass der nächste Chezru-Häuptling das Königreich wahrscheinlich in weiten Teilen würde erneuern müssen.

Das hieß, falls überhaupt ein neuer Chezru-Häuptling gefunden wurde, denn nach dem Betrug durch Yakim Douan würde sich jedes auserwählte Kind einer Zeit härtester Prüfungen ausgesetzt sehen. Und wenn dieses Kind nichts von sich gab, was einem Wunder – einem echten Wunder – gleichkam, würde es abgelehnt werden, und das Königreich würde in noch größeres Chaos stürzen. In gewisser Hinsicht bedauerte Mado Wadon den Entschluss, Douan hinzurichten. Vielleicht hätte man ihm gestatten sollen, seine gängige Praxis fortzusetzen, den Körper ungeborener Kinder zu rauben und für die eigenen Zwecke zu missbrauchen.

Würde Behren überleben?

Würde die Chezru-Religion überleben?

War das überhaupt wünschenswert? Über diese Fragen würde Mado Wadon nachdenken müssen.

»Yatol Peridan ist nicht einmal das Hauptproblem«, erklärte ein zunehmend verzweifelter De Hamman plötzlich und riss Mado Wadon damit aus seinen sorgenvollen Gedanken. »Ihr solltet Euren Blick auf Yatol Bardoh und die Truppen richten, die er befehligt.«

»Die Truppen aus Jacintha gehören mir«, erklärte Mado Wadon.

»Aber sie stehen unter Bardohs Kommando. Es ist kein Geheimnis, dass er Chezru Douans Unvermögen, den Drachen von To-gai zu fangen, für seine eigenen Zwecke missbraucht hat. Wie viel mächtiger wird er werden, wenn Dharyan erst zurückerobert ist und die Rebellen alle tot sind?«

Die Vorstellung ließ Mado Wadon innerlich zusammenzucken.

Beinahe umgehend stieg er über die kalten, nassen Stufen wieder hinunter in die unteren Stockwerke des Tempels Chom Deiru, zu den Verliesen und dem vergitterten Mauerloch, hinter dem man Pagonel, den Ordensbruder der Jhesta Tu, eingesperrt hatte.

»Wir müssen reden«, wandte er sich an den Mann.

Pagonel, verdreckt und unrasiert, seine Wunden entzündet, musterte Wadon interessiert, während er wegen des plötzlichen Lichteinfalls die Augen zusammenkniff.

»Erzählt mir vom Drachen von To-gai«, forderte Mado Wadon ihn auf. »Was sind die Ziele dieser Frau?«

Pagonel sah ihn weiter unverwandt an.

»Meine Zeit ist knapp bemessen«, sagte Mado Wadon. »Erspart Euch –«

»Ich werde meine Freundin nicht verraten.«

»Verraten?«, wiederholte der Yatol ungläubig. »Ich biete Euch die Chance, sie zu retten.« Mado Wadon beugte sich weiter vor, bis sein Gesicht nur noch wenige Zoll von Pagonels entfernt war. »Ich biete Euch die Chance, ihre Träume zu verwirklichen.«

»Ihr werdet meine Skepsis verzeihen.«

Mado Wadon nickte; er hatte nichts anderes erwartet.

Am nächsten Tag konnte er allerdings nicht umhin zu bemerken, dass Pagonels Stimmung sich beträchtlich aufgehellt hatte, als sie gemeinsam auf dem Wagen in der Mitte der großen Karawane saßen, die Jacintha über die nach Westen führende Straße verließ.

»Sie werden sich weigern, die Pferde zu essen«, sagte Tanalk Grenk an Brynn gewandt. »Und ebenso wenig werden sie tatenlos hier herumsitzen, bis sie verhungert sind.«

»Sie wollen uns doch nur zu einem Ausbruch provozieren«, erwiderte sie, den Blick nach unten auf die behrenesische Armee gerichtet, ein Anblick, der ihr jetzt schon seit über einer Woche vertraut war.

»Wir haben nur noch für wenige Tage Lebensmittel, selbst wenn wir die Gefangenen verhungern lassen.«

»Was wir auf keinen Fall tun werden!«

Für einen Augenblick wirkte Tanalk Grenks Gesichtsausdruck angespannt, aber dann beruhigte er sich und nickte. »Ich würde lieber mit einem Schwert in der Hand sterben«, erklärte er. »Und zwar, solange diese Hand noch nicht vom Hunger entkräftet ist.«

Brynn musterte ihn eindringlich, wie auch die anderen, die entlang der Mauer standen und dem Gespräch aufmerksam zugehört hatten. Nach einer Weile begann sie zu nicken. »Ich auch«, sagte sie. »Und das werde ich auch tun!«

Rings um sie ertönten Jubelrufe.

»Sehen wir uns genauer an, welche Möglichkeiten uns noch bleiben«, sagte sie zu Grenk. »Vielleicht können wir einen Ausfall vortäuschen und die Feinde ein weiteres Mal zu uns in die Stadt locken.«

Der Zweifel stand ihm deutlich ins Gesicht geschrieben, und bei genauerem Nachdenken vermochte Brynn dem nichts entgegenzusetzen. »Oder wenn nicht da, dann sollten wir vielleicht mit allen unseren Truppen einen Ausfall wagen und so viele Behreneser wie möglich mit in den Tod nehmen.«

»Ich werde sofort damit beginnen, die Pläne dafür auszuarbeiten«, erbot sich der grimmige Krieger, und Brynn willigte mit einem Nicken ein.

Das war nicht das Ende, das sie erhofft hatte, aber sie würde sich damit zufrieden geben müssen.

Am nächsten Morgen kamen die Anführer der To-gai-ru zusammen, um die Pläne zu diskutieren. Einige hielten es für das Beste, den Ausfall in Richtung Osten zu unternehmen. »Wenn wir ohnehin nicht durchbrechen können, sollten wir sie wenigstens überraschen«, argumentierte einer.

Während der Unterredung konnte manches geklärt werden, und anschließend entfernten sich Tanalk Grenk und Brynn, um die endgültigen Pläne auszuarbeiten. Sie waren fast damit fertig, als ein Ruf von der Stadtmauer sie auffahren ließ.

»Ein einzelner Unterhändler!«, rief jemand.

»Er will zweifellos ihre Kapitulationsforderungen wiederholen«, sagte Tanalk Grenk, als die beiden bereits unterwegs zur Brüstung waren. »Wir sollten ihn wieder zurückschicken – aber nur seinen Kopf ...«

Seine Worte blieben ihm in der Kehle stecken, als er oben auf der Mauer anlangte und nach unten blickte. Brynn enthielt sich jeder Erwiderung, denn die beiden hatten die einzelne Gestalt erkannt, die sich ihnen näherte und deren Art zu gehen ganz dem geübten und ausgewogenen Gang eines Mystikers der Jhesta Tu entsprach.

Brynn warf sich Pagonel sofort in die Arme, als er durch das Tor trat, und vergrub ihr Gesicht an seiner breiten Brust.

»Yakim Douan ist tot«, waren seine ersten Worte, mit denen er sich an sie und alle ihre Krieger wandte, die sich augenblicklich um die beiden scharten. »Die neue Führung der Yatols möchte die Bedingungen für einen Frieden aushandeln.«

»Wir haben ihre Forderungen für eine Kapitulation bereits abgelehnt!«, rief Tanalk Grenk wütend. »Eher sterben wir als Krieger, als dass wir freiwillig auf die Freiheit To-gais verzichten.«

Das trug ihm natürlich gewaltigen Beifall ein, doch Pagonel blieb gelassen. »Ich sprach von Frieden, nicht von Verzicht«, erwiderte der Mystiker.

Der Zweifel stand ihnen allen, auch Brynn, deutlich ins Gesicht geschrieben.

»Im Königreich Behren herrscht derzeit große Uneinigkeit«, erläuterte Pagonel. »Die Yatols können nicht darauf hoffen, auch weiterhin geschlossen um den Erhalt der Macht über Togai zu kämpfen.«

»Aber dies ist die Stunde ihres Sieges«, sagte Brynn erstaunt.

»Eines Sieges, den viele mehr gefürchtet haben als die Niederlage«, erwiderte Pagonel. »Begleite mich zu den Zelten unserer Feinde, Brynn, und Ihr auch, Tanalk Grenk.«

Brynn machte ein verwirrtes Gesicht, während Tanalk Grenk sich keine Mühe gab, seinen Argwohn zu verbergen.

»Das ist kein Trick«, sagte Pagonel. »Auf so etwas sind sie nicht angewiesen, um aus dieser Schlacht als Sieger hervorzugehen. Wir sind mitten in ihre politischen Intrigen hineingeraten, deshalb würden sie es alle vorziehen, wenn wir aus ihrem Land abzögen.«

»So lauten meine Bedingungen«, sagte Brynn kühl nach einem dreitägigen Verhandlungsmarathon mit Mado Wadon und den anderen Yatols im behrenesischen Feldlager.

»Lachhaft!«, rief Yatol Bardoh, Brynns härtester Gegner bei diesen Verhandlungen und derjenige Yatol, dem am wenigsten an einer friedlichen Lösung lag. Pagonel hatte sie in die Hintergründe eingeweiht, daher wusste sie, dass Bardoh diese Schlacht unbedingt wollte, um seine eigene Position für die Zeit nach dem Krieg zu stärken.

Brynn verließ den Tisch, begab sich in den hinteren Teil des Zeltes und bedeutete Yatol Bardoh, ihr zu folgen.

»Ich kenne Euch«, sagte sie mit leiser Stimme.

Der Mann blickte sie fragend an.

»Ich habe mit eigenen Augen gesehen, wie Ihr vor mehr als einem Jahrzehnt meine Eltern ermordet habt.«

Bardoh betrachtete sie mit einem boshaft amüsierten Funkeln.

»Über eins solltet Ihr Euch im Klaren sein«, versicherte ihm Brynn. »Wenn es zu dieser Schlacht kommt, werden die Behreneser zwar vermutlich gewinnen; aber mein Drache ist inzwischen wieder genesen, und mit seiner Hilfe werde ich mir noch im Untergang meine ganz persönliche Genugtuung verschaffen, denn ich werde meine Eltern rächen. Verlasst Euch darauf.«

Als der Mann daraufhin erbleichte, klopfte Brynn ihm auf die Schulter und kehrte an ihren Platz am Tisch zurück.

Sie war selbst erstaunt, wie viel zugänglicher Yatol Bardoh nach dieser kleinen Unterredung unter vier Augen wurde.

Trotzdem war noch immer nichts entschieden, als Brynn und Pagonel an jenem Abend nach Dharyan zurückkehrten; zudem wurden die Lebensmittel langsam knapp.

»Wir werden uns noch ein letztes Mal mit ihnen treffen«, sagte sie zu Pagonel. »Danach kämpfen wir.«

»Du könntest natürlich auch nachgeben«, erwiderte der Mystiker. »Schließlich haben sie dir das Angebot gemacht, dich nach To-gai zurückkehren zu lassen und auf die Herrschaft über dein Land zu verzichten. Hättest du damit nicht alle deine Ziele erreicht?«

Brynn holte tief Luft; sie war sich darüber im Klaren, dass sie ein sehr riskantes Spiel spielte, hielt aber allen Zweifeln zum Trotz standhaft an ihrem Entschluss fest. Ihre Forderungen zielten auf die verbindliche Zusage ab, jede weitere Invasion zu unterlassen, zu der es, falls Yatol Bardoh sich durchsetzte, unweigerlich kommen würde, sobald Behren sich wieder gefestigt hatte.

Wie Brynn es verlangt hatte, kam Mado Wadon am nächsten Tag allein mit der Flagge des Unterhändlers nach Dharyan. Für die Verhandlungen hatten sich der Yatol, der Drache von To-gai und Pagonel in ein ruhiges Zimmer zurückgezogen.

»Dann also Dharyan-Dharielle«, improvisierte Brynn, als der Yatol noch einmal auf den einen strittigen Punkt der Verhandlungen zu sprechen kam. »Wir nennen die Stadt Dharyan-Dharielle und erklären sie zu einer offenen, für Behreneser und To-gai-ru gleichermaßen zugänglichen Stadt.«

»Was könnte einen Behreneser bewegen, hierher zu kommen, außer um den in das Land eingefallenen To-gai-ru seine Verachtung zu zeigen?«

»Eingefallen?«, wiederholte Brynn ungläubig. »Das ist ein Ausdruck, den Ihr nur mit größter Vorsicht verwenden solltet. Eure Leute werden wegen des freien Handels zwischen Behrenesern und To-gai-ru herkommen, und Eure Gelehrten werden die Stadt wegen ihrer Bibliothek aufsuchen.«

»Bibliothek? Sind die To-gai-ru überhaupt des Schreibens kundig?«

»Ich spreche von der ehemaligen Bibliothek von Pruda«, erwiderte Brynn mit einem verschmitzten Grinsen, worauf Yatol Mado Wadon erstaunt die Augen aufriss.

»Ganz recht, sie befindet sich in meinem Besitz. Sie liegt gut versteckt in der Wüste vergraben, wo man sie niemals finden wird, es sei denn, ich will es so«, erklärte Brynn. »Ich werde die einzelnen Objekte hierher schaffen und eine neue und noch prachtvollere Bibliothek errichten lassen, die den Gelehrten unserer beiden Königreiche offen steht.«

Mado Wadon hob abwehrend die Hände und schüttelte den Kopf. »Ihr redet dummes Zeug! Warum höre ich mir so etwas überhaupt an? Warum sollte ich im Namen Behrens irgendwelche Zugeständnisse machen? Falls wir uns entscheiden anzugreifen, seid Ihr so gut wie besiegt. Vergesst das nicht!«

»Aber um einen sehr hohen Preis.«

»Es sind schon größere Opfer erbracht worden.«

Brynn nickte. In diesem Punkt musste sie ihm Recht geben. »Aber ein größerer Gewinn dürfte nur schwer zu erzielen sein«, erwiderte sie. »Yatol Mado Wadon, ich habe Euch am letzten Tag unserer Verhandlungen allein hierher gebeten, weil Ihr das Angebot, das ich Euch jetzt machen werde, vermutlich besser als jeder andere zu würdigen wisst.«

»Und das wäre?«

»Ein Bündnis«, sagte Brynn.

»Zwischen To-gai und Behren?«

»Zwischen Dharyan-Dharielle und Jacintha«, berichtigte Brynn. »Zwischen dem Drachen von To-gai und Yatol Mado Wadon. Wenn Ihr mich mit Gewalt aus der Stadt vertreibt, wer soll dann meinen Platz einnehmen? Jemand, der loyal zu Jacintha steht – oder zu Avaru Eesa?«

Mado Wadon erwiderte nichts.

»Und wenn Ihr Eure Heerscharen gegen mich ziehen lasst oder ich meine Truppen einen Ausfall gegen Eure machen lasse, wem wird man dann die Schuld an den Tausenden von toten Behrenesern geben, die dort draußen im Sand zurückbleiben werden, und den Hunderten, die ich in meinen Verliesen hinrichten lassen werde? Yatol Bardoh oder Yatol Mado Wadon?«

Brynn beugte sich vor und ergriff unvermittelt die Hände des Mannes, schob sich ganz dicht an sein Gesicht und blickte ihm fest in die Augen. »Darüber hinaus biete ich Euch die Aussicht auf ein besseres Zusammenleben unserer beiden Völker, das von beidseitiger Stärke statt von Feindseligkeit geprägt sein wird. Könnt Ihr denn nicht sehen, wie klug ein solches Vorgehen wäre?«

»Glaubt Ihr ernsthaft, Ihr könnt Jahrhunderte des Misstrauens und Hasses mit einem einzigen Schlag aus der Welt schaffen?«, fragte der Yatol ernst.

»Ich glaube, dass wir beide einen großen Schritt in Richtung auf dieses Ziel machen können, nicht mehr und nicht weniger«, erwiderte Brynn. »Und würde nicht auch Jacintha von der Partnerschaft mit Dharielle profitieren?«

»Dharyan-Dharielle«, verbesserte Mado Wadon, worauf Brynn übers ganze Gesicht lächelte und dem ebenfalls schmunzelnden Pagonel einen Seitenblick zuwarf.

Noch am selben Nachmittag hob die gewaltige behrenesische Armee ihren Belagerungsring um Dharyan-Dharielle auf und schickte den eingeschlossenen To-gai-ru sogar Lebensmittel in die Stadt.

»Das dürfte nicht ohne einen heftigen Streit zwischen den Yatols abgegangen sein«, sagte Pagonel zu Brynn.

»Sollen sie sich ruhig streiten«, erwiderte die junge Hüterin.

»Du bist ein großes Wagnis eingegangen.«

»Wie stets auf meinem weiten Weg hierher«, sagte Brynn.

Nachdem sich die Lage nach dem langen Winter des Jahres des Herrn 844–845 wieder beruhigt hatte, wies die Stadt, über die Brynn nun herrschte, mehr behrenesische Einwohner auf als To-gai-ru; trotzdem lockte sie unzählige To-gai-ru aus der Steppe an, darunter auch ein paar alte Freunde wie Barachuk und Tsolona.

»Ihr seid mir als Berater hochwillkommen«, begrüßte Brynn die beiden, nachdem man sich ausgiebig umarmt und geküsst hatte. »Noch sind längst nicht alle Hindernisse aus dem Weg geräumt.«

»Das ist wahr«, sagte der alte Mann, der soeben aus der Steppe eingetroffen war, wo Brynns überraschender Erfolg hohe Wellen schlug. »Das ist wirklich wahr!«

Wie versprochen, veranlasste Brynn, dass die Tore den Männern und Frauen beider Länder offen standen. Behrenesische Händler strömten in Scharen herbei, um endlich die Früchte des ungehinderten Handels mit den wertvollen Pferden der To-gai-ru zu ernten.

Später im selben Frühjahr traf die erste Karawane mit dem Inventar der Bibliothek von Pruda ein. Zu diesem Zeitpunkt waren Handwerker bereits mit der Errichtung eines neuen und noch großzügigeren Bibliotheksgebäudes beschäftigt. Und obwohl die Gelehrten aus der Stadt Pruda sich in einem offiziellen Schreiben beschwerten und ihren Widerstand ankündigten, kamen bereits die ersten von ihnen in die Stadt, um die alten Bände einzusehen.

Als Brynn zur selben Zeit Berichte über zahllose Schlachten im Osten des Landes hörte, wusste sie, dass Pagonels Einschätzung der Krise, die das Land Behren heimsuchen würde, nicht übertrieben gewesen war. Sie beschloss, sich wie ein guter Nachbar zu verhalten und keinen Vorteil aus der Not der Behreneser zu ziehen. Sie hatte ohnehin bereits genug Probleme damit, ihr eigenes, erstmals geeintes Königreich To-gai zusammenzuhalten, denn in der Steppe standen die Dinge nicht gerade zum Besten, da es noch immer zahlreiche Vorposten-Siedler gab und allseits große Verbitterung herrschte.

Trotzdem war Brynn der festen Überzeugung, dass sie damit fertig werden würden. Nach dem, was sie und ihre Freunde erreicht hatten, schien kein Hindernis unüberwindbar.

Der Frühling brachte auch zwei Trennungen mit sich, die eine erwartet und nicht ganz unwillkommen, die andere für Brynn jedoch vollkommen überraschend.

»Pherol hat sich bereit erklärt, mich nach Hause zurückzufliegen, bevor er selbst in sein Heim zurückkehrt«, kündigte Pagonel ihr eines Tages an. Der Drache stand bereits hinter ihm und wartete.

»Meine Verletzungen sind so weit verheilt, dass ich wieder fliegen kann«, fügte Pherol hinzu. »Welch ein herrliches Gefühl wird es sein, endlich wieder den Wind im Gesicht zu spüren!«

»Du willst in die Wolkenfeste zurückkehren?«

»Ich muss«, erwiderte Pagonel und nahm sie in die Arme. »Für wie lange, weiß ich noch nicht. Aber es ist meine Pflicht, zu Meister Cheyes und Meisterin Dasa zurückzugehen, damit wir drei gemeinsam entscheiden können, welchen Platz die Jhesta Tu in dieser neuen Ordnung zwischen Behren und To-gai einnehmen sollen. Jetzt, nach dem Tod des Chezru-Häuptlings und des Kaliit der Chezhou-Lei, könnten sich für unsere beiden Orden möglicherweise Vorteile ergeben. Das muss genau untersucht werden.«

Am liebsten hätte Brynn gegen all dies irgendwelche Einwände vorgebracht und Pagonel gebeten, ihr bei der Bewältigung dieser verwirrenden und gefahrvollen Zeiten beizustehen. Aber ebenso wie sie Juraviel und Cazzira hatte ziehen lassen, so musste sie auch Pagonel zugestehen, seine Prioritäten selbst zu setzen.

»Eines Tages werde auch ich dorthin zurückkehren«, versprach sie.

»Und ich werde dort sein, um dich mit offenen Armen willkommen zu heißen«, erwiderte der Mystiker. »Es sei denn, natürlich, ich bin schon vorher zu dir zurückgekehrt. In diesem Fall würde ich dich die fünftausend Stufen zu einem Ort höherer Erkenntnis hinaufbegleiten.«

Brynn hatte Mühe, ihre Tränen zu unterdrücken, und Pagonel erging es ähnlich. Es war eine schmerzliche Trennung, die die beiden jedoch in aufrichtigem Einvernehmen und der festen Überzeugung vollzogen, dass sie sich bestimmt wiedersehen würden.

»Und du, mein guter Pherol«, sagte Brynn plötzlich und wandte sich von Pagonel ab. »Wirst du in dein Heim in den Bergen zurückkehren?«

»Ich werde eine Höhle für die Schatzträger und die Geschichtenerzähler vorbereiten«, erinnerte sie der Drache an ihr Versprechen.

»Versprich mir, sie nicht aufzufressen.«

»Du verlangst eine Menge.«

»Pherol ...«

»Dann versprich du mir, dass die Geschichten etwas taugen!«, dröhnte der Drache, worauf sie alle herzlich lachten.

»Sollte ich dich jemals wieder brauchen, würdest du deine Höhle für mich noch einmal verlassen?«, wollte Brynn wissen.

Pherol setzte das ihm eigene, schaurige Grinsen auf, so dass es ihr und Pagonel trotz der gelösten Stimmung eiskalt über den Rücken lief, und erwiderte: »Aber mit Vergnügen.«

Jeder Tag brachte neue Herausforderungen, neue Erfolge und Enttäuschungen mit sich, und trotz ihrer unermüdlichen Plackerei hatte Brynn das Gefühl, all dem einfach nicht mehr gewachsen zu sein. Sie forderte Solidarität unter den To-gai-ru, alle Beteiligten sollten an einem Strang ziehen, auch wenn sie keine Einwände erhob, als die Führer ihres Volkes darauf bestanden, wieder zu ihren alten Stämmen zurückzukehren.

An die Behreneser stellte sie keine großen Forderungen und diese noch weniger an sie, da ihr Land weiterhin im Chaos versank und landauf, landab ungelöste Konflikte aufbrachen. Während all dieser Zeit hoffte Brynn, eines Tages Gelegenheit zu erhalten, sich an Yatol Bardoh zu rächen.

Doch es war eine vorübergehende Wunschvorstellung, die beim Regieren einer Stadt und eines Königreichs rasch an Bedeutung verlor. Sie musste einen gewinnträchtigen Handel ins Leben rufen, um ihr Volk bei Laune zu halten und seinen Wohlstand zu sichern, und ihm auf diese Weise Gelegenheit geben, seine Jahrhunderte alten Stammesfehden zu überwinden, die es überhaupt erst so anfällig für die Übergriffe der Behreneser gemacht hatten.

Sie empfand es als überaus seltsam, dass die Situation der beiden Länder sich plötzlich ins Gegenteil verkehrt hatte. To-gai war im Begriff, zu einer Einheit zusammenzuwachsen, während Behren in seine Bestandteile zerfiel. Einen Unterschied gab es dennoch: Im Gegensatz zu Yakim Douan würden Brynn und ihr Volk diese Situation niemals auszunutzen versuchen.

Und dieser Unterschied war ungeheuer wichtig, denn sonst hätten sich all das Töten und Sterben, Pherols hemmungslose Übergriffe auf behrenesische Städte und der letzte, verzweifelte Kampf um die Stadt Dharyan-Dharielle letztlich als sinnlos erwiesen.

Im Grunde ihres Herzens wusste Brynn das, daher war sie überglücklich, als mit Herbstbeginn der erste freie Markt in Dharyan-Dharielle eröffnete, der behrenesische Karawanen aus dem gesamten Königreich anlockte.

Doch schon wenig später reagierte sie verwirrt, denn im Spätherbst des Jahres 845 erreichte sie die Kunde, das Königreich im Norden des Großen Gürtels sei bis in die Grundfesten erschüttert worden und ein neuer König habe den dortigen Thron bestiegen. Sein Name war Brynn nur zu vertraut.

König Aydrian, der Sohn von Elbryan Wyndon.

Und da sie in der Elfensprache unterrichtet worden war,

verstand sie auch den Beinamen, den sich der junge Mann gegeben hatte – *Boudabras* –, und begriff sofort seine wahre Bedeutung.

Mahlstrom.